人类能够创建文明，
很重要的一个原因是因
为能够想象出现实中
不存在的东西，让我
们珍惜这种能力。

刘慈欣

刘慈欣

祖籍河南，长于山西，高级工程师，中国作家协会会员，中国科普作家协会会员，中国科幻代表人物，亚洲首位世界科幻大奖雨果奖得主。

自1999年处女作《鲸歌》问世以来，刘慈欣已发表短篇科幻小说三十余篇、出版长篇科幻小说六部，十次荣获中国科幻最高奖银河奖。他的长篇代表作“三体”三部曲被普遍认为是中国科幻文学的里程碑，将中国科幻推升到了世界高度。

中国科幻基石丛书
主编 姚海军

刘慈欣文集
7

中短篇科幻小说集
卷二

刘慈欣
著

重庆出版集团 重庆出版社

写在“基石”之前

姚海军

“基石”是个平实的词，不够“炫”，却能够准确传达我们对构建中的中国科幻繁华巨厦的情感与信心，因此，我们用它来作为这套原创丛书的名字。

最近十年，是科幻创作飞速发展的十年。王晋康、刘慈欣、何夕、韩松等一大批科幻作家发表了大量深受读者喜爱、极具开拓与探索价值的科幻佳作。科幻文学的龙头期刊更是从一本传统的《科幻世界》，发展壮大成为涵盖各个读者层的系列刊物。与此同时，科幻文学的市场环境也有了改善，省会级城市的大型书店里终于有了属于科幻的领地。

仍然有人经常问及中国科幻与美国科幻的差距，但现在的答案已与十年前不同。在很多作品上（它们不再是那种毫无文学技巧与色彩、想象力拘谨的幼稚故事），这种比较已经变成了人家的牛排之于我们的土豆牛肉。差距是明显的——更准确地说，应该是“差别”——却已经无法再为它们排个名次。口味问题有了实际意义，这正是我们的科幻走向成熟的标志。

与美国科幻的差距，实际上是市场化程度的差距。美国科幻从期刊到图书到影视再到游戏和玩具，已经形成了一条完整的产业链，动力十足；而我们的图书出版却仍然处于这样一种局面：读者的阅读需求不能满足的同时，出版者却感叹于科幻书那区区几千册的销量。结果，我们基本上只有为热爱而创作的科幻作家，鲜有为版税而创作的科幻作家。这不是有责任心的出版人所乐于看到的现状。

科幻世界作为我国最有影响力的专业科幻出版机构，一直致力于对中国科幻的全方位推动。科幻图书出版是其中的重点之一。中国科幻需要长远眼光，需要一种务实精神，需要引入更市场化的手段，因而我们着眼于远景，而着手之处则在于一块块“基石”。

需要特别说明的是，对于基石，我们并没有什么限定。因为，要建一座大厦需要各种各样的石料。

对于那样一座大厦，我们满怀期待。

目录

诗　云

伊依一行三人乘一艘游艇在南太平洋上作吟诗航行，他们的目的地是南极，如果几天后能顺利到达那里，他们将钻出地壳去看诗云。

今天，天空和海水都很清澈，对于作诗来说，世界显得太透明了。抬头望去，平时难得一见的美洲大陆清晰地出现在天空中，在东半球构成的覆盖世界的巨大穹顶上，大陆好像是墙皮脱落的区域……

哦，现在人类生活在地球里面，更准确地说，人类生活在气球里面——地球已变成了气球。地球被掏空了，只剩下厚约一百公里的一层薄壳，但大陆和海洋还原封不动地存在着，只不过都跑到里面了——球壳的里面。大气层也还存在，也跑到球壳里面了，所以地球变成了气球，一个内壁贴着海洋和大陆的气球。空心地球仍在自转，但自转的意义已与以前大不相同——它产生重力。构成薄薄地壳的那点质量产生的引力是微不足道的，地球重力现在主要由自转的离心力来产生了。但这样的重力在世界各个区域是不均匀的：赤道上最强，约为1.5个原地球重力；随着纬度增高，重力也渐渐减小，两极地区的重力为零。现在吟诗游艇航行的纬度正好是原地球的标准重力,但很难令伊依找到已经消失的实心地球上旧世界的感觉。

空心地球的球心悬浮着一个小太阳,现在正以正午的阳光照耀着世界。这个太阳的光度在二十四小时内不停地变化,由最亮渐变至熄灭,给空心地球里面带来昼夜更替。在某些夜里,它还会发出月亮的冷光,但只是从一点发出,看不到圆月。

游艇上的三人中有两个其实不是人,其中一个是一头名叫大牙的恐龙。他高达十米的身躯一移动,游艇就跟着摇晃倾斜,这令站在船头的吟诗者很烦。吟诗者是一个干瘦老头儿,同样雪白的长发和胡须混在一起飘动。他身着唐朝的宽大古装,仙风道骨,仿佛是在海天之间挥洒写就的一个狂草字。

他就是新世界的创造者,伟大的——李白。

礼 物

事情是从十年前开始的。当时,吞食帝国刚刚完成了对太阳系长达两个世纪的掠夺,来自远古的恐龙驾驶着那个直径五万公里的环形世界飞离太阳,航向天鹅座。吞食帝国还带走了被恐龙掠去当作小家禽饲养的十二亿人类。但就在接近土星轨道时,环形世界突然开始减速,最后竟沿原轨道返回,重新驶向太阳系内层空间。

在吞食帝国开始返程后的一个大环星期,使者大牙乘一艘如古老锅炉般的飞船飞离大环,衣袋中装着一个叫伊依的人。

“你是一件礼物!”大牙对伊依说,眼睛看着舷窗外黑暗的太空。它那粗嘎的嗓音震得衣袋中的伊依浑身发麻。

“送给谁？”伊依在衣袋中仰头大声问。他能从袋口看到恐龙的下颚，像是悬崖顶上一大块突出的岩石。

“送给神！神来到了太阳系，这就是帝国返回的原因。”

“是真的神吗？”

“它们掌握了不可思议的技术，已经纯能化，并且能在瞬间从银河系的一端跃迁到另一端，这不就是神了？如果我们能得到那些超级技术的百分之一，吞食帝国的前景就很光明了。我们正在完成一个伟大的使命，你要学会讨神喜欢！”

“为什么选中了我？我的肉质是很次的。”伊依说。他三十多岁，与吞食帝国精心饲养的那些肌肤白嫩的人相比，他的外貌很有些沧桑。

“神不吃虫虫，只是收集，我听饲养员说你很特别，你好像还有很多学生？”

“我是一名诗人，在饲养场的家禽人中教授人类的古典文学。”伊依很吃力地念出了“诗”“文学”这类在吞食语中相当生僻的词。

“无用又无聊的学问。你那里的饲养员之所以默许你授课，是因为其中的一些内容有助于改善虫虫们的肉质……我观察过，你自视清高、目空一切，对于一个被饲养的小家禽来说，这很有趣。”

“诗人都是这样！”伊依在衣袋中站直。虽然知道大牙看不见，但他还是骄傲地昂起头。

“你的先辈参加过地球保卫战吗？”

伊依摇摇头，“我在那个时代的先辈也是诗人。”

“一种最无用的虫虫。在当时的地球上也十分稀少了。”

“他生活在自己的内心世界里，对外部世界的变化并不在意。”

“没出息……呵，我们快到了。”

听到大牙的话，伊依把头从衣袋中伸出来，透过宽大的舷窗向外看。飞船前方有两个发出白光的物体，那是悬浮在太空中的一个正方形平面和一个球体，当飞船移动到与平面齐平时，平面在星空的背景上短暂地消失了一下，这说明它几乎没有厚度。那个完美的球体悬浮在平面正上方，两者都发出柔和的白光，表面均匀得看不出任何特征。它们仿佛是从计算机图库中取出的两个元素，是这纷乱宇宙中两个简明而抽象的概念。

“神呢？”伊依问。

“就是这两个几何体啊。神喜欢简洁。”

距离拉近，伊依发现平面有足球场大小，飞船正在向平面上降落。发动机喷出的炽焰首先接触到平面，仿佛只是接触到一个幻影，没有在上面留下任何痕迹。但伊依感到了重力和飞船接触平面时的震动，说明它不是幻影。大牙显然以前曾经来过这里，毫不犹豫地拉开舱门走了出去。伊依看到他同时打开了气密过渡舱的两道舱门，心一下抽紧了，但他并没有听到舱内空气涌出时的呼啸声。当大牙走出舱门后，衣袋中的伊依嗅到了清新的空气，伸到外面的脸上感到了习习的凉风……这是人和恐龙都无法理解的超级技术，却以温柔而漫不经心的方式呈现出来，这震撼了伊依。与人类第一次见到吞食者时相比，这震撼更加深入灵魂。他抬头望望，球体悬浮在他们上方，背后是灿烂的银河。

“使者，这次你又给我带来了什么小礼物？”神问。他说的是吞食语，声音不高，仿佛从无限远处的太空深渊中传来，让伊依第一次感觉到这种粗陋的恐龙语言听起来很悦耳。

大牙把一只爪子伸进衣袋，抓出伊依放到平面上。伊依的脚底感到了平面的弹性。大牙说:“尊敬的神，得知您喜欢收集各个星系的小生物，我带来了这个很有趣的小东西:地球人。”

“我只喜欢完美的小生物，你把这么肮脏的虫子拿来干什么?”神说。球体和平面发出的白光微微地闪动了两下，可能是表示厌恶。

“您知道这种虫虫?!”大牙惊奇地抬起头。

“只是听这个旋臂的一些航行者提到过，不是太了解。在这种虫子不算长的进化史中，航行者曾频繁造访地球。这种生物的思想之猥琐、行为之低劣、历史之混乱和肮脏，都让他们恶心，以至于直到地球世界毁灭之前，也没有一个航行者屑于同它们建立联系……快把它扔掉。”

大牙抓起伊依，转动着硕大的脑袋，看看可往哪儿扔，“垃圾焚化口在你后面。”神说。大牙一转身，看到身后的平面上突然出现了一个小圆口，里面闪着蓝幽幽的光……

“你不要这样说!人类建立了伟大的文明!”伊依用吞食语声嘶力竭地大喊。

球体和平面的白光又颤动了两次。神冷笑了两声，“文明?使者，告诉这个虫子什么是文明。”

大牙把伊依举到眼前，伊依甚至听到了恐龙的两个大眼球转动时骨碌碌的声音，“虫虫，在这个宇宙中，对一个种族文明程度的统一度量标准是这个种族所进入的空间的维度。只有进入六维以上空间的种族才具备加入文明大家庭的起码条件。我们尊敬的神的一族已能够进入十一维空间。吞食帝国已能在实验室中小规模地进入四维空间，只能算是银河系中一个未开化的原始群落。而你们，在神的眼里不过是杂草和青苔。”

“快扔了，脏死了！”神不耐烦催促道。

大牙举着伊依向垃圾焚化口走去。伊依拼命挣扎，从衣服中掉出了许多白色的纸片。那些纸片飘荡着下落，从球体中射出一条极细的光线，射到其中一张纸上时，纸片便在半空中悬住了，光线飞快地在上面扫描了一遍。

“嗯，等等，这是什么东西？”

大牙把伊依悬在焚化口上方，扭头看着球体。

“那是……是我的学生们的作业！”伊依在恐龙的巨掌中吃力地挣扎着说。

“这种方形的符号很有趣，它们组成的小矩阵也很好玩儿。”神说，从球体中射出的光束又飞快地扫描了已落在平面上的另外几张纸。

“那是汉……汉字，这些是用汉字写的古诗！”

“诗？”神惊奇地问，收回了光束，“使者，你应该懂这种虫子的文字吧？”

“当然，尊敬的神，在吞食帝国吃掉地球前，我在它们的世界生活了很长时间。”大牙把伊依放到焚化口旁边的平面上，弯腰拾起一张纸，举到眼前吃力地辨认着上面的小字，“它的大意是……”

“算了吧，你会曲解它的！”伊依挥手制止大牙说下去。

“为什么？”神很感兴趣地问。

“因为这是一种只能用古汉语表达的艺术。即使翻译成人类的其他语言，也会失去大部分内涵和魅力，变成另一种东西了。”

“使者，你的计算机中有这种语言的数据库吗？我还要有关地球历史的一切知识。给我传过来吧，就用我们上次见面时建立的那个信道。”

大牙急忙返回飞船，在舱内的电脑上鼓捣了一阵儿，嘴里嘟囔着：“古汉语部分没有，还要从帝国的网络上传过来，可能有些时滞。”伊依从敞开的舱门中看到，恐龙的大眼球中反射着电脑屏幕上变幻的彩光。当大牙从飞船上走出来时，神已经能用标准的汉语读出一张纸上的中国古诗了：

“白日依山尽，黄河入海流。欲穷千里目，更上一层楼。”

“您学得真快！”伊依惊叹道。

神没有理他，只是沉默着。

大牙解释说：“它的意思是：恒星已在行星的山后面落下，一条叫黄河的河流向着大海的方向流去——哦，这河和海都是由那种由一个氧原子和两个氢原子构成的化合物组成——要想看得更远，就应该在建筑物上登得更高些。”

神仍然沉默着。

“尊敬的神，您不久前曾君临吞食帝国，那里的景色与写这首诗的虫虫的世界十分相似，有山有河也有海，所以……”

“所以我明白诗的意思。”神说。球体突然移动到大牙头顶上，伊依感觉它就像一只盯着大牙看的没有瞳仁的大眼睛，“但，你，没有感觉到些什么？”

大牙茫然地摇摇头。

“我是说，隐含在这个简洁的方块符号矩阵的表面含义之后的一些东西？”

大牙显得更茫然了，于是神又吟诵了一首古诗：

“前不见古人，后不见来者。念天地之悠悠，独怆然而涕下。”

大牙赶紧殷勤地解释道：“这首诗的意思是：向前看，看不到在遥远过去曾经在这颗行星上生活过的虫虫；向后看，看不到未来将要在这颗行星上生活的虫虫。于是感到时空的无限，于是哭了。”

神沉默。

“呵，哭是地球虫虫表达悲哀的一种方式，它们的视觉器官……”

“你仍没感觉到什么？”神打断了大牙的话。球体又向下降了一些，几乎贴到大牙的鼻子上。

大牙这次坚定地摇摇头，“尊敬的神，我想里面没有什么的。一首很简单的小诗罢了。”

接下来，神又连续吟诵了几首古诗，都很简短，且属于题材空灵超脱的一类，有李白的《下江陵》《静夜思》《黄鹤楼送孟浩然之广陵》、柳宗元的《江雪》、崔颢的《黄鹤楼》、孟浩然的《春晓》等。

大牙说：“在吞食帝国，有许多长达百万行的史诗。尊敬的神，我愿意把它们全部献给您！相比之下，人类虫虫的诗是这么短小简陋，就像他们的技术……”

球体忽地从大牙头顶飘开去，在半空中沿着随机的曲线飘行，“使者，我知道你们最大的愿望就是希望我回答一个问题：吞食帝国已经存在了八千万年，为什么其技术仍徘徊在原子时代？我现在有答案了。”

大牙热切地望着球体说：“尊敬的神，这个答案对我们很重要！求您……”

“尊敬的神，”伊依举起一只手大声说，“我也有一个问题，不知能不能问?!”

大牙恼怒地瞪着伊依,像要把他一口吃了似的,但神说:“我仍然讨厌地球虫子,但那些小矩阵为你赢得了这个权利。”

“艺术在宇宙中普遍存在吗?”

球体在空中微微颤动,似乎在点头,“是的,我就是一名宇宙艺术的收集和研究者。我穿行于星云间,接触过众多文明的各种艺术,它们大多是庞杂而晦涩的体系。用如此少的符号,在如此小巧的矩阵中包含如此丰富的感觉层次和含义分支,而且还要受到严酷得有些变态的诗律和音韵的约束——这,我确实是第一次见到……使者,现在可以把这虫子扔了。”

大牙再次把伊依抓在爪子里,“对,该扔了它,尊敬的神。吞食帝国中心网络中存储的人类文化资料是相当丰富的,现在您的记忆中已经拥有了所有资料,而这个虫虫,大概就记得那么几首小诗。”说着,它拿着伊依向焚化口走去。“把这些纸片也扔了。”神说。大牙又赶紧返身,用另一只爪子收拾纸片,这时伊依在大爪中高喊:

“神啊,把这些写着人类古诗的纸片留作纪念吧!您收集到了一种不可超越的艺术,向宇宙中传播它吧!”

“等等。”神再次制止了大牙。伊依已经悬到了焚化口上方,感到了下面蓝色火焰的热力。球体飘过来,悬停在距伊依的额头几厘米处。他同刚才的大牙一样,受到了那只没有瞳仁的巨眼的逼视。

“不可超越?”

“哈哈哈……”大牙举着伊依大笑起来,“这个可怜的虫虫居然在伟大的神面前说这样的话。滑稽!人类还剩下什么?你们失去了地球上的一切，科学知识也忘得差不多了。有一次在晚餐桌上，我在吃一个人之前问它：地球保卫战争中的人类的原子弹是用什么做的？他说是原子做的！”

“哈哈哈哈……”神也被大牙逗得大笑起来，球体颤动得成了椭圆，“不可能有比这更正确的回答了，哈哈哈……”

“尊敬的神，这些脏虫虫就剩下几首小诗了！哈哈哈……”

“但它们是不可超越的！”伊依在大爪中挺起胸膛庄严地说。

球体停止了颤动，用近似耳语的声音说：“技术能超越一切。”

“这与技术无关，这是人类心灵世界的精华，不可超越！”

“那是因为你不知道技术最终能具有什么样的力量，小虫子。小小的虫子，你不知道。”神的语气变得父亲般温柔，但潜藏在深处的阴冷杀气让伊依不寒而栗。“看着太阳。”

伊依按神的话做了。他们位于地球和火星轨道之间的太空，太阳的光芒使他眯起了双眼。

“你最喜欢的颜色是什么？”神问。

“绿色。”

话音刚落，太阳变成了绿色。那绿色妖艳无比，太阳仿佛是一只突然浮现在太空深渊中的猫眼，在它的凝视下，整个宇宙都变得诡异无比。

大牙爪子一颤，伊依掉在平面上。当理智稍稍恢复后，他们都意识到一个比太阳变绿更加令人震撼的事实：从这里到太阳，光需要行走十几分钟，但这一切都发生在一瞬间！

半分钟后，太阳恢复原状，又发出耀眼的白光。

“看到了吗？这就是技术，是这种力量使我们的种族从海底淤泥中的鼻涕虫变为神。其实技术本身才是真正的神，我们都真诚地崇拜它。”

伊依眨着昏花的双眼说：“但神并不能超越那样的艺术，我们也有神，想象中的神，我们崇拜它们，但并不认为它们能写出李白和杜甫那样的诗。”

神冷笑了两声，对伊依说：“真是一只无比固执的虫子，这使你更让人厌恶。不过，为了消遣，就让我来超越一下你们的矩阵艺术吧。”

伊依也冷笑了两声，“不可能的，首先你不是人，不可能有人的心灵感受，人类艺术在你那里只是石板上的花朵，技术并不能使你超越这个障碍。”

“技术超越这个障碍易如反掌，给我你的基因！”

伊依不知所措。“给神一根头发！”大牙提醒说。伊依伸手拔下一根头发，一股无形的吸力将头发吸向球体，然后从球体飘落到平面，神只是提取了发根上的一点皮屑。

球体中的白光涌动起来，渐渐变得透明，里面充满了清澈的液体，浮起串串水泡。接着，伊依在液体中看到了一个蛋黄大小的球，它在射入液球的阳光中呈淡红色，仿佛自己会发光。小球很快长大，伊依认出那是一个蜷曲着的胎儿，他肿胀的双眼紧闭着，大大的脑袋上交错着红色的血管。胎儿继续成长，小身体终于伸展开来，像青蛙似的在液球中游动。液体渐渐变得浑浊，透过液球的阳光只映出一个模糊的影子。看得出那个影子仍在飞速成长，最后变成了一个游动着的成人的身影。这时，液球又恢复成原来那样完全不透明的白色光球，一个赤裸的人从球中掉出来，落到平面上。伊依的克隆体摇摇晃晃地站了起来，阳光在他湿漉漉的身体上闪亮。他的头发和胡子老长，但看得出来只有三四十岁的样子。除了一样的精瘦外，一点也不像伊依本人。克隆体僵立着，呆滞的目光看着无限的远方，似乎对这个刚刚进入的宇宙浑然不知。在他的上方，球体的白光暗下来，最后完全熄灭，球体本身也像蒸发似的消失了。但这时，伊依感觉什么东西又亮了起来，很快发现那是克隆体的眼睛，它们由呆滞突然变得充满了智慧的灵光。后来伊依知道，神的记忆这时已全部转移到克隆体中了。

“冷，这就是冷?！”一阵轻风吹来，克隆体双手抱住湿漉漉的双肩，浑身打战，但声音里充满了惊喜，“这就是冷。这就是痛苦，精致的、完美的痛苦。我在星际间苦苦寻觅的感觉，尖锐如洞穿时空的十维弦，晶莹如类星体中心的纯能钻石，啊——”他伸开皮包骨头的双臂，仰望银河，“前不见古人，后不见来者，念宇宙之……”克隆体冷得牙齿咯咯作响，赶紧停止了出生演说，跑到焚化口边烤火。

克隆体把两手放到焚化口的蓝火焰上，哆哆嗦嗦地对伊依说：“其实，我现在进行的是一项很普通的操作。当我研究和收集一种文明的艺术时，总是将自己的记忆借宿于该文明的一个个体中，这样才能保证对该艺术的完全理解。”

焚化口中的火焰亮度剧增，周围的平面上也涌动着各色的光晕，伊依感觉这里仿佛成了一块漂浮在火海上的毛玻璃。

大牙低声对伊依说：“焚化口已转换为制造口了，神正在进行能-质转换。”看到伊依不太明白，他又解释说，“傻瓜，就是用纯能制造物品——上帝的活计！”

制造口突然喷出一团白色的东西，在空中展开并落了下来，原来是一件衣服。克隆体接住衣服穿了起来。伊依看到那竟是一件宽大的唐朝古装，用雪白的丝绸做成，有宽大的黑色镶边。刚才还一副可怜相的克隆体穿上它后立刻显得就像神仙下凡。伊依实在想象不出它是如何从蓝火焰中被制造出来的。

又有物品被制造出来——从制造口飞出一块黑色的东西，像石头一样咚地砸在平面上。伊依跑过去拾起来。他几乎不敢相信自己的眼睛——手中拿着的，分明是一方沉重的石砚，而且还是冰凉的。接着又有什么啪地掉下来，伊依拾起那个黑色的条状物。他没猜错，这是一块墨！接着被制造出来的是几支毛笔、一副笔架、一张雪白的宣纸——从火里飞出的纸！还有几件古色古香的案头小饰品，最后制造出来的也是最大的一件东西：一张样式古老的书案！伊依和大牙忙着把书案扶正，把那些小东西在案头摆放好。

“转化这些东西的能量，足以把一颗行星炸成碎末。”大牙对伊依耳语，声音有些发颤。

克隆体走到书案旁，看着上面的摆设，满意地点点头，一手理着刚刚干了的胡子，说：“我，李白。”

伊依审视着克隆体问：“你是说想成为李白呢，还是真把自己当成了李白？”

“我就是李白，超越李白的李白！”

伊依笑着摇摇头。

“怎么，到现在你还怀疑吗？”

伊依点点头说：“不错，你们的技术远远超过了我的理解力，已与人类想象中的神力和魔法无异，即使是在诗歌艺术方面也有让我惊叹的东西——跨越如此巨大的文化和时空鸿沟，你竟能感觉到中国古诗的内涵……但理解李白是一回事，超越他又是另一回事，我仍然认为你面对的是不可超越的艺术。”

克隆体——李白的脸上浮现出高深莫测的笑容，但转瞬即逝。他手指书案，对伊依大喝一声：“研墨！”然后径自走去，在快要走到平面边缘时站住，理着胡须遥望星河沉思起来。

伊依提起书案上的一只紫砂壶向砚上倒了一点清水，拿过那条墨研了起来。他是第一次干这个，笨拙地斜着墨条磨边角。看着砚中渐渐浓起来的墨汁，伊依想到自己正身处距太阳1.5个天文单位的茫茫太空中，这个无限薄的平面（即使在刚才由纯能制造物品时，从远处看它仍没有厚度）仿佛是漂浮在宇宙深渊中的舞台，在它上面，一头恐龙、一个被恐龙当作肉食家禽饲养的人、一个穿着唐朝古装、准备超越李白的技术之神，正在演出一场怪诞到极点的话剧，伊依不禁摇头苦笑起来。

墨研得差不多了，伊依站起来，同大牙一起等待着。这时，平面上的轻风已经停止，太阳和星河静静地发着光，仿佛整个宇宙都在期待。李白静立在平面边缘。由于平面上的空气层几乎没有散射，他在阳光中的明暗部分极其分明，除了理胡须的手不时动一下外，简直就是一尊石像。伊依和大牙等啊等，时间在静静地流逝，书案上蘸满了墨的毛笔渐渐有些发干。不知不觉，太阳的位置已移动了很多，把他们和书案、飞船的影子长长地投在平面上，书案上平铺的白纸仿佛变成了平面的一部分。终于，李白转过身来，慢步走到书案前。伊依赶紧把毛笔重新蘸了墨，双手递了过去，但李白抬起一只手回绝了，只是看着书案上的白纸继续沉思，目光中有了些新的东西。

伊依得意地看出，那是困惑和不安。

“我还要制造一些东西，那都是……易碎品，你们去小心接着。”李白指了指制造口说。那里面本来已暗淡下去的蓝焰又明亮进来。伊依和大牙刚刚跑过去，就有一条蓝色的火舌把一个球形物推出来。大牙眼疾手快地接住了，细看是一个大坛子。接着又从蓝焰中飞出了三只大碗，伊依接住了其中的两只，有一只摔碎了。大牙把坛子抱到书案上，小心地打开封盖，一股浓烈的酒味溢了出来，他和伊依惊奇地对视了一眼。

“在我从吞食帝国接收到的地球信息中，有关人类酿造业的资料不多，所以这东西造得不一定准确。”李白说，同时指着酒坛示意伊依尝尝。

伊依拿碗从中舀了一点儿，抿了一口，一股火辣从嗓子眼儿流到肚子里，他点点头，“是酒，但是与我们为改善肉质喝的那些相比太烈了。”

“满上。”李白指着书案上的另一只空碗说。待大牙倒满烈酒后，李白端起来咕咚咚一饮而尽，然后转身再次向远处走去，不时踉跄两下。到达平面边缘后，他又站在那里对着星海深思。但与上次不同的是，他的身体有节奏地左右摆动，像在和着某首听不见的曲子。这次李白沉思不久就走回到书案前，回来的一路上近乎在跳舞。面对伊依递过来的笔，他一把抓过扔到远处。

“满上。”李白眼睛直勾勾地盯着空碗说。

……

一小时后，大牙用两只大爪小心翼翼地把烂醉如泥的李白放到已清空的书案上，但他一翻身又骨碌下来，嘴里嘀咕着恐龙和人都听不懂的语言。他已经红红绿绿地吐了一大摊——真不知是什么时候吃进的这些食物——宽大的古服上也污了一片。那一摊呕吐物被平面发出的白光透过，形成了一幅抽象图形。李白的嘴上黑乎乎的全是墨，这是因为在喝光第四碗后，他曾试图在纸上写什么，但只是把蘸饱墨的毛笔重重地戳到桌面上，接着，李白就像初学书法的小孩子那样，试图用嘴把笔毛理顺……

“尊敬的神？”大牙俯下身来小心翼翼地问。

“哇咦卡啊……卡啊咦唉哇。”李白大着舌头说。

大牙站起身，摇摇头叹了一口气，对伊依说：“我们走吧。”

另一条路

伊依所在的饲养场位于吞食者的赤道上。当吞食帝国处于太阳系内层空间时，这里曾是一片夹在两条大河之间的美丽草原。吞食帝国航出木星轨道后，严冬降临了，草原消失，大河封冻，被饲养的人类都转到地下城中。当吞食帝国受到神的召唤而返回后，随着太阳的临近，大地回春，两条大河很快解冻了，草原也开始变绿。

气候好的时候，伊依总是独自住在河边自己搭的一间简陋草棚中，种地过日子。对于一般人来说，这是不被允许的，但由于伊依在饲养场中讲授的古典文学课程有陶冶情操的功能，他的学生的肉有一种很特别的风味，所以恐龙饲养员也就不干涉他了。

这是伊依与李白初次见面两个月后的一个黄昏，太阳刚刚从吞食帝国平直的地平线上落下，两条映着晚霞的大河在天边交汇。在河边的草棚外，微风把远处草原上欢舞的歌声隐隐送来，伊依自己和自己下着围棋，抬头看到李白和大牙沿着河岸向这里走来。这时的李白已有了很大的变化——他头发蓬乱，胡子老长，脸晒得很黑，左肩挎着一只粗布包，右手提着一个大葫芦，身上那件古装已破烂不堪，脚上穿着一双磨得不像样子的草鞋。伊依觉得这时的他倒更像一个“人”了。

李白走到围棋桌前，像前几次来一样，不看伊依一眼就把葫芦重重地向桌上一放，说：“碗！”待伊依拿来两只木碗后，李白打开葫芦盖，把两只碗里倒满酒，然后又从布包中拿出一个纸包，打开来，伊依发现里面竟放着切好的熟肉，香味扑鼻，不由得拿起一块嚼了起来。

大牙只是站在两三米远处静静地看着他们。有前几次的经验，他知道他们俩又要谈诗了。对这种谈话，他既无兴趣，也没资格参与。

“好吃，”伊依赞许地点点头，“这牛肉也是纯能转化的？”

“不，我早就回归自然了。你可能没听说过，在距这里很遥远的一个牧场，饲养着来自地球的牛群。这牛肉是我亲自做的，用山西平遥牛肉的做法，诀窍是在炖的时候放——”李白凑到伊依耳边神秘地说，“尿碱。”

伊依迷惑不解地看着他。

“哦，就是人类的小便蒸干以后析出的那种白色的东西，能使炖好的肉外观红润，肉质鲜嫩，肥而不腻，瘦而不柴。”

“这尿碱……也不是纯能做出来的？”伊依惊恐地问。

“我说过自己已经回归自然了！尿碱是我费了好大劲儿从几个人类饲养场收集来的。这是很正宗的民间烹饪技艺，在地球毁灭前就早已失传。”

伊依已经把嘴里的牛肉咽下去了。为了抑制呕吐，他端起了酒碗。

李白指指葫芦说：“在我的指导下，吞食帝国已经建起了几个酒厂，能够生产大部分的地球名酒。这是它们酿制的正宗竹叶青，用汾酒浸泡竹叶而成。”

伊依这才发现碗里的酒与前几次李白带来的不同，呈翠绿色，入口后有甜甜的药草味。

“看来，你对人类文化已了如指掌了。”伊依感慨道。

“不仅如此，我还花了大量的时间亲身体验。你知道，吞食帝国很多地区的风景与李白所在的地球极为相似。这两个月来，我浪迹山水之间，饱览美景，月下饮酒，山巅吟诗，还在遍布各地的人类饲养场中有过几次艳遇……”

“那么，现在总能让我看看你的诗作了吧。”

李白呼地放下酒碗，站起身，不安地踱起步来，“是作了一些诗，而且肯定是些让你吃惊的诗，你会看到，我已经是一个很出色的诗人了，甚至比你和你的祖爷爷都出色。但我不想让你看，因为我同样肯定你会认为那些诗没有超越李白，而我……”他抬起头遥望天边落日的余晖，目光中充满了迷离和痛苦，“也这么认为。”

远处的草原上，舞会已经结束，快乐的人们开始享用丰盛的晚餐。一群少女向河边跑来，在岸边的浅水中嬉戏。她们头戴花环，身上披着薄雾一样的轻纱，在暮色中构成一幅醉人的画面。伊依指着距草棚较近的一个少女问李白：“她美吗？”

“当然。”李白不解地看着伊依说。

“想象一下，用一把利刃把她切开，取出她的每一个脏器，剜出她的眼球，挖出她的大脑，剔出每一根骨头，把肌肉和脂肪按不同部位和功能分割开来，再把所有的血管和神经分别理成两束，最后在这里铺上一大块白布，把这些东西按解剖学原理分门别类地放好，你还觉得美吗？”

“你怎么在喝酒的时候想到这些？恶心。”李白皱起眉头说。

“怎么会恶心呢？这不正是你所崇拜的技术吗？”

“你到底想说什么？”

“李白眼中的大自然就是你现在看到的河边少女；而同样的大自然在技术的眼睛中呢，就是那张白布上井然有序但血淋淋的部件。所以，技术是反诗意的。”

“你好像对我有什么建议？”李白理着胡子若有所思地说。

“我仍然不认为你有超越李白的可能，但可以尝试为你指出一个正确的方向：技术的迷雾蒙住了你的双眼，使你看不到自然之美，所以，你首先要做的是把那些超级技术全部忘掉。你既然能够把自己的全部记忆移植到你现在的大脑中，当然也可以删除其中的一部分。”

李白抬头和大牙对视了一眼，两者都哈哈大笑起来。大牙对李白说：“尊敬的神，我早就告诉过您，虫虫是多么的狡诈，您稍不留心就会跌入他们设下的陷阱。”

“哈哈哈哈，是狡诈，但也有趣。”李白对大牙说，然后转向伊依，冷笑着说，“你真的认为我是来认输的？”

“你没能超越人类诗词艺术的巅峰，这是事实。”

李白突然抬起一只手，指着大河，问：“到河边去有几种走法？”

伊依不解地看了李白几秒钟，“好像……只有一种。”

“不，有两种。我还可以向这个方向走，”李白指着与河相反的方向说，“这样一直走，绕吞食帝国的大环一周，再从对岸过河，也能走到这个岸边。我甚至还可以绕银河系一周再回来。对于我们的技术来说，这也易如反掌。技术可以超越一切！我现在已经被逼得要走另一条路了！”

伊依努力想了好半天，终于困惑地摇摇头，“就算是你有神一般的技术，我还是想不出超越李白的另一条路在哪儿。”

李白站起来说：“很简单，超越李白的两条路是：一，把超越他的那些诗写出来；二，把所有的诗都写出来！”

伊依显得更糊涂了，但站在一旁的大牙似有所悟。

“我要写出所有的五言和七言诗，这是李白所擅长的；另外我还要写出常见词牌的所有的词！你怎么还不明白？！我要在符合这些格律的诗词中，试遍所有汉字的所有组合！”

“啊，伟大！伟大的工程！”大牙忘形地欢呼起来。

“这很难吗？”伊依傻傻地问。

“当然难，难极了！如果用吞食帝国最大的计算机来进行这样的计算，可能到宇宙末日也完成不了！”

“没那么多吧？”伊依充满疑问地说。

“当然有那么多？”李白得意地点点头，“但使用你们还远未掌握的量子计算技术，就能在可以接受的时间内完成这样的计算。到那时，我就写出了所有的诗词，包括所有以前写过的和所有以后可能写的。特别注意，所有以后可能写的！超越李白的巅峰之作自然包括在内。事实上，我终结了诗词艺术。直到宇宙毁灭，所出现的任何一个诗人，不管他达到了怎样的高度，都不过是个抄袭者，他的作品肯定能在我那巨大的存储器中检索出来。”

大牙突然发出一声低沉的惊叫，看着李白的目光由兴奋变为震惊，“巨大的……存储器？！尊敬的神，您该不是说，要把量子计算机写出的诗都……都存起来吧？”

“写出来就删除有什么意思呢？当然要存起来！这将是我的种族留在这个宇宙中的艺术丰碑之一！”

大牙的目光由震惊变为恐惧，他粗大的双爪前伸，两腿打弯，像要给李白跪下，声音也像要哭出来似的，“使不得，尊敬的神，这使不得啊！”

“是什么把你吓成这样？”伊依抬头惊奇地看着大牙问。

“你个白痴！你不是知道原子弹是原子做的吗？那存储器也是原子做的，它的存储精度最高只能达到原子级别！知道什么是原子级别的存储嘛？就是说一个针尖大小的地方，就能存下人类所有的书！不是你们现在那点儿书，是地球被吃掉前上面所有的书！”

“啊，这好像是有可能的，听说一杯水中的原子数比地球上海洋中水的杯数都多。这么说，他写完那些诗后带根针走就行了。”伊依指指李白说。

大牙恼怒已极，来回急走几步，总算挤出了一点儿耐性，“好，好，你说，按神说的那些五言七言诗，还有那些常见的词牌，各写一首，总共有多少字？”

“不多，也就两三千字吧，古典诗词是最精练的艺术。”

“那好，我就让你这个白痴虫虫看看它有多么精练！”大牙说着走到桌前，用爪指着上面的棋盘说，“你们管这种无聊的游戏叫什么？哦，围棋，这上面有多少个交叉点？”

“纵横各19行，共361个点。”

“很好，每个点上可以放黑子、白子或空着，共三种状态，这样，每一个棋局，就可以看作由三个汉字写成的一首19行361个字的诗。”

“这比喻很妙。”

“那么，穷尽这三个汉字在这种诗上的所有组合，总共能写出多少首诗呢？让我告诉你：3的361次方首，或者说，嗯，我想想，10的172次方首！”

“这……很多吗？”

“白痴！”大牙第三次骂出这个词，“宇宙中的全部原子只有……啊——”它气恼得说不下去了。

“有多少？”伊依仍是那副傻样。

“只有10的80次方个！你个白痴虫虫啊——”

直到这时，伊依才表现出了一点儿惊奇，“你是说，如果一个原子存储一首诗，用光宇宙中的所有原子，还存不完他的量子计算机写出的那些诗？”

“差得远呢！差10的92次方倍呢！再说，一个原子哪能存下一首诗？人类虫虫的存储器，存一首诗用的原子数可能比你们的人口都多。至于我们，用单个原子存储一位二进制还仅处于实验室阶段……唉。”

“使者，在这一点上是你目光短浅了。想象力不足，正是吞食帝国技术进步缓慢的原因之一。”李白笑着说，“使用基于量子多态迭加原理的量子存储器，只用很少量的物质就可以存下那些诗。当然，量子存储不太稳定，为了永久保存那些诗作，还需要与更传统的存储技术结合使用。即使这样，制造存储器需要的物质量也是很少的。”

“是多少？”大牙问，看那样子显然心已提到了嗓子眼儿。

“大约为10的57次方个原子。微不足道，微不足道。”

“这……这正好是整个太阳系的物质量！”

“是的,包括所有的太阳行星,当然也包括吞食帝国。”

李白最后这句话是轻描淡写地随口而出的,但在伊依听来却像晴天霹雳,不过大牙反倒显得平静下来。长时间受到灾难预感的折磨后,灾难真正来临时,他反而有一种解脱感。

“您不是能把纯能转换成物质吗?”大牙问。

“得到如此巨量的物质需要多少能量你不会不清楚,这对我们也是不可想象的,还是用现成的吧。”

“这么说,皇帝的忧虑不无道理。”大牙自语道。

“是的是的。”李白欢快地说,“我前天已向吞食皇帝说明,这个伟大的环形帝国将被用于一个更伟大的目的,所有的恐龙应该为此感到自豪。”

“尊敬的神,您会看到吞食帝国的感受的。”大牙阴沉地说,“还有一个问题:与太阳相比,吞食帝国的质量实在是微不足道;为了得到这九牛之一毛的物质,有必要毁灭一个进化了几千万年的文明吗?”

“你的这个疑问我完全理解。但要知道,熄灭、冷却和拆解太阳是需要很长时间的,在这之前对诗的量子计算就已经开始了,我们需要及时地把结果存起来,清空量子计算机的内存以继续计算。这样,可以立即用于制造存储器的行星和吞食帝国的物质就是必不可少的了。”

“明白了,尊敬的神。最后一个问题:有必要把所有的组合结果都存起来吗?为什么不能在输出端加一个判断程序,把那些不值得存储的诗作剔除掉?据我所知,中国古诗是要遵从严格的格律的。如果把不符合格律的诗去掉,那最后的总量将大为减少。”

“格律?哼,”李白不屑地摇摇头,“那不过是对灵感的束缚。中国南北朝以前的古体诗并不受格律的限制，即使是在唐代以后严格的近体诗中，也有许多古典诗词大师不遵从格律，写出了大量卓越的变体诗。所以，在这次终极吟诗中，我将不考虑格律。”

“那您总该考虑诗的内容吧？最后的计算结果中，肯定有百分之九十九的诗是毫无意义的，存下这些随机的汉字矩阵有什么用？”

“意义？”李白耸耸肩说，“使者，诗的意义并不取决于你的认可，也不取决于我或其他任何人——它取决于时间。许多在当时毫无意义的诗后来成了旷世杰作，而现今和以后的许多杰作在遥远的过去肯定也曾是毫无意义的。我要作出所有的诗，亿亿亿万年之后，谁知道伟大的时间会把其中的哪首选为巅峰之作呢？”

“这简直荒唐！”大牙大叫起来，它那粗嘎的嗓音惊起了远处草丛中的几只鸟，“如果按现有的人类虫虫的汉字字库，您的量子计算机写出的第一首诗应该是这样的：

啊啊啊啊啊

啊啊啊啊啊

啊啊啊啊啊

啊啊啊啊唉

“请问，伟大的时间会把这首选为杰作?！”

一直不说话的伊依这时欢叫起来：“哇！还用什么伟大的时间来选?！它现在就是一首巅峰之作耶！前三行和第四行的前四个字都是表达生命对宏伟宇宙的惊叹；最后一个字是诗眼，是诗人在领略了宇宙之浩渺后，对生命在无限时空中的渺小发出的一声无奈的叹息。”

“呵呵呵呵呵。”李白抚着胡须乐得合不上嘴，“好诗，伊依虫虫，真的是好诗。呵呵呵……”说着拿起葫芦给伊依倒酒。

大牙挥起巨爪，一巴掌把伊依打了老远，“混账虫虫！我知道你现在高兴了，可不要忘记，吞食帝国一旦毁灭，你们也活不了！”

伊依一直滚到河边，好半天才爬起来。他满脸沙土，咧大了嘴，不顾疼痛地大笑起来，“哈哈有趣，这个宇宙真他妈的不可思议！”他忘形地喊道。

“使者，还有问题吗？”看到大牙摇头，李白接着说，“那么，我在明天就要离去。后天，量子计算机将启动作诗软件，终极吟诗将开始，同时，熄灭太阳，拆解行星和吞食帝国的工程也将启动。”

“尊敬的神，吞食帝国在今天夜里就能做好战斗准备！”大牙立正后庄严地说。

“好好，真是很好，往后的日子会很有趣的。但这一切发生之前，还是让我们喝完这一壶吧。”李白快乐地点点头说，同时拿起了酒葫芦。倒完酒，他看着已笼罩在夜幕中的大河，意犹未尽地回味着，“真是一首好诗。第一首，呵呵，第一首就是好诗。”

终极吟诗

吟诗软件其实十分简单，用人类的C语言表达可能不超过两千行代码，另外再加一个存储所有汉字字符的不大的数据库。当这个软件在位于海王星轨道上的那台量子计算机（一个漂浮在太空中的巨大透明锥体）上启动时，终极吟诗就开始了。

这时吞食帝国才知道，李白只是超级文明种族中的一个个体。这与以前预想的不同，当时恐龙们都认为，进化到这样技术级别的社会在意识上早就融为一个整体了，吞食帝国在过去一千万年中遇到的五个超级文明都是这种形态。但李白一族保持了个体的存在，这也部分解释了他们对艺术超常的理解力。当吟诗开始时，李白一族又有大量的个体从外太空的各个方位跃迁到太阳系，开始了制造存储器的工程。

吞食帝国上的人类看不到太空中的量子计算机，也看不到新来的神族。在他们看来，终极吟诗的过程，就是太空中太阳数目的增减过程。

在吟诗软件启动一个星期后，神族成功地熄灭了太阳。这时，太空中太阳的数目减到零，但太阳内部核聚变的停止使恒星的外壳失去了支撑，很快坍缩成一颗超新星，于是暗夜很快又被照亮，只是这颗太阳的亮度是以前的上百倍，使吞食帝国表面草木生烟。超新星又被熄灭了，但过一段时间后又爆发了，就这样亮了又灭，灭了又亮，仿佛太阳是一只九条命的猫，在没完没了地挣扎。但神族对于杀死恒星其实很熟练，他们从容不迫地一次次熄灭超新星，使它的物质最大比例地聚变为制造存储器所需的重元素。当第十一次超新星熄灭后，太阳才真正咽了气。这时，终极吟诗已经开始了三个地球月。早在此之前，在第三次超新星出现时，太空中就有其他的太阳出现，这些太阳在太空中的不同位置此起彼伏地亮起或熄灭，最多时，天空中出现过九个新太阳。这些太阳是神族在拆解行星时释放的能量，由于后来恒星太阳的闪烁已变得暗弱，人们就分不清这些太阳的真假了。

对吞食帝国的拆解是在吟诗开始后第五个星期进行的。这之前，李白曾向帝国提出了一个建议：由神族将所有恐龙跃迁到银河系另一端的一个世界。那里有一个文明，比神族落后许多，仍未纯能化，但比吞食文明要先进得多。恐龙们到那里后，将作为一种小家禽被饲养，过上衣食无忧的快乐生活。但恐龙们宁为玉碎不为瓦全，愤怒地拒绝了这个提议。

李白接着提出了另一个要求：让人类活下来，并返回他们的母亲星球。其实，地球也被拆解了，它的大部分用于制造存储器，但神族还是剩下了其中的一小部分物质为人类建造了一个空心地球。空心地球的大小与原地球差不多，但其质量仅为后者的百分之一。说地球被掏空了是不确切的，因为原地球表面那层脆弱的岩石根本不可能用来做球壳。球壳的材料可能取自地核，另外球壳上像经纬线般交错的、虽然很细但强度极高的加固圈，是用太阳坍缩时产生的简并态中子物质制造的。

令人感动的是，吞食帝国不但立即答应了李白的要求，允许所有人类离开大环世界，还把从地球掠夺来的海水和空气全部还给了人类，神族借此在空心地球内部恢复了原地球的大陆、海洋和大气层。

接着，惨烈的大环保卫战开始了。吞食帝国向太空中的神族目标发射大批核弹和伽马射线激光，但这些对敌人毫无作用。在神族发射的一个无形的强大力场推动下，吞食者大环越转越快，最后在超速自转产生的离心力下解体了。这时，伊依正在飞向空心地球的途中。他从一千二百万公里之外目睹了吞食帝国毁灭的全过程：

大环解体的过程很慢，如同梦幻。在漆黑太空的背景上，这个巨大的世界如同一团浮在咖啡上的奶沫一样散开。边缘的碎块渐渐隐没于黑暗之中，仿佛被太空溶解了，只有不时出现的爆炸的闪光才使它们重新现形。

这个充满阳刚之气的伟大文明就这样被毁灭了，伊依悲哀万分。只有一小部分恐龙活了下来，与人类一起回归地球，其中包括使者大牙。

在返回地球的途中，人类普遍都很沮丧，但原因与伊依不同——回到地球后是要开荒种地才有饭吃的，这对于已在长期被饲养的生活中变得四肢不勤、五谷不分的人类来说，简直像一场噩梦。

但伊依对地球世界的前途满怀信心，不管前面有多少磨难，人将重新成为人。

诗　云

吟诗航行的游艇到达了南极海岸。

这里的重力已经很小，海浪的运行十分缓慢，像是一种描述梦幻的舞蹈。在低重力下，拍岸浪把水花儿送上十几米高处，飞上半空的海水由于表面张力而形成无数水球，大的像足球，小的如雨滴。这些水球下落缓慢，慢到可以用手在它们周围划圈。它们折射着小太阳的光芒，使上岸后的伊依、李白和大牙置身于一片晶莹灿烂之中。低重力下的雪也很奇特，呈蓬松的泡沫状，浅处齐腰深，深处能把大牙都淹没。但在被淹没后，他们竟能在雪沫中正常呼吸！整个南极大陆就覆盖在这雪沫之下，起伏不平，一片雪白。

伊依一行乘一辆雪地车前往南极点。雪地车像是一艘掠过雪沫表面的快艇，在两侧激起片片雪浪。

第二天，他们到达了南极点。极点的标志是一座高大的水晶金字塔，这是为纪念两个世纪前的地球保卫战而建造的纪念碑，上面没有任何文字和图形，只有晶莹的碑体在地球顶端的雪沫之上默默地折射着阳光。

从这里看去，整个地球世界尽收眼底。光芒四射的小太阳周围，围绕着大陆和海洋,使它看上去仿佛是从北冰洋中浮出来似的。

“这个小太阳真的能够永远亮着吗?”伊依问李白。

“至少能亮到新的地球文明进化到能制造新太阳之时。它是一个微型白洞。”

“白洞?是黑洞的反演吗?”大牙问。

“是的,它通过空间虫洞与二百万光年外的一个黑洞相连。那个黑洞围绕着一颗恒星运行,它吸入的恒星的光从这里被释放出来,可以把它看作一根超时空光纤的出口。”

纪念碑的塔尖是拉格朗日轴线的南起点,这是指连接空心地球南北两极的轴线,因战前地月之间的零重力拉格朗日点而得名,是一条长一万三千公里的零重力轴线。以后,人类肯定要在拉格朗日轴线上发射各种卫星。比起战前的地球来,这种发射易如反掌——只需把卫星运到南极或北极点——愿意的话用驴车运都行——然后用脚把它向空中踹出去就行了。

就在他们观看纪念碑时,又有一辆较大的雪地车载来了一群年轻的旅行者。这些人下车后双腿一弹,径直跃向空中,沿拉格朗日轴线高高飞去,把自己变成了卫星。从这里看去,有许多小黑点在空中标出了轴线的位置,那都是在零重力轴线上飘浮的游客和各种车辆。本来从这里可以直接飞到北极,但小太阳位于拉格朗日轴线中部,最初有些沿轴线飞行的游客因随身携带的小型喷气推进器坏了,无法减速,只能朝太阳飞去。不过,在距小太阳很远的距离上,他们就被蒸发了。

在空心地球,进入太空也是一件很容易的事,只需要跳进赤道上的五口深井(名叫地门)中的一口,向下坠落一百公里,穿过地壳,就被空心地球自转的离心力抛进太空了。

现在，伊依一行为了看诗云也要穿过地壳，但他们走的是南极的地门，在这里，地球自转的离心力为零，所以不会被抛入太空，只能到达空心地球的外表面。他们在南极地门控制站穿好轻便太空服后，就进入了那条长一百公里的深井，由于没有重力，叫它隧道更合适一些。在失重状态下，他们借助太空服上的喷气推进器前进，这比在赤道的地门中坠落要慢得多，用了半个小时才来到外表面。

空心地球外表面十分荒凉，只有纵横的中子材料加固圈。这些加固圈把地球外表面按经纬线划分成许多个方格，南极点正是所有经线加固圈的交点。当伊依一行走出地门后，发现自己身处一个面积不大的高原上，地球加固圈像一道道漫长的山脉，以高原为中心呈放射状朝各个方向延伸。

抬头，他们看到了诗云。

诗云处于已消失的太阳系所在的位置，是一片直径为一百个天文单位的旋涡状星云，形状很像银河系。空心地球处于诗云边缘，与原来太阳在银河系中的位置也很相似。不同的是，地球的轨道与诗云不在同一平面，这就使得从地球上可以看到诗云的侧面，而不是像银河系那样只能看到截面。但地球离开诗云平面的距离还远不足以使这里的人们观察到诗云的完整形状——事实上，南半球的整个天空都被诗云所覆盖。

诗云发出银色的光芒，能在地上投下人影。据说诗云本身是不发光的，这银光是宇宙射线激发出来的。由于宇宙射线密度不均，诗云中常涌动着大团的光晕，那些色彩各异的光晕滚过长空，好像是潜行在诗云中的发光巨鲸。也有很少的时候，宇宙射线的强度急剧增加，在诗云中激发出粼粼的光斑。这时的诗云已完全不像云了，整个天空仿佛是在月夜从水下看到的海面。地球与诗云的运行并不是同步的，所以有时地球会处于旋臂间的空隙上，这时，透过空隙可以看到夜空和星星。最为激动人心的是，在旋臂的边缘还可以看到诗云的断面形状，它很像地球大气中的积雨云，变幻出各种宏伟的让人浮想联翩的形体。这些巨大的形体高高地升出诗云的旋转平面，发出幽幽的银光，仿佛是一个超级意识那没完没了的梦境。

伊依把目光从诗云收回，从地上拾起一块晶片。这种晶片散布在他们周围的地面上，像严冬的碎冰般闪闪发亮。伊依举起晶片，对着诗云密布的天空。晶片很薄，有半个手掌大小，正面看全透明，但把它稍斜一下，就会看到诗云的亮光在它表面映出的霓彩光晕。这就是量子存储器，人类历史上产生的全部文字信息，也只能占一块晶片存储量的几亿分之一。诗云就是由10的40次方片这样的存储器组成的，它们存储了终极吟诗的全部结果。这片诗云，是用原来构成太阳和它的九大行星的全部物质所制造，当然也包括吞食帝国。

“真是伟大的艺术品！”大牙由衷地赞叹道。

“是的，它的美在于其内涵—— 一片直径一百亿公里、包含着全部可能的诗词的星云——这太伟大了！”伊依仰望着星云激动地说，“我也开始崇拜技术了。”

一直情绪低落的李白长叹一声，“唉，看来我们都在走向对方。我看到了技术在艺术上的极限，我……”他抽泣起来，“我是个失败者，呜呜……”

“你怎么能这样讲呢?！”伊依指着上空的诗云说，“这里面包含了所有可能的诗，当然也包括那些超越李白的诗！”

“可我却得不到它们！”李白一跺脚，飞起了几米高，又在地壳那十分微小的重力下缓缓下落，“在终极吟诗开始时，我就着手编制诗词识别软件，但技术在艺术中再次遇到了不可逾越的障碍。到现在，具备古诗鉴赏力的软件还没能编出来。”他在半空中指指诗云，“不错，借助伟大的技术，我写出了诗词的巅峰之作，却不可能把它们从诗云中检索出来，唉……”

“智慧生命的精华和本质，真的是技术所无法触及的吗？”大牙仰头对着诗云大声问。经历过这一切，它变得越来越哲学了。

“既然诗云中包含了所有可能的诗，那其中自然有一部分诗，是描写我们全部的过去和所有可能与不可能的未来的。伊依虫虫肯定能找到一首诗，描述他在三十年前的一天晚上剪指甲时的感受，或十二年后的一顿午餐的菜谱；大牙使者也可以找到一首诗，描述它的腿上的一块鳞片在五年后的颜色……”说着，已重新落回地面的李白拿出了两块晶片，它们在诗云的照耀下闪闪发光，“这是我临走前送给二位的礼物——量子计算机以你们的名字为关键词，从诗云中检索出了几亿亿首与二位有关的诗。这些诗描述了你们在未来各种可能的生活，现在它们都在这里了，当然，在诗云中，这也只占描写你们的诗作的极小一部分。我只看过其中的几十首，最喜欢的是关于伊依虫虫的一首七律，描写他与一位美丽的村姑在江边相爱的情景……我走后，希望人类和剩下的恐龙好好相处，人类之间更要好好相处。要是空心地球的球壳被核弹炸个洞，可就麻烦了……”

“我和那位村姑后来怎样了？”伊依好奇地问。

在诗云的银光下，李白嘻嘻一笑，“你们幸福地生活在一起。”

发表于 2003 年第 3 期《科幻世界》

获 2003 年（第 15 届）银河奖读者提名奖

光荣与梦想

被推迟的奥运会

晨光已照亮了半个天空，西亚共和国的大地仍然笼罩在黑暗中，仿佛刚刚逝去的夜凝成了一层黑色的沉积物覆盖其上。

格兰特先生开着一辆装满垃圾的小卡车，驶出了联合国人道主义救援基地的大门。基地雇用的西亚工人都走光了，这几天他们只好自己倒垃圾。不过今天是最后一次了。明天，他们这些留在西亚的最后一批联合国人员将撤离。后天或更晚一些时候，战争将再次降临这个国家。

格兰特把车停到不远处的垃圾场旁边，下车后，从车上抓起一袋垃圾扔了出去。当他抓起第二袋时，举在空中的手停了几秒钟。在这一片死寂的世界中，他看到了唯一活动的东西，那是地平线上的一个小黑点儿，它微微跃动着，仿佛在否认自己是这黑色大地的一部分。它在晨光白亮的背景上像一个太阳黑子。

一阵声响把格兰特的注意力拉回近处，他看到几个黑乎乎的影子移向他刚扔下的垃圾袋，像是地上的几块石头移动起来。那是几名每天必来的拾荒者，男女老少都有。这个被封锁了十七年的国家已在饥饿中奄奄一息。

格兰特抬起头，已能够分辨出那个远方的黑点是一个跑动的人体。在又亮了一些的晨光背景上，他觉得那个黑点像一只在火焰前舞动的小虫。

这时，拾荒者中出现了一阵骚动。有人拾到了半截香肠，飞快地把香肠塞进嘴里，忘情地大嚼着。其他人呆呆地看着他，这让他们静止了几秒钟，但也只有几秒钟，紧接着他们又在撕开的垃圾袋中仔细翻找起来。在他们已被饥饿所麻木的意识中，垃圾里的食物比即将升起的太阳更加明亮。

格兰特再次抬起头，那个奔跑者更近了，从身材上可以看出是个女性。她体形瘦削，在格兰特的第三次印象中，她像一株在晨光中摇曳的小树苗。当她近到喘息声都清晰可闻时，格兰特仍听不到她的脚步声。她跑到垃圾堆旁，腿一软，跌坐在地。这是一个十几岁的女孩子，皮肤黝黑，穿着破旧的运动背心和短裤。她的眼睛吸引了格兰特，那双眼睛在她那瘦小的脸上大得出奇，使她看上去像某种夜行动物。与其他拾荒者麻木的眼神不同，这双眼睛中有某种东西在晨光中燃烧，那是渴望、痛苦和恐惧的混合。她的整个生命似乎都集中在这双眼睛上，与之相比，那小小的脸盘和瘦成一根藤似的身躯仿佛只是附着在果实上的枯萎枝叶。她脸色苍白地喘息着，听起来像远方的风声。她的嘴上泛着一层白色的干皮。一名拾荒者冲她嘀咕了句什么，格兰特努力抓住这句西亚语的发音，大概听懂了："辛妮，你又来晚了，别再指望别人给你留吃的！"

叫辛妮的女孩子吃力地把平视的目光下移到撕开的垃圾袋上，仿佛那无限远方有什么东西强烈地吸引着她。但饥饿感很快就占据上风，她开始与其他人一样从垃圾里找吃的。剩余的食物几乎已被拾完，她只找到一个开了口的鱼罐头，抓出里面的几根鱼骨嚼了起来，吃力地吞下去，然后她想再次起身去找，却昏倒在垃圾堆旁。格兰特走过去，把她抱起来。她那浸满汗水的身体轻软得令人难以置信，仿佛是一条搭在他手臂和膝盖上的布袋。

“是饿的，她多次这样了。”有人用很地道的英语对格兰特说。后者把辛妮轻轻地放在地上，站起身，从驾驶室拿出一瓶牛奶，蹲下来喂她。辛妮很快闻到了牛奶的味道，大口喝了起来。

“你家在哪里？”看到辛妮稍微清醒了些，格兰特用生硬的西亚语大声问。

“她是个哑巴。”

“她住得离这儿很远吗？”格兰特抬头问那个说英语的拾荒者。后者戴着眼镜，留着杂乱的大胡子。

“不，就住在附近的难民营，但她每天早晨都要从这里跑到河边，再跑回来。”

“河边?！那来回……有十多公里呢！她神志不正常？”

“不，她在训练。”看到格兰特更加迷惑，拾荒者接着说，“她是西亚共和国的马拉松冠军。”

“哦……可这个国家，好像有很多年没有全国体育比赛了吧？”

“反正人们都是这么说的。”

辛妮已经缓过劲儿来，自己拿着奶瓶喝剩下的奶。蹲在她旁边的格兰特叹息着摇摇头说:“是啊，哪里都有生活在梦想中的人。”

“我就曾是一个。”拾荒者说。

“你英语讲得很好。”

“我曾是西亚大学的英美文学教授，是十七年的制裁和封锁让我们丢失了所有的梦想，最后变成了这个样子。”他指指那些仍在垃圾中翻找的其他拾荒者说，辛妮的晕倒似乎并没有引起他们的注意，“我现在唯一的梦想，就是你们把喝剩的酒也扔一些出来。”

格兰特悲伤地看着辛妮，“她这样会要了自己的命。”

“有什么区别？”英美文学教授耸耸肩，不以为然地说，“两三天后战争再次爆发时，你们都走了，国际救援断了，所有的路也都不通了，我们要么被炸死，要么被饿死。”

“但愿战争快些结束吧——我想会的。西亚的人民已经厌战了，这个国家已经是一盘散沙。”

“那倒是，我们只想有饭吃，活下去。你看他——”教授指指一个在垃圾堆中专心翻找的头发蓬乱的年轻人，“他就是个逃兵。”

这时，仍然靠在格兰特臂弯中的辛妮抬起一只枯瘦的手臂，指着不远处联合国救援基地那几幢白色的临时建筑，用手比画着。

“她好像想进去。”教授说。

“她能听到吗？”格兰特问。看到教授点点头，他转向辛妮，一只手比画着，用生疏的西亚语对她说，“你不能，不能进去。我再给你，一些吃的。明天，不要来了。明天我们走了。”

辛妮用手指在沙地上写了几个西亚文字。教授看了看，说:“她想进去，在你们的电视上看奥运会开幕式。”接着他悲哀地摇摇头，“这孩子，已不可救药了。”

“奥运会开幕推迟了一天。”格兰特说。

“因为战争？”

“怎么？你们什么都不知道?!”格兰特吃惊地看看周围的人说。

“奥运会与我们有什么关系？”教授又耸耸肩。

这时，一阵嘶哑的引擎声打断了他们的对话。一辆只有在西亚才能看到的旧式大客车从公路上开了过来，停在垃圾场边上。车上跳下一个人，看上去五十多岁，头发花白，冲这一群人大喊："辛妮在这儿吗？威弟娅·辛妮！”

辛妮想站起来，但腿一软，又跌坐在地。那人走过来，看到了她，“孩子，你怎么成了这个样子？还认识我吗？”

辛妮点点头。

“你们是哪儿的？”教授看看那人，问。

“我是克雷尔，国家体育运动局局长。”那人回答说，然后把辛妮从地上扶起来。

“这个国家还有体育运动局？”格兰特惊奇地问。

克雷尔手扶辛妮，看着初升的太阳，一字一顿地说："西亚共和国什么都有，先生。至少将会什么都有的！”说完，便扶着辛妮向大客车走去。

上车后，看着软瘫在破旧座椅上的辛妮，克雷尔回忆起一年前他与这个女孩子相识的情景。

那天傍晚，克雷尔下班后走出体育运动局那幢陈旧的三层办公楼，刚疲惫地拉开他那辆老伏尔加的车门，就有人从后面抓住了他的胳膊，一回头，他看到了辛妮。她冲他比画着，要上他的车。他很惊奇，但她那诚挚的目光让人信任，于是他让她上了车，并按她指的方向开去。

“你……哦，你是运动员吗？”克雷尔问。他的问题不是随口问的，长期进行某些体育项目训练的人，会留下明显的特征，这特征不仅仅是在身型上，还有精神状态上的。虽然辛妮穿着西亚女性常穿的宽大长衫，克雷尔那专家的眼睛还是立刻看出了她身上的这种特征。但克雷尔不相信，在这个已十几年处于贫穷饥饿状态的国家里，还有人从事那种运动。

辛妮点点头。

在辛妮的指引下，车开到了首都体育场。下车后，辛妮在地上写了一行字：“请您看我跑一次马拉松！”在体育场跑道的起点，辛妮脱下长衫，露出她后来一直穿着的旧运动衫和短裤。当克雷尔示意计时开始后，她步伐轻捷地跑了起来，这时克雷尔已经确信，这孩子是一块难得的长跑好材料，但这反而使他的心头涌上一阵悲哀。

这座能够容纳八万人的西亚共和国最大的体育场现在完全荒废了：杂草和尘土盖住了跑道；西边有一个大豁口，是在不知哪年的空袭中被重磅炸弹炸开的，残阳正从豁口中落下，给体育场巨大阴影上方的看台投下一道如血的余晖。

战前，西亚共和国的体育曾有过辉煌的时代，但十七年前的那场战争和随后延续至今的封锁和制裁，使体育在这个国家成了一种巨大的奢侈。国家对体育的投入已压缩到最小，仅仅是为了能零星派出几名运动员参加国际比赛，以满足对外宣传的需要。但近年来，随着生存环境的日益严酷，这一点儿投入也消失了，运动员们不知漂泊何处，国家体育运动局仅剩四名工作人员,随时都可能被撤销。

夕阳在西方落下,一轮昏黄的满月又从东方升起。辛妮一圈又一圈地奔跑着,时而没入阴影,时而跑进如水的月光中。在这如古罗马斗兽场遗址般荒凉的巨大废墟中,回荡着她那轻捷的脚步声。克雷尔觉得,她是来自过去美好时代的一个幻影,时光在这月光下的废墟中倒流,一丝早已消逝的感觉又回到克雷尔的心中,他不由得泪流满面。

当月光照亮大半个体育场时,辛妮跑完了第一百零五圈,到达了终点。她没有去做放松运动,只是远远地站在那里静静地看着克雷尔。月光下,她像跑道上一尊细长的雕像。

“两小时十六分三十秒,考虑场内和场外道路的差别,再加三分钟,仍是迄今为止的全国最好成绩。”

辛妮笑了一下。马拉松运动员的特点之一就是表情呆滞,这是他们在训练和比赛中长时间忍受单调的体力消耗的缘故。克雷尔发现辛妮在月光中的笑容很动人,但这笑容却像一把刀子把他的心割出血来。他呆立着,变成了另一尊雕像,直到辛妮的喘息声像退潮的海水般平息后,他才回过神来,把手表戴回腕上,低声说:“孩子,你生错了时候。”

辛妮平静地点点头。

克雷尔弯腰拾起地上的长衫,走过去,递给辛妮,“我送你回家吧,天黑了,你父母不放心的。”

辛妮比画着,克雷尔看懂了,她说自己没有父母,也没有家。她接过衣服,转身走开,很快消失在体育场巨大的阴影中。

大客车向市郊方向驶去,辛妮在座椅上绵软无力地随之颠簸摇晃,疲乏和虚弱令她昏昏欲睡，但后座上一个人的一句话使她猛醒过来:“萨里，你是怎么把自己搞到监狱里去的？”

辛妮直起身向后看，立刻认出了那个被叫作萨里的人，但她无论如何也不会相信，眼前这个可怜的家伙曾是西亚共和国最耀眼的体育明星。亚力克·萨里是西亚共和国被封锁期间在国际大赛中获得奖牌的三名运动员之一，他曾在四年前的世界射击锦标赛上获得男子飞碟双多向射击的金牌，成为全国的英雄。辛妮仍清楚地记得他乘敞篷汽车通过中心大街时那光辉的形象。可眼前的萨里骨瘦如柴，苍白的脸上有好几道伤疤，他裹着一件肮脏的囚服，在这并不寒冷的早晨瑟瑟发抖。

克雷尔说:“他去做了一个走私集团头目的保镖，人家看上了他的枪法。”

“我不想被饿死。”萨里说。

“可是你差点儿被饿死。在自由公民都吃不饱的今天，监狱里会是什么样子？那里每天都有人饿死或病死，我看你也差不多了。”

“局长先生，您把我保释出来确实救了我一命，可这是为什么？我们这是去哪儿？”

“去机场。至于去干什么我也不知道，我们只是奉命召集各个运动项目的原国家队队员。”

车停了，又上来好几个人。与大部分西亚人一样，他们面黄肌瘦，衣服破旧，有人在不停地咳嗽，饥饿和贫穷醒目地写在他们的脸上。与一般人不同的是，他们都很高，但这高大的身材更增加了他们的憔悴感。他们在车里弯着腰，像一排离水很久而干瘪的大虾。辛妮很快认出这都是原国家男篮的球员。

“嗨，各位，这些年过得怎么样？”克雷尔向他们打招呼。

“在我们有力气给您讲述之前，局长先生，先让大家吃一顿早餐吧！”

“是啊，作为高级官员，您体会不到挨饿的滋味。到现在您还在吃体育这碗饭，可我们吃什么呢？我们一天的配给，只够吃一顿的。”

“就这一顿也快没有了，人道主义救援已经停止了！”

“没关系，再等等吧。战争一爆发，黑市上就又能弄到吃的了！”

……

就在男篮队员们七嘴八舌诉苦的时候，辛妮挨个儿打量他们，发现她最想见的那个人没有来，克雷尔代她提出了这个问题：“穆拉德呢？”对，加里·穆拉德！西亚共和国的乔丹！

“他死了，有半年了吧。”

克雷尔好像并不感到意外，“哦……那伊西娅呢？”辛妮努力回忆这个名字，想起她是原国家女篮队员，穆拉德的妻子。

“他们死在一起。”

“天啊，这是怎么了？”

“您应该问问这世道是怎么了……他们和我们一样，除了打球，什么都不会，这些年只有挨饿。可他们不该要孩子，那孩子刚出生，局势就恶化了，配给又减少了一半，孩子只活了三个月，死于营养不良，或者说是饿死的。孩子死的那天晚上，他们闹到半夜，吵一会儿，哭一会儿，后来安静下来，竟做起饭来。然后两人就默默地吃饭，终于吃了这些年来的第一顿饱饭。您知道他们的饭量，把后半月的配给都吃光了。天亮后，邻居发现他们不知吃了什么毒药，一起死在床上。”

一车人陷入沉默。直到车再次停下、又上来一个人时,才有人说:“哇,终于见到一个不挨饿的了。”上来的是一位娇艳的女郎,染成红色的头发像一团火,描着很深的眼影和口红,衣着艳俗而暴露,同这一车的贫困户形成鲜明对比。

“大概不止吃饱吧,她过得好着呢!”又有人说。

“也不一定,现在首都已成了一座饥饿之城,红灯区的生意能好到哪里去?”

“噢,不,穷鬼。”女郎冲说话的人浪笑了一下,说,“我主要为联合国维和部队服务。”

车里响起几声笑,但很快被一阵剧烈的咳嗽声淹没。

“莱丽,你应该多少知道些廉耻!”克雷尔厉声说。

“噢,克雷尔大叔,不管有没有廉耻,谁饿死后身上都会长出蛆来。”女郎不以为然地挥挥手,在辛妮身边坐了下来。

辛妮瞪圆双眼盯着她。天啊,这就是温德尔·莱丽?这就是那个曾获世界体操锦标赛铜牌的纯美少女,那朵光彩照人的西亚体育之花?!

剩下的路程是在沉默中走完的。二十分钟后,汽车开进了首都机场的停机坪,已经有两辆大客车先到了,它们拉来的也都是前国家队的运动员,加上这辆车,共有七十多人,包括一支男子篮球队、一支男子足球队和十一个其他竞赛项目的运动员。

跑道的起点停着一架巨大的波音客机。在西亚领空被划为禁飞区的十多年里,它显然是这个机场降落过的最大和最豪华的飞机。克雷尔领着西亚共和国的运动员们来到飞机前面,从舱门中走出几位西装革履的外国人，当他们走到舷梯中部时，其中一位挥手对下面的人群大声说了一句什么。运动员们吃惊地认出，这人是国际奥林匹克委员会主席，但最让他们震惊的，还是克雷尔翻译过来的那句话：

“各位，我代表国际社会来到西亚共和国，接你们参加第二十九届奥运会！”

北　京

原来北京是这样的！

当车队进入市区后，辛妮心里感叹道。这个遥远的城市本来与她——一个身处西亚共和国的贫穷饥饿的女孩子——没有任何关系，但奥运会使北京成为她心中的圣地。辛妮对北京了解很少，仅限于小时候看过的一部武侠片。在她的想象中，北京是一座古老而宁静的城市，她无法把这座城市与宏大壮丽的奥运会联系起来。她无数次梦到过奥运会和北京，但两者从未在同一个梦中出现过。在一些梦里，她飞鸟般掠过宏伟的奥运赛场上的人海；在另一些梦里，她在北京迷宫般的小胡同中和旧城墙下穿行，寻找着奥运赛场，但从来没有找到过。

辛妮瞪大双眼，看着车窗外，寻找她想象中的胡同和城墙，但映入眼帘的是一片崭新的现代化高层建筑群，林立的高楼在阳光下发出耀眼的白光，像刚开封的新玩具，又像一夜之间冲天长出的白嫩的巨大植物。直到此时，奥运会和北京才在辛妮的脑海中完美地结合起来。

到达新世界的兴奋感像云缝中的太阳露了一下头，在辛妮的心中投下一线光亮，但阴郁的乌云很快又遮盖了一切。

与世界各大媒体想当然的报道不同，当西亚共和国的运动员们得知自己将参加奥运会时，并没有什么兴奋和喜悦。像其他西亚人一样，十多年的苦难使他们对命运不抱任何幻想。他们对一切意外都抱有一种麻木的冷静，不管这意外是好是坏，他们所做的第一件事，就是收紧外壳保护自己。得知这个消息后，甚至没有人提出问题，就连那些理所当然的问题——如没参加过任何预选赛如何进入奥运会——都没有人提出。他们只是默默地走上飞机，麻木而敏感地静观着事态的发展。

辛妮走进空荡荡的宽敞机舱，找了个靠窗的座位坐下，并一直注意着这里发生的事。她看到国际奥委会主席把克雷尔和西亚代表团的几位官员召集到头等舱中去，一个多小时过去了，还没有任何动静。其他运动员也在沉默中静静地等待。终于，克雷尔走了出来。他没有说什么，只是拿着一张名单。几十双眼睛都盯着他的脸，那是一张平静的脸。这平静是第一个征兆，它告诉辛妮：事情不对。很快，她那敏锐的眼睛又发现了第二个征兆：克雷尔拿着名单返回头等舱时，用空着的一只手去开紧闭的舱门，那只手摸索了半天，也没找到把手，但他的双眼仍平视着前方，而没有向下看，仿佛一时失明了似的。这时，辛妮证实了自己的预感。

事情不对。

大家在机舱里吃了一顿饱饭，每人都吃了两到三份航空餐，这些西亚人的饭量让那几名中国空姐很吃惊。飞机起飞后，辛妮透过舷窗，看到云海很快覆盖了西亚的大地。这云海在整个航程中都很少散开，仿佛在下面隐藏着一个巨大的谜团。

飞机在北京机场降落后，等了足有两个小时，换上统一服装的西亚体育代表团才走出机舱。当他们进入到达大厅后，立刻被一阵闪光灯的光焰照得睁不开眼。大厅中黑压压地挤满了记者，在代表团周围拼命拥挤着，像一群看到猎物的饿狼，但又总是小心地与他们保持两米左右的距离，使代表团行走在一小圈移动的空地中央，仿佛他们周围有一种无形力场把记者们排斥开来。更让辛妮和其他同伴心里发毛的是，没有人提问，大厅中只有闪光灯的咔嚓声和拥挤的人们鞋底摩擦地板的沙沙声。走出大厅时，辛妮听到空中的轰鸣，抬头看到三架小型直升机悬在半空，不知是在警戒还是在拍照。运送西亚代表团的大客车只有两辆，却有十几辆警车护送，还有一支武装警察的摩托车队。当车驶上机场到市区的公路时，辛妮和其他西亚运动员发现了一件更让他们震惊的事：路被清空封闭了，看不到一辆车！

事情真的不对。到达奥运村时，天已经黑了下来。当西亚运动员们走下汽车时，他们心中的疑惑变成了恐惧：奥运村里一片死寂，几十幢整齐的运动员公寓楼大多黑着灯。当他们走向唯一一座亮灯的公寓楼时，辛妮注意到，远处一个小广场中央有一排高高的旗杆，但那些旗杆上没有国旗，像一长排冬日的枯树。城市的灯光映亮了半个夜空，喧闹声隐隐传来，更加衬托出奥运村诡异的寂静。辛妮打了个寒战，这里让她想到了陵墓。

在运动员公寓的接待厅里，身为代表团团长的克雷尔对运动员们讲了一段简短的话："请大家回各自的房间，晚饭会在一小时后送到房间里。今天晚上任何人不得外出，一定要好好休息。明天上午九点钟，我们将代表西亚共和国参加第二十九届奥林匹克运动会的开幕式。"

辛妮和克雷尔、萨里同乘一趟电梯，她听到萨里低声问团长："您真的不打算告诉我们真相？难道……'和平视窗'设想真要实现了？"

"明天你就会明白一切。我们应该让大家至少有一个晚上能睡好。"

和平视窗

辛妮仰望着雄伟的奥林匹克体育场，短暂的幸福和陶醉暂时掩盖了紧张和恐惧。不管未来几天发生什么，她已来到了所有运动员梦中的圣地，此生足矣。

但对即将到来的事情的恐惧并没有因此而减少，这两天所经历的一切，越来越像是一个阴沉而怪异的梦。早晨，西亚共和国代表团的车队从奥运村出发，前往奥林匹克体育场。连接两地的宽阔公路旁人山人海，但辛妮看到，人群中没有鲜花、彩旗和气球，也没有欢笑和欢呼，这成千上万人集体沉默着，表情严峻地目送着车队。昨天那种让辛妮不适的感觉又出现了，她觉得这像葬礼。

奥林匹克体育场外面十分空旷，有两条森严的警戒线，当车队驶过时，组成警戒线的武警士兵整齐地敬礼。车队在体育场的东大门停下，运动员下车后，克雷尔团长召集他们站成一个方阵。辛妮站在方阵的第一排，她仔细地辨识着体育场内传出的声音，但什么也没有听到，这巨大的建筑内部一片寂静。克雷尔从车上拿出一面宽大的西亚共和国国旗，先后招呼萨里和另外两名较有建树的运动员出列，递给他们每人国旗的一角。当他在队列中寻找第四个人时，站在前排的莱丽走出来，从克雷尔的手中拿过国旗的最后一角。但克雷尔摇摇头，把国旗从莱丽手中拉出来，递给了他随意选中的一个女运动员。这巨大的羞辱使莱丽涨红了脸，她恼怒地盯了团长几秒钟，转身回到队列中。四名运动员把国旗展开来，北京的微风在旗面上拂出道道波纹，国旗旁边的克雷尔对着运动员方阵庄严地说：“西亚的孩子们，振作起来！现在，我们代表苦难的祖国，进入第二十九届奥林匹克运动会的主会场！”

在国旗的引导下，西亚共和国的运动员方阵开始行进，很快进入到体育场东大门高大的门廊中。门廊很长，像一条隧道，辛妮走在方阵的前排，与其他运动员一起盯着前方越来越近的入口，她的心在狂跳。在她的意识中，入口那边是另一个时空，另一种不可知的命运和人生在那边等着她。

尽管已有心理准备，当辛妮通过入口看到体育场的全景时，还是浑身僵住了，只能在后面方阵的推送下机械地迈步前行。这时，避免精神崩溃的唯一办法就是保持这两天一直笼罩着她的感觉：这是一场噩梦。而她现在看到的，已经有力地证明了这一点。

他们面对着一个完全空旷的体育场。

九点钟的太阳照亮了这巨大体育场的一半，西亚人仿佛行进在一个与世隔绝的盆地中，这荒凉的世界里只有他们的脚步声在回荡。震惊的眩晕过去后，辛妮看到宽阔的运动场的另一面有东西在动，那是另一个运动员方阵，正与他们相向行进。那个方阵也由一面四个运动员抬着的大旗帜指引着。阳光下，辛妮辨认出那是一面星条旗。与以往进入奥运会场时乱哄哄的样子不同，美国运动员的方阵十分整齐，以一种威严的节奏起伏着，像进攻中的古罗马军团。

在运动场中央，两个方阵行进到相距几十米时开始转向，最后面向简单的主席台停了下来。一切陷入寂静，仿佛时间停止了流动。

一个人从运动场的一侧向主席台走来，他那单调的脚步声在空旷的看台间回荡，像恐怖的读秒声。来人不是国际奥委会主席，而是联合国秘书长。那个瘦削的巴西老人缓缓地走上主席台，注视着远处的两国运动员方阵，沉默了半分钟之久，才开始讲话。经过巨大的音响系统，他的声音仿佛来自苍穹：

“第二十九届奥林匹克运动会将只有美利坚合众国和西亚共和国两个国家参加，它将代替这两国间即将爆发的战争。

“如果美国获胜，西亚共和国必须履行最后通牒中的条款，这个国家将被彻底解除武装，肢解为三个独立的国家，原西亚政府中的战犯将受到国际法庭的审判。

“如果西亚共和国获胜，战争将中止，目前处于对西亚攻击状态的美国及其盟国军队将全部撤离，联合国将取消对西亚共和国的经济制裁，并欢迎其回到国际社会中来。”

秘书长把目光投向西亚运动员方阵，“你们能够预测，在这届奥运会中，西亚共和国必败。但也请你们注意另一个事实：如果战争爆发，西亚共和国同样注定要战败，而那时，交战双方，特别是你们的国家，将付出血的代价。

“也许你们会认为，这届奥运会只是为西亚共和国的投降寻找一个借口，不是这样的。举一个极端的例子：如果西亚体育代表团仅以一块金牌之差负于美国的话，虽然西亚仍将被认为是战败，但结果已大不相同——这个国家不会被肢解，现政府也可以继续存在，同时保留常备军队。西亚所要做的，只是销毁自己的生化武器，赔款也仅为最后通牒中要求金额的三分之一。当然,这种情况也不太可能出现,但西亚运动员在每个单项上获得的每一块金牌,都能为失败的西亚争得一定的权利。美西两国在联合国的框架下经过极其艰难的谈判所达成的协议中,对胜负规则制定了详细的条款。而对于西亚来说,获得金牌的希望也不是完全没有,比如亚力克·萨里和温德尔·莱丽,就分别在射击和体操上占有一定的优势。”

秘书长把目光从西亚运动员方阵上移开,仰望着北京夏日的晴空,“这就是联合国‘和平视窗’计划的第一次实施,是人类在新千年中为消灭战争进行的伟大实验!

“‘和平视窗’计划的名称来自尊敬的比尔·盖茨先生。在新世纪到来之时,为了使微软的智慧和财富有更加伟大的用处,盖茨先生主持了一个宏大的软件项目:开发一款巨型模拟软件,使其能够在巨型计算机上以数字的方式真实地再现各种规模的战争,最后达到在国家间用数字战争代替真实战争的目的。这个软件被命名为‘和平视窗’。众所周知,这个项目失败了。首先,目前的软件技术还远没有达到能够全面模拟极其复杂的现代战争的程度。但项目失败更重要的原因还在于,在目前的国际政治条件下,软件初始数据的输入,以及交战国对模拟结果的认可都是不可逾越的障碍。尽管计划在投入巨资后失败了,但盖茨先生所种下的思想种子却生根发芽,并迅速成长起来。他使我们对战争有了一个全新的思维方向,即如果人类不能在短时间内消灭战争,至少可以让它以另一种较为无害的、尊重生命的方式进行。于是,在国际社会的一致赞同下,联合国再次启动了‘和平视窗’计划。这是人类社会在社会学和国际政治上的‘阿波罗登月’! 五年来,各国有无数的政治家、社会学者、法律学者、伦理学者、自然科学家、军事家和其他各界人士为这个伟大的计划贡献了自己的智慧。

"'和平视窗'计划的关键是找出一个战争替代物，它必须满足两个条件：一、较为忠实地反映各交战国的综合国力；二、能够在一个被各交战国和国际社会认可的规则下进行战争模拟。计划的研究者们很快想到了奥林匹克运动会。单个体育项目，如足球，其水平与国家的政治、经济和军事实力关系不大。但奥运会的众多体育项目作为一个整体，其水平却能相当准确地反映一个国家的综合国力。同时，体育作为人类最古老的一项活动，已经建立了被全人类认可的完善竞赛规则，而到目前为止，奥林匹克运动会是世界上规模最大和影响最大的人类体育赛事，这就使得奥运会成为模拟战争最理想的工具。

"古希腊的奥运先哲们和上世纪的顾拜旦做梦都不会想到，他们所创立的奥林匹克运动会有一天会对人类具有如此重大的意义，而你们这些十分单纯的体育人，更不可能想到自己有一天会突然肩负如此重大的使命。但历史已经把你们推到这里，请不要回避。千年之后再回首，现在将是人类历史上最伟大的时刻，而你们，'和平视窗'的先驱者，将被载入人类文明的史册。"

这时，有两个人沿着跑道向主席台走来，其中一人是国际奥委会主席，另一人竟是身穿迷彩服的军人，他举着燃烧的火炬，肩上有四颗将星。走上主席台后，那名军人用低沉的声音说："我是乔治·韦斯特，美国陆军上将，美军西亚战场司令官。再过五分钟，最后通牒就将到期，如果没有'和平视窗'，我将下令开始对西亚共和国的第一波空中打击。但现在，我将点燃奥运圣火。"然后，他向刚刚升起的五环旗敬礼，转身走上通向大火炬的长长阶梯。他以军人的步伐稳健地攀登着，上身和手中的火炬一直保持笔直。最后，他在运动员的眼中变成了巨大的奥运火炬下的一个小黑点。韦斯特将军向全世界举起了手中的火炬，庄严地静止几秒钟后，点燃了奥运圣火。

运动员们听到轰的一声沉闷巨响，奥林匹克的火焰在蓝天上燃烧起来。没有欢呼，没有鸽群，死一般的寂静中，只有那团古老的巨火在呼呼作响，仿佛是掠过苍穹的浩荡天风。

两个国家的奥运会

开幕式后，各项比赛全面展开。在首批赛事中，最引人注目的是男子篮球，由西亚共和国临时组建的国家队对美国梦之队。与开幕式不同，篮球馆的看台上挤满了观众，大部分是记者，其中体育记者只占很小的比例，主要是从西亚前线蜂拥而来的战地记者。与以往的任何球赛都不同，没有人喧哗，甚至很少有人说话，球赛在寂静中进行，只能听到篮球击地的咚咚声和球鞋底摩擦地板的吱吱声。上半场快结束时，已经没有人再看比分显示板了。梦之队的那些篮球精灵像几只黑色的大鸟在球场上轻盈地翱翔，仿佛是在一首听不见的轻扬乐曲中跳着梦之舞；而西亚队只是混进这场唯美舞蹈中的一些杂质，试图对舞蹈产生干扰，但梦之舞似乎没有感觉到杂质的存在，如水银之河一般顺畅地流下去……中场休息时，西亚队年迈的教练挥着瘦骨嶙峋的拳头，嘶哑地咳嗽着，对精神和体力都要耗尽的球员们说："不要垮掉，孩子们，不要让他们可怜我们！"但他们还是被可怜了。下半场进行到一半时，有很多观众都不忍心再看下去，纷纷起身离开了。当终场的锣声响起后，梦之队黑色的篮球舞蹈家们离开球场，西亚队的球员仍呆立在原地不动，像退潮后沉淀下来的沙子。过了好长时间，中锋才清醒过来，蹲在地上痛哭，另一个球员则跑到篮架下，虚弱地大口吐着酸水……

在此后的比赛中，西亚共和国在所有项目上全面败北，这本在预料之中，但败得那么惨不忍睹，是谁都没有想到的。其实，即使在战后的被封锁阶段，西亚体育还是有一定实力的。近年来，随着局势的恶化，政府无暇顾及体育，原来勉强维持的商业体育俱乐部也全部消失，这些参加奥运会的运动员已有三四年时间没有进行过任何训练。同时，他们除体育外，没有其他一技之长，大多在西亚的苦难岁月中沦为最穷的人，几年的饥饿和疾病使他们已不具备运动员的起码体格。

奥运会的赛程在沉闷中已走完大半，这时的民意调查显示，即使是美国观众，也希望看到西亚运动员创造奇迹，人们把这一希望寄托在两个西亚人身上，他们是莱丽和萨里。全世界都在等待着他们出场。

然而，在随后到来的体操比赛中，莱丽还是让全世界失望了。她的技巧还算娴熟，但体力已经不行，多次失误，在她最具优势的平衡木项目上也掉下来两次，根本无法与美国队那些如彩色弹簧般敏捷的体操天使相匹敌。体操的最后一场比赛开始之前，在进入赛场的路上，辛妮听到了莱丽和教练的对话。

“你真的打算做卡曼琳腾跃？”教练问，“以前你从来没有成功过，高低杠并不是你的强项。”

“这次会成功的。”莱丽冷冷地说。

“别傻了！就算你高低杠自选动作拿满分又怎样？”

“最后得分与美国女孩儿的差距会小些。”

“那又怎么样？听我的，做我制定的那套动作，稳当地做完就行了。现在玩儿命没有意义。”

莱丽冷笑了一下，“您真的关心我这条命吗？说真的，我都不关心了。”

比赛开始，当莱丽跃上高低杠后，辛妮立刻看出她变成另一个人了。她身上某种无形的桎梏消失了，比赛对于她已不是一种使命，而是一种宣泄痛苦的方式。她在高低杠间翻飞，动作渐渐疯狂起来。观众席上出现了少有的赞叹声，但场内的体操专家都一脸惊恐地站了起来，美国队那几位美丽的体操天使大惊失色地拥在一起，她们都知道，这个西亚姑娘在玩儿命。当作到高难度的卡曼琳腾跃时，莱丽完全沉浸在疯狂中，她成功地完成了空中直体一千零八十度空翻，但在抓住低杠腾回高杠时失手了，莱丽头向下、身体成四十五度角摔在低杠下的地板上，坐在看台头一排的辛妮听到了脊椎骨断裂发出的清脆的咔啪声……

克雷尔抱着一面西亚国旗追上了担架，把旗的一角塞到莱丽的手中——这正是开幕式上引导西亚共和国运动员方阵的那面旗帜。莱丽死死地抓着那个旗角，但她并不知道自己抓着什么，她的双眼失神地望着天空，苍白的脸庞因剧痛而不断抽搐，血从嘴角流出来，滴到地上，又沾到拖地的国旗上。

“有一点我们可能没想到，”国际奥委会主席对记者们说，“当运动员成为战士后，体育也会流血。”

其实，人们对莱丽寄予如此大的希望，在很大程度上是媒体炒作的结果。莱丽的优秀只是相对的，即使她超常发挥，实力也和美国选手相差很远。但萨里就不同了，他是真正的世界冠军，而与其他项目相比，停止几年训练对一个射击运动员的影响相对要小一些。虽然美国是世界射击运动强国，但萨里在男子飞碟射击项目上也实力雄厚，他曾在1996年亚特兰大奥运会上打破飞碟双向射击世界纪录。虽然自从在2000年悉尼奥运会上取得该项目的铜牌后，萨里的射击水平就停滞不前，但这次参赛的美国选手詹姆斯·格拉夫在四年前的世界射击锦标赛上负于萨里，只拿到铜牌，所以，西亚共和国有很大希望能拿到这一块金牌，这将给本届奥运会的最后一个下午带来高潮。

前往射击比赛场的最后一段路，萨里是被西亚人高抬着走过的。西亚代表团的运动员们在周围向他欢呼，他仿佛成了他们的神明。周围簇拥的摄像记者使全世界都看到了这一幕——不知情的人看见这画面，肯定会认为西亚已取得了整个奥运会的胜利。在亚洲大陆遥远的另一端，西亚共和国的三千万国民聚集在电视机和收音机前，等待着他们唯一的英雄带给他们最后的安慰。但萨里一直很平静，面无表情。

在射击比赛场的入口处，克雷尔郑重地对刚刚被放下来的萨里说：“你当然知道这场比赛的意义，如果我们至少拿到一块金牌，并由此为战后的国家争得一点权利，那么这场虚拟战争对西亚人就具有完全不同的含义。”

萨里点点头，冷冷地说：“所以，我向国家提出参赛的条件是理所当然的：我要五百万美元。”

萨里的话像一盆冰水，把围绕着他的热情一下子浇灭了。所有人都吃惊地看着他。

“萨里，你疯了吗？”克雷尔低声问。

“我很正常，与我将给国家带来的利益相比，我要的并不多。这笔钱只是为了我今后能到一个自己喜欢的地方安静地度过后半生。”

“等你拿到金牌后，国家会考虑给予奖励的。”

“克雷尔先生，您真的认为这个即将消失的国家还有什么信誉可言吗？不，我现在就要，否则拒绝比赛。你要清楚，拿到金牌后，我是世界明星；退出比赛，则同样会成为拒绝为独裁政府效力的英雄。后者在西方更值钱。”

萨里与克雷尔长时间地对视着，后者终于屈服地收回目光，“好吧，请等一下。”然后他挤出人群，远远地拿出手机打起电话来。

“萨里，你这是叛国！”西亚代表团中有人高喊。

“我的父亲是为国家而死的，他在十七年前的那场战争中阵亡，那时我才八岁，我和母亲只从政府那里拿到一千二百西亚元的抚恤金，之后物价飞涨，那点儿钱还不够我们吃两个星期的饱饭。”萨里从肩上取下其他西亚运动员为他披上的国旗，抓在手中大声质问，“国家？国家是什么？如果是一块面包，它有多大？如果是一件衣服，它有多暖和？如果是一间房子，它能为我们挡住风雨吗？西亚的有钱人早就跑到国外躲避战火了，只剩下我们这些穷鬼还在政府编织的爱国主义神话里等死！”

这时，克雷尔已经打完了电话，他挤进人群，来到萨里面前，“我已经请示过了，萨里。你是在尽一个西亚公民应尽的义务，政府不能付你这笔钱。”

“很好。”萨里点点头，把国旗塞到克雷尔怀里。

“电话一直打到总统那里，他说，如果一个国家只有雇佣军才为它战斗，那它也没有继续存在的必要了。”

萨里没再说什么，转身离开，兴奋的记者们跟着他蜂拥而去。以手捧国旗的克雷尔为中心，西亚代表团长时间默立着，仿佛在为什么默哀。不知过了多长时间，射击场内响起了枪声，詹姆斯·格拉夫正在得到奥运历史上最容易得到的金牌。这枪声使西亚人渐渐回到现实，他们不约而同地把目光集中到一个人身上。刚才跟随萨里的大群记者也跑了回来，几百个镜头一起对准了这个人。

威弟娅·辛妮，将参加一小时后开始的本届奥运会的最后一个项目：女子马拉松。

记者们知道辛妮是哑巴，谁都不提问，只是互相低声说着什么，像在观看一个没见过的小动物。在人群和镜头的包围中，这个黑瘦的西亚女孩儿惊恐地睁大双眼，瘦小的身体瑟瑟发抖，像一只被一群猎犬逼到墙角的小鹿。幸好克雷尔拉起她挤出重围，登上了开往主体育场的汽车。

他们很快到达了奥林匹克体育场，这里将在傍晚举行第二十九届奥运会的闭幕式，同时也是马拉松的起点和终点。下车后，他们立刻被更多的记者包围了，辛妮愈发恐惧和不安，紧紧靠在克雷尔身上。克雷尔好不容易摆脱了纠缠，带着辛妮走进一间空着的运动员休息室，把几乎令她精神崩溃的喧闹关在外面。

克雷尔拿了一杯水走到惊魂未定的辛妮面前，在她眼前张开紧攥着的另一只手。辛妮看到他的掌心上放着一粒白色药片，她盯着药片看了几秒钟，又惊恐地看看克雷尔，摇摇头。

“吃了。”克雷尔以不可抗拒的口气说，又放缓声音，“相信我，没有关系的。”

辛妮犹豫地拿起药片放进嘴里，尝到了酸酸的味道。她接过克雷尔递过来的水，把药片送了下去。几秒钟后，休息室的门轻轻开了，克雷尔猛地回头，看到一个魁梧的身影。他盯着那人看了半天，才吃惊地认出他。

来人是韦斯特将军，在开幕式上点燃圣火的人，已对西亚共和国做好攻击准备的五十万大军的统帅。这时，他穿着一身黑色的西装，双手捧着一个纸盒子。

“请您出去。”克雷尔怒视着他说。

“我想同辛妮谈谈。”

“她不会说话，也听不懂英语。”

“您可以为我翻译，谢谢。”将军对克雷尔微微躬身，他那凝重的声音里有一种难以抗拒的力量。

“我说过请您出去！”克雷尔说着，把辛妮挡在身后。

将军没有回答，用一只有力的手臂轻轻地把克雷尔拨开，蹲在辛妮前面，脱下了她的一只运动鞋。

“您要干什么?！”克雷尔喊道。

将军站起身，把那只运动鞋举到克雷尔面前，“这是刚在北京的运动商店里买的吧？穿这种非定做的新鞋跑马拉松，不到二十公里脚就会打泡。”说完他又蹲下身，把辛妮的另一只鞋也脱了下来，一挥手，把两只鞋都扔了出去。然后，他拿起放在旁边的纸盒打开，露出一双雪白的运动鞋，他把那双鞋捧到辛妮面前，“孩子，这是我个人送给你的礼物，是耐克公司的一个特别车间为你定做的，那个车间能做出世界上最好的马拉松鞋。”

克雷尔这时想起来，三天前的晚上，有两个自称是耐克公司技师的人来到奥运村辛妮的房间，用三维扫描仪为她扫描脚模。他看得出，这确实是一双顶级的马拉松鞋，定做这样一双鞋的价格至少要上万美元。

将军开始给辛妮穿鞋，“马拉松是一项很美的运动，我也很喜欢。还是中尉的时候，我曾在陆军运动会上拿过冠军。噢，不是马拉松，是铁人三项。”鞋穿好后，他微笑着示意辛妮起来试试。辛妮站起来走了几步，那鞋轻软而富有弹性，与脚贴合极好，仿佛是双脚的一部分。

将军转身离开，克雷尔跟着他到了门口，“谢谢您。”

将军站住，但没有转过身来，“说实话，我更希望叛逃的不是萨里，而是辛妮。”

“这就不可理解了，”克雷尔说，“辛妮的成绩在西亚是最好的，但在世界上，排名连前二十都进不了，更别提和埃玛比了。”

将军继续向前走，留下一句话，“我害怕她的眼睛。”

马拉松

新闻媒体早就把第二十九届奥运会称为“寂静的奥运会”。辛妮看到，开幕式时广阔而空旷的体育场现在已被由十万人组成的人海所覆盖，但寂静依旧。这寂静无比沉重，辛妮之所以没有在精神上被压垮，是因为埃玛的出现吸引了她的注意力。

西亚共和国在模拟战争中的彻底失败已成定局，萨里的离去使西亚人在精神上也彻底垮掉了，西亚体育代表团已先于他们的国家四分五裂。代表团中一些有钱或有关系的官员已经不知去向，哪里也去不了的运动员们则把自己关在奥运村公寓的房间里，等待着命运的发落。没有人还有精神去观看最后一场比赛和参加闭幕式。辛妮走向起跑点时，只有克雷尔陪着她。在十万人的注视下，她显得那么孤单弱小，像飘落在广阔运动场中的一片小枯叶，随时都会被风吹走。

与可怜的对手相反，弗朗西斯·埃玛是被前呼后拥着走向起跑点的。她的教练班子有五个人，包括一位著名的运动生理学家；医疗保健组由六名医生和营养专家组成，仅负责她的跑鞋和服装的就有三个人。埃玛现在确实已成为半人半神的明星。早在上世纪80年代初，就有人根据世界女子马拉松最好成绩的提高速度预言，除去射击和棋类等非体力竞赛，马拉松将是女子超过男子的第一个运动项目。这个预言在三年前的芝加哥国际马拉松大赛上变为现实——埃玛创造了超过男子的世界最好成绩。对此，一些男性体育评论员酸溜溜地说，这是男女分赛所致，那次女子比赛的风速条件明显比男子好，如果当时斯科特（男子冠军）与她们一同跑，一定能超过埃玛。这个自我安慰的神话在2004年雅典奥运会上被打破了——男女混合跑完全程，埃玛到达终点时把斯科特落下了五百多米，并首次使马拉松的世界最好成绩降到两小时以下，她由此成为本世纪初最为耀眼的运动明星，被称为“地球神鹿”。

这个叫埃玛的黑人女孩儿一直是辛妮心中的太阳。在自己那几件可怜的财产中，辛妮最珍爱的是一本破旧的剪贴簿，里面收集着她从旧报纸和杂志上剪下来的上百张埃玛的照片。她在难民营的窄小的上铺旁边，贴着一张大大的埃玛的彩色运动照，那是一本挂历中的一张。辛妮去年在货摊上看到了那本挂历，但她买不起，就等着别人买。她跟踪了一个买主，看着那个杂货店主把新挂历挂到柜台边的墙上。埃玛的照片在三月那张上，辛妮渴望地等了三个月。她常常跑到杂货店去，趁人不注意，掀开前面的画页看一眼埃玛。在四月一日清晨，她终于从店主那里得到了那张已成为废纸的挂历，那是她最高兴的一天。现在，站在起跑点上，辛妮偷偷打量着距自己几米远的对手，体育场和人海都已在辛妮的眼中隐去，只有埃玛在那里。辛妮觉得埃玛周围有一圈无形的光晕，她在光晕中呼吸着世外的空气，沐浴着世外的阳光，尘世的灰尘一粒都落不到她身上。

这时，克雷尔轻轻一推，使辛妮警醒过来。他低声说："别被她吓住，她没你想象得那么可怕。我观察过，她的心理素质很差。"听到这话，辛妮转过脸，瞪大眼睛看着他，克雷尔读懂了她的意思，"是的，她曾和世界上跑得最快的男人竞赛并战胜了他们，但那又怎么样？那一次她没有任何压力，但这次不同，这是一次她绝对不能失败的比赛！"他斜瞟了埃玛一眼，声音又压低了些，"她肯定要采取先发制人的战术，起跑后达到最高速度，企图在前十公里甩开你。记住，一开始就咬住她，让她在领跑中消耗。只要在前二十公里跟住她，她的精神就会崩溃！"

辛妮恐慌地摇摇头。

"孩子，你能做到的！那粒药会帮助你！那是一种任何药检都检测不出的药，像核燃料一样强有力，难道你没有感觉出来吗？你已经是世界冠军了，孩子！"

这时，辛妮感到了一种莫名的亢奋，一种通过奔跑来释放某种东西的强烈欲望。她又看了一眼埃玛，后者已做完了辛妮从未见过的冗长而专业的准备活动，与她并肩站在起跑线后面。埃玛一直高傲地昂着头，从未向辛妮这边看过一眼，仿佛她不存在一样。

发令枪终于响了，辛妮和埃玛并排跑了出去，开始以稳定的速度绕场一周。她们所到之处，观众都站了起来，在看台上形成一道汹涌的人浪。人群站起的声音像远方沉闷的滚雷，但除此之外，没有别的声音，人们只是默默地看着她们跑过。

在以往的训练中，每次起跑后，辛妮总会感到一种安宁，仿佛暂时离开了这个冷酷的世界，进入了自己的时空，那里是她的乐园。但这次，她的心中却充满了焦虑。她渴望尽快跑完这一圈，进入体育场外的世界。她渴望尽快到达一个地方，那里有她想要的东西，一种叫GMH–6的药。

她奔跑在医院昏暗的走廊中，空气里弥漫着刺鼻的药味，但她知道，医院已经没有多少药能给病人了。走廊边靠墙坐着和躺着许多无助的病人，他们的呻吟声在她耳中转瞬即逝。妈妈躺在走廊尽头一间同样昏暗的病房中，在病床肮脏的床单上，她的皮肤白得刺眼，这是一种濒死的白色。就在这白皮肤上，正有点点血珠渗出，护士已懒得去擦，妈妈周围的床单浸湿了殷红的一圈。这是最近有很多人患上的怪病，据说是由于那次轰炸中一种含铀的炸弹引起的。刚才，医生对辛妮说妈妈没救了，即使医院有那种药，也只能再维持几天而已。辛妮在医生面前拼命地比画着，问现在哪里还有那种药，医生费了很大劲儿才搞懂她的意思。那是联合国救援机构的医生最近带来的一种药，也许在市郊的救援基地有。辛妮从自己的书包中抓出一张纸和一支铅笔，伸到医生面前，她那双大眼睛中透出的燃烧着的焦虑和渴望让医生叹了口气。那是西欧的新药，连正式名字都没有，只有一个代号。算了吧，孩子，那药不是给你们这样的穷人用的。其实，饿死和病死有什么区别？好好，我给你写……

辛妮跑出医院的大门。好高好宏伟的大门啊，门的上方燃着圣火，像天国的明灯。她记得三天前，自己曾跟随着国旗通过这道大门……现在，祖国的运动员方阵在哪儿？现在引导她的不是国旗，是埃玛，她心中的神。正如克雷尔所料，一出大门，埃玛开始迅速加速。她像一片轻盈的黑羽毛，被辛妮感觉不到的强风吹送着。她那双修长的腿仿佛不是在推动自己奔跑，而只是抓住地面避免自己飞到空中。辛妮努力跟上埃玛——她必须跟上，她自己的两脚在驱动着妈妈的生命之轮。这是首都的大街吗？什么时候变得这么宽阔了？旁边有华丽的高楼和绿色的草坪，却没有弹坑。路的两边人山人海，那些人整洁白净，显然都是些能吃饱饭的人。她想搭上一辆车，但这一天戒严，说是有空袭，路上几乎没有车，好像只有那辆在埃玛前面时隐时现的引导车，可以看到上面对着她们的几台摄像机。辛妮的意识深处知道自己不能搭那辆车，原因……很清楚，她已经到过那里了，她已经跑到联合国救援基地了。在一幢白房子里，她给那些医生看那张写着药名的纸。“噢，不，”一名会讲西亚语的医生对她说，“不，这种药不属于救援品，你需要买的。哦，你当然买不起，我都买不起。那么，埃玛你还跑什么？”我得不到那药了，妈妈……当然，我们要跑下去的，要快些回到妈妈那里，让她再最后看我一眼，让我再最后看她一眼。想到这里，辛妮心里焦虑的火又烧了起来，她下意识地加速，赶上了埃玛，几乎要超过她了——让她在领跑中消耗！辛妮想起了克雷尔的嘱咐，又减速跟到埃玛身后。埃玛觉察到辛妮的举动，立刻开始第二轮加速。她们已经跑出了五公里，这个西亚毛孩子还没有被甩掉，埃玛有些恼怒。“地球神鹿”显示出疯狂的一面，像一团黑色的火焰在辛妮前面燃烧。辛妮也跟着加速，她必须跟上埃玛，她希望埃玛再快些，她想妈妈……啊，不对，路不对，埃玛这是要去哪里？前方远处那根刺入天空的巨针是什么？电视塔？首都的电视塔好像早就被炸塌了。但不管去哪里，她要跟着埃玛，跟着她心中的神……她知道妈妈已经不在人世了。

浑身泥土和汗水的辛妮推开病房的门，看到妈妈已经没有生命的躯体被盖在一张白布下，有两个人正想移走遗体，但辛妮像发狂的小野兽似的阻挠着，他们只好作罢。那个给她写药名的医生说：“好吧，孩子，你可以陪妈妈在这里待一晚上，明天我们为你料理母亲的后事，然后你就得离开了。我知道你没地方可去，但这里是医院。孩子，现在谁都不容易。”辛妮静静地坐在妈妈的遗体旁，看着白布上有几点血渍出现，惨白的月光从窗口照进来，血渍在月光中变成了黑色。不知过了多少时间，月光已移到墙上，有人进门开了灯。辛妮没有看那人，只觉得他过来抓住自己的手，那双粗糙的手按着她的手腕一动不动。过了一会儿，她听那人说：“五十二下。”她的手被轻轻放下，那人又说，“天黑前，我在楼上远远看着你跑过来。他们说你到救援基地去了，今天没有车，那你就是跑去的？再跑回来，二十公里左右，才用了一小时十几分钟，这还要算上你在救援基地里耽误的时间，而你的心跳现在已恢复到每分钟五十二下。辛妮，其实我早注意到你了，现在更证实了你的天赋。你不记得我了？我是斯特姆·奥卡，体育教师，带过你们班的体育课。你这个学期没来上学，是因为妈妈的病？哦，就在你妈妈去世时，我的孙子在楼上出生了。辛妮，人生就是这样，来去匆匆。你真想像妈妈这样，在贫穷中挣扎一辈子，最后就这么凄惨地离开人世？”最后一句话触动了辛妮，她从恍惚中醒来，看了奥卡一眼，认出了这个清瘦的中年人，她缓缓地摇摇头。“很好，孩子，你可以过另一种生活，你可以站在宏伟的奥运赛场中央的领奖台上，全世界的人都用崇敬的眼光看着你，我们苦难的祖国的国旗也会因你而升起。”辛妮的眼中并没有放出光来，但她很注意地听着，“关键在于，你打算吃苦吗？”辛妮点点头，“我知道你一直在吃苦，但我说的苦不一样，孩子。那是常人无法忍受的，你能忍受吗？”辛妮站了起来，更坚定地点点头，“好，辛妮，跟我走吧。”

埃玛保持着恒定的高速度，她的动作精确划一，像一道进入死循环的程序，像一架奔驰的机器。辛妮也想把自己变成机器，但是不可能。她在寻找着下一个目的地，而目的地消失了，这让她恐惧。但她竟然支撑下来了，她竟然跟上了“地球神鹿”。她知道那神奇的药起了作用，她能感觉到它在自己的血管中燃烧，给她无尽的能量。路线转向九十度，她们跑到了这条叫长安街的世界上最宽的大街。应该更宽的，因为路的两侧应该是无际的沙漠。在延续几年的每天不少于二十公里的训练中，辛妮最喜欢的就是城外的这条路。每天，辽远的沙漠在清晨的暗色中显得平滑而柔软，那条青色的公路笔直地伸向天边，世界显得极其简单，而且只有她一个人，那轮在公路尽头升起的太阳也像是属于她一人的。那段日子，虽然训练是严酷的，但辛妮生活得很愉快。与她擦肩而过的男人和女人都不由回头看她一眼，他们惊奇地发现，这个哑女孩儿的脸色居然是红润的。与其他女孩清一色的菜色面容相比，并不漂亮的她显得动人了许多。辛妮自己也很惊奇，在这个饥饿国度里她竟然能吃饱！奥卡把辛妮安置在学校一间空闲的教工宿舍中，每天吃的饭由奥卡亲自给她送来，面包、土豆之类的主食管够。这已经相当不错了，还不时有奶酪、牛羊肉和鸡蛋之类的营养补品。这类东西只能在黑市上买到，且贵得像黄金，辛妮不知道奥卡哪儿来那么多钱。作为教师，他一个月的工资还不够自己吃一个星期的饱饭。辛妮问过好几次，但他总是假装不懂她的哑语……

在亚洲大陆的另一端，西亚共和国已处于分裂的边缘，政府已经瘫痪，被宣布为战犯的人开始潜逃，普通公民则麻木地等待着。少数还在看奥运马拉松直播的人开始把消息传开，越来越多的人回到电视机和收音机前。

路更宽了，宽得让辛妮不敢相信。她知道自己奔跑在世界最大的广场上，左边是一座金碧辉煌的东方古代建筑，她知道那后面是一个古代大帝国的宏伟皇宫。右边是这个古老又年轻的辽阔国家的国旗。辛妮最初以为这是一个王国，但人们告诉她这也是一个共和国，而且遭受过比她的共和国更大的苦难。这时，她看到红色的标志牌从身边掠过——“21km”，马拉松半程已过，辛妮仍紧跟着埃玛。埃玛回头看了辛妮一眼，这是她第一次正眼看自己的对手。辛妮捕捉到她的眼神，那双眼中满是震惊，傲慢已荡然无存。辛妮从中看到了——恐惧。辛妮在心里大喊：埃玛，我的神，你怕什么？我必须跟上你！虽是没有目的地的路，可辛妮有东西要逃避，她要逃开奥卡老师家的那些人，他们正在学校等她呢！他们推着奥卡来到她的住处。奥卡那抱着婴儿的妻子、他的三个兄弟，还有其他几个辛妮不认识的亲戚——他们指着辛妮愤怒地质问奥卡，这个野孩子你是从哪儿弄来的？奥卡说，她是马拉松天才！他们说奥卡是混蛋，在这每天都有人饿死的时代，谁还会想起马拉松？我们都知道你是个不可救药的梦想家，可你不该把那本老版《古兰经》卖掉，那上面的字用金粉写成，很值钱，那可是祖传的宝物，全家挨饿这么长时间都没舍得卖，而你竟用那些钱供这个小哑巴过起公主一样的日子来，你自己的孙子还没奶吃呢！你没有听到他整夜哭吗？你看看他瘦成了什么样子……后来有传言说，辛妮是奥卡和威伊娜（辛妮的母亲）的私生子。开始，这种说法似乎不成立，因为在辛妮出生的前后几年，威伊娜一直居住在一座北方的城市中——这是有据可查的——而那段时间，奥卡作为陆军少尉，正在南方参加第一次西亚战争，还负过伤。但又有传言说，奥卡的战争经历是他自己撒的一个弥天大谎，他根本没有参加过战争，也没有去过南方战线，在第一次战争时期，他实际上是和威伊娜在北方度过的。

三十公里，辛妮仍然紧跟着埃玛。赛况传出，举世关注，空中出现了两架摄像直升机。在西亚共和国，所有人都聚集在电视机和收音机前，屏住呼吸注视着这最后的马拉松。

这时，缺氧造成的贫血已使世界在辛妮的眼中变成一团黑雾，她感觉心跳如同连续的爆炸，每一次都使胸腔剧疼，大地如同棉花，踏上去没有着落。她知道，那片药的作用已经过去。黑雾中冒出金星，金星合为一团，那是奥运圣火。我的火要灭了，辛妮想，要灭了。韦斯特将军举着火炬，露着父亲般的微笑，辛妮，要想让火不灭，你得把自己点燃，你想燃烧自己吗？——点燃我吧！辛妮大喊，将军伸过火炬，辛妮感觉自己轰地燃烧起来……

那天夜里，辛妮收拾好简单的行李，到教工宿舍奥卡的房间去。他几天前就从家里搬出来住了。辛妮用哑语说：我要走了，老师回家吧，让小孙子有奶吃。奥卡摇摇头，他的头发这几天变得花白。辛妮，你知道，这是我们共同的事业……你非走不可吗？你还是觉得我为你所做的这些没理由？那好吧，我给你一个理由：他们说的是真的，我是你父亲，我只是在赎罪而已。辛妮本来对那些传言半信半疑，听到奥卡这话，她全信了。她并没有扑到父亲怀里哭，他欠她们母女的太多了。她很平静地接受了这个事实，但那仍然是辛妮有生以来最幸福的时刻，毕竟她有爸爸了。

这时，一个女孩子的哭声隐隐传来。是埃玛，竟是埃玛！她边跑边哭，断续地说着什么，那几个词很简单，只有初一文化程度的辛妮几乎都能听懂："上帝……我该怎么办……告诉我……我该怎么办……"辛妮这时几乎要可怜她了。我的神，你要跑下去，没有你我该怎么办？我不知道目的地。埃玛的哭诉得到了回答，那声音是从她右耳的微型耳机传出的——不是上帝，是她的主教练："别怕，我们能肯定她已经耗尽体力了。她现在是在拼命，而你的潜力还很大，需要的只是冷静一下。听着，埃玛，慢下来，让她领跑。"

当埃玛慢下来时，辛妮曾有过短暂的兴奋感，但当她觉察到埃玛紧跟在自己身后时，才意识到已遇到致命的一招。辛妮目前只有三个选择：一是随对手慢下来，形成两人慢速并行的局面，这将使埃玛在体力和心理上都得到恢复；二是以现有速度领跑，这样埃玛将有机会在心理上得到恢复（这也是目前她最需要的）。以上任何一种选择，都将使埃玛恢复她作为马拉松巨星的超一流战斗力，在最后一段距离的决斗中，辛妮必败无疑。唯一取胜的希望是第三种选择：迅速加速，甩开对手。以辛妮目前已经耗尽的体力，这几乎是不可能成功的，但她还是做出了这个选择，开始加速。即使对于经验丰富的长跑运动员，领跑也是一个沉重的心理负担。正因为如此，在马拉松比赛的大部分赛程中，参赛者都分成若干个集团以一种约定速度并行前进，每个集团中如有人发起挑衅开始加速，除非他（她）有把握最后甩开对手，否则只能作为领跑者，成为其跟随者通向胜利的垫脚石。而辛妮的比赛经验几乎为零，当前面的道路无遮挡地展现在她面前，夏天的热风迎面扑来时，她感觉自己就像一个跟着小艇在大洋中游泳的人，那小艇突然消失，只有她漂浮在无际的波涛之中。她需要一个心理上的依托，一个目的地，或一个目的——她找到了，她要去父亲那里。

奥卡把辛妮送到郊区一名失业的田径教练那里，让教练对她进行一段时间的指导。五天后，辛妮得到了父亲去世的消息，她立刻赶回去，只拿到了斯特姆·奥卡的骨灰盒。辛妮在最后那段日子里，看着父亲的身体一天天虚弱，但她不知道，她这一段时间的训练是靠他卖血支撑的。辛妮走后，奥卡在一次上体育课时突然栽倒在地，再也没有站起来。同妈妈去世的那天晚上一样，辛妮静静地坐在学校的那个小房间里，惨白的月光透过窗子照在父亲的骨灰盒上。但时间不长，门被撞开了，奥卡的妻子和那群亲戚闯了进来，逼问辛妮，奥卡给她留下了什么东西，同时在屋里乱翻起来。学校的老校长跟了进来，斥责他们不要胡来，这时有人在辛妮的枕头下找到了奥卡留给辛妮的一件新运动衫，里面缝了个口袋，撕开那个口袋，拿出一个信封，上面注明是给辛妮的遗产。看来奥卡早就意识到自己的身体支持不了多久了。老校长一把抢过信封，说辛妮是奥卡老师的女儿，有权得到它！双方正在争执中，奥卡的妻子端着骨灰盒贴着耳朵不停地晃，说里面好像有个金属东西，肯定是结婚戒指！话音未落，骨灰盒就被抢去，白色的骨灰倒了一桌子，一群人在里面翻找。辛妮惨叫一声扑过去,却被推倒在地。她爬起来,又扑过去,有人已经在骨灰里找到了那块金属,但他立刻把它扔在地上。他的手被划破了,血在粘满骨灰的手掌上流出一道醒目的痕迹。老校长把那东西从地上小心地拾起来,那是一块小小的菱形金属片,尖角锋利异常。他告诉大家,这是手榴弹的弹片。天啊,这么说,奥卡真的在南方打过仗?!有人惊呼道。一阵沉默后,他们看出了这事的含义:辛妮,奥卡不是你父亲,你也不是他女儿,你没权继承他的遗产!校长撕开信封,说,让我们看看奥卡老师留下了什么吧。他从信封中抽出一张白纸,在众人的注视下,他盯着白纸看了足足三分钟,然后庄重地说:"一笔丰厚的遗产。"奥卡的妻子一把从他手中抢去那张纸,老校长接着说出了后半句话:"可惜只有辛妮能得到它。"一群人盯着纸片也看了好长时间。最后,奥卡的妻子困惑地看看辛妮,把纸片递给她。辛妮看到纸片上只有几个字,那是她的老师、教练、虽不是父亲但她愿意成为其女儿的人,用尽生命的最后力气写下的,笔迹力透纸背:光荣与梦想。

辛妮以自己的极限速度跑出了三公里,没能甩掉埃玛。这段时间,有领跑者作为依托,埃玛的心理稳定下来,她由一个惊慌失措的女孩儿重新变回为一名马拉松巨星。"地球神鹿"唤醒了自己沉睡的力量,开始反击了。一阵疯狂加速后,她超过了辛妮,并将两人的间距很快拉大。看着埃玛渐渐消失的背影,力竭的辛妮知道一切都结束了。三十五公里的标志牌出现,还有七公里——这段距离对辛妮已是无限长了。她似乎在黏液中奔跑,速度很快减下来,最后变得几乎像行走一般。这时,她在路边的人群中看到了西亚体育代表团,她的同伴们在对她喊着,她听不到声音,但从口形看得出他们在喊什么:

“辛妮，跑到头！”

辛妮看到了克雷尔，他拼命冲她挥着双拳，其中的一只手攥着一个小药瓶。给辛妮的那片神力无比的药就是从这瓶中拿出的，这只是一瓶维生素C。

辛妮看到前方道路两旁的人群中，所有人都用手指着左上方，形成一片手臂的森林。他们指着路边一块巨大的显示屏，辛妮抬头看去，她认出了显示屏上出现的地方，那是西亚共和国首都的英雄广场，她每天早晨的训练都是从那里起跑。现在，广场上是一片沸腾的人海。镜头移近，她又认出了所有人的口形，那几十万同胞在一起高呼：

“辛妮，跑到头！”

接着，辛妮听到了其他声音。那是两侧的观众发出的，成千上万名中国人居然在短时间内同时学会了一句西亚语，这届奥运会的寂静被打破了，他们齐声高呼：

“辛妮，跑到头！”

黑雾又笼罩了辛妮的双眼，韦斯特将军在黑雾中出现，手拿已经熄灭的火炬：辛妮，你的圣火要灭了，你燃尽了自己。一团红光浮现，奥卡举着燃烧的火炬站起身来：不，孩子，还有东西可以燃烧，记得我留给你的遗产吗？韦斯特笑着摇摇头：别再燃烧了，辛妮，你不是圣女贞德，一切都已失败，燃尽一切，你什么都得不到。奥卡挥动火炬，火焰呼呼作响：不，孩子，分裂的祖国正因你而重新联为一体，你的圣火不能灭！辛妮冲奥卡大喊：点燃它！奥卡把手中的火炬伸向前来。

轰然一声，光荣与梦想熊熊燃烧起来。

埃玛冲过终点后，体育场中的十万人静静地等待着。这时北京的天空乌云密布，电闪雷鸣。闪电两次击中了体育场的避雷针，形成耀眼的火球。十分钟后，辛妮进入体育场，步伐沉重地绕场一周后越过终点线，然后扑倒在地。十万人同时站了起来，和全世界一起注视着静卧在体育场中的那个小小的身影。一片死寂中，只有奥运圣火在暴雨前的急风中轰轰作响。当人们把一面五环旗和一面西亚共和国的国旗盖在辛妮已没有生命的身体上时，吃惊地发现她竟面带微笑。

她实现了自己的光荣与梦想。

跑到头的国家

“这届伟大的奥运会标志着一个新纪元的开始，‘和平视窗’将使人类最终抛弃野蛮，进入真正的文明，人类的道德水平将与技术水平同步提升。这一天来得太晚了，但终于来到了！从此，一个国家的体育水平将是其国力的重要标志，而竞技体育的最高水平是以全民的体育普及为基础的，所以，各国将把用于军备的巨大开支转移到提高人民的健康水平上，将出现一种新的更为健康文明的社会生活和国际政治形式。人类大同的理想社会还很遥远，但它的光辉已照到我们身上！”

这番讲话是国际奥委会主席在飞往西亚共和国的专机上发表的，他同奥委会的其他主要成员去西亚庆祝“和平视窗”计划的第一次成功。同机的还有从北京返回的西亚体育代表团，以及美国体育代表团的部分成员，后者都参加过比赛，不但获得了奥运金牌，还得到了总统颁发的自由勋章，因而都显得容光焕发。

奥委会主席指着美国代表团说："你们是人类战争史上最崇高的胜利者。我想，从苦难中解脱出来的西亚人民会把你们当作英雄欢迎的！"他又转向西亚代表团，"你们也不是失败者，这届奥运会没有失败者。你们都是人类战胜野蛮的勇士，用体育为世界赢来了和平。"

两国运动员相互握手致意，开始还很勉强，后来大家都泪流满面地拥抱在一起。

这时机长走过来，神色严峻地对所有人宣布："先生们，西亚上空已经被宣布为飞行危险区，我们是在邻国降落，还是返回北京？请你们尽快决定。"

大家不知所措地看着他。

"对西亚的全面军事打击已经启动，现在正在进行第一轮空袭。"

人们花了很长时间才理解了这话的含义。"你们背信弃义！"一名西亚运动员指着美国代表团怒吼。克雷尔站起身，制止了冲动的西亚运动员，"大家冷静！我想，背信弃义的可能是我们西亚人。"

"是的，"机长说，"据我们刚得到的消息，按'和平视窗'协议接管首都的多国部队遭遇猛烈抵抗。"

"可……西亚军队已经解散了，所有的重武器都收缴了啊。"奥委会主席说。

"但轻武器都散落到民间。现在，如果有一阵狂风吹开西亚所有的屋顶，您会看到每扇窗前都有一名射手。"

"这是为什么？"奥委会主席泪如雨下，抓着克雷尔激动地说，"你们的城市将化为火海，你们的人民将血流成河，母亲将失去孩子，孩子将失去父亲，活下来的人将在垃圾堆中寻找食物……而最后，你们还是注定战败，所有的结果都是一样。”

“这就是命运。”克雷尔微笑着对主席说，然后转向所有人，“其实我早就预料到这一点。‘和平视窗’计划只是个美丽的童话，竞赛代替不了战争，就像葡萄酒代替不了鲜血。”他走到舷窗前，看着外面的云海，“至于西亚共和国，她只是像辛妮一样，想跑到头而已。”

亚力克·萨里辗转回到战火中的祖国，已是战争爆发一个星期后了。

奥运会闭幕式后，在雷雨中的看台上，萨里站了很久。他凝视着辛妮倒下的地方，最后自语道：“我，还是回家吧。”

首都保卫战正处于最后阶段，城市已大半失陷。虽然大势已去，但从外地增援的部队仍源源不断地进入城区。这些部队由杂乱的各色人等组成，有穿军装的，更多的是扛枪的平民。萨里向一名军官要一支冲锋枪，那人认出了他，笑着说：“我们可请不起救世主了。”

“不，我是普通一兵。”萨里微笑着说，接过枪，加入了高唱国歌的队伍，在被火光映红了一半的夜空下，在颤动的土地上，向激战中的城市走去。

发表于 2003 年第 8 期《科幻世界》

地球大炮

随着各大陆资源的枯竭和环境的恶化，世界把目光投向南极洲。南美突然崛起的两大强国在世界政治格局中取得了与他们在足球场上同样的地位，使得《南极条约》成为一纸空文。但人类的理智在另一方面取得了胜利，全球彻底销毁核武器的最后进程开始了。随着全球无核化的实现，人类对南极大陆的争夺变得安全了一些。

新固态

走在这个巨洞中，沈华北如同置身于没有星光的夜空下的黑暗平原。脚下，在核爆的高温中熔化的岩石已经冷却凝固，但仍有强劲的热力透过隔热靴底使脚板出汗。远处洞壁上还没有冷却的部分在黑暗中散发着幽幽的红光，如同这黑暗平原尽头的朦胧晨曦。沈华北的左边走着他的妻子赵文佳，前面是他们八岁的儿子沈渊，这孩子穿着笨重的防辐射服仍在蹦蹦跳跳。在他们周围，是联合国核查组的人员，他们密封服头盔上的头灯在黑暗中射出许多道长长的光柱。

全球核武器的最后销毁采用两种方式:拆卸和地下核爆炸。这是位于中国的地下爆炸销毁点之一。

核查组组长凯文斯基从后面赶上来,他的头灯在洞底投下前面三人晃动的长影子,“沈博士,您怎么把一家子都带来了?这里可不是郊游的好去处。”

沈华北停下脚步,等着这位俄罗斯物理学家赶上来。“我妻子是销毁行动指挥中心的地质工程师。至于儿子,我想他喜欢这种地方。”

“我们的儿子总是对怪异和极端的东西着迷。”赵文佳对丈夫说。透过防辐射面罩,沈华北看到了她脸上忧虑的表情。

小男孩儿在前面手舞足蹈地说:“这个洞开始时才只有菜窖那么大点儿呢,两次就给炸成这么大了!想想原子弹的火球像个被埋在地下的娃娃,哭啊叫啊蹬啊踹啊,真的很有趣儿呢!”

沈华北和赵文佳交换了一下眼色,前者面露微笑,后者脸上的忧虑又加深了一些。

“孩子,这次有八个娃娃!”凯文斯基笑着对沈渊说,然后转向沈华北,“沈博士,这正是我现在想要同您谈的:这次毁销的是八颗巨浪型潜射导弹的弹头,每颗当量都有十万吨级,八颗核弹放在一个架子上,呈正立方体布置……”

“有什么问题吗?”

“起爆前我从监视器中清楚地看到,在这个由核弹头构成的立方体正中,还有一个白色的球体。”

沈华北再次停住脚步,看着凯文斯基说:“博士,销毁条约虽然规定了向地下放的东西不能少于多少，但好像并没有禁止多放进去些什么。既然爆炸的当量用五种观测方式都核实无误，其他的事情应该是无所谓的。”

凯文斯基点点头，“这正是我在爆炸后才提这个问题的原因——只是出于好奇。”

“我想您听说过‘糖衣’吧。”

沈华北的话如同一句咒语，使这巨洞中的一切都僵滞不动了，所有的人都停下了脚步，指向各个方向的头灯光柱也都不再晃动了。由于谈话是通过防辐射服里的无线电对讲系统进行的，远处的人也都能清楚地听到沈华北的话。短暂的静止后，核查组的成员们从各个方向会聚过来，这些不同国籍的人大部分都是核武器研究领域的精英。

“那东西真的存在？”一个美国人盯着沈华北问，后者点点头。

据说，上世纪中叶，毛泽东得知中国第一次核试验完成的消息后，提出的第一个问题是：“那是核爆炸吗？”不知是有意还是无意，这个问题其实问得很内行。裂变核弹的关键技术是向心压缩。核弹引爆时，裂变物质被包裹着它的常规炸药的爆炸力压缩成一个致密的球体，达到临界密度而引发剧烈的链式反应，产生核爆炸。这一切要在百万分之一秒内发生，对裂变物质的向心压缩必须极其精确，向心压力极微小的不平衡都可能在裂变物质还没有达到临界密度前将其炸散，那样的话所发生的只是一次普通的化学爆炸。自核武器诞生以来，研究者们用复杂的数学模型设计出各种形状的压缩炸药。近年，人们又尝试用最新技术通过各种手段得到精确的向心压缩，“糖衣”就是这类技术设想中的一种。

“糖衣”是一种纳米材料，制造裂变弹时，人们用“糖衣”包裹核炸药，然后再在“糖衣”外面裹上一层常规炸药。“糖衣”具有自动平衡分配周围压应力的功能，即使外层炸药爆炸时产生的压应力不均匀，经过“糖衣”的应力平衡分配，它包裹的裂变物质仍能得到精确的向心压缩。

沈华北说：“你们看到的被八颗核弹头包围的那个白色球体，是用‘糖衣’包裹的一种合金材料，它将在核爆中受到巨大的向心压力。这是我们计划在整个销毁过程中进行的一项研究。毕竟这是一次难得的机会——当核弹全部消失后，短时期内地球上很难再产生这么大的瞬间压应力了。在如此巨大的向心压力下，实验材料会变成什么，会发生些什么，将是一件很有意思的事。我们希望通过这项研究，为‘糖衣’技术在民用领域找到光明的前景。”

一位联合国官员说：“你们应该把石墨放进‘糖衣’中去，那样每次爆炸都能得到一大块钻石，耗资巨大的核销毁工程说不定会变得有利可图呢。”

耳机里传来几声笑，没有技术背景的官员在这种场合总是受到轻蔑的。“八十万吨级核爆炸产生的压力，不知比将石墨转化为金刚石的压力大多少个数量级。”有人说。

沈渊清亮的童音突然在大家的耳机中响起：“这大爆炸产生的当然不是金刚石。我告诉你们是什么吧，是黑洞！一个小小的黑洞！它将把我们都吸进去，把整个地球吸进去！通过它，我们将钻到一个更漂亮的宇宙中！”

“呵呵，孩子，那这次核爆炸的压力又太小了……沈博士，您儿子的小脑袋真的不同寻常！”凯文斯基说，“那么实验结果呢？那块合金变成了什么？我想你们多半找不到它了吧？”

“我也还不知道呢，我们去看看吧。”沈华北向前指指说。核爆炸使这个巨洞呈规则的球形，洞的底面是一个小盆地。在远方盆地的正中央，晃动着几盏头灯，“那是‘糖衣’实验项目组的人。”

大家向盆地中央走去，感觉像走下一道长长的山坡。这时，凯文斯基突然站住了，接着他蹲下去，把双手贴着地面，“地下有震动！”

其他人也感觉到了，“不会是核爆炸诱发的地震吧？”

赵文佳摇摇头，“销毁点所在地区的地质结构是经过反复勘测的，绝对不会诱发地震。这震动不是地震。它在爆炸后就出现了，持续不断，直到现在，邓伊文博士说它与‘糖衣’实验有关，具体的我也不清楚。”

随着他们距离盆地中心越来越近，由地层深处传来的震动渐渐增强，直到脚底都感觉发麻，仿佛大地深处有个粗糙的巨轮在疯狂旋转。当他们来到盆地中心时，“糖衣”实验项目组中有一个人站起身来，他就是赵文佳刚才提到的邓伊文，材料核爆压缩实验项目的负责人。

“你手里拿的什么？”沈华北指着邓伊文手中一大团白色的东西问。

“钓鱼线。”邓博士说着，分开围成一圈蹲在地上的那群人，他们正盯着地上的一个小洞看。那个洞出现在熔化后又凝结的岩石表面，直径约十厘米，呈很规则的圆形，边缘十分光滑，像钻机打的孔，郑伊文手中的钓鱼线正源源不断地向洞中放下去，“瞧，已经放了一万多米了，还远没到底儿呢。经雷达探测，这洞已有三万多米深，还在不断延长。”

“它是怎么来的？”有人问。

“那块被压缩后的实验合金钻出来的。它沉到地层中去了，就像石块在海面上沉下去一样，这震动就是它穿过致密的地层时传上来的。”

“哦，天啊，这可真是奇迹！”凯文斯基惊叹说，“我还以为那块合金将被核爆的高温蒸发掉呢。”

邓伊文说：“如果没有包裹‘糖衣’的话会是那样的结果，但这次它还没来得及被蒸发，就被‘糖衣’聚集的向心压力压缩成一种新的物质形态，叫超固态比较合适，但物理学中已经有了这个名称，我们就叫它新固态吧。”

“您是说，这东西的比重与地层岩石的比重相比，就如同石块之于水？”

“比那要大得多，石块在水中下沉的主要原因并不在于比重，而是因为水是液体——水结冰后比重变化不大，但放在上面的石块就沉不下去。现在新固态物质竟然在固态的岩石中下沉，可见它的密度是多么惊人！”

“您是说它成了中子星物质？”

邓伊文摇摇头，“我们现在还没有精确测定，但可以肯定它的密度比中子星的简并态物质小得多，这从它的下沉速度就可以看出来。如果真是一块中子星物质，那么它在地层中的下沉将如同陨石坠入大气层一样快，那会引起火山爆发和大地震。它是介于普通固态和简并态之间的一种物质形态。”

“它会一直沉到地心吗？”沈渊问。

“也许会吧，孩子，因为在下沉到一定深度后，地层物质将变成液态，那将更有利于它的下沉！”

“真好玩儿，真好玩儿！”

在人们都把注意力集中到那个洞上的时候，沈华北一家三口悄悄地离开人群，远远地走到黑暗之中。除了脚下地面的震动外，这里很静，他们头灯的光柱照不了多远就融于黑暗中，仿佛他们只是无际虚空中三个抽象的存在。他们把对讲系统调到私人频道，接下来，小沈渊将作出一个影响一生的选择：跟爸爸还是跟妈妈。

沈渊的父母面临着一种比离婚更糟的处境——他的爸爸现在已是血癌晚期。沈华北不知道他的病是否与所从事的核科学研究有关，但可以肯定自己活不过半年了。幸运的是，人体冬眠技术已经成熟，他将在冬眠中等待治愈血癌的技术出现。沈渊可以和父亲一起冬眠，然后再一同醒来，也可以同妈妈一起继续生活。从各方面考虑，显然后者是一个明智的选择，但孩子倾向于同爸爸一起到未来去，现在沈华北和赵文佳再次试图说服他。

“妈妈，我和你留下来，不同爸爸去睡觉了！”沈渊说。

“你改变主意了?！”赵文佳惊喜地问。

“是的，我觉得不一定非要去未来，现在就很好玩儿，比如刚才那个沉到地心去的东西，多好玩儿！”

“你决定了？”沈华北问。赵文佳瞪了他一眼，显然怕孩子又改变主意。

“当然！我要去看那个洞了……”小沈渊说着，向远处那头灯晃动的盆地中心跑去。赵文佳看着孩子的背影，忧虑地说：“我不知道能不能带好他。这孩子太像你了，整日生活在自己的梦中，也许未来真的更适合他。”

沈华北扶着妻子的双肩说：“谁也不知道未来是什么样。再说像我有什么不好，总要有爱做梦的那一类人。”

“生活在梦中没什么可怕，我就是因为这个爱上你的，但你难道没有发现这孩子的另一面？他在学校竟然同时当上了两个班的班长！”

“这我也是刚知道，真不明白他是怎么做到的。”

“他的权力欲像刀子一样锋利，而且不乏实现它的能力和手段，这与你是完全不同的。”

“是啊，追求梦想和渴望权力，这两者怎么可能融为一体呢？”

“我更担心的是，不知道这种融合将来会发生什么。”

这时孩子的身影已完全融入远方那一群头灯中，他们收回目光，关掉头灯，将自己完全沉入黑暗中。

沈华北说：“不管怎样，生活还得继续。我所等待的技术，也许明年就能出现，也许要等上一个世纪，也许……永远也不会出现。你再活四十年没有问题，一定要答应我一个请求：即使四十年后那项技术还没出现，也一定要让我苏醒一次。我想再看看你和孩子，千万不要让这一别成为永别。”

黑暗中赵文佳凄凉地笑笑，“到未来去见一个老太婆妻子和一个比你大十岁的儿子？不过，像你说的，生活还得继续。”

他们就在这核爆炸形成的巨洞中默默地度过了在一起的最后时光。明天，沈华北将进入无梦的长眠，赵文佳将和他们那个生活在梦中的孩子一起，继续沿着莫测的人生之路，走向不可知的未来。

苏　醒

他用了一整天时间才真正醒来，意识初萌时，世界在他的眼中只是一团白雾；十个小时后，这白雾中出现了一些模糊的影子——也是白色的；又过了十个小时，他才辨认出那些影子是医生和护士。冬眠中的人是完全没有时间感的，所以沈华北认为自己的冬眠时间仅是这模糊的一天，感觉就像冬眠维持系统在自己刚失去知觉后就出了故障。视力进一步恢复后，他打量了一下这间病房。很普通的白色墙壁，安在侧壁上的灯发出柔和的光芒，形状看上去也很熟悉，这些似乎证实了他的感觉。但接下来他知道自己错了——病房白色的天花板突然发出明亮的蓝光，并浮现出醒目的白字：

您好！为您提供冬眠服务的大地生命冷藏公司已于2089年破产，您的冬眠服务已全部移交给绿云公司，您现在的冬眠编号是WS368200402-118，并享有与大地公司所签订合同中的全部权利。您已经完成全部治疗程序，您的全部病症已在苏醒前被治愈，请接受绿云公司对您获得新生的祝贺。

您的冬眠时间为74年5个月7天13小时，预付费用没有超支。

现在是2125年4月16日，欢迎您来到我们的时代。

又过了三个小时，他才渐渐恢复听力，并能够开口说话。在七十四年的沉睡后，他的第一句话是："我妻子和儿子呢？"

站在床边的那位瘦高的女医生递给他一张折叠的白纸，"沈先生，这是您妻子给您的信。"

我们那时已经很少有人用纸写信了——沈华北没把这话说出来，只是用奇怪的目光看了医生一眼，但当他用还有些麻木的双手展开那张纸后，得到了自己跨越时间的第二个证据：纸面一片空白，接着发出了蓝莹莹的光，字迹自上而下显现出来，很快铺满了纸面。他在进入冬眠前曾无数次想象过醒来后妻子对他说的第一句话，但这封信的内容超出了他最怪异的想象：

亲爱的，你正处于危险中！

看到这封信时，我已不在人世。给你这封信的是郭医生，她是一个你可以信赖的人——也许是这个世界上你唯一可以信赖的人。一切听她的安排。

请原谅我违背了诺言，没有在四十年后让你苏醒。我们的渊儿已成为一个你无法想象的人，干了你无法想象的事。作为他的母亲，我不知如何面对你。我伤透了心，已过去的一生对于我毫无意义。你保重吧。

"我儿子呢？沈渊呢?！"沈华北吃力地支起上身问。

"他五年前就死了。"医生的回答极其冷酷，丝毫不顾及这消息带给这位父亲的刺痛，不过她似乎多少觉察到这一点，安慰说，"您儿子也活了七十八岁。"

郭医生掏出一张卡片递给沈华北，"这是你的新身份卡，里面存储的信息都在刚才那封信上。"

沈华北翻来覆去地看那张纸，上面除了赵文佳那封简短的信外什么都没有。当他翻动纸张时，折皱的部分会发出水样的波纹，很像用手指按压他那个时代的液晶显示器时发生的现象。郭医生伸手拿过那张纸，在右下角按了一下，纸上显示被翻过一页，出现了一张表格。

“对不起，真正意义上的纸张已经不存在了。”

沈华北抬头不解地看着她。

“因为森林已经不存在了。”她耸耸肩说，然后逐项指着表格上的内容，“你现在的名字叫王若，出生于2097年，父母双亡，也没有任何亲属。你的出生地在呼和浩特，但现在的居住地在这里——宁夏一个很偏僻的山村，那儿是我能找到的最理想的地方，不会引人注意……不过你去那里之前需要整容……千万不要与人谈起你儿子，更不要表现出对他的兴趣。”

“可我出生在北京，是沈渊的父亲！”

郭医生直起身来，冷冷地说：“如果你到外面去这样宣布，那你的冬眠和刚刚完成的治疗就全无意义了，因为你活不过一个小时。”

“到底发生了什么？！”

医生苦笑道：“这个世界上大概只有你不知道……好了，抓紧时间，先下床练习行走吧，我们要尽快离开这里。”

沈华北还想问什么，突然响起了震耳的撞门声。门被撞开后，六七个人冲了进来，围在他的床边。这些人年龄各异，衣着也不相同，他们的共同点是都有一顶奇怪的帽子，或戴在头上，或拿在手中。这种帽子有齐肩宽的圆檐，很像过去农民戴的草帽。他们的另一个共同之处是都戴着一只透明的口罩，其中有些人进屋后已经把口罩从嘴上扯了下来。这些人齐盯着沈华北，脸色阴沉。

“这就是沈渊的父亲吗？”问话的人看上去是这些人中最老的一位，留着长长的白胡须，像是有八十多岁了。不等医生回答，他就朝周围的人点点头，“很像他儿子。医生，您已经尽到了对这个病人的责任，现在他属于我们了。”

“你们是怎么知道他在这儿的?”郭医生冷静地问。

不等老者回答,病房一角的一位护士说:“我,是我告诉他们的。”

“你出卖病人?!”郭医生转身愤怒地盯着她。

“我很高兴这样做。”护士说,她那秀丽的脸庞被狞笑扭曲了。

一个年轻人上前一把揪住沈华北的衣服。将他从床上拖了下来,冬眠带来的虚弱使他瘫在地上。一个姑娘一脚踹在他的小腹上,尖尖的鞋头几乎扎进他的肚子里,他痛得在地板上像虾似的弓起身体。那个老者用有力的手抓住他的衣领把他拎了起来,像竖一根竹竿似的想让他站住,看到不行后一松手,他便又仰面摔倒在地,后脑撞到地板上,眼前直冒金星。他听到有人说:“真好,那个杂种欠这个社会的,总算能够偿还一点了。”

“你们是谁?”沈华北无力地问,在那些人的脚中间仰视着他们,好像在看着一群凶恶的巨人。

“你至少应该知道我。”老者冷笑着说。从下面向上看去,他的脸十分怪异,让沈华北胆寒,“我是邓伊文的儿子,邓洋。”

这个熟悉的名字使沈华北心里一动,他翻身抓住老者的裤脚,激动地喊道:“我和你父亲是同事和最好的朋友,你和我儿子还是同班同学,你不记得了?天啊,你就是洋洋?!真不敢相信,你那时……”

“放开你的脏爪子!”邓洋吼道。

那个拖他下床的人蹲下来,把凶悍的脸凑近沈华北说:“听着,小子,冬眠的年头儿是不算岁数的,他现在是你的长辈,你要表现出对长辈的尊敬。”

“要是沈渊活到现在，他就是你爸爸了！”邓洋大声说，引起了一阵哄笑。接着，他挨个儿指着周围的人向他介绍，“在这个小伙子四岁时，他的父母同时死于中部断裂灾难；这姑娘的父母也同时在螺栓失落灾难中遇难，当时她还不到两岁；这几位，在得知用毕生的财富进行的投资化为乌有时，有的自杀未遂，有的患了精神分裂症……至于我，被那个杂种诱骗，把自己的青春和才华都浪费在那个该死的工程中，最后得到的只是世人的唾骂！”

躺在地板上的沈华北迷惑地摇着头，表示他听不懂。

“你面对的是一个法庭，一个由南极庭院工程的受害者组成的法庭！尽管这个国家的每个公民都是受害者，但我们要独享这种惩罚的快感。真正的法庭当然没有这么简单，事实上比你们那时还要复杂得多，所以我们才不会把你送到那里去，让他们和那些律师扯上一年皮之后宣布你无罪，就像他们对你儿子那样。一个小时后，我们会让你得到真正的审判。当这个审判执行时，你会发现，如果七十多年前就死于白血病，是一件多么幸运的事。”

周围的人又齐声狞笑起来。接着，两个人架起沈华北的双臂把他向门外拖去。他的双腿无力地拖在地板上，连挣扎的力气都没有。

“沈先生，我已经尽力了。”沈华北被拖出门前，郭医生在后面说。沈华北想回头再看看她，看看这个被妻子称为他在这个冷酷时代唯一可以信任的人，但这种被拖着的姿势使他无力回头，只听到她又说：“其实，你不必太沮丧。在这个时代，活着也不是一件容易的事。”当他被拖出门后，听到医生在喊：“快把门关上，把空气净化器开大。你要把我们呛死吗?!”听她的口气，显然不再关心他的命运。

出门后，他才明白医生最后那句话的意思——空气里弥漫着一种刺鼻的味道，让人难以呼吸。他被拖着走过医院的走廊，出了大门后，那两个人不再拖他，而是把他的胳膊搭到肩上架着走。来到外面后，他如释重负地深深地吸了一口气，但吸入的不是他想象的新鲜空气，而是比医院大楼内更污浊更呛人的气体。他的肺里火辣辣的，爆发出持续不断的剧烈咳嗽。就在他咳到要窒息时，听到旁边有人说："给他戴上呼吸膜吧，要不在执刑前他就会完蛋。"接着有人给他的口鼻罩上了一个东西，虽然只是一种怪味代替了先前呛人的气味，但他至少可以顺畅地呼吸了。这时又听到有人说："防护帽就不用给他了，反正在他能活的这段时间里，紫外线什么的不会导致第二次白血病的。"这话又引起了其他人一阵怪笑。当他喘息稍定，因窒息而流泪的双眼视野逐渐清晰后，便抬起头来第一次打量未来世界。

他首先看到街道上的行人，他们都戴着被称为呼吸膜的透明口罩和叫作防护帽的大草帽。他还注意到，虽然天气很热，但人们穿得都很严实，没有人露出皮肤。接着他看到了周围的环境，这里仿佛处于深深的峡谷中，到处是高耸入云的摩天大楼。说高耸入云一点都不夸张，这些高楼全都伸进半空中的灰云里。高楼之间的狭缝中，太阳呈一团模糊的光晕出现在灰云后。见到光晕上浮动着黑色的烟纹，他才知道遮盖天空的不是云，而是烟尘。

"一个伟大的时代，不是吗？"邓洋说。他的那些同伙又哈哈大笑起来，好像很久没有这么开心了。

他被架着向不远处的一辆汽车走去。尽管汽车的形状有些变化，但他肯定那是汽车，大小同过去的小客车一样，能坐下这几个人。接着有两个人经过他们，向另一个方向走去。他们戴着头盔，身上的装束与过去的警察有很大的不同，但沈华北还是一眼就认出了他们的身份，并冲他们大喊起来：“救命！我被绑架了！救命！”

那两个警察猛地回头，跑过来打量着沈华北，看了看他的病号服，又看了看他光着的双脚，其中一个问：“您是刚苏醒的冬眠人吧？”

沈华北无力地点点头，“他们绑架我……”

另一位警察对他点点头说：“先生，这种事情是经常发生的。现在苏醒的冬眠人数量很多，为安置你们占用了大量的社会保障资源，因而你们经常受到仇视和攻击。”

“好像不是这么回事……”沈华北说，但那警察挥手打断了他。

“先生，您现在安全了。”然后那位警察转向邓洋一伙人，“这位先生显然还需要继续治疗，你们中的两个人送他回医院，这位警官将一同去了解情况。我同时通知你们，你们七个人已经因绑架罪被逮捕。”说着，他抬起手腕，对着上面的对讲机呼叫支援。

邓洋冲过去制止他，“等一下警官，我们不是那些迫害冬眠人的暴徒。你们看看这个人，不面熟吗？”

两位警察仔细地盯着沈华北看，还短暂地摘下自己的呼吸膜以更好地辨认，“他……好像是米西西！”

“不是米西西，他是沈渊的父亲！”

两位警察瞪大双眼，在邓洋和沈华北之间来回打量，像是见了鬼。中部断裂灾难留下的孤儿把他们拉到一边低声说着什么，其间两位警察不时抬头朝沈华北这边看看，每次的目光都有变化，在最后一次朝这边投来的目光中，沈华北绝望地读出这些人已是邓洋一伙的同谋了。

两位警察走过来，没有朝沈华北看一眼，其中一位警惕地环视四周作放哨状，另一位径直走到邓洋面前，压低声音说："我们就当没看见吧。千万不要让公众注意到他，否则会引起骚乱的。"

让沈华北恐惧的不仅仅是警察话中的内容，还有他说这话时的神态。他显然不在乎让沈华北听到这些，好像沈华北只是一件放在旁边的没有生命的物件。

那些人把沈华北塞进汽车，自己也都上了车。在车开的同时，车窗的玻璃都变得不透明了。车是自动驾驶的，没有司机，前面也看不到可以手动操纵的装置。一路上，车里没有人说话。仅仅是为了打破这令人窒息的沉默，沈华北随口问："谁是米西西？"

"一个电影明星。"坐在他旁边的螺栓失落灾难留下的孤女说，"因扮演你儿子而出名，沈渊和外星撒旦是目前影视媒体上出现得最多的两个大反派角色。"

沈华北不安地挪挪身体，与她拉开一条缝，这时他的手臂无意间触碰了车窗下的一个按钮，窗玻璃立刻变得透明了。他向外看去，发现这辆车正行驶在一座巨大而复杂的环状立交桥上，桥上挤满了汽车，间距只有不到两米的样子。这景象令人恐惧之处是：就在这塞车时才有的间距下，所有的车辆都在高速行驶，时速可能超过了一百公里！这使得整个立交桥像一个由汽车构成的疯狂大转盘。他们所在的这辆车正在以令人目眩的速度冲向一个岔路口，在这辆车就要撞入另一条车流时，车流中正好有一个空当迎上它。这种空当以令人难以觉察的速度在岔路口不断出现，使两条湍急的车流无缝地衔接起来。沈华北早就注意到车是自动驾驶的，人工智能已把公路的利用率发挥到极限。

后面有人伸手又把玻璃调暗了。

“你们真想在我对一切都不明不白的情况下杀死我吗？”沈华北问。

坐在前排的邓洋回头看了他一眼，懒洋洋地说：“那我就简单地给你讲讲吧。”

南极庭院

“想象力丰富的人在现实中往往手无缚鸡之力，相反，那些把握历史走向的现实中的强者，大多只有一个想象力贫乏的大脑。而你儿子，是历史上少有的把这两者合为一体的人。在大多数时间，现实只是他幻想海洋中一个小小的孤岛，但如果他愿意，可以随时把自己的世界翻转过来，使幻想成为小岛，而现实成为海洋。在这两个海洋中，他都是最出色的水手……”

“我了解自己的儿子，你不必在这上面浪费时间。”沈华北打断邓洋说。

“但你无论如何也不会想到沈渊在现实中爬到了多高的位置，拥有了多大的权力，这使他有能力把自己最变态的狂想变成现实。可惜，社会没有及早发现这个危险。也许历史上曾有过他这样的人，但都像擦过地球的小行星一样，没能在这个世界上释放自己的能量就消失在茫茫太空中。不幸的是，历史给了你儿子用变态狂想制造灾难的机会。

“在你进入冬眠后的第五年，世界对南极大陆的争夺有了初步结果：这个大陆被确定为全球共同开发的区域，但各个大国都为自己争得了大面积的专属经济区。尽早使自己在南极大陆的经济区繁荣起来，并尽快开发那里的资源，是各大国摆脱因环境问题和资源枯竭而带来的经济衰退的唯一希望。‘未来在地球顶上’，成为当时尽人皆知的口号。

“就在这时，你儿子提出了那个疯狂设想，声称这个设想的实现将使南极大陆变为这个国家的庭院，到那时，从北京去南极将比从北京去天津还方便。这不是比喻，是真的，旅行的时间要比去天津的短，消耗的能源和造成的污染都比去天津的少。那次著名的电视演讲开始时，全国观众都笑成一团，像在看滑稽剧，但他们很快安静下来，因为他们发现这个设想真的能行！这就是南极庭院设想，后来根据它开始了灾难性的南极庭院工程。”

说到这里，邓洋莫名其妙地陷入沉默。

“接着说呀，南极庭院的设想是什么？”沈华北催促道。

“你会知道的。”邓洋冷冷地说。

“那你至少可以告诉我，我与这一切有什么关系？”

“因为你是沈渊的父亲，这不是很简单吗？”

“现在又盛行血统论了？”

“当然没有，但你儿子的无数次表白使血统论适合你们。当他变得举世闻名时，就真诚地宣称他思想和人格的绝大部分是八岁前在父亲的培养下形成的，以后的岁月不过是进行一些知识细节方面的补充而已。他还声明，南极庭院设想的最初创造者也来自他的父亲。”

“什么?！我？南极……庭院?！这简直是……”

“再听我说完最后一点：你还为南极庭院工程提供了技术基础。”

“你指的什么?！”

“当然是新固态材料。没有它，南极庭院设想只是一个梦呓；而有了它，这个变态的狂想立刻变得现实了。”

沈华北困惑地摇摇头。他实在想象不出，那超高密度的新固态材料如何能把南极大陆变成这个国家的庭院。

这时，车停了。

地狱之门

下车后，沈华北迎面看到一座奇怪的小山，山体呈单一铁锈色，光秃秃的，看不到一株草。邓洋向小山一偏头说：“这是一座铁山。”看到沈华北惊奇的目光，他又加上一句，“就是一大块铁。”沈华北举目四望，发现这样的铁山在附近还有几座，它们以怪异的色彩突兀地立在这广阔的平原上，使这里呈现出异域的景色。

沈华北这时已恢复到可以行走。他步履蹒跚地随着这伙人走向远处一座高大的建筑物。那个建筑物呈完美的圆柱形，有上百米高，表面光滑一体，没有任何开口。他们走近后，看到一扇沉重的铁门轰隆隆地向一边滑开，露出入口，一行人走了进去，门在他们身后密实地关上了。

在暗弱的灯光下，沈华北看到他们身处一个像是密封舱的地方，光滑的白色墙壁上挂着一长排太空服一样的密封装。人们各自从墙上取下一套密封装穿了起来。在两个人的帮助下，沈华北也开始穿上密封装。在这过程中，他四下打量，看到对面还有一扇紧闭的密封门，门上亮着一盏红灯，红灯旁边有一块发光的数码显示屏，他看出显示的是大气压值。当他那沉重的头盔被旋紧后，在面罩的右上角出现了一块透明的液晶显示区，显示出飞快变化的数字和图形，他只看出那是这套密封服内部各个系统的自检情况。接着，他听到外面响起低沉的嗡嗡声，像是什么设备启动了，然后注意到对面那扇门上方显示的大气压值正迅速降低，在大约三分钟后降到零，旁边的红灯转换为绿灯，门开了，露出这个密封建筑物黑洞洞的内部。

沈华北证实了自己的猜测：这是一个由大气区域进入真空区域的过渡舱。如此说来，这个巨大圆柱体的内部是真空的。

一行人走进了那个入口，门又在后面关上了。他们身处浓重的黑暗之中，几个人密封服头盔上的灯亮了，黑暗中射出几道光柱，但照不了多远。一种熟悉的感觉涌上心头，沈华北不由打了个寒战，心里产生一种莫名的恐惧。

“向前走。”他的耳机中响起了邓洋的声音，头灯在前方照出了一座小桥，不到一米宽，另一头伸进黑暗中，所以看不清有多长，桥下漆黑一片。沈华北迈着颤抖的双腿走上了小桥，密封服沉重的靴子踏在薄铁板桥面上发出空洞的声响。他走出几米，回过头去想看看后面的人是否跟上来了。这时所有人的头灯同时熄灭，黑暗吞没了一切。但黑暗只持续了几秒钟，小桥的下面突然出现了蓝色的亮光。沈华北回头一看，只有他上了桥，其他人都挤在桥边看着他。在从下向上照的蓝光中，他们就像一群幽灵。他扶着桥边的栏杆向下看去，几乎使血液凝固的恐惧攫住了他。

他站在一口深井上。

这口井的直径约十米，井壁上每隔一段距离就有一个光圈，在黑暗中标示出深井的存在。此时，他正站在横于井口上的小桥的正中央。从这里看去，井深不见底，井壁上无数的光圈渐渐缩小，直至缩为一点。他仿佛在俯视一个发着蓝光的大靶标。

“现在开始执行审判，去偿还你儿子欠下的一切吧！”邓洋大声说，然后用手转动安装在桥头的一个转轮，嘴里念念有词，“为了我被滥用的青春和才华……”小桥开始倾斜，沈华北抓住另一面的栏杆，努力使自己站稳。

接着，邓洋把转轮让给了中部断裂灾难留下的孤儿，后者也用力转了一下，“为了我被熔化的爸爸妈妈……”小桥倾斜的角度又增加了一些。

转轮又传到螺栓失落灾难留下的孤女手中，姑娘怒视着沈华北用力转动转轮，“为了我被蒸发的爸爸妈妈……”

因失去所有财富而自杀未遂者从螺栓失落灾难留下的孤女手中抢过转轮，“为了我的钱、我的劳斯莱斯和林肯车、我的海滨别墅和游泳池，为了我那被毁的生活，还有我那在寒冷的街头排队领救济的妻儿……”小桥已经倾斜了九十度，此时沈华北只能用手抓着上面的栏杆坐在下面的栏杆上。

因失去所有财富而患精神分裂症的人也扑过来，同因失去所有财富而自杀未遂者一起转动转轮，病显然还没好的他没说什么，只是对着下面的深井笑。小桥完全倾覆了，沈华北双手抓着栏杆，吊在深井上方。

这时的他并没有多少恐惧，望着脚下深不见底的地狱之门，自己不算长的一生闪电般掠过脑海——他的童年和少年时代是灰色的，没有多少快乐和幸福；走进社会后，他在学术上取得了成功，发明了“糖衣”技术，但这并没有使生活接纳他；他在人际关系的蛛网中挣扎，却被越缠越紧，他从未真正体验过爱情，婚姻只是不得已而为之；当他打定主意永远不要孩子时，孩子来到了人世……他是一个生活在自己思想和梦想中的人，一个令大多数人讨厌的另类，从来不可能真正地融入人群。他的生活是永远的离群索居，永远的逆水行舟。他曾寄希望于未来，但这就是未来了——已去世的妻子，已成为人类公敌的儿子，被污染的城市，充满仇恨变态的人……这一切使他对这个时代和自己的生活心灰意冷。本来他还打定主意，要在死前了解事情的真相，但现在这已无关紧要了。他是一个累极了的行者，唯一渴望的就是解脱。

在井边那群人的欢呼中，沈华北松开双手，向那发着蓝光的命运靶标坠下去。

他闭着眼睛沉浸在坠落的失重中，身体仿佛变得透明，一切生命不能承受之重已离他而去。在这生命的最后几秒钟，他的脑海中突然响起了一首歌。那是父亲教他的一首古老的苏联歌曲，在他冬眠前的时代已没有人会唱了。后来他作为访问学者到莫斯科去，希望在那里找到知音，但这首歌在俄罗斯也失传了，所以这成了他自己的歌。在到达井底之前，他只能在心里吟唱一小段，但他相信，当自己的灵魂最后离开躯体时，这首歌会在另一个世界继续……不知不觉中，这首旋律缓慢的歌已在他的心中唱出了一半。时间过去了很久，他猛然警醒，睁开双眼，发现自己正不停地飞快穿过一个又一个蓝色光环。

坠落仍在继续。

“哈哈哈哈……”他的耳机中响起了邓洋的狂笑，“快死的人，感觉很不错吧?！”

他向下看，只见一串扑面而来的发着蓝光的同心圆，在圆心处不断有新的小圆环出现并很快扩大；向上看也是一个同心圆，但其运动是前一个画面的反演。

“这井有多深？”他问。

“放心，你总会到底的。井底是一块坚硬平滑的钢板。叭唧一下，你摔成的那张肉饼会比纸还薄的！哈哈哈哈……”

这时，他注意到面罩右上角的那块液晶显示区又出现了，有一行发着红光的字：

您现在已到达100公里深度，速度1.4公里/秒，您已经穿过莫霍不连续面，由地壳进入地幔。

沈华北再次闭上双眼，这次他的脑海中不再有歌声，而是像一台冷静的计算机般飞快地思索着。当半分钟后他再次睁开眼睛时，已经明白了一切——这就是南极庭院工程，那块坚硬平滑的井底钢板并不存在，这口井没有底。

这是一条贯穿地球的隧道。

大隧道

“它是走切线，还是穿过地心？”沈华北问，只是思维以语言的形式冒了一下头。

“聪明的头脑，这么快就想到了！”邓洋惊叹道。

“很像他儿子。”有人跟着说，听上去可能是中部断裂灾难留下的孤儿。

“是穿过地心，由中国的漠河穿过地球到达南极大陆最东端的南极半岛。”邓洋回答沈华北说。

“刚才那座城市是漠河？！”

“是的，它因作为地球隧道起点而繁荣起来。”

“据我所知，从那里贯穿地球应该到达阿根廷南部。”

“不错，但隧道有轻微的弯曲。”

“既然隧道是弯曲的，我会不会撞上井壁呢？”

“如果隧道笔直地通达阿根廷，你倒是肯定会撞上。那种笔直的地球隧道只有在贯穿两极之间的地轴上才能实现。这种与地轴成一定角度的隧道必须考虑地球自转的因素，它的弯曲正好能让你平滑地通过。”

“呵，伟大的工程！”沈华北由衷地赞叹道。

您现在已到达300公里深度，速度2.4公里/秒，已进入地幔黏性物质区。

他看到自己穿过光圈的速度正在加快，上下两个同心圆的密度增加了许多。

邓洋说：“关于建造穿过地球的隧道，不是什么新想法，18世纪就有两个人提出过，一位是叫莫泊都的数学家，另一位则是举世闻名的伏尔泰。后来，法国天文学家佛兰马理翁又把这个计划重新提出来，并且首先考虑了地球自转的因素……”

沈华北打断他问：“那你怎么说这想法是从我这里来的呢？”

“因为前面那些人不过是在做思想试验，而你的设想影响了一个人，这人后来用自己魔鬼般的才能促成了这个狂想的实现。”

“可……我不记得向沈渊提起过这些。”

“真是个健忘的人。你做了一个改变人类历史进程的设想，自己却忘了。”

“我真的想不起来。”

“那你总能想起那个叫贝加多的阿根廷人，还有他送给你儿子的生日礼物吧？”

您现在已到达1500公里深度，速度5.1公里/秒，已进入地幔刚性物质区。

沈华北终于想起来了。那是沈渊六岁的生日，沈华北请在北京的阿根廷物理学家贝加多博士到家里做客。当时南美两强已经崛起，阿根廷对南极大陆的大片陆地提出领土要求，并向南极大量移民，同时快速发展核武器，让全世界大惊失色。

在后来的全球无核化进程中，阿根廷自然是以有核国家的身份加入联合国销毁核武器委员会，沈华北和贝加多都是这个委员会中一个技术小组的专家。

那次，贝加多给沈渊带去的礼物是一个地球仪，用一种最新的玻璃材料制成。那种玻璃体现了阿根廷飞速发展的技术水平，它的折射率与空气相同，因而看不出玻璃球的存在，地球仪上的大陆仿佛是悬浮在两极之间。沈渊很喜欢这个礼物。

在晚饭后的聊天中，贝加多拿出了一张中国国内的大报，让沈华北看上面的一幅政治漫画，画上一位阿根廷球星正在踢地球。

“我不喜欢这幅漫画。”贝加多说，“中国人对我的国家的了解好像只限于足球，并把这种了解引申到国际政治上。阿根廷在你们的眼中也成了一个充满攻击性的国家。”

“您要知道，阿根廷毕竟是在地球上与中国相距最远的国家，你们正在地球的对面。”赵文佳微笑着说，从沈渊的手中拿过那个全透明的地球仪。在上面，中国和阿根廷隔着那个超透明的球体重叠在一起。

“其实我有个办法能够使两国更好地交流,”沈华北拿过地球仪说,“只需从中国挖一条通过地心贯穿地球的隧道就行了。”

贝加多说:“那个隧道也有一万两千多公里长,并不比飞机航线短多少。”

“但旅行时间会短许多的,想想您带着旅行包从隧道的这一端跳进去……”

沈华北的本意是想把话题从政治上引开。他成功了,贝加多来了兴趣,“沈,你的思维方式总是与众不同……让我们看看:我跳进去后会一直加速,虽然我的加速度会随着坠落深度的增加而减小,但确实会一直加速到地心。通过地心时,我的速度达到最大值,加速度为零。然后开始减速上升,这种减速度的值会随着上升而不断增加,当到达地球的另一面阿根廷的地面时,我的速度正好为零。如果我想回中国,只需从那面再跳下去就行了。如果我愿意,可以在南北半球之间作永恒的简谐振动。嗯,妙极了,可是旅行时间……”

“让我们计算一下吧。”沈华北打开电脑。

计算结果很快出来了。以地球理想的平均密度,从中国跳进地球隧道,穿过直径一万两千多公里的地球,坠落到阿根廷,需四十二分钟十二秒。

“快捷的旅行!”贝加多高兴地说。

……

您现在已到达2800公里深度,速度6.5公里/秒,您正在穿过古腾堡不连续面,进入地核。

坠落中的沈华北又听到邓洋说:“在那个晚上,你一定没有注意到,你的儿子瞪圆了那双充满灵气的大眼睛，出神地听着你的话。你更不可能知道，他盯着床头的那个透明地球一夜没睡。当然，你对儿子的这种影响可能有过无数次。你在沈渊的心灵中播下了许多狂想的种子，这只是其中开出花朵的一颗。”

沈华北凝视着周围距自己四五米远的飞速上升的井壁，高频掠过的环绕光圈使井壁的表面有些模糊。

“这是新固态材料吗？”他问。

“还能是其他什么？有什么别的材料具有建造这样的隧道的强度呢？”

“这样巨量的新固态物质是如何生产出来的？这种比重大得能沉入地层的材料是怎样搬运和加工的呢？”

“只能最简略地说说：新固态物质是通过连续不断的小型核爆炸生产出来的，核心技术当然是你的‘糖衣’，其生产线庞大而复杂。新固态材料有多种密度级别，较低密度的材料不会沉入地层，用它造出一个面积较大的基础，将高密度材料置于其上，其压力被基础分散，就能够浮在地面上了。用类似的原理，也可以进行这种材料的运输。至于新固态材料的加工，技术更加复杂，以你的知识水平可能无法理解。总之，新固态材料的生产与应用已经是一个庞大的产业，其经济规模超过了钢铁，并不只是用于南极庭院工程。”

“那么，这条隧道是如何建成的呢？”

“首先告诉你一点：隧道的基本构件是井圈，每个井圈长约一百米，整条隧道是由大约二十四万个井圈连接而成。至于具体的施工过程，你是个聪明人，也许自己就能想出来。”

您现在已到达4100公里深度，速度7.5公里/秒，正处于液态地核中部。

“沉井？”

“是的，是用沉井工艺。首先从中国和南极将井圈沉入地层，并拼接成贯穿地球的连续体。第二步是将拼接后的井圈中的地层物质掏出，隧道就形成了。你在隧道入口的外面看到的那些铁山，就是由从隧道的地核部分中掏出的铁镍合金堆成的。具体的施工则由地下船来进行，这种能在地层中行驶的机器也是由新固态材料制造的，有的型号能在地核深度行驶，它们能在地层中使下沉的井圈定位。”

“这样算下来，只需十二万个井圈。”

“超固态物质承受地球深处的高压和高温是没有问题的，但地下还有许多流动体，较浅处是流动的岩浆，更危险的是地核中的液态铁镍流，它们会对隧道产生巨大的剪切冲击。新固态材料的强度能够承受这种冲击，但井圈之间的连接处就不行了。所以隧道由内外两层井圈构成，内层井圈紧贴外层井圈，两层井圈相互交错，这样就使隧道产生了足够的抗剪切强度。”

您现在已到达5400公里深度，速度7.7公里/秒，正在接近固态地核。

“下面，我想你要告诉我南极庭院工程带来的灾难了。”

灾　难

“南极庭院工程的第一次灾难发生于二十五年前，那时工程已进入最后的勘探设计阶段，需要进行大量的地下航行。在一次勘探航行中，一艘名叫‘落日六号’的地下船在地幔中失事，并下沉到地核中。船上三名乘员中有两人遇难，只有一名年轻的女领航员幸存。她现在仍被封闭在地心中，并将在狭窄的地下船中度过余生。那艘船上的中微子通信设备已失去发射功能，但可能仍能接收。顺便说一句：她的名字叫沈静，是你的孙女。”

沈华北的心抽搐了一下。

在这疯狂的速度下，井壁上的光圈在沈华北眼中已连为一体，使这巨井的井壁发出刺目的蓝光。正在其中飞速坠落的沈华北仿佛正穿过时光隧道，进入那并不遥远但从不曾经历的过去。

您现在已到达5800公里深度，速度7.8公里/秒，您已进入固态地核，正在接近地心！

“南极庭院工程进行到第六年，发生了惨烈的中部断裂灾难。前面说过，隧道是由内外两层相互交错的井圈构成，在装入内层井圈时，必须首先将已连接好的外层井圈中的地下物质掏空，以免两层井圈间混入杂质，影响它们之间贴合的紧密度。具体在施工中，采用掏空一段外井圈放入一个内井圈的工艺，这就意味着，在地核段的施工中，在一段外井圈被掏空而内井圈还未到位的这段时间里，包括接合部在内的两个外井圈将单独承受地核铁镍流的冲击。本来，两段井圈间的接合部采用十分坚固的铆接技术，理论上能够在相当长的时间里承受铁镍流的冲击。但在进入地核四百九十多公里处，两段刚刚掏空的井圈接合部遭遇了一股异常强大的铁镍流，其流速是以前大量勘探中观测到的最高值的五倍。强大的冲击力使两个井圈错位，高温高压的地核物质霎时涌入隧道，沿着已建成的隧道飞速上升。在得知断裂发生后，作为工程总指挥的沈渊立刻下令关闭了位于古腾堡不连续面处的安全闸门——古腾堡闸。这时，在闸门下近五百公里的隧道中，有两千五百多名工程人员在施工。在得知断裂发生后，他们同时乘坐隧道中的高速升降机撤离，共有一百三十多部升降机，最后一部升降机与沿隧道上升的铁镍流保持着三十公里左右的距离。最后只有六十一部升降机来得及通过古腾堡闸，其余都在闸门关闭后被四千多度高温的地核激流吞没，一千五百二十七人殒命地心。

“中部断裂灾难举世震惊，沈渊同时受到了两方面的强烈谴责。一方认为他完全可以等所有升降机都通过古腾堡闸后再关闭闸门，这时铁镍流距闸门还有三十公里，虽然时间很短，但还是来得及的。即使这道闸门没来得及关闭，在上面的莫霍不连续面（地表和地幔的交界面）处还有一道安全闸——莫霍闸。极端愤怒的遇难者家属控告沈渊故意杀人。对此，沈渊在媒体面前只有一句话：‘我怕出娄子啊。’这娄子确实出不得。以南极庭院工程为题材的众多灾难片中，最著名的是《铁泉》，该片描绘了地核物质冲出地表的噩梦般的景象：一股铁镍液柱高高冲上同温层，散成一朵巨大的死亡之花，发出的刺目白光使北半球的黑夜变成白昼，空中下起了灼热的铁水暴雨，亚洲大陆成了一口炼钢炉，人类最终面临恐龙的命运……这描述并不夸张。正因为如此，沈渊又面临着另一项与上面完全相反的指控：他应该更早些关闭古腾堡门，根本没有必要等那六十一部升降机通过。更多的人支持这项指控，舆论给他安上了一项临时杜撰的罪名：因渎职而反人类罪。虽然两项指控最终都没有成立，但沈渊因此辞职，离开了南极庭院工程指挥层。他拒绝了另外的任命，以后一直作为普通工程师在隧道中工作。”

这时，井壁发出的蓝光突然变成红色。

您现在已到达6300公里深度，速度8公里/秒，正在穿过地心！

耳机里响起了邓洋的声音：“你现在已达到可以飞出地球的速度，却正处在这个星球的中心。地球正在围着你旋转，所有的海洋和大陆，所有的城市和所有的人，都在围着你旋转。”

沈华北沐浴在这庄严的红光中，脑海里又响起了音乐，这次是一首雄壮的交响曲。他以第一宇宙速度穿过发着红光的地心隧道，仿佛漂行在地球的血管中，这使他热血沸腾。

邓洋又说：“虽然新固态材料有良好的绝热性能，但现在你周围的温度仍超过了一千五百度，你的密封服中的冷却系统正在全功率运行。”

井壁的红光只持续了十多秒钟，又变回宁静的蓝光。

您已通过地心，现在正在上升，并开始减速。您已经上升了500公里，速度7.8公里/秒，仍在固态地核中。

蓝光使沈华北冷静下来，他已适应了失重，现在缓缓地转动身体，使头部向着前进的方向，以找到上升的感觉。他问邓洋：“好像还有第三次灾难？”

“螺栓失落灾难发生在五年前，那时南极庭院工程已经完工，地球隧道已投入正式营运，每时每刻都有地心列车穿行其中。地心列车的车厢是直径八米、长五十米的圆柱体，每列地心列车最多可由二百节车厢组成，可运载两万吨货物或近万名乘客，穿过地球的单程需四十二分钟，运输过程只是自由坠落，不消耗任何能源。

“当时，在漠河起点站，一名维修工人不小心将一枚直径不到十厘米的螺栓掉进隧道。这枚螺栓是用一种能够吸收电磁波的新材料制造的，因而没有被安全监测系统的雷达检测到。螺栓在隧道中一直坠落，穿过地球到达南极站，又从那里向回坠落，在到达地心时击中了一列正在向南极上升的地心列车。螺栓与列车的相对速度高达每秒十六公里，这样的动能使它变成了一颗炸弹。它穿透了头两节车厢，把沿路的一切都汽化了。这两节车厢的爆炸，使整列列车以每秒八公里的速度擦到井壁上，瞬间被撕得粉碎。大量的碎片在隧道中来回运行，有的一次次穿过整个地球，大部分则因撞击失去了部分速度，只是在地核附近摆动。有关人员用了一个月时间才把隧道中的碎片完全清理干净，列车上三千名乘客的遗体一具都没有找到，地核段的高温已把他们彻底火化了。”

您现在已从地心上升了2200公里，速度7.5米/秒，已重新进入地核的液态部分。

“但最大的灾难还是这个超级工程本身。南极庭院工程在技术上是人类史无前例的壮举，而在经济上的愚蠢也是空前绝后的。直到现在，人们对这样一个在经济规划上近乎白痴的工程竟得以实施仍百思不得其解。沈渊那魔鬼般的才能固然起了作用，但其根本原因可能还在于人们开发新大陆的狂热和对技术的盲目崇拜。在经济学上，南极庭院工程的完工之日，也就是它的死亡之时。虽然通过地球隧道的运输极其快捷，且几乎不消耗能量，用当时人们的话说，‘扔下去就到了’，或‘跳下去就到了’，但由于工程投资巨大，地心列车的运输费用极其昂贵，这抵消了它快捷的长处，使得地心列车在与传统运输方式的竞争中没什么明显优势。”

您现在已从地心上升了3500公里，速度6.5公里/秒，正在穿过古腾堡不连续面，重新进入地幔。

“人类的南极梦很快破灭了，蜂拥而来的企业和过度的开发很快毁掉了这个地球上仅存的洁净世界，使它与其他大陆一样成了一个弥漫着烟尘的垃圾场。南极上空的臭氧层被完全破坏，其影响波及全球。即使在北半球，强烈的紫外线也使人们必须做好防护才能出门。南极冰盖的加速融化也使全球的海平面急剧升高。在经历了一个痛苦的过程后，人类的理智再次占了上风，联合国所有成员国签署了新的《南极公约》，使人类全面撤出南极大陆，再次把南极变成人迹罕至的地方，期望那里的环境能够慢慢恢复。随着向南极运输需求的骤减，在螺栓失落灾难后，地心列车完全停止了营运，地球隧道被封闭，到现在已有五年了。但南极庭院工程带来的经济灾难一直在持续，无数购买了南极庭院公司股票的人血本无归，引发了严重的社会动乱，投资黑洞使国家经济濒临崩溃边缘。现在，我们还在这场灾难的余波中痛苦地挣扎……好了，这就是南极庭院工程的故事。”

随着速度的降低，井壁上原本稳定平滑的蓝光开始闪烁。渐渐地，周围的井壁能够分辨出单个的光圈。向上下两个方向看，密密的同心圆靶标又开始呈现出来。

您现在已从地心上升了4800公里，速度5.1公里/秒，正在穿过地幔的刚性物质区。

沈渊之死

“我儿子后来怎么样了？”沈华北问。

“隧道封闭后，沈渊作为留守人员待在漠河起点站。有一天，我给他打了个电话，他只说了一句话：‘我同女儿在一起。’后来我知道，他在这几年中一直过着一种不可思议的生活：每天都穿着密封服在地球隧道中来回坠落，睡觉都在里面，只有在吃饭和为密封服补充能量时才回到起点站。他每天要穿过地球三十次左右，就这样日复一日、年复一年，在漠河和南极半岛间，做着周期八十四分钟、振幅一万两千六百公里的简谐振动。”

您现在已从地心上升了6000公里，速度2.4公里/秒，正在穿过地幔的黏性物质区。

“谁也不知道沈渊在这永恒的坠落中都干了些什么。但据他的同事说，每次穿过地心时，他都会通过中微子通信设备与女儿打招呼。他常常在坠落中与女儿长谈——当然只是他一个人在说话，但生活在随着铁镍流在地核中运行的‘落日六号’中的沈静应该是能够听到的。

“他的身体长时间处于失重状态，但由于必须在起点站吃饭和给密封服充电，每天还要在地面经受两到三次的正常地球重力，这样的折腾使他年老的心脏变得更加脆弱。他在一次坠落中死于心脏病，当时没人注意到，于是他的遗体又在地球隧道中运行了两天，直至密封服的能量耗尽，停止制冷，于是地球隧道成了他的火葬炉，遗体在最后一次通过地心时被烧成了灰。我相信，你儿子对这个归宿是很满意的。”

您现在已从地心上升了6200公里，速度1.4公里/秒，已经穿过莫霍不连续面，进入地壳。注意，您正在接近地球隧道的南极顶点！

“这也是我的归宿，对吗？”沈华北平静地问。

“你也应该感到满足。临死前，你已经看到了自己想看的东西。本来我们是想在不穿密封服的情况下把你扔进地球隧道的，但现在让你穿上了，完整地看到了你儿子创造的东西。”

“是的，我很满足，此生足矣。我真诚地谢谢各位了！”

没有回答，耳机中的嗡嗡声骤然消失，地球另一端的那几个复仇者中断了通信。

沈华北看到上方的同心圆已经很稀疏了，他两三秒才能穿过一个光圈，而且这间隔还在急剧拉长。这时耳机中响起了一声蜂鸣，面罩上显示：

您已经到达地球隧道的南极顶点！

他看到同心圆的圆心变空了，不再有新的光圈浮现，中间那个光圈越来越大。终于，他穿过了最后一个蓝色光圈，以缓慢的速度升向一座与隧道另一端一模一样的横在井口上的小桥。小桥上站着几个穿密封服的人，在他升出井口时，这些人一起伸手抓住了他，把他拉上桥。

南极站的内部也处于黑暗之中，只有井壁上光圈的蓝光照上来。他抬起头，看到上方悬着一个巨大的圆柱体，其直径比井口稍小。他走到小桥尽头的井边，再向上看，隐约看到上方有一排这样的圆柱体。他数出了四个，再后面的就隐没到高处的黑暗中了。他知道，这就是停运的地心列车。

南极

半小时后，沈华北同那几名救他命的警察一起，走出地球隧道的南极站。站在已没有积雪的南极平原上，可以看到远处被废弃的城市。低垂在地平线上的太阳把软弱无力的光芒投在这广阔而没有生气的大陆上。这里的空气比地球另一端要好些,不用戴呼吸膜。

一名警官告诉沈华北,他们是在南极空城中留守的少数警务人员,接到郭医生的报警后,立刻赶到了南极站。当时井口是被封闭的,他们紧急联系地球隧道管理部门打开井盖,正好看见沈华北在蓝光中升向井口,仿佛从深海中浮出来一般。如果晚几秒钟,沈华北必死无疑。密封的井盖将挡住他,使他开始向北半球的另一次坠落。而在他再次通过地心之前,密封服的能量就会耗尽,他将像他的儿子一样在地心熔炉中化为灰烬。

"以邓洋为首的那几个家伙已经被逮捕,他们将被以杀人罪起诉。不过,"警官冷冷地盯着沈华北说,"我理解他们的感情。"

沈华北仍然沉浸在失重带来的眩晕中,他看着天边的太阳,长出一口气,又说了一句:"我此生足矣——"

"要是这样,您对自己今后的命运就比较容易接受了。"另一名警官说。

"命运?"沈华北清醒过来,扭头看着那名警官。

"您不能在这个时代生活,否则这样的事还会发生。好在政府有一个时间移民计划——为了减轻人口对环境的压力,强制一部分人进入冬眠,让他们到未来去生活。现在政府已经决定,您将作为时间移民的一员,重新进入冬眠。这一次要多长时间才能苏醒,我可说不准。"

沈华北好一会儿才理解了这话的意思,对警官深深地鞠躬,"谢谢谢谢,我怎么总是这样幸运?"

"幸运?"警官不解地看着他说,"即使是这个时代的冬眠移民,也不可能适应未来社会的生活，更别说您这样来自过去的人了！”

沈华北的脸上浮现出微笑，“无所谓。关键是，我将看到地球隧道再次成为人类的骄傲！”

警官们发出了几声冷笑，“怎么可能呢？这个完全失败的超级工程，只能永远成为你们父子俩的耻辱柱。”

“哈哈哈哈……”沈华北大笑起来。失重的虚弱使他站立不稳，但他的精神已亢奋到极点，“长城和金字塔都是完全失败的超级工程，前者没能挡住北方骑马民族的入侵，后者也没能使其中的法老木乃伊复活，但时间使这些都无关紧要，因为凝结于其上的人类精神将永远光彩照人！”他指指身后高高耸立的地球隧道南极站，“与这条伟大的地心长城相比，你们这些哭哭啼啼的孟姜女是多么可怜！哈哈哈哈……”

沈华北张开双臂，让南极的寒风吹透自己的身体，“渊儿，我们此生足矣——”他幸福地说。

尾 声

沈华北再次苏醒是半个世纪以后。他醒来后，几乎经历了与五十年前的那次苏醒时一样的事——被一群陌生人带上车，进入地球隧道的漠河站，穿上密封服（令他不可理解的是，这密封服竟然比五十年前的那身笨重了许多），再次被扔进地球隧道，开始漫长的坠落。四十年之后，地球隧道看上去没有什么变化，仍是一条由无数蓝色光圈标示出的不见底的深井。

不过这次，有一个人陪着他下坠。这是一个美丽姑娘，她自我介绍说是他的导游。

“导游？对了，我的预感对了，地球隧道真的成为长城和金字塔了！”坠落中的沈华北兴奋地说。

“不，地球隧道没有成为长城和金字塔，它成了——”导游姑娘在失重中拉着沈华北的手，小心地与他在坠落中保持着同步。

“成了什么？”

“地球大炮！”

“什么?!”沈华北吃惊地打量着周围飞速掠过的井壁。

导游开始回忆：“在您冬眠后，全球的环境进一步恶化，污染和臭氧层破坏使各大陆最后的植被迅速消失，可呼吸的空气成为商品……这时，要想拯救地球生态，只有关闭人类所有的重工业和能源工业。”

“那样也许能让地球生态恢复，却会使人类文明毁灭。”沈华北插嘴说。

“面对当时的惨状，有许多人支持这种选择。不过更多的人在寻找另外的出路。最可行的办法，是把地球上的所有工业转移到太空中和月球上。”

“那么，你们建造了太空电梯？”

“没有。人们试了才知道，那比挖地球隧道还难。”

“那么，发明了反重力飞船？”

“更没有。科学家从理论上证明了它根本不可能。”

“核动力火箭？”

“这倒是有，但其运输成本与传统火箭不相上下。如果用这些手段向太空转移工业，就又会发生地球隧道式的经济灾难了。”

“那么你们什么也转移不了了。这么说，”沈华北咧嘴苦笑，“上面是后人类时代了？”

导游没有回答。两人在沉默中向那无底深渊继续坠下去，周围飞掠而过的光环越来越密，最后井壁成为发出蓝光的平滑连续体。又过了十分钟，蓝光变成红光，他们默默地以每秒八公里的速度通过地心。然后井壁很快又发出蓝光，导游姑娘灵巧地使身体旋转一百八十度，变为头向上的上升姿态，沈华北也笨拙地跟着这样做了。

“噢——”沈华北突然发出一声惊叫，从面罩右上角的显示屏中，他看到现在他们的速度是八点五公里每秒。

通过地心后，他们仍在加速！

让沈华北惊恐的另一件事是，他感到了重力，在这穿过地球的坠落过程中，本应自始至终都是失重的，可他真的感到了重力！科学家的直觉很快告诉他，这不是重力，是推力，正是这推力使他们克服了不断增长的地球引力，保持加速。

“一定还记得凡尔纳的登月大炮吧？”导游突然问。

“小时候看过的最愚蠢的一本书。”沈华北心不在焉地回答着，一边四下张望，想搞清这突然出现的怪事。

“一点儿都不愚蠢。用大炮进行发射，是人类大规模进入太空最理想、最快捷的方式。”

“除非你想在炮弹中被压成肉酱。”

“被压成肉酱是因为加速度太大，加速度太大是因为炮管太短。如果有足够长的炮管，炮弹就能以温柔的加速度射出去，就像您现在感觉到的一样。”

“这么说,我们是在凡尔纳大炮里?”

“我说过,它叫地球大炮。”

沈华北仰望着发出蓝光的隧道,努力把它想象成一根炮管。由于速度太快,井壁看上去浑然一体,已没有任何运动感了,他们仿佛一动不动地悬浮在这发着蓝光的巨管中。

“在您冬眠后的第四年,我们又研制出一种新型固态材料,除了具有以前这类材料的性质外,它还是优良的导体。现在,在这一半的地球隧道外表面,就缠绕着一圈用这种材料制成的粗导线,使这一半地球隧道变为一根长达六千三百公里的电磁线圈。”

“线圈中的电流从哪里来?”

“地核中有强大丰富的电流,正是这些电流产生了地球的磁场。我们用地核船拖着新固态导线,在地核中拉了上百条大回路,每条回路都有几千公里长,用这些回路来采集地核中的电流,并将它汇聚到隧道线圈上,使隧道中充满了强磁场。我们的密封服的肩部和腰部有两个超导线圈,线圈中的电流产生方向相反的磁场,推力就是这样产生的。”

由于继续加速,上升段很快要走完了,井壁再次发出红光。

“注意,现在我们的速度已达到每秒15公里,超过了第二宇宙速度,我们就要飞出炮口了!”

这时,在地球隧道的南极出口,停放地心列车的高大建筑早已拆除。地球隧道的圆形出口直接面对着天空,上面有一个密封盖板。扩音器中传出一个声音:“游客们请注意,地球大炮将进行今天的第四十三次发射,请您戴上护目镜和耳塞,否则将对您的视力和听力造成永久性损害。”

十秒钟后，隧道口的密封盖板哗地滑向一边，露出了直径十米的圆形井口，空气涌入真空井内，发出尖厉的呼啸。一声巨响，井口喷出一道长长的火舌，其亮度使南极天边低垂的太阳黯然失色。随即，密封盖板又迅速滑回原位盖住井口，井内的抽气机发出低沉的轰鸣，抽空刚才盖板打开的三秒钟进入井内的空气，以准备下一次发射。人们抬头仰望，只见两颗拖着火尾的流星正急速上升，很快消失在南极深蓝色的苍穹中。

沈华北并没有像想象中那样看到隧道出口迎面扑来——速度太快，他不可能看清。他只看到，那条发着红光、似乎通向无限高处的隧道在瞬间消失，代之以南极的蓝天，两者之间没有任何过渡，快得像屏幕上两幅图像的切换。

他猛地回头，看到脚下的大地正在急速退去。他认出了那座南极城市，它很快变成了一块篮球场大小的长方形。抬起头，他看到天空的颜色正在迅速地由蓝变黑，速度之快像一块正在被调暗的屏幕。再低头，他看到了南极半岛狭长弯曲的形状，看到了围绕着半岛的大海。他的身后拖着一条长长的火尾，看看身上才发现密封服的表面在燃烧，他被裹在一层薄薄的火焰中。距他十几米处与他一起上升的导游也同样被裹在火焰中，像一个拖着长长火尾的小怪物。巨大的空气阻力像一只巨掌狠狠地压在他的头上和肩上，但随着天空的变黑，这巨掌像被另一种更加强大的力量征服了，它的压力渐渐变小。低头看，南极大陆已显示出完整的形状。沈华北惊喜地发现，这块大陆又恢复了原本的白色。向远处看，地球已显示出弧形，太阳正从地球边缘移上来，在薄薄的大气层中散射出绚丽的霞光。再向上看，群星已在太空中出现，沈华北第一次见到如此晶莹灿烂的星星。身上的火光熄灭了，他们已冲出大气层，漂浮在寂静的太空中。

沈华北感觉身轻如燕。他发现自己身上的密封服——太空服——变薄了许多，表面的那层隔热物质已在与大气的剧烈摩擦中蒸发了。这时，高速通过大气层时的通信盲区已过，他的耳机中响起了导游的声音："穿过大气层时的阻力抵消了一部分速度，但我们现在的速度仍超过了逃逸值。我们正在飞离地球。你看那儿——"

导游指着下面已经变得很小的南极半岛。沈华北在地球隧道出口的位置看到了闪光，一颗拖着火尾的流星从半岛缓慢地飞升，在飞出大气层后火光熄灭了。

"那是地球大炮刚刚发射的一艘太空船，它将接我们回去。地球大炮的炮管中每时每刻都同时运行着五六颗'炮弹'，这样它每过八到十分钟就射出一艘太空船，所以现在进入太空就如乘地铁一样便捷。二十年前工业大迁移开始时，发射最频繁，炮管中往往同时有二十多颗'炮弹'在加速。地球大炮以两三分钟一发的频率向太空急促地射击，一批批太空船组成了上升的流星雨，那是人类向命运的庄严挑战，无比壮观！"

这时，沈华北在群星中发现了许多快速移动的星星，在静止的星空背景上很容易看出来，它们一定就在地球轨道上。再细看，它们中相当一部分可以辨出形状，有环形，有圆柱形，还有多个形状组合而成的不规则体，像漆黑太空中精美的小饰件。

"那是宝山钢铁公司。"导游指着一个发光的圆环说，然后又依次指点着其他几个亮点,“那几个是中国石化,当然它们现在不处理石油了。那几个圆柱形是欧洲冶金联合体。那些是用微波向地球供电的太阳能电站,发光的只是它们的控制中心,太阳能电池组和传输电能的天线阵列是看不到的……”

沈华北被这景象陶醉了,再看看下面蔚蓝色的地球,他的眼泪涌了出来。他现在最大的愿望,就是让参加过南极庭院工程的每一个人——故去的和健在的——都看看这一幕。他特别想到了其中一个人,一个在所有人心目中永远年轻的女性。

“找到我的孙女了吗?”他问。

“没有,我们缺少在地核中进行远距离探测的技术。那是一个广阔的区域,谁也不知道铁镍流把她带到哪里去了。”

“能不能把我们看到的这一切用中微子发向地心?”

“一直在这么做呢,相信她已看到了。”

发表于2003年第9期《科幻世界》

获2003年度(第15届)银河奖

思想者

太 阳

他仍记得三十四年前第一次看到思云山天文台时的感觉。救护车翻过一道山梁后，思云山的主峰就在远方出现，观象台的球形屋顶反射着夕阳的金光，像镶在主峰上的几粒珍珠。

当时他刚从医学院毕业，是一名脑外科见习医生。那天，作为主治医生的助手，他到天文台来抢救一位不能被搬运的重伤员。伤者是到这里做访问研究的英国学者，散步时不慎跌下山崖，摔伤了脑部。到达天文台后，他们为伤员做了颅骨穿刺，吸出了部分淤血，降低了脑压。当病人好转到能被搬运后，便用救护车送他到省城医院做进一步的手术。

离开天文台时，已是深夜。在其他人向救护车上搬运病人时，他好奇地打量着周围那几座球顶的观象台，它们的位置组合似乎有某种隐晦的含义，如同月光下的巨石阵。在一种他在后来的生命中都百思不得其解的神秘力量的驱使下，他走向最近的一座观象台，推门走了进去。

里面没有开灯,但有无数小信号灯亮着,他感觉像是从有月亮的星空走进了没有月亮的星空。只有细细的一缕月光从球顶的一道缝隙透下来,投在高大的天文望远镜上,用银色的线条不完整地勾画出它的轮廓,使它看上去像深夜城市广场中央的一件抽象的现代艺术品。

他轻步走到望远镜的底部,在微弱的光亮中看到了一大堆装置,其复杂程度超出了他的想象。正当他寻找着可以把眼睛凑上去的镜头时,从门那边传来一个轻柔的女声:“这是太阳望远镜,没有目镜的。”

一个穿着白色工作服的苗条身影走进来,很轻盈,仿佛是从月光中飘来的一片羽毛。这女孩走到他面前,他感到了她带来的一股轻风。

“传统的太阳望远镜,是把影像投在一块幕板上,现在大多是在显示器上看了……医生,您好像对这里很感兴趣。”

他点点头,“天文台,总是一个超脱和空灵的地方,我挺喜欢这种感觉的。”

“那您干吗要从事医学呢?噢,我这么问很不礼貌的。”

“医学并不仅仅是琐碎的技术,有时它也很空灵,比如我所学的脑医学。”

“哦?您用手术刀打开大脑,能看到思想?”她说。他在微弱的光线中看到了她的笑容,想起了那从未见过的投射到幕板上的太阳,消去了逼人的光焰,只留下温柔的灿烂,不由得心动了一下。于是他也笑了笑,并希望她能看到自己的笑容。

“我,尽量看吧。不过你想想,那用一只手就能托起的蘑菇状的东西,竟然是一个丰富多彩的宇宙。从某种哲学观点看,这个宇宙比你所观察的宇宙更为宏大,因为你的宇宙虽然有几百亿光年大,但好像已被证明是有限的；而我的宇宙是无限的，因为思想无限。”

“呵，不是每个人的思想都是无限的。但医生，您可真像是有无限想象力的人。至于天文学，它真没有您想象的那么空灵。在几千年前的尼罗河畔和几百年前的远航船上，它曾是一门很实用的技术。那时的天文学家，长年累月在星图上标注成千上万颗恒星的位置，把一生消耗在星星的‘人口普查’中。就是现在，天文学的具体研究工作大多也是枯燥乏味、没有诗意的，比如我从事的项目，我研究恒星的闪烁，没完没了地观测、记录、再观测、再记录，不超脱，也不空灵。”

他惊奇地扬起眉毛，“恒星在闪烁吗？像我们看到的那样？”看到她笑而不语，他自嘲地笑着摇摇头，“噢，我当然知道那是大气折射造成的。”

她点点头，“不过呢，作为一个视觉比喻，这还真形象。去掉基础恒量，只显示输出能量波动的差值，闪烁中的恒星看起来还真是那个样子。”

“是由于黑子、耀斑什么的引起的吗？”

她收起笑容，严肃地摇摇头，“不，这是恒星总体能量输出的波动，其原因要深刻得多，如同一盏电灯，它的光度变化不是由于周围的飞蛾，而是由于电压的波动。当然，恒星的闪烁波动是很微小的，只有十分精密的观测仪器才能觉察出来，要不我们早被太阳的闪烁烤焦了。研究这种闪烁，是了解恒星深层结构的一种手段。”

“你已经发现了什么？”

“还远不到发现什么的时候。到目前为止，我们只观测了一颗最容易观测的恒星——太阳的闪烁。这种观测可能要持续数年，同时把观测目标由近至远，逐步扩展到其他恒星……知道吗？我们可能花十几年的时间在宇宙中采集标本，然后才谈得上归纳和发现。这是我博士论文的题目，但我想我会一直把它做下去的，用一生也说不定。”

“如此看来，你并不真觉得天文学枯燥。”

“我觉得自己在从事一项很美的事业。走进恒星世界，就像进入一座无限广阔的花园，这里的每一朵花都与众不同……您肯定觉得这个比喻有些奇怪，但我确实有这种感觉。”

她说着，似乎是无意识地向墙上指指。朝那方向看去，他发现墙上挂着一幅画，很抽象，画面只是一条连续起伏的粗线。注意到他在看什么时，她转身走过去，从墙上取下那幅画递给他。他发现那条起伏的粗线是用思云山上的雨花石镶嵌而成的。

“很好看，但这表现的是什么呢？一排邻接的山峰吗？”

“最近我们观测到太阳的一次闪烁，其剧烈程度和波动方式在近年来的观测中都十分罕见，这幅画就是它那次闪烁时辐射能量波动的曲线。呵，我散步时喜欢收集山上的雨花石，所以……”

但此时吸引他的是另一条曲线，那是信号灯的弱光在她身躯的一侧勾出的一道亮边，而她的其余部分都与周围的暗影融为一体。如同一位卓越的国画大师在一张空白宣纸上信手勾勒出的一条飘逸的墨线，仅由于这条柔美曲线的灵气，宣纸上所有一尘不染的空白立刻充满了生机和内涵……在山外他生活的那座大都市里，每时每刻都有上百万个青春靓丽的女孩子在追逐浮华和虚荣，像一大群作布朗运动的分子，没有给思想留出哪怕一瞬间的宁静。但谁能想到，在这远离尘嚣的思云山上，却有一个文静的女孩子在长久地凝视星空……

“你能从宇宙中感受到这样的美，真是难得，也很幸运。”他觉察到了自己的失态，收回目光，把画递还给她，但她轻轻地推了回来。

“送给您做个纪念吧，医生。威尔逊教授是我的导师，谢谢你们救了他。”

十分钟后，救护车在月光中驶离了天文台。后来，他渐渐意识到自己的什么东西留在了思云山上。

时光之一

直到结婚时，他才彻底放弃了与时光抗衡的努力。这一天，他把自己单身宿舍的物件都搬到了新婚公寓，除了几件不适于两人共享的东西。他把这些东西拿到医院的办公室去，漫不经心地翻看着，其中就有那幅雨花石镶嵌画。看着那条多彩的曲线，他突然想到，思云山之行已经是十年前的事了。

人马座α星

这是医院里年轻人组织的一次春游，他很珍惜这次机会，因为以后这类活动越来越不可能请他参加了。这次旅行的组织者故弄玄虚，在路上一直把所有车窗的帘子紧紧拉上，到达目的地下车后让大家猜这是哪儿，第一个猜中的会得到一份不错的奖励。他一下车便立刻知道了答案，但沉默不语。

思云山的主峰就在前面，峰顶上那几个珍珠似的球形屋顶在阳光下闪亮。

当有人猜对这个地方后，他对领队说要到天文台去看望一个熟人，然后径自沿着那条通向山顶的盘山公路徒步走去。

他没有说谎，但心里也清楚那个连姓名都不知道的她并不是天文台的工作人员。十年过去了，她不太可能还在那里。其实他压根儿就没想走进去，只是想远远地看看那个地方。十年前在那里，他那阳光灿烂、燥热异常的心灵里泻进了第一缕月光。

一小时后，他登上了山顶。在天文台那油漆已斑驳褪色的白色栅栏旁，他默默地看着那些观象台。这里变化不大，他很快便认出了那座曾经进去过的圆顶建筑。他在草地的一块方石上坐下，点燃一支烟，出神地看着那扇已被岁月留下痕迹的铁门，脑海中一遍遍重放着那珍藏在他记忆深处的画面：铁门半开着，一缕如水的月光中，飘进了一片轻盈的羽毛……他完全沉浸在那逝去的梦中，以至于现实的奇迹出现时也不吃惊：观象台的铁门真的开了，那片曾在月光中出现的羽毛飘进阳光里。她那轻盈的身影匆匆而去，进入了相邻的另一座观象台。这过程只有十几秒钟，但他坚信自己没有看错。

五分钟后，他和她重逢了。

这是他第一次在充足的光线下看到她。她与自己想象的完全一样，对此他并不惊奇。但他转念一想，已经十年了，那时在月光和信号灯弱光中隐现的她与现在应该不太一样，这让他很困惑。

她见到他时很惊喜，但除了惊喜，似乎没有更多的东西。“医生，您知道我是在各个天文台巡回搞观测项目的，一年只有半个月在这里，但今天又遇上了您，看来我们真有缘分！”她轻易地说出了最后那句话，这进一步证实了他的感觉：她对他并没有更多的东西。不过，想到十年过去了她还能认出自己，他也感到一丝安慰。

他们聊了几句那个脑部受伤的英国学者后来的情况，然后他问："你还在研究恒星闪烁吗？"

"是的。对太阳闪烁的观测进行了两年，然后我们转向了其他恒星。但您应该能够理解，观测其他恒星的手段与观测太阳的完全不同。项目没有新的资金，中断了好几年，我们三年前才重新恢复了这个项目，现在正在观测的恒星有二十五颗，数量还在增加。"

"那你一定又创作了不少雨花石画。"

这十年中，从他记忆深处无数次浮现的那月光中的笑容，这时在阳光下又出现了，"啊，您还记得那幅画！是的，我每次来思云山都会收集雨花石。您来看吧！"

她带他走进了十年前他们相遇的那座观象台。他迎面看到一架高大的望远镜，不知道是不是十年前的那架，但周围的电脑设备都很新，肯定不是那时留下来的。她带他来到一面高大的弧形墙前，墙上有他熟悉的东西——大小不一的雨花石镶嵌画。每幅画都只是一条波动曲线，长短不一，有的平缓如波澜不兴的海面，有的陡峭如高低错落的塔松。

她挨个告诉他这些波形都来自哪些恒星，"这些我们称为恒星的A类闪烁。与其他闪烁相比，它们出现的次数较少。A类闪烁与恒星频繁出现的其他闪烁的区别，除了其能量波动的剧烈程度大几个数量级外，其闪烁的波形在数学上也更具美感。"

他困惑地摇摇头，"你们这些基础理论科学家时常谈论数学上的美感，这好像是你们的专利，比如你们认为很美的麦克斯韦方程，我也看得懂，但不知它美在哪儿……"

像十年前一样，她突然又变得严肃了，“这种美像水晶，很硬，很纯，很透明。”

他突然注意到了那些画中的一幅，说：“哦，你又重做了一幅？”看到她不解的神态，他又说，“就是你十年前送给我的那幅太阳闪烁的波形图呀。”

“可……这是人马座 α 星的一次A类闪烁的波形，是在……嗯，去年10月观测到的。”

他相信她表现出的迷惑是真诚的，但他更相信自己的判断。这个波形他太熟悉了，不仅如此，他甚至能够按顺序回忆出组成那条曲线的每一粒雨花石的色彩和形状。他不想让她知道，在过去的十年里，除去他结婚的这一年，他一直把这幅画挂在单身宿舍的墙上。每个月总有那么几天，熄灯后，窗外透进的月光足以使躺在床上的他看清那幅画，这时他就开始默数那组成曲线的雨花石，让自己的目光像甲虫一样沿着曲线爬行。一般来说，当爬完一趟又返回一半路程时他就睡着了，在梦中继续沿着那条来自太阳的曲线漫步，像踏着块块彩石过一条永远见不到彼岸的河……

“你能够查到十年前的那条太阳闪烁曲线吗？日期是那年的4月23日。”

“当然能。”她用很特别的目光看了他一眼，显然对他如此清晰地记得那日期有些吃惊。她来到电脑前，很快调出了那列太阳闪烁波形，然后又调出了墙上那幅画中的人马座 α 星闪烁波形。她立刻呆住了。

两列波形完美地重叠在一起。

当沉默漫长到无法忍受时，他试探着说：“也许，这两颗恒星的结构相同，所以闪烁的波形也相同。你说过，A类闪烁是恒星深层结构的反映。”

“它们虽同处主星序，光谱型也同为G2，但结构并不完全相同。关键在于，就是结构相同的两颗恒星也不会出现这样的情况。都是榕树，您见过长得完全相同的两棵吗？如此复杂的波形竟然完全重叠，这就相当于有两棵连最末端的枝丫都一模一样的大榕树。”

“也许，真有两棵一模一样的大榕树。”他安慰说，虽然知道自己的话毫无意义。

她轻轻地摇摇头，突然又想到了什么，猛地站起来，目光中除了刚才的震惊又多了恐惧。

“天啊！”她说。

“怎么了？”他关切地问。

“您……想过时间吗？”

他是个思维敏捷的人，很快捕捉到了她的想法，“据我所知，人马座α星是距我们最近的恒星，这距离好像是……4光年吧。”

“1.3秒差距，就是4.25光年。”她仍被震惊攫住，这话仿佛是别人通过她的嘴说出的。

现在事情清楚了：两次相同的闪烁出现的时间相距8.5年，正好是光在两颗恒星间往返一趟所需的时间。当太阳的闪烁光线在4.25年后传到人马座α星时，后者发生了相同的闪烁，又过了同样长的时间，人马座α星的闪烁光线传回来，被观测到。

她又伏在计算机上进行了一阵演算，自语道：“把这些年来两颗恒星的相互退行考虑进去，结果仍能精确地对上。”

“让你如此不安，我很抱歉。不过，这毕竟是一件无法进一步证实的事，不必太为此烦恼吧。”他又试图安慰她。

“无法进一步证实？也不一定。太阳那次闪烁的光线仍在太空中传播，也许会再次导致另一颗恒星产生相同的闪烁。”

“比人马座 α 星再远些的下一颗恒星是……”

“巴纳德星，1.81秒差距，但它太暗，无法进行闪烁观测；再下一颗，佛耳夫359，2.35秒差距，同样太暗，不能观测；再往远，莱兰21185，2.52秒差距，还是太暗……只有到天狼星了。”

“那好像是我们能看到的最亮的恒星了，有多远？”

“2.65秒差距，也就是8.6光年。”

“现在，太阳那次闪烁的光线在太空中已行走了10年，已经到了那里，也许天狼星已经闪烁过了。”

“但它闪烁的光线还要再等7年多才能到达这里。”

她突然像从梦中醒来一样，摇着头笑了笑，“呵，天啊，我这是怎么了？太可笑了！”

“你是说，作为一名天文学家，有这样的想法很可笑？”

她很认真地看着他，“难道不是吗？作为脑外科医生，如果您同别人讨论思想是来自大脑还是心脏，有什么感觉？”

他无话可说了。看到她在看表，他便起身告辞。她没有挽留，但沿下山的公路送了他很远。他克制住了朝她要电话号码的冲动，因为他知道，自己在她眼中不过是一个十年后又偶然重逢的陌路人而已。

告别后，她返身向天文台走去。山风吹拂着她那白色的工作服，突然唤起他十年前那次告别的感觉，阳光仿佛变成了月光，那片轻盈的羽毛正离他远去……像落水者想极力抓住一根稻草，他决意要维持他们之间那蛛丝般的联系。几乎是本能地，他冲她的背影喊道：“如果，七年后你看到天狼星真的那样闪烁了……”

她停下脚步，转过身来，微笑着回答他：“那我们就还在这里见面！”

时光之二

婚姻使他进入了一种完全不同的生活，但真正彻底改变生活的是孩子。自从孩子出生后，生活的列车突然由慢车变成特快，越过一个又一个沿途车站，永不停息地向前赶路。旅途的枯燥使他麻木了，他闭上双眼，不再看沿途那千篇一律的景色，在疲倦中睡去。但同许多在火车上睡觉的旅客一样，心灵深处的一个小小的时钟仍在走动，使他在到达目的地前的一分钟醒来。

这天深夜，妻儿都已睡熟，他却难以入睡，一种神秘的冲动使他披衣来到阳台上。他仰望着在城市的光雾中暗淡了许多的星空，寻找着。找什么呢？好一会儿，他才在心里回答自己：找天狼星。这时，他不由得打了一个寒战。

七年已经过去，现在，距他和她相约的那个日子只有两天了。

天狼星

昨天下了今年的第一场雪，路面很滑，最后一段路出租车不能走了，他只好再一次徒步攀登思云山的主峰。

路上，他不止一次地质疑自己的精神是否正常。事实上，她赴约的可能性为零，理由很简单：天狼星不可能像十七年前的太阳那样闪烁。在这七年里，他涉猎了大量的天文学和天体物理学知识，七年前那个发现着实可笑，让他无地自容。她没有当场嘲笑，也让他感激万分。现在想想，她当时那种认真的样子，不过是得体的礼貌而已。七年间，他曾无数次回味分别时她的那句诺言，越来越从中体会出调侃的意味……随着天文观测平台向太空轨道的转移，思云山天文台在四年前就不存在了，那里的建筑变成了度假别墅，在这个季节已空无一人，他到那儿去干什么？想到这里，他停下了脚步。这七年的岁月显示出它的力量，他再也不可能像当年那样轻松地登山了。他犹豫了一会儿，最终还是放弃了返回的念头，继续向前走。

在这人生过半之际，就让自己最后追一次梦吧。

所以，当他看到那个白色的身影时，真以为是幻觉。天文台旧址前的那个穿着白色风衣的身影与积雪的山地背景融为一体，最初很难分辨，但当她看到他时，就向这边跑过来，这使他远远看到了那片飞过雪地的羽毛。他只是呆立着，一直等她跑到面前。她喘息着，一时说不出话来。他看到，除了长发换成短发，她没变太多。七年不是太长的时间，对于恒星的一生来说，连弹指一挥间都算不上，而她是研究恒星的。

她看着他的眼睛说："医生，我本来不抱希望能见到您，我来只是为了履行一个诺言，或者说满足一个心愿。"

"我也是。"他点点头。

"我甚至……甚至差点错过了观测时间，但我没有真正忘记这事，只是把它放到记忆中一个很深的地方。在几天前的一个深夜里，我突然想到了它……"

“我也是。”他又点点头。

他们沉默了，只听到阵阵松涛在山间回荡。

“天狼星真的那样闪烁了？”他终于问道，声音微微发颤。

她点点头，“闪烁波形与太阳那次和人马座α星那次精确重叠，一模一样，闪烁发生的时间也很精确。这是‘孔子三号’太空望远镜的观测结果，不会有错的。”

他们又陷入长时间的沉默。松涛在起伏轰响，他觉得这声音已从群山盘旋而上，充盈在天地之间，仿佛是宇宙中的某种力量低沉而神秘的合唱……他不由得打了个寒战。她显然也有同样的感觉，于是打破沉默，以摆脱这种恐惧。

“但这种事情，这种已超出了所有现有理论的怪异现象，要想让科学界严肃面对它，还需要更多的观测和证据。”

他说:“我知道，下一个可观测的恒星是……”

“本来小犬座的南河二星可以观测，但五年前，它的亮度急剧减弱到可测值以下，可能是漂浮到它附近的一片星际尘埃所致。这样，下一次只能观测天鹰座的河鼓二星了。”

“它有多远？”

“5.1秒差距，16.6光年，十七年前的太阳闪烁信号刚刚到达那颗恒星。”

“这就是说，还要再等将近十七年？”

她缓缓地点点头，“人生苦短啊。”

她最后这句话触动了他心灵深处的什么东西，他那被寒风吹得发干的双眼突然有些湿润，“是啊，人生苦短。”

她说："但我们至少还有时间再这样相约一次。"

这话使他猛地抬起头来，呆呆地望着她。难道又要分别十七年?!

"请您原谅，我现在心里很乱，我需要时间思考。"她拂开被风吹到额前的短发说，然后看透了他的心思，动人地笑了起来，"我把电话和邮箱给您。如果您愿意的话，我们以后常联系。"

他长长地松了一口气，仿佛漂游大洋上的航船终于看到了岸边的灯塔，心中充满了难言的幸福感，"那……我送你下山吧。"

她笑着摇摇头，指指后面的圆顶度假别墅，"我要在这里住一阵儿。别担心，这里有电，还有一户很好的人家，是常驻山里的护林哨……我真的需要安静，很长时间的安静。"

他们很快分手。他沿着积雪的公路向山下走去，她站在思云山的顶峰上久久地目送着他。他们都准备好了这十七年的等待。

时光之三

在第三次从思云山返回后，他突然看到了生命的尽头。他和她的生命都再也没有多少个十七年了。宇宙的广漠使光都慢得像蜗牛，生命更是灰尘般微不足道。

在这十七年的头五年里，他和她保持着联系。他们互通电子邮件，有时也打电话，但从未见过面。她居住在另一个很远的城市。后来，他们各自都走向人生的巅峰，他成为著名脑科专家和大医院的院长，她则成为国家科学院院士。他们要操心的事情多了起来，同时他明白，同一个已取得学术界最高地位的天文学家过多地谈论那件把他们联系在一起的神话般的事件是不适宜的。于是，他和她的联系渐渐少了，到十七年过完一半时，这联系就完全断了。

但他很坦然。他知道他们之间还有一个不可能中断的纽带，那就是在广漠的外太空中正向地球日夜兼程奔来的河鼓二的星光。他们都在默默地等待它的到达。

河鼓二星

他和她在思云山主峰见面时正是深夜。双方都想早来些，以免让对方等自己，所以都在凌晨三点多攀上山来。他们各自的飞行车都能轻而易举地到达山顶，但两人都不约而同地把车停在山脚，徒步上山，显然都想找回过去的感觉。

自从十年前被划为自然保护区后，思云山成了这世界上少有的越来越荒凉的地方。昔日的天文台和度假别墅已成为一片被藤蔓覆盖的废墟，他和她就在这星光下的废墟间相见。他最近还在电视上见过她，所以已熟悉岁月在她身上留下的痕迹，但他觉得面前的她还是三十四年前那个月光中的少女。她的双眸映着星光，让他的心融化在往昔的感觉中。

她说："我们先不要谈河鼓二好吗？这几年我在主持一个研究项目，就是观测恒星间A类闪烁的传递。"

"呵，我一直以为你不敢触及这个发现，或干脆把它忘了呢。"

"怎么会呢？真实的存在就应该去正视。其实就是经典的相对论和量子力学描述的宇宙，其离奇和怪异已经不可思议了……这几年的观测发现，A类闪烁的传递是恒星间的一种普遍现象，每时每刻都有无数颗恒星在发生初始的A类闪烁，周围的恒星再把这个闪烁传递开去。任何一颗恒星都可能成为初始闪烁的产生者或其他恒星闪烁的传递者，所以整个宇宙看起来很像是雨中泛起无数圈涟漪的池塘……怎么，你并不感到吃惊？”

“我只是感到不解：仅观测了四颗恒星的闪烁传递就用了三十多年，你们怎么可能……”

“你是个十分聪明的人，应该能想到一个办法。”

“我想……是不是这样：寻找一些相距很近的恒星来观测，比如两颗恒星A和B，它们距地球都有一万光年，但它们之间相距仅5光年，这样你们就能用5年时间观察到它们一万年前的一次闪烁传递？”

“你真的是聪明人！银河系内有上千亿颗恒星，可以找到相当数量的这类恒星对。”

他笑了笑，并像三十四年前一样，希望她能在夜色中看到自己的笑。

“我给你带来了一件礼物。”他说着，打开背上山来的旅行包，拿出一个很奇怪的东西，足球大小，初看上去像是胡乱团起的渔网，对着天空时，透过它的孔隙可以看到断断续续的星光。他打开手电，她看到那东西是由无数米粒大小的小球组成的，每个小球都伸出数目不等的几根细得几乎看不见的杆子与其他小球相连，构成了一个极其复杂的网架系统。他关上手电，在黑暗中按了一下网架底座上的开关。网架中突然充满了快速移动的光点，令人眼花缭乱，她仿佛在看着一个装进了几万只萤火虫的空心玻璃球。再定睛细看，她发现光点最初都是由某一个小球发出，然后向周围的小球传递，每时每刻都有一定比例的小球在发出原始光点，或传递别的小球发出的光点。她看到了自己的那个比喻：雨中的池塘。

“这是恒星闪烁传递模型吗?!啊,真美,难道……你已经预见到这一切?!”

“我确实猜测恒星闪烁传递是宇宙间的一种普遍现象——当然是仅凭直觉。但这个东西不是恒星闪烁传递模型。我们院里有一个脑科学研究项目,用三维全息分子显微定位技术,研究大脑神经元之间的信号传递,这就是一小部分右脑皮层的神经元信号传递模型,当然只是很小很小一部分。”

她着迷地盯着这个星光闪烁的球体,“这就是意识吗?”

“是的,正如巨量的0和1的组合产生了计算机的运算能力一样,意识也只是由巨量的简单连接产生的。这些神经元间的简单连接聚集到一个巨大的数量,就产生了意识。换句话说,意识,就是超巨量的节点间的信号传递。”

他们默默地注视着这个星光灿烂的大脑模型。在他们周围的宇宙深渊中,漂浮着银河系的千亿颗恒星,和银河系外的千亿个恒星系。在这无数的恒星之间,无数的A类闪烁正在传递。

她轻声说:“天快亮了,我们等着看日出吧。”

于是他们靠着一堵断墙坐下来,看着放在前面的大脑模型。那闪烁的光点有强烈的催眠效果,她渐渐睡着了。

思想者

她逆着一条苍茫的灰色大河飞行,这是时光之河,她在飞向时间的源头，群星像寒冷的冰碛漂浮在太空中。她飞得很快，扑腾一下双翅就越过上亿年时光。宇宙在缩小，群星在会聚，背景辐射在剧增。百亿年过去了，群星的冰碛开始在能量之海中融化，很快消散为自由的粒子，后来粒子也变为纯能。太空开始发光，最初是暗红色，她仿佛潜行在能量的血海之中。后来光芒急剧增强，由暗红变成橘黄，再变为刺目的纯蓝。她似乎在一个巨大的霓虹灯管中飞行，物质粒子已完全溶解于能量之海中。透过这炫目的空间，她看到宇宙的边界球面如巨掌般收拢，她悬浮在这已收缩到只有一间大厅般大小的宇宙中央，等待着奇点的来临。终于，一切陷入漆黑，她知道已在奇点中了。

一阵寒意袭来，她发现自己站在广阔的白色平原上，头顶是无限广阔的黑色虚空。看看脚下，地面是纯白色的，覆盖着一层湿滑的透明胶液。她向前走，来到一条鲜红的河流边，河面覆盖着一层透明的膜，可以看到红色的河水在膜下涌动。她离开大地飞升而上，看到血河在不远处分了岔，还有许多条树枝状的血河，构成了一张复杂的河网。再上升，血河细化为白色大地上的血丝，而大地仍是一望无际。她向前飞去，前面出现了一片黑色的海洋。飞到海洋上空时，她才发现这海不是黑的，呈黑色是因为它深而且完全透明。广阔海底的山脉历历在目，这些水晶状的山脉呈放射状，由海洋的中心延伸到岸边……她拼命上升，不知过了多长时间才再次向下看，这时整个宇宙已一览无遗。

这宇宙是一只静静地看着她的巨大眼睛。

……

她猛地醒来，额头湿湿的，不知是汗水还是露水。他没睡，一直在身边默默地看着她。他们前面的草地上，大脑模型已耗完了电池，穿行于其中的星光熄灭了。

在他们上方，星空依旧。

"'他'在想什么？"她突然问。

"现在吗？"

"在这三十四年里。"

"源于太阳的那次闪烁可能只是一次原始的神经元冲动，这种冲动每时每刻都在发生，大部分像蚊子在水塘中点起的微小涟漪，转瞬即逝，只有传遍全宇宙的冲动才能成为一次完整的感觉。"

"我们耗尽一生时光，只能看到'他'的一次甚至连'他'自己都感觉不到的瞬间冲动？"她迷茫地说，仿佛仍在梦中。

"耗尽整个人类文明的寿命，可能也看不到'他'的一次完整的感觉。"

"人生苦短啊。"

"是啊，人生苦短……"

"一个真正意义上的孤独者。"她突然没头没尾地说。

"什么？"他不解地看着她。

"呵，我是说'他'之外全是虚无。'他'就是一切。'他'还在想，也许还做梦。'他'梦见了什么呢……"

"我们还是别试图做哲学家吧！"他一挥手，像赶走什么似的说。

她突然想起了什么，从靠着的断墙上直起身说："按照现代宇宙学的宇宙暴胀理论，在膨胀的宇宙中，从某一点发出的光线永远也不可能传遍宇宙。"

“这就是说，‘他’永远也不可能有一次完整的感觉。”

她两眼平视着远方，沉默许久，突然问道：“我们有吗？”

她的这个问题令他陷入对往昔的追忆。这时，思云山的丛林中传来了第一声鸟鸣，东方的天际出现了一线晨光。

“我有过。”他很自信地回答。是的，他有过，那是三十四年前，在这座山峰上一个宁静的月夜，一个月光中羽毛般轻盈的身影，一双仰望星空的少女的眼睛……他的大脑中发生了一次闪烁，并很快传遍了他的整个脑宇宙。在以后的岁月中，这闪烁一直没有消失，这个过程更加宏伟壮丽。大脑中所包含的那个宇宙，要比这个星光灿烂的、已膨胀了一百五十亿年的外部宇宙更为宏大。外部宇宙虽然广阔，但毕竟已被证明是有限的，而思想是无限的。

东方的天空越来越亮，群星开始隐没，思云山露出了剪影般的轮廓。在它高高的主峰上，在那被藤蔓覆盖的天文台废墟中，这两个年近六十的人满怀期待地望着东方，等待着那个光辉灿烂的脑细胞升出地平线。

发表于 2003 年第 12 期《科幻世界》

获 2003 年度（第 15 届）银河奖读者提名奖

圆圆的肥皂泡

一

很多人生来就会莫名其妙地迷上一样东西，仿佛他的出生就是要和这东西约会似的，正是这样，圆圆迷上了肥皂泡。

圆圆出生后一直是一副无精打采的样子，连啼哭都像是在应付差事，似乎这个世界让她很失望。

直到她第一次看到肥皂泡。

圆圆第一次看到肥皂泡时才五个月大，当时，她立刻在妈妈怀中手舞足蹈起来，小眼睛中爆发出足以使太阳星辰都黯然失色的光芒，仿佛这才是她第一次真正地看到这个世界。

那是一个西北的正午，已经数月无雨，窗外，烈日下的城市弥漫着沙尘。在这异常干燥的世界中，那飘浮在空中的绚丽的水之精灵确实是绝美的东西。看到小女儿能认识到这种美，为她吹出肥皂泡的爸爸很高兴，抱着她的妈妈也很高兴。圆圆的妈妈放弃了还有一个月的产假，第二天就要回实验室上班了。

二

时光飞逝，圆圆进幼儿园大班了，她仍然热爱肥皂泡。

这个星期天和爸爸出去玩儿，她的小衣袋中就装着吹泡泡的小瓶，爸爸许诺要让妈妈带她坐飞机吹泡泡。这并不是吹牛，他们真的去了近郊的一座简易机场，妈妈用来进行飞播造林研究的飞机就停在那里。但圆圆很失望，因为那是一架破旧的双翼农用飞机，估计是以前的社会主义联盟制造的。圆圆觉得它是旧木板做的，像童话中的猎人在森林中住的破木屋，很难相信这玩意儿能飞起来。但就这架破飞机，妈妈也不让圆圆坐。

"今天是孩子生日，你还加班不回家。让圆圆坐坐飞机，就算给她个惊喜嘛！"爸爸说。

"惊喜什么呀，她已这么重了，我要少带多少树种？"妈妈说着，又吃力地把一个沉重的大塑料包搬进舱门。

圆圆觉得自己没有多重，咧嘴大哭起来。于是妈妈赶紧来哄女儿，从地上一堆大塑料袋中的一个里拿出一件奇怪的东西：样子和大小与胡萝卜差不多，头儿尖尖的，呈流线型，屁股上还有一对用硬纸板做的尾翼，看上去像个小炸弹，但却是透明的，很好玩儿的样子。圆圆伸手去抓，但小手立刻又松开了，这玩意儿是冰做的。妈妈指着小炸弹中心的一个小黑粒，告诉圆圆那就是树种，"飞机从好高的地方把这些冰炸弹扔下去，它们落到地上时会扎进沙土中。春天来了，冰弹就会在沙土里悄悄地化开，化出的水会让种子发芽出苗。把好多好多这样的冰炸弹投下去，沙漠就会变绿，沙子就不会吹到我圆圆的小脸儿上了……这是妈妈的研究项目，它能使西北干旱地区飞播造林的成活率提高一倍……”

“孩子懂什么成活率，真是！圆圆，咱们走！”爸爸抱起圆圆，气鼓鼓地走了。妈妈没有留他们，只是赶紧用双手又捧了一下女儿的脸蛋儿。

圆圆感觉妈妈的手比爸爸的粗糙多了。

圆圆伏在爸爸的肩膀上看到“猎人木屋”轰鸣着起飞。她对着飞机吹出一串肥皂泡，看着它消失在沙尘迷漫的空中。

爸爸抱着圆圆走出了机场，在公路边的车站等候回市里的汽车。圆圆感到爸爸的身体突然颤抖了一下。

“爸爸，你冷吗？”

“不……圆圆。你没有听到什么？”

“嗯……没有呀。”

但他听到了。那是一声沉闷的爆炸，从飞机飞行方向的远方传来，隐隐约约，他几乎是用第六感听到的。他猛地回头看着那个方向。在他和女儿面前，大西北干旱的大地冷酷地凝视着苍穹。

三

时光继续飞逝，圆圆上小学了，她仍然热爱肥皂泡。

清明节，她和爸爸来到妈妈墓前时，仍拿着吹泡泡的小瓶。当爸爸把鲜花放到那朴素的墓碑前时，圆圆吹出了一串泡泡。爸爸正要发作，女儿的一句话使他平静下来，双眼湿润了。

“妈妈会看到的！”圆圆指着飘过墓碑的肥皂泡说。

“孩子啊，你要做一个像妈妈那样的人，像她那样有责任感和使命感，像她那样有一个远大的人生目标！”爸爸搂着圆圆说。

“我有远大的目标呀！”圆圆喊道。

“说给爸爸听听？”

“吹——”圆圆指着已飞远的肥皂泡，“大——大——的——泡——泡！”

爸爸苦笑着摇摇头，拉着女儿离去。这里距几年前飞机坠毁的地点不远。当年，由自天而降的冰弹播下的种子确实都成活了，长成了小树苗，但最后的胜利者仍是无边的干旱。飞播林在干旱少雨的第二年都死光了，沙漠化仍在继续着它不可阻挡的步伐。夕阳将墓碑的影子拉得好长好长，圆圆吹出的肥皂泡已经一个都不见了，像墓中人的理想，像西部大开发美丽的梦幻。

四

时光继续飞逝，圆圆上中学了，仍然喜欢肥皂泡。

这天，圆圆年轻的女班主任老师来家访，递给爸爸一把新奇漂亮的玩具手枪，说是圆圆在课上玩儿，被物理老师没收的。那把枪有个大肚子，枪管顶部固定着一个天线似的圆圈。爸爸翻来覆去地看着，很迷惑它应该怎么玩儿。“这是泡泡枪。”班主任说着，拿过来一扣扳机，随着一阵嗡嗡的轻响，从枪口的小圆圈中飞出一长串肥皂泡。

班主任告诉爸爸，圆圆的学习成绩一直在年级中领先，她最大的长处是有很强的创造性思维。班主任说，自己还是第一次看到思想这么活跃的学生，让爸爸要珍惜这个苗头。

“你不觉得这孩子……怎么说呢，有些轻飘飘的吗？”爸爸拿着泡泡枪问。

“现在的孩子嘛，都这样儿……其实在这个新时代，轻松洒脱一些的思想和性格也不一定就是缺点。”

爸爸叹口气，挥挥泡泡枪，结束了谈话。他觉得和这个班主任没什么可谈的，她自己几乎还是个孩子呢。

送走了班主任，回到只有他们父女两人的家中，爸爸想和圆圆谈谈泡泡枪的问题，但立刻发生了另一件让他不快的事。

“又换了一个？今年你已经换了一个了！”他指着圆圆挂在胸前的手机问。

“没有呀，爸爸，人家只是换了个壳儿嘛！看，这能给我新鲜感。”圆圆说着，拿出一个扁盒子。爸爸打开来，看到一排鲜艳的色块，最初他以为是绘画颜料一类的东西，仔细一看，才发现那是十二个手机外壳，十二种色彩。

爸爸摇摇头，把盒子放在一边，“我正想和你谈谈你的这种……嗯，思想倾向。”

圆圆看到了爸爸手中的泡泡枪，一把抢了过来，“爸爸，我保证以后不再带它去学校了！”说完，她对着爸爸射出一串泡泡。

“我要说的不是这个，我要说的问题比这深刻得多。圆圆，你看你这么大了还喜欢吹肥皂泡……”

“不行吗？”

“哦，不，这本来不算什么大问题。我是说，你的这种喜好反映出了你的一种……嗯，刚才说过的，思想倾向。”

圆圆不解地看着父亲。

“这说明你倾向于追求美丽、新奇而虚幻的东西，容易对远离现实的幻影着迷，你的双脚将离开大地，把你的人生引向一个错误的方向。”

圆圆看看满屋飘浮着的肥皂泡，显得更迷惑了。那些肥皂泡像一群透明的鱼，在空气中幽幽地游着。

“爸爸，咱们还是谈一些更有趣的事吧！”圆圆靠到爸爸的肩膀上，语气变得神秘起来，“爸，我们的班主任漂亮吗？”

“没注意……圆圆，我刚才的意思是……”

“她显然很漂亮的！”

“也许吧……我刚才要说的是……”

“爸爸，您真没注意到她和您说话时的眼神？她好像被您吸引了耶!”

“我说你这个孩子，就不能少想些无聊的事儿？”爸爸生气地把女儿的手从肩上拨开。

圆圆长叹一声，“唉，爸爸呀爸爸，您已经变成了一个对什么都提不起兴趣的人了。您这没有新鲜、没有新奇、没有激动的日子，有什么劲儿呢？还好意思当别人的人生导师。”

一个肥皂泡飘到脸前爆裂了，他隐约感到一小股弱得不能再弱的湿润水汽。这一场转瞬即逝的微型毛毛雨令他感到片刻的陶醉，不可思议，他竟想起了遥远的南方故乡。他不为人察觉地叹息了一下。

“我年轻的时候也追逐过缥缈的梦想，和你妈妈从上海来到这里，天真地把大西北看作实现自己人生价值的地方。我们那批建设者只用了那么短的时间，就让荒漠上出现了这座崭新的城市。我们曾把它当作一生的骄傲，以为离开人世之时，这城市能作为自己没有虚度一生的证明。谁能想到，它不过是我们这一代人用青春甚至生命吹出的一个肥皂泡。”

圆圆很吃惊，“丝路市怎么是肥皂泡呢？它可是实实在在的，总不会啪的一下消失吧？”

“它将消失，中央已经认可了省里的报告，中止了为丝路市引水的一切新项目。”

“那要把我们渴死吗？现在已经是两天来一次水，每次只来一个半小时！”

“政府正在制订一个为期十年的拆迁计划，整座城市将全部分散迁移，丝路将成为现代世界第一座因缺水而消失的城市，一个现代的楼兰……其实，曾让年轻的我们热血沸腾的整个西部大开发，现在已经变成了噩梦般的西部大开矿。谁知道，这是不是一个更大的肥皂泡呢？”

“哇，太棒了！”圆圆欢呼起来，“早就该离开这地方了！一个平淡乏味的地方，我真的不喜欢这里耶！迁移！迁移到一个全新的地方，开始全新的生活，这是多美妙的事啊，爸爸！”

爸爸默默地看了女儿一会儿，站起身来走到窗前，呆呆地看着外面黄沙中的城市。他双肩下垂的背影，看上去一下子老了许多。

“爸——”圆圆轻轻叫了一声，父亲没有回答。

两天后，圆圆的爸爸成为这即将消失的城市的最后一任市长。

五

高考结束了，圆圆取得了全省理科第二名的成绩。爸爸难得彻底地高兴了一次，慷慨地问女儿有什么要求，过分些也行。圆圆冲他张开一只手掌。

“五……五个什么？”

“五块雕牌透明皂，”说完她又张开另一只手掌，“十袋汰渍洗衣粉，”两手翻了一下，“二十瓶白猫洗洁精。”最后她拿出一张纸，“最重要的是这些化学药剂，照清单上的分量买。”

那些化学药剂让爸爸费了些事，他让一个在北京出差的办公室副主任跑了一天才买齐。

拿到这些东西后，圆圆一头扎进了卫生间，在那里面忙活了三天，配制了整整一浴池的溶液，怪味弥漫在家里的每个角落。第四天，两个男生送来了她定做的一个直径一米多的圆环，那圆环是用一根钻了许多小眼的长金属管弯成的。

第五天，家里早早就有一群人来访，他们中包括两家电视台的摄影师。市长还认出了其中一名漂亮女士是省电视台一档娱乐节目的主持人，还有两个穿得花里胡哨的家伙，自称是吉尼斯中国分部的人，昨天刚从上海飞来，其中一个沙哑着嗓子说：“市长先生，您的女儿……咳咳……这地方空气真干燥……您的女儿要创造吉尼斯纪录了！”

市长随着一行人爬到开阔的楼顶上，发现女儿和她的几个同学已经上来了。圆圆扛着那个大圆环，面前放着的大澡盆中盛满了她配的那种溶液。那两个吉尼斯的人开始架设两根有刻度的标杆，市长后来才知道，那是用于测量肥皂泡直径的。

一切准备就绪后，圆圆把那个圆环伸进澡盆，再提出来时，环面已附着了一层液膜。她小心地把带液膜的圆环固定在一根长杆顶端，走到楼顶边缘，挥动长杆，使圆环在空中画一个大圈，吹出了一个巨大的肥皂泡。那个大泡在空中颤颤地变着形状，像是在跳舞。市长后来得知，这个大泡的直径竟达四点六米，打破了由比利时人凯利斯保持的三点九米的吉尼斯纪录。

“液体的配方是很重要的，但窍门还是在这个大环上。”圆圆在回答主持人提问时说，“那个比利时人用的只是一个普通的液膜环圈，而我这个，是由钻了一排洞的铅管弯成的，管里面充满了发泡液体，在大泡的形成过程中，这些液体不断地从管上的小孔中泄出，使尽可能多的液体参与成泡，这样自然就可以形成更大的泡泡了。”

“那么，你还有可能制造出更大的泡泡来吗？”主持人问。

“当然会的！这就要研究肥皂泡形成的几个要素，包括液体黏度、延展性、蒸发率和表面张力。但对于形成超大的泡泡来说，最需要改进的是后两项。蒸发率必须降低，因为蒸发是泡壁破裂的主要原因之一；表面张力嘛……你知道为什么纯水不能吹出泡泡？”

“它的表面张力太小了？”

“恰恰相反，是因为纯水的表面张力太大了，形不成气泡。再问一句，你知道肥皂泡形成以后，它的表面张力与直径大小有什么关系？”

“那……照你说的，张力越小，泡就越大？”

“不，不！当泡形成后，随着直径的增大，它反而需要增大自己的表面张力，以维持泡壁的强度。这就出现一个问题：液体的表面张力是恒定的，那么，要想吹出超大的泡泡，我们该解决什么样的问题呢？”

主持人茫然地摇摇头，她属于外形漂亮、口齿伶俐、但头脑简单的那一类，圆圆看出了这点，“算了，我们还是给观众再吹几个大泡泡吧！”

于是，又有几个直径四五米的大肥皂泡顺风飘行到城市上空。在这沙尘弥漫的干旱世界中，它们显得那么不真实，仿佛是来自另一个世界的幻影。

一星期后，圆圆离开了这座她出生长大的西北城市，到中国那所最好的理工科大学去学习纳米专业了。

六

时光继续飞逝，但圆圆不再吹肥皂泡了。

圆圆读完了学士、硕士和博士，然后以令她父亲头晕目眩的速度开始创业。她以做博士课题时创造的一项技术为基础，开发了一种新的太阳能电池，成本仅为传统的单晶硅电池的几十分之一，可以作为马赛克贴到整个建筑表面上。仅三四年时间，她的公司就发展到几亿元资产的规模，成为纳米技术的东风催生的一大批急剧膨胀的奇迹企业之一。

圆圆的父亲由此陷入了尴尬的境地。以事业的成功程度而言，女儿现在已经有资格教导父亲了。看来圆圆当年的那个漂亮班主任说得有道理，轻飘洒脱的思想和性格不一定就是缺点。这是一个令父亲这一代人恼火的时代，现在的成功需要的是逼人的思想灵气，经验、毅力和使命感之类的不再起决定作用，凝重和沉重更是显得傻乎乎的。

“很久没有过这种感觉了，这是我听过的最好的演唱，他们确实比上一代那三个强。”在国家大剧院宽阔的出口平台上，市长对女儿说。圆圆知道父亲喜欢听古典美声，这是他不多的爱好之一，于是圆圆趁他到北京开会之际，请他听新一代世界三大男高音为即将到来的奥运会举办的演唱会。

“早知道我就买最好座位的票了，怕您又嫌我浪费，就买了两张中等的。”

“这样的票多少钱一张？”父亲随口问。

“比之前便宜多了，好像每张两万八吧。”

“嗯……啊，什么？！”

看着父亲目瞪口呆的样子，圆圆笑了起来，“如果您能找回很久没有过的感觉，就是二十八万也值得。看这座大剧院，投资几十个亿，还不是为了人们从艺术中得到或找回某种感觉？”

“也许你有道理，但我还是希望你的钱能花到更有意义的地方。圆圆，我想跟你谈谈有关丝路市的事，你能不能进行一项它的市政投资？”

“是什么？”

“一个大型的水处理工程，建成后能够大大提高城市用水的循环利用率，还可以用太阳能淡化一部分盐湖的水。如果这个系统能够实现，丝路市就能在缩小规模后继续存在下去，避免完全消失的命运。”

“投资是多少？”

“初步规划，大约十六个亿吧。大部分资金已有来源，但到位时间很长，怕来不及了，所以现在需要你投入一笔启动资金，约一个亿吧。”

“爸爸，不行。我目前能周转的资金也就这么多了，我想用它搞一个研究项目——”

父亲举起一只手，打断女儿的话说：“那就算了。圆圆，我丝毫不想影响你的事业。其实，我本来没打算向你提这个要求的，虽然你的投资能保证收回，但利润回报却微乎其微。”

“呵，那倒无所谓，爸爸。我这个项目更惨，别说赢利，投资都肯定会打水漂！”

“你想搞基础研究吗？”

“不，但也不是应用研究，是好玩儿的研究。”

“……”

“我将研制一种超级表面活性剂，名字已经想好了，叫飞液。它的溶液黏性和延展性比现有的任何液体都要强上几个数量级，蒸发速度仅是甘油的千分之一。这种表面活性剂溶液还具有一个魔鬼般的特性——它的表面张力能够随着液层的厚度和液面的曲率自动调节，调节范围从水的张力的百分之一到一万多倍。”

“它是干什么用的？”父亲惊恐地问。他已知道答案，但还是不敢相信。

年轻的亿万富婆搂住父亲的肩膀大声说：“吹——大——大——的——泡——泡！”

“你不是开玩笑吧？”

圆圆看着长安街上的灯火，沉默了好久，“谁知道呢？也许我的整个生活就是一个大玩笑。但，爸爸，我觉得这也没有什么不好。一个人用一生开一个玩笑也是一种使命吧。”

“用一亿元吹泡泡？有什么用吗？”父亲的语气好像觉得自己在做梦。

“没什么用，好玩呗。不过，比起你们当年用几百个亿建起一座很快就拆掉的城市，我的奢侈微不足道。”

“可你现在能救这城市，它也是你的城市，你在那里出生长大。而你却用这笔钱吹肥皂泡！你……也太自私了！”

“我在过自己的生活。无私奉献并不一定能推动历史，您的那座城市就是证明！”

直到圆圆把车开上长安街，父女俩都没再说话。

“对不起，爸爸。”圆圆轻声说。

“这些天我总是想起拉着你小手的那些日子，那是多好的时光啊。”灯光中，父亲的双眼一闪一闪的，似乎有些湿润。

“我知道让您失望了，您一直想让我成为妈妈那样的人。如果我能有两次人生的话，其中的一次会照您的愿望做，把自己奉献给责任和使命。可是，爸爸，我只能活一次。”

父亲没有说话。当这沉默的路程快结束时，圆圆拿出一个大纸袋递给父亲。

“什么？”父亲不解地问。

“房产证和钥匙。爸，我给您买了一幢别墅，在太湖边上，您退休后可以回到南方了。”

父亲把纸袋轻轻地推了回去，“不，孩子，我会在丝路的废墟上度过余生。我与你妈妈的青春和理想都埋在那儿，离不开了。”

北京在夏夜里尽情地闪烁着。看着这绚丽的光海，圆圆和父亲竟同时联想到肥皂泡。这无边的灿烂似乎在极力向他们展示着什么，是生命之重，还是生命之轻？

七

两年后的一天，市长在办公室里接到了女儿的电话。

“爸爸，生日快乐！”

“呵，圆圆吗？你在哪儿？”

“离您那儿不远，我给您送生日礼物来了！”

“嗨，我好多年没想起生日这回事儿了。那中午回家吧，我也有一个多月没回家了，就保姆在那儿照看着。”

“不，礼物现在就送给您！”

“我在工作，马上要开市政周例会了。”

“没关系，您打开窗向天上看！”

今天的天空万里无云，蓝得清澈，这种天气在这一地区是很少见的。空中传来引擎的轰鸣声，市长看到一架飞机在城市上空缓缓地盘旋，在蓝天的背景上很醒目。

“爸爸，我在飞机上呢！”圆圆在电话中喊道。

这是一架老式双翼螺旋桨飞机，在空中像一只懒洋洋的大鸟。时光瞬间闪回，一种熟悉的感觉令市长浑身颤抖了一下。二十多年前他也这样颤抖过，那时女儿问他是不是冷了。

“圆圆，你……要干什么？”

“要送礼物啦，爸爸，注意飞机下面！”

市长刚才就发现，飞机机腹下面吊着一个大环，那环的直径比飞机还长，显然是升空以后才展开的。整体看去，飞机和大环组成了一个在空中飞行的戒指。他后来知道，那个大环的结构同圆圆破吉尼斯纪录时用的环一样，由轻型金属管制成，管内充满了那种叫飞液的魔鬼液体。环面上罩上一层飞液的液膜，环上有无数的小洞，使飞液能够不断地从围成大圆环的细管中流出。

令人震惊的景象出现了：在那个大环后面，吹出了一个大肥皂泡！它反射着阳光，轮廓时隐时现。肥皂泡急剧膨胀，很快，飞机与它相比只是透明西瓜上的一粒小芝麻。

下面的城市广场上，所有人都在驻足仰望，市政府办公大楼里也开始有人跑出去看。

飞机拖着巨泡在城市上空缓缓盘旋，肥皂泡的膨胀速度大大减缓，但仍在继续，巨泡渐渐占据了半个天空！最后，它脱离了飞机下的大环，独自在空中飘浮着。

“这就是礼物啦，爸爸！”圆圆在电话中兴奋地喊着。

蓝天上晃动着大片的闪光，仿佛整个天空就是一张平滑的玻璃纸，正被一双无形的大手在阳光下抖动着。细看去，那些闪光勾勒出了一个巨大的球体形状，那个透明球体此时占据了大半天空，下面的人们得将头转动近一百八十度才能看全它。它仿佛是地球在天空的镜面上投下的一个晶莹幻影。

城市骚动起来，大街上开始出现交通堵塞。

巨泡缓缓从空中降下来。当它降到足够低时，地面上的人们竟然在泡壁上看到了城市高楼群的镜像。由于泡壁在风中的波动，高楼群扭曲变形，像是海中的丛林。这广阔的泡壁从上方气势磅礴地压下来，人们不由得捂住了脑袋。当巨泡接触地面时，暴露在外的人们在身体穿过泡壁时感到脸上痒痒了一下。

巨泡没有破碎，而是呈一个直径近十公里的半球形立在大地上。这座城市，连同边缘的一座火力发电厂和一个化工厂，全被巨泡扣在其中！

“我不是故意的,真的不是故意的!”圆圆对着摄像机说,“本来,按一般的情况,大泡会顺风飘走。谁想到今天这里的风力竟这么弱,这儿一贯是风很大的!所以它才掉下来,把城市扣住了!”

市长看着市电视台中断了正常节目插播的紧急现场报道,电视中的女儿身穿航空皮夹克,拉链敞开着,露出里面的蓝色工作服。她的身后,是那架老式双翼飞机……时光再次闪回。太像了,太像了……市长的心融化了,泪水夺眶而出。

两小时后,市长同刚刚成立的紧急小组一起,驱车来到了城市边缘巨泡泡壁的位置,圆圆和她的几名工程师早已等在那里。

“爸爸,我的肥皂泡很棒吧?”圆圆没有了刚才的恐慌,不合时宜地一脸兴奋。

市长没理女儿,抬头打量着泡壁。这是一张在阳光下发出多彩霓光的大膜,它表面那结构极其精细的衍射条纹,令人迷惑地变幻着,构成一个疯狂展示宇宙间所有色彩的妖艳海洋。大膜是全透明的,这使得透过它看到的外部世界也蒙上了一层霓彩。向上到一定的高度,霓彩消失了,空中看不出膜的存在。

市长伸出一只手,小心地触摸泡壁。他的手背感到一阵极其轻微的瘙痒,手已在膜的另一面了。这膜可能只有几个分子的厚度。他抽回手来,膜瞬间恢复原状,那一处的霓彩光纹仍是完整的,仿佛完全没有中断过。

其他人也开始触摸大膜,后来大家挥手试图撕裂膜面,最后发展成对大膜拳打脚踢……但这一切对大膜没有丝毫影响，所有的打击物都毫无阻碍地穿膜而过，之后膜面完好无损。市长挥手制止了大家的徒劳举动，指指远处的高速公路。人们看到，公路上的车流正在不间断地高速穿过大膜。

“这同肥皂泡膜的性质一样：固体可以穿过，但不透气。”圆圆说。

“正是因为它不透气，现在城市里的空气质量在急剧恶化。”市长瞪了一眼女儿说。

众人抬头看去，发现城市上空出现了一个巨大的半球状白色顶盖。这是由于城市和工厂产生的烟雾被大膜限制在泡内，使大泡的形状显现出来。这时如果从远处看城市，恐怕只能看到一个顶天立地的乳白色半球了。

“可能需要关闭发电厂和化工厂，以减缓空气污染的速度。”紧急小组组长说，“但最严重的问题是泡内气温的上升。现在，城市实际上处于一个密闭极好的温室内，与外界没有空气流通，阳光的热量在很快聚集，现在正值盛夏，据测算，泡内气温最终将达到六十摄氏度！”

“到现在为止，都进行了哪些方面的尝试来打破它？”市长问。

一名驻军指挥官回答：“一小时前，我们曾调用陆军航空兵的直升机在泡顶反复穿过，试图用螺旋桨撕裂它，没有用；后来又用炸药在泡壁与地面的交接处进行爆破，爆炸只是使大膜波动了一会儿，无法造成任何破坏。更邪乎的是，这张膜居然瞬间延伸到爆炸产生的大坑中，天衣无缝地横穿过坑的底部！”

市长问圆圆：“大泡要多长时间才能自然破裂？”

“大泡的破裂主要是由于泡壁液体的蒸发，这种物质的蒸发速度是极慢的，即使日照良好，大泡也得五六天才能破。”圆圆回答。令父亲气恼的是，女儿的语气显得很得意。

“那只有全城紧急疏散了。”紧急小组组长叹了口气说。

市长摇摇头，“不到万不得已，不能走这一步。”

“还有一个办法，”一名环境专家说，“赶造一批长筒，口径越大越好，把这些筒的一头伸出泡外，在筒的底部装上大功率换气扇，以实现与外界的空气交换。”

“哈哈……”圆圆大笑起来，把大家吓了一跳，她在众人气愤的目光中笑得直不起腰来，“这想法真……真够滑稽的！哈哈……”

“这都是你干的好事！”市长厉声喝道，“你要为此负责，必须赔偿对本市造成的一切损失！”

圆圆两眼看天，止住笑说：“那是，我会赔的。不过，我刚想出一个使大泡破裂的简单方法——烧。在泡壁与地面交接线的内侧，挖一条一百至两百米长的壕沟，沟中灌满燃油并点燃，火焰会大大加速泡壁的蒸发，可以在三个小时左右使大泡破裂。”

市长命令抢险队执行圆圆的方案。很快，城市的边缘出现了一道一百多米长的火墙，在那一排冲天烈焰的上方，被火舌舔着的泡壁变幻着各种怪异的色彩和图案。从图案的纹路可以看出，大膜上其他部分的飞液正在涌过来补充已被火焰蒸发掉的部分，这使得大膜上被烧灼的位置像一个大旋涡，绚丽妖艳的色彩洪水般从四面八方涌来，消失在火焰中。火焰的黑烟顺着泡壁上升，在天空中形成了一个黑色巨掌，令大泡中的百万市民惊恐不已。

三小时后，大泡破裂了，城市里的人们听到天地间发出一声轻微的破碎声，清脆悠扬深远，仿佛宇宙的琴弦被轻轻拨动了一下。

“爸爸，我觉得很奇怪，您并没有像我想象的那样暴跳如雷。”圆圆对父亲说。这时，他们正站在市政府大楼的楼顶看着大泡破裂。

“我一直在思考一件事……圆圆，你认真回答我几个问题。”

“关于大肥皂泡的？”

“是的。我问你，既然泡壁是不透气的，那大泡也能保持住内部的湿润空气了？”

“当然。其实，在飞液的研制即将完成时，我不经意想到了它的一项可能的用途：用大泡作为超大型温室，可以在冬季制造小型气候区，为大片的土地提供适合作物生长的湿度和温度。当然，这还得使大泡更持久些。”

“第二个问题：你能让大泡随风飘很远吗，比如说几千公里？”

“这没问题，阳光的热量在泡内聚集，使其内部空气膨胀，会产生类似于热气球的浮力。至于今天这个大泡的坠落，只是因为它生成的位置太低，风也太小了。”

“第三个问题：你能让大泡在确定的时间破裂吗？”

“这也不难，只需调节飞液内的一种成分，改变其蒸发速度就行了。”

“最后一个问题：如果有足够的资金，你能够吹出几千万甚至上亿个大泡吗？”

圆圆吃惊地瞪大双眼，“上亿个？天啊，干什么？”

“想象这样一幅图景：在遥远的海洋上空，形成了无数个大肥皂泡，它们在平流层强风的吹送下，飞越漫长的路程，来到大西北上空，然后全部破裂，把它们在海洋上空包裹起来的潮湿空气，都播洒在我们这片干旱的土地上……是的，肥皂泡能为大西北从海洋上运来潮湿空气，也就是运来雨水！”

震惊和激动使圆圆一时间说不出话来，只是呆呆地看着父亲。

“圆圆，你送给了我一件伟大的生日礼物！说不定，这一天也是大西北的生日！”

这时，外界清凉的风吹过城市，上空那个由烟雾构成的巨大白色半球失去了大膜的限制，在风中缓慢地改变着形状。东方的天空中出现了一道色彩奇异的彩虹，那是大泡破裂后，构成它的飞液散布到空中形成的。

八

向中国西部空中调水的宏大工程进行了十年。

这十年，在中国南海和孟加拉湾，建成了许多巨大的天网。这些天网由表面布满小孔的细管构成，每个网眼有几百米甚至上千米的直径，相当于那个十多年前曾吹出超级肥皂泡的大圆环。每张天网有几千个网眼。天网分陆基和空中两种，陆基天网沿海岸线布设，空中天网则由巨型系留气球悬挂在几千米的高空。在南海和孟加拉湾，天网在海岸线和海洋上空连绵两千多公里，被称作“泡泡长城”。

空中调水系统首次启动的那天，构成天网的细管中充满了飞液，并在每个网眼上形成一层液膜。潮湿而强劲的海风在天网上吹出了无数巨型气泡，它们的直径都有几公里。这些气泡相继脱离天网，一群群升上更高的天空，升向平流层，随风而去。同时，更多的气泡从天网上源源不断地被吹出来。大群大群的巨型气泡包裹着海洋的湿气，浩浩荡荡地飘向大陆深处，飘过了喜马拉雅山，飘过了大西南，飘到大西北上空，在南海、孟加拉湾和大西北之间的天空中，形成了两条长达数千公里的气泡长河！

九

在空中调水系统正式启动两天后，圆圆从孟加拉湾飞到大西北的一座省会城市。当她走下飞机时，看到一轮圆月静静地悬在夜空中，从海上启程的气泡还没有到达。城市里，月光下挤满了人，圆圆也在中心广场下车，挤在人群中，同他们一起热切地等待着。一直到午夜，夜空依旧，人群开始同前两天一样散去，但圆圆没走，她知道气泡在今夜一定会到达这里。她坐在一张长椅上，正在睡意蒙眬之际，突然听到有人喊："天啊，怎么这么多的月亮！"

圆圆睁开眼，真的在夜空中看到了一条月亮河！那无数个月亮是由无数个巨型气泡映出的。与真月亮不同，它们都是弯月，有上弦的，也有下弦的，每个都是那么晶莹剔透。真正的月亮倒显得平淡无奇了，只有根据其静止状态才能从浩浩荡荡流过长空的月亮河中将它分辨出来。

从此，大西北的天空成了梦的天空。

白天，空中的气泡看不太清楚，但蓝天上到处都有泡壁的反光，整个天空像阳光下泛起涟漪的湖面，大地上缓缓运行着气泡巨大而浅淡的影子。最壮丽的时刻是在清晨和黄昏，那时，地平线上的朝阳或夕阳会将天空中的气泡大河镀上灿烂的金色。

但这些美景并没有持续很久。空中的气泡相继破裂，虽然有更多的气泡滚滚而来，天空中的云却多了起来，使气泡看不清了。

接着，在这个往年最干旱的时节，天空飘起了绵绵细雨。

圆圆在雨中来到了自己出生的那座城市。经过十年的搬迁，丝路市已成了一座寂静的空城。一座座空荡荡的高楼在小雨中静静地立着。圆圆注意到，这些建筑并没有真正被抛弃，它们都被保护得很好，窗上的玻璃还都完整，整座城市仿佛正在沉睡，等待着肯定要到来的复活之日。

小雨掩盖了尘埃，空气清新怡人，雨洒在脸上凉丝丝的，很舒服。圆圆慢慢地行走在她熟悉的街道上。那些街道，爸爸曾拉着她的小手无数次走过，曾洒落过她吹出的无数个肥皂泡。圆圆的心里响起了一支童年的歌。

突然她发现，这歌真的在响着。这时天已黑了，在整座浸没于夜色的空城里，只有一扇窗户亮着灯，那是一幢普通住宅楼的二楼，是她的家，歌声就是从那里传出的。

圆圆来到楼前，看到周围收拾得很干净，还有一小片菜地，里面的菜长得很好。菜地边有一辆小工具车，车上装着大铁桶，显然是用来从远处运水浇地的。尽管夜色朦胧，在这里却能感觉到一股生活的气息。在这一片死寂的空城里，这儿就像沙漠中的绿洲一样令圆圆向往。

圆圆走上扫得很干净的楼梯，轻轻地推开家门，看到灯下头发花白的父亲，仰在躺椅上，陶醉地哼着那首童年老歌。他手里拿着那个圆圆在孩提时代装肥皂液的小瓶儿，还有那个小小的塑料环，正吹出一串五光十色的肥皂泡。

发表于 2004 年第 3 期《科幻世界》
获 2004 年度（第 16 届）银河奖读者提名奖

镜　子

随着探索的深入，人们发现量子效应只是物质之海表面的涟漪，是物质更深层规律扰动的影子。当这些规律渐渐明朗时，在量子力学中飘忽不定的实在图像再次稳定下来，确定值重新代替了概率，新的宇宙模型中，本认为已经消失了的因果链再次浮现并清晰起来。

追　捕

办公室里竖立着国旗和党旗，宽大的办公桌旁有两个人。

“我知道首长很忙，但这事必须汇报，说真的，我从来没遇到过这种事。”桌前一位身着二级警监警服的人说，他年近五十，但身姿挺拔，脸上线条刚劲。

“继峰啊，我清楚你最后这句话的分量，三十年的老刑侦了。”首长说，他说话的时候看着手中的一支缓缓转动的红蓝铅笔，仿佛在专心评价削出的笔尖形状。大多数时间他都是这样将自己的目光隐藏起来，在过去的岁月中，陈继峰能记起的首长直视自己的次数不超过三次，每一次都是自己一生的关键时刻。

“每次采取行动之前目标总能逃脱，他肯定预先知道。”

“这事，你不会没遇到过吧？”

“当然，要只是这个倒没什么，我们首先能想到的就是内部问题。”

“你手下的这套班子，不太可能。”

“是不可能。按您的吩咐，这个案子的参与范围已经压缩到最小，组里只有四个人，真正知道全部情况的只有两个。不过我还是怕万一，就计划召开一次会议，对参加人员逐个盘查。我让沈兵召集会议，您认识的，十一处很可靠的那个，宋诚的事就是他办的……但这时，邪门的事出现了……您，可别以为我是在胡扯，我下面说的绝对是真的。”陈继峰笑了笑，好像对自己的辩解很不好意思似的，“就在这时，他来了电话，我们追捕的目标给我来了电话！我在手机里听到他说：你们不用开这个会，你们没有内奸。而这个时刻，距我向沈兵说出开会的打算不到三十秒！”

首长手中的铅笔停止了转动。

“您可能想到了窃听，但不可能，我们的谈话地点是随意选的，在一个机关礼堂中央，礼堂里正在排演国庆大合唱，说话凑到耳根儿才能听清。后来这样的怪事接连发生，他给我们来过八次电话，每次都谈到我们刚刚说过的话或做过的事。最可怕的是，他不仅能听到一切，还能看到一切！有一次，沈兵决定对他父母家进行搜查，组里的两个人刚起身，还没走出局办公室呢，就接到他的电话，他说：‘你们搜查证拿错了，我的父母都是细心人，可能以为你们是骗子呢。’沈兵掏出搜查证一看，首长，他真的拿错了。”

首长轻轻地将铅笔放在桌上，沉默着等陈继峰继续说下去，但后者好像已经说不出什么了。首长拿出一支烟，陈继峰忙拍拍衣袋找打火机，但没有找到。

桌上两部电话中的一部响了。

“是他……”陈继峰扫了一眼来电显示后低声说。首长沉着地示意了一下，他按下免提键，立刻有话音响起——声音听上去很年轻，有一种疲惫无力感：

“您的打火机在公文包里。”

陈继峰和首长对视了一下，拿起桌上的公文包翻找起来，一时没找到。

“夹在一份文件中了，就是那份关于城市户籍制度改革的文件。”目标在电话中说。

陈继峰拿出那份文件，啪的一声，打火机掉到了桌面上。

“好东西，法国都彭牌的，两面各镶有三十颗钻石，整体用钯金制成，价格……我查查，是三万九千九百六十元。”

首长没动，陈继峰却打量了一下办公室，这不是首长的办公室，而是事先在大办公楼里任意选的一间。

目标在继续显示着自己的威力：“首长，您那盒中华烟还剩五根，您上衣袋中的降血脂麦非奇罗片只剩一片了，再让秘书拿些吧。”

陈继峰从桌上拿起烟盒，首长则从衣袋中掏出药的包装盒，都证实了目标所说准确无误。

“你们别再追捕我了，我现在也很难，不知道该怎么办。”目标继续说。

“我们能见面谈谈吗？”首长问。

“请您相信，那对我们双方都是一场灾难。”对方说完，电话就挂断了。

陈继峰松了一口气，现在他的话得到了证实，而让首长认为他在胡扯，比这个对手的诡异更令他不安，“见了鬼了……”他摇摇头说。

“我不相信鬼，但看到了危险。”首长说，有生以来第四次，陈继峰看到那双眼睛直视着自己。

犯人和被追捕者

近郊市第二看守所。

宋诚在押解下走进这间已有六个犯人的监室，这里大部分是待审期较长的犯人。宋诚面对着一双双冷眼，看守人员出去后刚关上门，有一个瘦小的家伙就站起来走到他面前：

“板油！”他冲宋诚喊，看到后者迷惑的样子，他解释道，“这儿按规矩分成大油、二油、三油……板油，你就是最板的那个。喂，别以为是爷们儿欺负你来得晚，”他用大拇指向后指了指斜靠在墙根儿的一个满脸胡子的人，“鲍哥刚来三天，已经是大油了。像你这种烂货，虽然以前官儿不小，但现在是最板的！”他转向那人，恭敬地问，“鲍哥，怎么接待？”

“立体声。”那人懒洋洋地说。

几个躺着的犯人呼啦一下站了起来，抓住宋诚将他头朝下倒提起来，悬在马桶的上方，慢慢下降，使他的脑袋大部分伸进了马桶里。

“唱歌儿！”瘦猴命令道，“这就是立体声，就来一首同志歌曲，《左右手》什么的！”

宋诚不唱，那几个人一松手，他的脑袋完全扎进了马桶中。

宋诚挣扎着将头从恶臭的马桶中抽出来，紧接着大口呕吐起来，他现在知道，诬陷者给予他的这个角色，在犯人中都是最受鄙视的。

突然，周围兴高采烈的犯人们一下散开，飞快地闪回到自己的铺位上。门开了，刚才那名看守警察又走了进来，他厌恶地看着蹲在马桶前的宋诚说："到水龙头那儿把脑袋冲冲，有人探视你。"

宋诚冲完头后，跟着看守来到了一间宽大的办公室，探视者正在那里等着他。来人很年轻，面容清瘦，头发纷乱，戴着一副宽边眼镜，拎着一只很大的手提箱。宋诚冷冷地坐下了，没有看来人一眼。被获准在这个时候探视他，而且不去有玻璃隔断的探视室，直接到这里面对面，宋诚已基本猜出了来人是哪一方面的。但对方的第一句话让他吃惊地抬起头，大感意外：

"我叫白冰，气象模拟中心的工程师，他们在到处追捕我，和你一样的原因。"来人说。

宋诚看了来人一眼，觉得他此时的说话方式有问题：这种话应该是低声说出的，而他的声音正常高低，好像他所谈的事根本不用避人。

白冰似乎看出了他的疑惑，说："两小时前我给首长打了电话，他约我谈谈，我没答应。然后他们就跟踪上了我，一直跟到看守所前，之所以没有抓我，是对我们的会面很好奇，想知道我要对你说些什么，现在，我们的谈话都在被窃听。"

宋诚将目光从白冰身上移开，又看着天花板。他很难相信这人，同时对这事也不感兴趣，即使他在法律上能侥幸免于一死，在精神上的死刑却已经执行，他的心已死了，此时不可能再对什么感兴趣了。

“我知道事情的全部真相。”白冰说。

宋诚的嘴角隐现一丝冷笑，没人知道真相，除了他们，但他懒得说出来了。

“你是七年前到省纪委工作的，提拔到这个位置还不足一年。”

宋诚仍沉默着，他很恼火，白冰的话又将他拉回到他好不容易躲开的回忆中。

大　案

自从本世纪初郑州市政府首先以一批副处级岗位招聘博士以来，很多城市都效仿这种做法，后来这种招聘上升到一些省份的省政府一级，而且不限毕业年限，招聘的职位也更高。这种做法确实向外界显示了招聘者的大度和远见，但实质上只是一种华而不实的政绩工程。招聘者确实深谋远虑，他们清楚地知道，这些只会谋事不会谋人的年轻高知没有任何从政经验，一旦进入陌生险恶的政界，就会陷在极其复杂的官场迷宫中不知所措，根本不可能立足，这样到最后在职缺上不会有什么损失，产生的政绩效益却是可观的。就是这个机会，使当时已是法学教授的宋诚离开平静的校园和书斋投身政界。与他一同来的那几位不到一年就全军覆没，垂头丧气地离去，唯一的收获就是对现实的幻灭。但宋诚是个例外，他不但在政界待了下来，而且走得很好。这应归功于两个人，其一是他的大学同学吕文明，本科毕业那年宋诚考研时，吕文明则考上了公务员，依靠优越的家庭背景和自己的奋斗，十多年后成为国内最年轻的省纪委书记。是他力劝宋诚弃学从政的，这位单纯的学者刚来时，吕文明不是手把手——而是手把脚地教他走路，每一步踏在哪儿都细心指点，终于使宋诚绕过只凭自己绝对看不出来的处处雷区，一路向上地走到今天。他要感谢的另一个人就是首长……想到这里，宋诚的心抽搐了一下。

“得承认，这一切都是你自己的选择，不能说人家没给你退路。”白冰说。

宋诚点点头，是的，人家给退路了，而且是一条光明的康庄大道。

白冰接着说：“首长和你在几个月前有过一次会面，你一定记得很清楚。那是在远郊阳河边的一幢别墅里，首长一般是不在那里接见外人的。你一下车就发现他在门口迎接，这是很高的礼遇了。他热情地同你握手，并拉着你的手走进客厅。别墅客厅布置给你的第一印象一定是简单和简朴，但你错了：那套看上去有些旧的红木家具价值百万；墙上唯一一幅不起眼的字画更陈旧，细看还有虫蛀的痕迹，那是明朝吴彬的《岩壑奇姿》，从香港佳士得拍卖行以八百万港币购得；还有首长亲自给你泡的那杯茶，那是中国星级茶王赛评出的五星级茶王，五百克的价格是九十万元。”

宋诚确实想起了白冰说的那杯茶，碧绿的茶水晶莹透明，几根精致的茶叶在这小小的清纯空间里缓缓飘行，仿佛一首古筝奏出的悠扬仙乐……他甚至回忆起自己当时的随感：要是外面的世界也这么纯净该多好啊。宋诚意识中那层麻木的帷帐一下子被掀去了，模糊的意识又聚焦起来，他瞪大双眼震惊地盯着白冰。

他怎么知道这些？这件事处于秘密之井的最底端，是隐秘中的隐秘,这个世界上知道的人加上自己不超过四个!

“你是谁?!”他第一次开口了。

白冰笑笑说:“我刚才自我介绍过,只是个普通人,但坦率地告诉你,我不仅仅是知道得很多,而且我什么都知道,或者说什么都能知道,正因为这个他们也要除掉我,就像除掉你一样。”

白冰接着讲下去:“首长当时坐得离你很近,一只手放在你的膝盖上,他看着你的慈祥目光能令任何一个晚辈感动,据我所知(记住,我什么都知道),他从未与谁表现得这样亲近,他对你说,年轻人,不要紧张,大家都是同志,有什么事情,只要真诚地以心换心,总是谈得开的……你有思想、有能力、有责任感和使命感,特别是后两项,在现在的年轻干部里面真如沙漠中的清泉一样珍贵啊,这也是我看重你的原因,从你身上,我看到了自己年轻时的影子啊。这里要说明一下,首长的这番话可能是真诚的,以前在工作中你与他交往的机会不是太多,但有好几次,在机关大楼的走廊上偶然相遇,或在散会后,他都主动与你攀谈几句,他很少与下级、特别是年轻的下级这样的,这些人们都看在眼里。虽然在组织会议上他从没有为你说过什么话,但他的那些姿态对你的仕途是起了很大作用的。”

宋诚又点点头,他知道这些,并曾经感激万分,一直想找机会报答。

“首长抬手向后示意了一下,立刻进来一个人,将一大摞文件材料轻轻地放到桌子上,你一定注意到,那个人不是首长平时的秘书。首长抚着那摞材料说:就说你刚刚完成的这项工作吧,充分证明你的那些宝贵素质。如此巨量而艰难的调查取证,数据充分而翔实,结论深刻,很难相信这些只用半年时间就完成了。你这样出类拔萃的纪检干部要多一些,真是党的事业之大幸啊……你当时的感觉,我就不用说了吧。”

当然不用说,那是宋诚一生中最惊恐的时刻,那份材料先是令他如触电似的颤抖了一下,然后就像石化般僵住了。

“这一切都是从对一宗中纪委委托调查的非法审批国有土地案的调查开始的。嗯……我记得你童年的时候,曾与两个小伙伴一起到一个溶洞探险,当地人把它叫老君洞,那洞口只有半米高,弯着腰才能进去,但里面却是一个宏伟的黑暗大厅,手电光照不到高高的穹顶,只有纷飞的蝙蝠不断掠过光柱,每一个小小的响动都能激起辽远的回声,阴森的寒气浸入你的骨髓……这就是那次调查的生动写照:你沿着那条看似平常的线索向前走,它把你引到的地方令你越来越不敢相信自己的眼睛,随着调查的深入,一张全省范围的腐败网络气势磅礴地展现在你的面前,这张网上的每一条经络都通向一个地方,一个人。现在,这份本来要上报中纪委的绝密纪检材料,竟拿在这个人的手中!对这项调查,你设想过各种最坏的情况,但眼前发生的事却是你万万没有想到的。你当时完全乱了方寸,结结巴巴地问:这……这怎么到了您手里?首长从容地一笑,又轻轻抬手示意了一下,你立刻得到了答案——纪委书记吕文明走进了客厅。

“你站起身,怒视着吕文明说:你,你怎么能这样?你怎么能这样违反组织原则和纪律?

“吕文明挥手打断你,用同样的愤怒质问道:这事为什么不向我打个招呼?你回答说:你到中央党校学习的一年期间,是我主持纪委工作,当然不能打招呼,这是组织纪律!吕文明伤心地摇摇头,好像要难过得流出泪似的:如果不是我及时截下了这份材料,那……那是什么后果呀!

宋诚啊，你这个人最要命的缺陷就是总要分出个黑和白，但现实全是灰色的！”

宋诚长长地叹息了一声，他记得当时呆呆地看着同学，不相信这话是从他嘴里说出的，因为以前他从未表露过这样的思想，难道那一次次深夜的促膝长谈中表现出的对党内腐败的痛恨，那一次次触动雷区时面对上下左右压力时的坚定不移，那一次次彻夜工作后面对朝阳流露出的对党和国家前途充满使命感的忧虑，都是伪装？

“不能说吕文明以前欺骗了你，只能说他的心灵还从来没有向你敞开到那么深，他就像那道著名的人称火焙阿拉斯加的菜，那道爆炒冰激凌，其中的火热和冰冷都是真实的……首长没有看吕文明，而是猛拍了一下桌子，说：‘什么灰色？文明啊，我就看不惯你这一点！宋诚做得非常优秀，无可指责，在这点上他比你强！’接着他转向你说：‘小宋啊，就应该这样，一个人，特别是年轻人，失去了信念和使命感，就完了，我看不起那样的人。’”

宋诚当时感触最深的是：虽然他和吕文明同岁，但首长只称他为年轻人，而且反复强调，其含意很明显：跟我斗，你还是个孩子。而宋诚现在也不得不承认这一点。

“首长接着说：但，年轻人，我们也应该成熟起来。举个例子来说，你这份材料中关于恒宇电解铝基地的问题，确实存在，而且比你已调查出来的还严重，因为除了国内，还涉及外资方勾结政府官员的严重违法行为。一旦处理，外资肯定撤走，这个国内最大的电解铝企业就会瘫痪。为恒宇提供氧化铝原料的桐山铝钒土矿也要陷入困境；然后是橙林核电厂，由于前几年电力紧张时期建设口子放得太大，现在国内电力严重过剩，这座新建核电厂发出的电主要供电解铝基地使用，恒宇一倒，橙林核电厂也将面临破产；接下来，为橙林核电提供浓缩铀的照西口化工厂也将陷入困境……这些，将使近七百亿的国家投资无法收回，三四万人失业，这些企业就在省城近郊，这个中心城市必将立刻陷入不稳定之中……上面说的恒宇的问题还只是这个案件的一小部分，这庞大的案子涉及正省级一人、副省级三人、厅局级二百一十五人、处级六百一十四人，再往下不计其数。省内近一半经营出色的大型企业和最有希望的投资建设项目都被划到了圈子里，盖子一旦揭开，这就意味着全省政治经济的全面瘫痪！而涉及面如此之广的巨大动作，会产生什么其他更可怕的后果还不得而知，也无法预测，省里好不容易得到的政治稳定和经济良性增长的局面将荡然无存，这难道对党和国家就有利？年轻人，你现在不能延续法学家的思维，只要法律正义得到伸张，哪管它洪水滔天！这是不负责任的。平衡，历史都是在各种因素间建立的某种平衡中发展到今天的，不顾平衡一味走极端，在政治上是极其幼稚的表现。

“首长沉默后，吕文明接着说：‘这个事情，中纪委那方面我去办；你，关键要做好专案组那几个干部的工作。下星期我会中断党校学习，回来协助你……’”

“‘混账！’首长再次猛拍桌子，把吕文明吓得一抖。‘你是怎么理解我的话的？你竟认为我是让小宋放弃原则和责任?！文明啊，这么多年了，你从心里讲，我是这么一个没有党性没有原则的人吗？你什么时候变得这么圆滑？让人伤心啊。’然后首长转向你：‘年轻人，在这件事上，你们前面的工作做得十分出色，一定要顶住干扰和压力坚持下去，让腐败分子得到应有的惩罚！案情触目惊心啊，放过他们，无法向人民交代，天理也不容！我刚才讲的你绝不能当成负担，我只是以一个老党员的身份提醒你，要慎重，避免出现不可预测的严重后果，但有一点十分明确，那就是这个腐败大案必须一查到底！’首长说着，拿出了一张纸，郑重地递给你：‘这个范围，你看够吗？’”

宋诚当时知道，他们也设下了祭坛，要往上放牺牲品了。他看了一眼那个名单，够了，真的够了，无论从级别上还是从人数上，都真的够了。这将是一个震惊全国的腐败大案，而他宋诚，将随着这个案件的最终告破而成为国家级反腐英雄，将作为正义和良知的化身而被人民敬仰。但他心里清楚，这只是蜥蜴在危急时刻自断的一条尾巴，蜥蜴跑了，尾巴很快还会长出来。他当时看着首长盯着自己的样子，一时间真想到了蜥蜴，浑身一颤。但宋诚也知道他害怕了，自己使他害怕了，这让宋诚感到自豪，正是这自豪，一时间使他大大高估了自己的力量，更由于一个理想主义者血液中固有的某种东西，他作出了致命的选择。

“你站起身来，伸出双手拿起了那摞材料，对首长说：根据党内监督条例规定，纪委有权对同级党委的领导人进行监督，按组织纪律，这材料不能放在您这里，我拿走了。吕文明想拦你，但首长轻轻制止了他，你走到门口时听到同学在后面阴沉地说：宋诚，过分了。首长一直送你到车上，临别时他握着你的手缓缓地说：年轻人，慢走。”

宋诚后来才真正理解这句话的深长意味：慢走，你的路不多了。

宇宙大爆炸

“你到底是谁?！”宋诚充满惊恐地看着白冰，他怎么知道这么多?

绝对没人能知道这么多！

“好了，我们不回忆那些事了。”白冰一挥手中断了讲述，“我说说事情的来龙去脉吧，以解开你的疑问——你……你知道宇宙大爆炸吗？”

宋诚呆呆地看着白冰，他的大脑一时还难以理解白冰最后那句话，后来，他终于作出了一般人的正常反应，笑了笑。

“是的是的，我知道太突兀了，但请相信我没有毛病，要想把事情讲清楚，真的得从宇宙诞生的大爆炸讲起！这……妈的，怎么才能向你说清楚呢？还是回到大爆炸吧。你可能多少知道一些，我们的宇宙诞生于二百亿年前的一次大爆炸，在一般人的想象中，那次创世爆炸像漆黑空间中一团怒放的焰火，但这个图像是完全错误的：大爆炸之前什么都没有，包括时间和空间，都没有，只有一个奇点，一个没有大小的点，这个奇点急剧扩张开来，形成了我们今天的宇宙，现在一切的一切，包括我们自己，都来自这个奇点的扩张，它是万物的种子！这理论很深，我也搞不太清楚，与我们这事有关的是这一点：随着物理学的进步，随着弦论之类的超级理论的出现，物理学家们渐渐搞清了那个奇点的结构，并且给出了它的数学模型，与这之前量子力学的模型不同，如果奇点爆炸前的基本参数确定，所生成的宇宙中的一切也就都确定了，一条永不中断的因果链贯穿了宇宙中的一切过程……嗨，真是，这些怎么讲得清呢？”

白冰看到宋诚摇摇头，那意思或是听不懂，或是根本不想听下去。

白冰说：“我说，还是暂时不要想你那些痛苦的经历吧。其实，我的命运比你好不到哪里去。刚才介绍过，我是一个普通人，但现在被追杀，下场可能比你还惨，就因为我什么都知道。如果说你是为使命和信念而献身，我……我他妈的纯粹是倒霉！倒了八辈子霉！所以比你更惨。”

宋诚悲哀的目光表达了一个明确的意思：没有人会比我惨。

诬陷

在与首长会面一个星期后，宋诚被捕了，罪名是故意杀人。

其实，宋诚知道他们会采用非常规手段对付自己，对于一个知道得这么多又在行动中的人，一般的行政和政治手段都不保险了，但他没有想到对手行动这样快，出手又这样狠。

死者罗罗是一个夜总会的舞男，死在宋诚的汽车里，车门锁着，从内部无法打开，车内扔着两罐打火机用的丙烷气，罐皮都被割开了口子，里面的气体全部蒸发，受害人就是在车里的高浓度丙烷气里中毒而死的。死者被发现时，手中握着已经破碎的手机，显然是想用它来砸破车窗玻璃。

警方提供的证据很充分，有长达两个小时的录像证明宋诚与罗罗已有三个多月的不正常交往，最为有力的证据是罗罗死前给110打的一个报警电话。

罗罗："……快！快来！我打不开车门！我喘不上气，我头疼……"

110："你在哪里？把情况说清楚些！"

罗罗："……宋……宋诚要杀我……"

……

事后，在死者手机上发现一小段通话录音，里面是宋诚和受害人的几句对话：

宋诚："我们既然已走到了这一步，你就和许雪萍断了吧。"

罗罗:“宋哥,这何必呢？我和许姐只是男女关系嘛,影响不了咱们的事,说不定还有帮助呢。”

宋诚:“我心里觉得别扭,你别逼我采取行动。”

罗罗:“宋哥,我有我的活法。”

……

这是十分专业的诬陷,其高明之处就在于,警方掌握的证据几乎百分之百是真实的。

宋诚确实与罗罗有长时间的交往,这种交往是秘密的,要说不正常也可以,那两段录音都不是伪造的,只是后面那段被曲解了。

宋诚认识罗罗是由于许雪萍的缘故,许是昌通集团的总裁,与腐败网络的许多节点都有着密切的经济关系,对其背景和内幕了解很深。宋诚当然不可能直接从她嘴里得到任何东西,但他发现了罗罗这个突破口。

罗罗向宋诚提供情况绝不是出于正义感,在他眼里,世界早就是一块擦屁股纸了,他是为了报复。

这个笼罩在工业烟尘中的内地都市,虽然人均收入排在全国同等城市的最后,却拥有多家国内最豪华的夜总会。首都的那些高干子弟,在京城多少要注意一些影响,不可能像民间富豪那样随意享乐,就在每个周末驱车沿高速公路疾驶四五个小时,来到这座城市消磨荒淫奢靡的两天一夜,在星期天晚上又驱车赶回北京。罗罗所在的蓝浪夜总会是最豪华的一家,这里点一首歌最低三千元,几千元一瓶的马爹利和轩尼诗一夜能卖出两三打。但蓝浪出名的真正原因并不在于此,而是因为它是一家只接待女客的夜总会。

与其他的同伴不同，罗罗并不在意其服务对象给的多少，而在意给的比例。如果是一个年收入仅二三十万的外资白领（在蓝浪她们是罕见的穷人），给个几百他也能收下。但许姐不同，她那几十亿的财富在过去的几年中威震江南，现在到北方来发展也势如破竹，但在交往几个月后，扔出四十万就把他打发了。让许姐看上不容易，要放到同伴们身上，用罗罗的话说他们要美得肝儿疼了。但罗罗不行，他对许雪萍充满了仇恨。那名高级纪检官员的到来让他看到了报复的希望，于是他施展自己这方面的能力，又和许姐联系上了。平时许雪萍对罗罗嘴也很严，但他们在一起喝多或吸多了时就不一样了。同时，罗罗是个很有心计的人，许多时候，他会选黎明前最黑暗的时候，从熟睡的许姐身边无声地爬起来，在她的随身公文包和抽屉里寻找自己和宋诚需要的东西，用数码相机拍下来。

警方手中那些证明宋诚和罗罗交往的录像，大都是在蓝浪的大舞厅拍的，往往首先拍的是舞台，上面一群妖艳的年轻男孩在疯狂地摇滚着，镜头移动，显示出那些服饰华贵的女客人，在幽暗中凑在一起，对着台上指指点点，不时发出暧昧的笑声。最后镜头总是落到宋诚和罗罗身上，他们往往坐在最后面的角落里，头凑在一起密谈着，显得很亲密。作为唯一的男客，宋诚自然显得很突出……宋诚实在没有办法，大多数时间他只能在蓝浪找到罗罗。舞厅的光线总是很暗，但这些录像十分清晰，显然使用了高级的微光镜头，这种设备不是一般人能拥有的。这么说，他们从一开始就注意到自己了，这令宋诚看到与对手相比自己是何等的不成熟。

这天，罗罗约宋诚通报最新的情况，宋诚在夜总会见到罗罗时，他一反常态，要到他的车里谈，谈完后，他说现在身体不舒服，不想上去了，上去后老板肯定要派事儿，想在宋诚的车里休息一会儿。宋诚以为他的毒瘾又来了,但也没有办法,只好将车开回机关,把车停在机关大楼外面,自己到办公室去处理一些白天没干完的工作,罗罗就待在车里。四十多分钟后他下来时,已经有人发现罗罗死在充满丙烷气味的车里。车门只有宋诚能从外面打开。后来,公安系统参与此案侦察的一位密友告诉宋诚,他的车门锁没有任何被破坏的痕迹,从其他方面也确实能够排除还有其他凶手的可能性。这样,人们理所当然地认为是宋诚杀了罗罗,而宋诚则知道只有一个可能:那两个丙烷罐是罗罗自己带进车里的。

这让宋诚彻底绝望了,他放弃了洗清自己的努力:如果一个人以自己的生命为武器来诬陷他,那他是绝对逃不掉的。

其实,罗罗的自杀并不让宋诚觉得意外,他的HIV化验呈阳性。但罗罗以一死来陷害自己,显然是受人指使的,那么罗罗得到了什么样的报酬?那些钱对他还有什么意义?他是为谁挣那些钱?也许报酬根本就不是钱,那是什么?除了报复许雪萍,还有什么更强烈的诱惑或恐惧能征服他吗?这些宋诚永远不可能知道了,但他由此进一步看到了对手的强大和自己的稚嫩。

这就是他为人所知的一生了:一个高级纪检干部,生活腐化变态,因同性恋情杀被捕,他以前在男女交往方面的洁身自好在人们眼里反倒成了证据之一……一只被人群踏死的臭虫,他的一切很快就将消失得干干净净,即使偶尔有人想起他,也不过是想起了一只臭虫。

现在宋诚知道,他以前之所以做好了为信念和使命牺牲的准备,是因为根本就不明白牺牲意味着什么。他曾想当然地把死作为一条底线,现在才发现,牺牲的残酷远在这条底线之下。在进行搜查时他被带回家一次,当时妻子和女儿都在家,他向女儿伸出手去,孩子厌恶地惊叫一声，扑在妈妈的怀里缩到墙角，她们投向自己的那种目光他只见过一次，那是一天早晨，他发现放在衣柜下的捕鼠夹夹住了一只老鼠，他拿起夹子让她们看那只死鼠……

“好了，我们暂时把大爆炸和奇点这些抽象的东西放到一边，”白冰打断了宋诚痛苦的回忆，将那只大手提箱提到桌面上，“看看这个。”

超弦计算机、终极容量和镜像模拟

“这是一台超弦计算机，是我从气象模拟中心带出来的，你说偷出来的也行，我全凭它摆脱追捕了。”白冰拍着那只箱子说。

宋诚将目光移到箱子上，显得很迷惑。

“这是很贵的东西，目前在省里还只有两台。根据超弦理论，物质的基本粒子不是点状物，而是无限细的一维弦，在十一维空间中振动，现在，我们可以操纵这根弦，沿其一维长度存储和处理信息，这就是超弦计算机的原理。

“在传统的电子计算机中的一块CPU，或一条内存，在超弦机中只是一个原子！超弦电路是基于粒子的十一维微观空间结构运行的，这种超空间微观矩阵，使人类拥有了几乎无限的运算和存储能力。将过去的巨型计算机同超弦机相比，就如我们的十根手指头同那台巨型机相比一般。超弦计算机具有终极容量，终极容量啊，就是说，它可以将已知宇宙中的每一个基本粒子的状态都存储起来并进行运算，就是说，如果是基于三维空间和一维时间，超弦机能够在原子级别上模拟整个宇宙……”

宋诚交替地看着箱子和白冰，与刚才不同，他似乎在很注意地听白冰的话，其实他是在努力寻找一种解脱，让这个神秘来人的这番不着边际的话，将自己从那痛苦的回忆中解脱出来。

白冰说：“很抱歉我说了这么多莫名其妙的话，大爆炸奇点超弦计算机什么的，与我们面对的现实好像八竿子打不着，但要把事情解释清楚，就绕不开这些东西。下面谈谈我的专业吧。我是个软件工程师，主要搞模拟软件，也就是建立一个数学模型，在计算机里让它运行，模拟现实世界中的某种事物或过程。我是学数学的，所以建模和编程都搞，以前搞过沙尘暴模拟、黄土高原水土流失模拟、东北能源经济发展趋势模拟等等，现在搞大范围天气模拟。我很喜欢这个工作，看着现实世界的某一部分在计算机内存中运动演化，真是一件很有意思的事。”

白冰看看宋诚，后者的双眼正一动不动地盯着他，似乎仍在注意听着，于是他接着说下去：“你知道，物理学在近年来连续地大突破，很像上世纪初那阵儿，现在，只要给定边界条件，我们就可以拨开量子效应的迷雾，准确地预测单个或一群基本粒子的运动和演化。注意我说的一群，如果群里粒子的数量足够大，它就构成了一个宏观物体，也就是说，我们现在可以在原子级别上建立一个宏观物体的数学模型。这种模拟被称为镜像模拟，因为它能百分之百地准确再现模拟对象的宏观过程，如同为宏观模拟对象建立了一个数字镜像。打个比方吧，如果用镜像模拟方式为一个鸡蛋建立数学模型，也就是将组成鸡蛋的每一个原子的状态都输入模型的数据库，当这个模型在计算机中运行时，如果给出的边界条件合适，内存中的那个虚拟鸡蛋就会孵出小鸡来，而且那只内存中的虚拟小鸡，与现实中的那个鸡蛋孵出的小鸡一模一样，连每一根毛尖都不会差一丝一毫！你往下想，如果这个模拟目标比鸡蛋再大些呢？大到一棵树、一个人、很多人，大到一座城市、一个国家，甚至大到整个地球？”白冰说到这里激动起来，开始手舞足蹈，“我是一个狂想爱好者，热衷于在想象中把一切都推向终极，这就让我想到，如果镜像模拟的对象是整个宇宙会怎么样?！”白冰进入一种不能自已的亢奋中，“想想，整个宇宙！奶奶的，在一个计算机内存中运行的宇宙！从诞生到毁灭……”

白冰突然中断兴奋的讲述，警觉地站了起来，这时门无声地开了，走进两个神色阴沉的男人，其中一位稍年长些的对着白冰抬抬双手，示意他照着做，白冰和宋诚都看到了他敞开的夹克中的手枪皮套，白冰顺从地举起双手，年轻的那位上前在他的身上十分仔细地上下轻拍了一遍，然后对年长者摇摇头，同时将那只大手提箱从桌上提开，放到离白冰远一些的地方。

年长者走到门口，对外面做了一个“请”的手势，又进来三个人，第一个人是市公安局局长陈继峰，第二人是省纪委书记吕文明，最后进来的是首长。

年轻人拿出了一副手铐，但吕文明冲他摇了摇头，只见陈继峰将头向门的方向微微偏了一下，两个便衣警察走了出去，其中一人走前从办公桌桌腿上取下一个小东西放进衣袋，显然是窃听器。

初始条件

白冰脸上丝毫没有意外的表情，他淡淡一笑说：“你们终于抓到我了。”

“准确地说是自投罗网，得承认，如果你真想逃，我们是很难抓到你的。”陈继峰说。

吕文明表情复杂地看了宋诚一眼，欲言又止。首长则缓缓地摇摇头，语气沉重地低声道：“宋诚啊，你，怎么堕落到这一步呢……”他双手撑着桌沿长久地默立着，眼睛有些湿润，谁看到都不会怀疑他的悲哀是真诚的。

“首长，在这儿就不必演戏了吧。”白冰冷眼看着这一切说。

首长没有动。

“诬陷他是您策划的。”

“证据？”首长仍没有动，从容地问。

“那次会面后，关于宋诚您只说过一句话，是对他说的。”白冰指指陈继峰，“继峰啊，宋诚的事你当然知道意味着什么，还是认真办一办吧。”

“这能证明什么？”

“从法律意义上当然证明不了什么，这是您的精明和老练之处，即使是密谈都深藏不露。但他，”白冰又指了指陈继峰，“却领会得很准确，他对您的意思一直领会得很准确，对宋诚的诬陷是他指示刚才那两个人中的一个具体干的，那人叫沈兵，是他手下最得力的人，整个过程可是一个复杂的大工程，我就不用细说了吧。”

首长缓缓转过身来，在办公桌边的一把椅子上坐下，两眼看着地板说：“年轻人，必须承认，你的突然出现有许多令人吃惊的地方，用陈局长的话说叫见鬼了。”他沉默了一会儿后，语气变得真诚起来，“说明你的真实身份吧，如果你真是上级派来的，请相信，我们是会协助工作的。”

“不是，我多次声明自己是个普通人，身份就是你们已经查明的那样。”

首长点点头，看不出白冰的话让他感到欣慰还是更加忧虑。

“坐，都坐吧。”首长对仍站着的吕、陈二人挥挥手，然后伏身靠近白冰，郑重地说：“年轻人，今天，我们把一切都彻底讲清楚，好吗？”

白冰点点头，“这也是我的打算。我，从头说起吧。”

“不，不用，你刚才对宋诚说的那些我们都听到了，就从中断处接着说吧。”

白冰语塞，一时想不起刚才说到哪儿了。

“在原子级别模拟整个宇宙。”首长提醒他，看到白冰仍然不知如何说起，他便自己接着说下去，“年轻人，我认为你这个想法是不可能实现的。不错，超弦计算机具有终极容量，为这种模拟运算提供了硬件基础，但，你想过初始状态的问题吗？对宇宙的镜像模拟必须从某个初始状态开始，也就是说，要在模拟开始时的某个时间断面上，将宇宙的全部原子的状态一个一个地输入计算机，以在原子级别上构建一个初始宇宙模型，这可能吗？别说是宇宙了，就是你说的那个鸡蛋都不可能，构成它的原子数比有史以来出现过的所有鸡蛋的数量都要大几个数量级；甚至一个细菌都不可能，它的原子数也是令人望而生畏的。退一步说，就算动用了难以想象的人力和物力，将细菌甚至鸡蛋这类小物体的初始状态从原子级别上输入计算机，那么它们运动和演化所需要的边界条件呢？比如鸡蛋孵出小鸡所需要的温度、湿度等等，这些边界条件在原子级别上的数据量同样大得不可想象，甚至可能要大于模拟对象本身。”

“您能对技术问题进行如此描述，我很敬佩。”白冰由衷地说。

“首长是高能物理专业的高才生，是改革开放恢复学位后国内的第一批物理学硕士之一。”吕文明说。

白冰对吕文明点点头，又转向首长，“但您忘了，存在着那样一个时间断面，宇宙是十分简单的，甚至比鸡蛋和细菌都简单，比现实中最简单的东西都简单，因为它那时的原子数是零，没有大小，没有结构。”

“大爆炸奇点？”首长飞快接上话，几乎没有空隙，显示出他沉稳迟缓的外表下灵敏快捷的思维。

“是的，大爆炸奇点。超弦理论已经建立了完善的奇点模型，我们只需要将这个模型用软件实现，输入计算机运算就可以了。”

“是这样，年轻人，真是这样。”首长站起身，走到白冰身边拍拍他的肩膀，显出了少有的兴奋，对刚才的那番对话不甚了了的陈继峰和吕文明则用迷惑的目光看着他。

“这是你从那个科研中心拿出来的超弦计算机吗？”首长指着那只大手提箱问。

“偷出来的。”白冰说。

“呵，没关系，宇宙大爆炸的镜像模拟软件一定在里面吧？”

“是的。”

“做做看。”

创世游戏

白冰点点头，把箱子提到桌面上打开了它。除了显示设备外，箱子里还装着一个圆柱体容器，超弦计算机的主机其实只有一个烟盒大小，但原子电路需要在超低温下运行，所以主机浸在这个绝热容器里的液氮中。白冰将液晶显示器支起来，动了一下鼠标，处于休眠状态下的超弦计算机立刻苏醒，液晶屏亮起来，像睁开了一只惺忪的睡眼，显示出一个很简单的界面，仅由一个下拉文本框和一个小小的标题组成，标题是：

请选择创世启爆参数

白冰点了一下文本框旁边的箭头，下拉出一行行数据组，每组有十几个数据项，各行看上去差别很大，“奇点的性质由十八个参数确定，参数的组合原则上是无限的，但根据超弦理论的推断，能够产生创世爆炸的参数组的数量是有限的，但有多少组目前还是个谜。这里显示的是其中的一小部分，我们随便选一组吧。”

白冰选中一组参数后，屏幕立刻变成了乳白色，正中凸现了两个醒目的大按钮：

引爆　取消

白冰点了引爆按钮，屏幕上只剩下一片乳白，“这白色象征虚无，这时没有空间，时间也还没有开始，什么都没有。”

屏幕的左下角出现了一个红色数字“0”。

“这个数字是宇宙演化的时间，0的出现说明奇点已经生成，它没有大小，所以我们看不到。”

红色数字开始飞快增长。

“注意，宇宙大爆炸开始了。”

屏幕中央出现了一个蓝色的小点，很快增大为一个球体，发出耀眼的蓝光。球体急剧膨胀，很快占满了整个屏幕，软件将视野拉远，球体重新缩为遥远处的一点，但爆炸中的宇宙很快又充满了整个屏幕。这个过程反复重复着，频率很快，仿佛是一首宏伟乐曲的节拍。

“宇宙现在正处于暴胀阶段，它的膨胀速度远超过光速。”

随着球体膨胀速度的降低，视野拉开的频率渐渐慢下来，随着能量密度的降低，球体的颜色由蓝向黄红渐变，后来宇宙的色彩在红色上固定下来，并渐渐变暗，屏幕上的视野不再拉远，变成黑色的球体在屏幕上缓慢地膨胀着。

“好，现在距大爆炸已经一百亿年了，这个宇宙处于稳定的演化阶段，我们进去看看吧。”白冰说完动了动鼠标，球体迅速前移，屏幕完全黑了下来，“好，现在我们就在这个宇宙的太空中了。”

“什么也没有啊？”吕文明说。

“我们看看……”白冰说着，按动鼠标右键弹出了一个很复杂的界面，一个程序开始统计这个宇宙中的物质总量，“呵，这个宇宙中只有十一个基本粒子。”他又调出了一大堆信息仔细读着，“有十个粒子结成了五个粒子对，互相环绕对方运行，不过每个粒子对中的两个粒子相距几千万光年，要上百万年才能相对运动一毫米；还有一个粒子是自由的。”

“十一个基本粒子?！说了半天还是什么都没有。”吕文明说。

“有空间啊，近千亿光年直径的空间！还有时间，一百亿年的时间！时空是最实在的存在！要说这个宇宙，还是创造得比较成功的，以前创造的相当多的宇宙连空间都很快湮灭了，只剩时间。”

“无聊。”陈继峰“哼”了一声，转身不再看屏幕。

“不，很有意思，”首长高兴地说，“再来一次。”

白冰退回到引爆界面，重选了一组参数，再次启动了大爆炸。这个新宇宙诞生的过程看上去与刚才基本相同，也是一个在膨胀中渐渐暗下来的球体。在创世后的一百五十亿年，球体完全变黑，宇宙的演化稳定下来，白冰让视点进入宇宙内部，这时，连最不感兴趣的陈继峰也惊叹起来。广漠的黑色太空下，一张银色的大膜向各个方向延伸至无穷远处，大膜上点缀着各种色彩的小球体，像滚动在广阔镜面上的多彩露珠。

白冰又调出了分析界面，看了一会儿后说："运气好，这是一个丰富多彩的宇宙，半径约四百亿光年，其中一半是液体，一半是空间。也就是说，这个宇宙就是一个深度和表面半径都是四百亿光年的大洋！宇宙中的固体星球就浮在洋面上！"白冰将画面推向洋面，可以看到银色的洋面在缓缓波动着，画面中出现了一个星球的近景，"这个漂浮着的星球有……我看看，木星那么大吧，啊，它还在自转哪！看它表面的那些山脉，在出水和入水时是何等的壮观！我们就把这液体叫水吧。看那被山脉甩到轨道上的水，在洋面形成了一个半圆的彩虹环呢！"

"是很美，但这个宇宙是违反物理学基本定律的。"首长看着屏幕说，"别说四百亿光年深的海洋，就是四光年，那水体也早在引力下坍缩成黑洞了。"

白冰摇摇头说："您忘了最基本的一点：这不是我们的宇宙，这个宇宙有自己的一套物理定律，与我们宇宙中的完全不同。在这个宇宙中，万有引力常数、普朗克常数、光速等基本物理常数与我们的宇宙完全不同；在这个宇宙中，一加一甚至都不等于二。"

在首长的鼓励下，白冰继续演示下去，第三个宇宙被创造出来，进入其中后，屏幕上出现了一堆极其混乱的色彩和形状，白冰立刻将它关掉了。"这是一个六维宇宙，我们无法观察它，其实大多数情况都是这样，我们创造的前两个都是三维宇宙只是运气好而已，宇宙从高能状态冷却后，被释放到宏观的维数为三的概率只有三比十一。”

第四个宇宙出现时，所有的人都很迷惑：宇宙呈现一个无际的黑色平面，有无数根银光闪闪的直线与黑色平面垂直相交。看过分析数据后，白冰说：“这个宇宙与上面相反，维数比我们的低，是一个二点五维的宇宙。”

“二点五维？”首长很吃惊。

“您看，这个黑色的没有厚度的二维平面就是这个宇宙的太空，直径约五千亿光年；那些与平面垂直的亮线就是太空中的恒星，它们都有几亿光年长，但无限细，只有一维。分数维的宇宙很少见，我要把这组创世参数记下来。”

“有个问题：”首长说，“如果你用这组参数再次启动大爆炸，所得到的宇宙与这个完全一样吗？”

“是的，一样，而且其演化过程也完全一样，一切在大爆炸时就决定了，您看，物理学穿过量子迷雾之后，宇宙又显示出了因果链和决定论的本性。”白冰依次看看每个人，郑重地说，“我请各位都牢记这一点，如果要理解我们后面将要面对的那些可怕的事，这是关键。”

“真的很有意思，做上帝的体验，超脱而空灵，很长时间没有这种感觉了！”首长感叹道。

“我的感觉同您一样，”白冰离开了计算机，站起来来回踱步，“所以，我就一遍又一遍地玩着创世游戏，到现在为止，我已经启动了一千多次大爆炸，那一千多个宇宙，其神奇壮观，很难用语言形容，我像吸毒似的上了瘾……本来我可以这样一直玩儿下去，我们之间将永远素不相识，不会有任何关系，我们双方的生活都会按正常的轨迹进行下去，但……唉，真他妈的……那是今年年初一个下雪的晚上，已经午夜两点了，很静很静，我启动了那天的最后一次大爆炸，在超弦计算机中诞生了第一千二百零七号宇宙，就是这一个……”

白冰回到计算机前，将文本框下拉到底，选择了最后的一组创世参数，启动了宇宙大爆炸。新生的宇宙在蓝光中急剧膨胀后熄灭为黑色。白冰移动鼠标，在创世之后的一百九十亿年进入了这个他编号为“1207”的宇宙。

这一次，屏幕上出现了灿烂的星海。

“‘1207’的半径约二百亿光年，宏观维数是三；这个宇宙中，万有引力常数是一点六七乘十的负十一次方，真空中的光速是每秒三十万公里；这个宇宙中，电子电量是一点六零二乘十的负十九次方库仑；这个宇宙中，普朗克常数是六点六二六……”白冰凑近首长，用令人胆寒的目光逼视着他，“这个宇宙中，一加一等于二。”

“这是我们的宇宙。”首长点点头，他仍很沉着，但额头有些潮湿了。

历史检索

“得到1207号宇宙后，我花了一个多月的时间做了一个搜索引擎，以模式识别为基础。然后，我就从天文资料中查到银河系与仙女座、大小麦哲伦等相邻星系的几何构图，在全宇宙范围内查询这种构图，得到了八万多个结果。下一步我就在这个范围内，用银河系和邻近星系本身的形状进行查询，很快在宇宙中定位了银河系。”以漆黑的太空为背景，一个银色的大旋涡在屏幕上显示出来，“太阳的定位就更容易了，我们已经知道它在银河系中的大致范围——”白冰用鼠标在大旋涡的一条旋臂顶端拉出一个小矩形框，“仍用模式识别的方法，在这个范围中很快就定位了太阳。”屏幕上出现了一个耀眼的光球，光球周围环绕着一个雾蒙蒙的大环，“哦，这时太阳系的行星还没有诞生，这个星际尘埃构成的环就是构成它们的原材料。”白冰在屏幕下方调出了一个滚动条，“看，用这个来移动时间，”他将滑块缓缓前移，越过了两亿年的漫漫时光，太阳周围的尘埃环消失了，“现在九大行星已经诞生。这是真实尺度的图像，不是天象演示，所以找到地球还要费些事，我把以前存储的坐标调出来吧。”于是，原始地球在屏幕上出现了，一个灰蒙蒙的球体，白冰转动鼠标的滚轮，“我们降低高度，好，现在，大约是一万米高吧。”下面大陆仍笼罩在迷雾之中，但雾中纵横交错的发着红光的网线显现出来，像胚胎上的血管，白冰指着那些网线说，“这是岩浆河，”他继续转动鼠标滚轮，穿过浓浓的酸雾，褐色的海面出现了，紧接着视点扎入海中，一片浑浊，有几个微小的悬浮物，它们大多是圆形的，也有其他较复杂的形状，与其他悬浮物最明显的区别是，它们自己在运动，而不是随水流漂移，“生命，刚出现的生命。”白冰用鼠标点点那些微小的东西说。他很快地反向转动滚轮，将视点重新升到太空中，再次显示出古地球的全貌，然后移动时间滚动条，亿万年时光又飞逝而过，笼罩在地球表面的浓雾消失了，海洋在变蓝，大陆在变绿，后来，巨大的冈瓦纳古陆像初春的冰块分崩离析，“如果愿意，我们可以看到生命进化的全过程，包括几次大灭绝和随之而来的生命大爆发，但是算了吧，省些时间，我们就要看到关系到咱们命运的谜底了。”古陆的各个碎块继续漂移，终于，一幅熟悉的世界构图出现了。白冰改变了时间滚动条的比例，开始以较慢的速度移动时间，并在一点停住了，“好了，在这里，人类出现了。”他又将滑块小心地向前移动一小段，“现在，文明出现了。

“对于上古的历史，一般只能宏观地看看，检索具体事件不太容易，具体人物就更难了。一般的历史检索是靠两个参数：地点和时间，这两点在上古历史记载中很难准确，我们做一次看看吧，来，我们下去了！”白冰说着，将鼠标在地中海范围的一个位置双击了一下，视点高度令人目眩地急剧降低，最后，一个荒凉的海滩出现了，黄沙的尽头，是一片连绵的橄榄丛。

“古希腊时代的特洛伊海岸。”白冰说。

“那……你能移到木马屠城的时间吗？”吕文明兴奋地问。

“从来就没有过什么木马。”白冰淡淡地说。

陈继峰点点头，“那种东西像儿戏，在实际的战争中是不可能的。”

“从来没有过特洛伊战争。”白冰说。

首长很惊奇，“这么说，特洛伊城是因为别的原因毁灭的？”

“从来没有过特洛伊城。”

另外三个人惊奇地面面相觑。

白冰指着屏幕说：“现在显示的就是应该发生那场战争时特洛伊海岸的真实情景，我们再前后移动五百年……”白冰小心地微移鼠标，屏幕上的海岸在白昼和黑夜的高频转换中急剧闪动，树丛的形状也在飞快变化，沙滩的尽头闪过几座小棚屋，时而还能看到几个一闪而过的小小的人影，棚屋时多时少，但最多时也没有超过一个村庄的规模，“看到了吗？伟大的特洛伊城只在那些游吟诗人的想象中存在过。”

“怎么会呢？”吕文明惊叫起来，“本世纪初有考古发现证实啊！当时还挖出了……阿伽门农的黄金面具。”

“阿伽门农的面具？”白冰大笑一声。

“随着历史记载的增多和更加准确，往后的检索就越来越容易，再做一次。”

白冰将视点升回地球轨道，这次他没有使用鼠标，而是手工输入了时间和地理坐标，视点向亚洲西部降落。很快，屏幕上显示出一片沙漠，在一处红柳丛的阴影下躺着几个人，他们穿着破旧的粗布袍，皮肤黝黑，头发很长且被沙尘和汗水弄成一缕缕的，远远看去像一堆破烂的废弃物。白冰说：“这里离穆斯林村庄不远，但鼠疫流行，他们不敢去。”有一个身形瘦长的人坐了起来，四下看看，确认别人都睡熟了后，拿起旁边一个人的羊皮水囊喝了一通，又从另一个人的破行囊中拿出一块饼，掰下三分之一放到自己的包里，随后满意地躺下了。

“我用正常速度运行了两天，看到他五次偷别人的水喝，三次偷别人的饼。”白冰用鼠标点着那个刚躺下的人说。

“他是谁？”

“马可·波罗。检索到他可不容易，关押他的那个热那亚监狱的地点和时间都比较准确，我在那里定位了他，随后往回跟踪他经历了那次海战，提取了一些特征点，又往回跳过一大段时间跟到这里，这是在那时的波斯、现在的伊朗巴姆市附近，不过都白费劲儿了。”

“那他是在去中国的路上了，你应该能跟着他进入忽必烈的宫殿。”吕文明说。

“他没有进入过任何宫殿。”

“你是说，他在中国期间只是在民间待着？”

“马可·波罗根本就没有来过中国，前面更加险恶的漫漫长路吓住了他，他们就在西亚转悠了几年，后来这人把从那里道听途说来的传闻讲给了那位作家狱友，后者写成了那本伟大的游记。”

三个人再次惊奇地面面相觑。

“再往后，检索具体的人和事就更加容易了，再来一次，到近代吧。”

在一间很暗的大屋子里，一张很宽的木桌子上铺着一张大地图，桌旁围着几个身着清朝武官服的人，看不清他们的面容。

“这是北洋海军提督府的一次会议。”

有一个人在说话，画面传出的声音很模糊，且南方口音重，听不懂。白冰解释说：“这个人说，在近海防御中，不要一味追求大炮巨舰，就这么点儿钱，与其从西洋购买大吨位铁甲舰，不如买更多数量的蒸汽鱼雷快艇，每艘艇上可装载四至六枚瓦斯鱼雷，构成庞大的快艇攻击群，用灵活机动的航线避开日舰舰炮火力，抵近攻击……我曾请教过多位海军专家和战史研究者，他们一致认为，如果在当时这人的想法得以实施，北洋水师将是甲午海战中的胜利者。这人的高明和超前之处在于，他是海战史上最早从新式武器的出现发现传统大炮巨舰主义缺陷的人。”

“他是谁？邓世昌？”陈继峰问。

白冰摇摇头，“方伯谦。”

“什么？就是那个在黄海大海战中临阵脱逃的怕死鬼？”

“就是他。”

“直觉告诉我，这些才像真实的历史。”首长沉思着说。

白冰点点头，“是啊，到这一步，超脱和空灵消失了，我陷入了郁闷中，我发现，我们基本上被自己所知道的历史骗了：那些名垂青史的人物并非全是英雄，他们中也有卑鄙的骗子和阴谋家，他们用权势为自己树碑立传且成功了。而那些为正义和真理献身的人，有很多默默地惨死在历史的尘埃中，没有人知道他们的存在；也有很多在强有力的诬陷下遗臭万年，就像现在宋诚的命运；他们中只有极少数的人得到了历史正确的记忆，其比例连冰山的一角都不到。”

这时，人们才注意到一直沉默的宋诚，看到他已经悄悄振作起来，两眼放出光芒，像一个已经倒地的战士又站了起来，拿起武器并跨上一匹新的战马。

现实检索

“然后，你就进入了1207宇宙中的现实，是吗？”首长问。

“是的，我在那个镜像中将时间调到现在。”白冰说着，同时将屏幕时间滑标上的滑块推到尽头，这时视点又回到了太空中，蓝色的地球看上去与古代并没有什么不同，“这就是1207镜像中的现实：我们这个内地省份，经过了几十年不间断的能源和资源输出，除了矿产开采和电力之外，至今也未能建立起一个像样的工业体系，只留下了污染，农村的大片地区仍处于贫困线下，城市失业严重，治安状况恶化……我自然想看看领导和指挥着这一切的人是怎样工作的，最后看到了什么，我就不用说了。”

“你这样做的目的呢？”首长问。

白冰苦笑着摇摇头，“别以为我有他那样崇高的目的，”他指指宋诚，

“我只是个普通老百姓，自得其乐地过日子，你们干什么，和我有什么关系？我本来根本不想惹你们的，但……我为这个超级模拟软件费了这么大劲儿，自然想通过它得些实惠，于是，我就给你们中的几个人打电话，想小小地敲一笔钱……”他说着突然变得恼怒起来，“你们干吗要这么过激反应?！干吗非要除掉我?！其实给我那笔钱不就完了嘛……好了，现在我把一切都讲清楚了。”

五个人陷入了长时间的沉默，他们都默默地盯着屏幕上的地球，这是现实中的地球的数字镜像，他们也在镜像中。

“你真的能够在这台计算机中观察到世界上发生过的一切？”陈继峰打破沉默问。

“是的，历史和现实的所有细节，都是这台计算机中运行的数据，数据是可以随意解析的，不管多么隐秘的事情，观察它们不过是从数据库中提取一些数据进行处理，这个数据库以原子级别存储着整个世界的镜像，所有数据都是可以随意提取的。”

“能证明一下吗？”

“这很容易：你出去，随便到什么地方，随便干一件什么事，然后回来。”

陈继峰依次看了看首长和吕文明，转身走出了房间。两分钟后，他回来了，无言地看着白冰。

白冰移动鼠标，使视点从太空急剧下降，悬在这城市上空，城市一览无遗地展现在屏幕上。白冰移动画面仔细寻找，很快找到了近郊的第二看守所，找到了他们所在这幢三层楼房。视点随即进入了楼房内，在二楼空荡的走廊中移动，画面上出现了坐在走廊中长椅子上的两个便衣警察，其中的沈兵正在点一支烟；最后，画面中出现了他们所在的办公室的门。

“现在的模拟画面，只比正在发生的现实滞后零点一秒，让我们后退几分钟。”白冰将时间滑标向后移了一点点。

屏幕上，门开了，陈继峰走了出来，坐在长椅上的两个人看到他后立刻站了起来，陈向他们摆摆手示意没事，就向另一个方向走去，视点紧跟着他，像有人用摄像机在跟踪拍摄。镜像画面上，陈继峰进了卫生间，从裤子口袋中掏出手枪，拉了一下枪栓后装回裤袋，白冰将这个画面定住，并使其像三维动画一样旋转至各个方位。陈继峰走出卫生间，画面跟着他回到了办公室，并显示出了正在等待中的另外四人。

首长不动声色地看着屏幕，吕文明则抬头警觉地看了陈继峰一眼。

“这东西确实厉害。”吕文明阴沉着脸说。

“下面我为您演示它更厉害的地方。”白冰说着，使屏幕上的画面静止了，“由于镜像模拟的宇宙是以原子级别存储的，所以我们可以检索到这个宇宙中的每一个细节。下面，让我们看看陈局长上衣口袋中装着什么。”

白冰在静止画面上拉出一个方框，圈住陈继峰的上衣袋范围，然后弹出一个处理界面，经过一系列操作，上衣袋外侧的布被去除了，显示出放在衣袋中的一张折叠起来的小纸片。白冰使用拷贝键将纸片复制下来，然后启动了一个三维模型处理软件，将拷贝的数据粘贴到软件的处理桌面上，又经过几项操作，那张折叠的纸片被展开来，那是一张外汇支票，数额是二十五万美元。

“下面，我们就追踪这张支票的来源。”白冰说着关闭了图像处理软件，又回到四个人的静止画面上来。白冰在陈继峰上衣袋中那张已被选定的支票上按右键调出功能选项，选择了trace（意为“跟踪”）一项，支票闪动起来，画面也立刻活动了，时间在逆向流动，显示首长一行三人退出了办公室，又退出了大楼，退回到一辆汽车上，其中的陈继峰和吕文明戴上了耳机，显然是在监听白冰和宋诚的谈话。跟踪检索继续进行，场景不断变换，但那张闪动的支票作为检索键值一直处于画面的中央，陈继峰仿佛被它吸附着，穿过一个又一个场景。终于，那张支票跳出了陈的上衣袋，钻进了一个小篮子，那个篮子又从陈的手中跳到了另一个人的手中，在这个时刻，白冰使画面静止了。

“就从这里开始放吧。”白冰说着，启动了画面以正常速度播放，这好像是在陈继峰家的客厅里，屏幕上一个穿黑西装的中年人拎着那个水果篮站在那里，好像刚进来，陈继峰则坐在沙发上。

“陈局长，温哥托我来看看您，也是表示一下上次的谢意。他本想亲自来的，但觉得为了免去一些闲话，这种走动还是少些好。”

陈继峰说:“你回去告诉温雄，现在他条件好了，一定要走正道，总是出格对谁都没好处，也别怪我不客气！”

“是，是，温哥怎么能忘记陈局的教诲呢？他现在不但为社会积极贡献，在贫困地区建了四所小学，政治上也要求进步，已经当选市人大代表了！”来人说着，将果篮放到茶几上。

“东西拿走。”陈继峰挥挥手说。

“哪敢带什么好东西，那不是成心惹陈局长生气嘛，一点水果，表表心意。您是不知道，温总一说起您，都眼泪汪汪的，说您是我们的再生父母啊。”

来人走后，陈继峰关上门回到茶几旁，将果篮的水果全倒出来，从篮底拿出那张支票放进了上衣袋。

首长和吕文明都冷冷地看了陈继峰一眼，这些他们显然都不知晓。温雄是利成集团的总裁，那是个包含着餐饮、长途客运等众多业务的庞大公司，其原始积累来自温雄黑社会体系的贩毒利润，他们使这座城市成为云南至俄罗斯毒品管道上一个重要的枢纽，现在温雄在合法商业上发展顺利，他的黑道毒品业务也在前者的补充滋养下更快地膨胀起来，致使这座内地城市毒品泛滥，治安恶化。而陈继峰这个后台是其生存的重要保证。

"收的是美元？一定是要给儿子汇去吧。"白冰笑着说，"您儿子在美国读书的钱可全是温雄出的……对了，想不想看看贵公子现在在地球那一边干什么？很容易的，现在波士顿是午夜，不过上两次我看到他时，他都还没有睡觉。"白冰将视点升到太空，将地球旋转了一百八十度，然后将北美大陆放大，在大西洋海岸找到了那座灯火灿烂的城市，很快定位了他以前显然找到过的一座公寓，视点进入公寓卧室后，显示出一幅令人尴尬的画面：一个黄皮肤男孩儿正在和一白一黑两个妓女鬼混。

"陈局长，看到儿子是怎样花你的钱了吗？"

陈继峰恼怒地将液晶显示屏反扣到箱子上。

被深深震慑了的几个人再次陷入沉默，过了很久，吕文明问："这些天，你为什么只是逃跑，没有想过通过更……正当的方式摆脱困境呢？"

"您是说我到纪委去举报？真是个好主意，我开始也这么想过，于是便在镜像中对纪委领导班子进行查询，"白冰抬头看了看吕文明，"您应该知道我都看到了什么，我不想落到您老同学这样的下场。那么我能去检察院和反贪局吗？郭院长和常局长对大部分重大举报肯定会严格秉公办理，对一小部分会小心地绕开；而我将举报的那些，一说出口他们就会同你们一起要了我的命。那么还能去哪儿呢？让媒体将这一切曝光吗？省里新闻媒体的那几个关键人物我想你们都清楚，首长的政绩不就是他们捧出来的吗？那些记者与妓女的唯一区别就是出卖的部位不同……这是一张互相联结在一起的大网，哪一根线都动不得啊，我哪儿有地方可去？”

“你可以去中央。”首长仔细观察着白冰，不动声色地说。

白冰点点头说：“这是唯一的选择了，但我是个普通的小人物，所以首先来见见宋诚，找到一个稳妥可靠的渠道，也顾不得你们的追杀了。”白冰犹豫了一下，接着说，“但这个选择并不轻松，你们都是聪明人，知道这样做最终意味着什么。”

“意味着这项技术将公布于世。”

“很对。那时，笼罩在历史和现实上的所有迷雾将一扫而光，一切的一切，在明处和暗处的，过去和现在的，都将赤裸裸地展现于光天化日之下。到那时，光明与黑暗，将不得不进行一场史无前例的大决斗，世界将陷入一片混乱……”

“但最后的结果，是光明取得胜利。”一直沉默的宋诚终于说话了，他走到白冰面前，直视着他说，“知道黑暗的力量来自哪里吗？就是来自黑暗，也就是说来自它的隐蔽性，一旦暴露在明处，它的力量就消失了，如腐败之类的，大多如此。而你的镜像，就是使所有黑暗完全暴露的强光。”

首长和陈、吕二人互相交换了一下目光。

沉默，超弦计算机的屏幕上，原子级别的地球镜像静静地悬浮在太空中。

“有一个机会，”首长突然站起身，对吕、陈二人说，“好像有一个机会。”

首长上前扶着白冰的肩膀说：“为什么不将镜像中的时间标尺移向未来？”

白冰和陈、吕二人不解地看着首长。

“如果我们能够准确地预见未来，就能够在现在改变它，这样我们就能控制未来历史的走向，也就控制了一切……年轻人，你认为这没有可能吗？也许，我们能够一起肩负起创造历史的使命。”

白冰明白过来，苦笑着摇摇头，站起身走到计算机前，用鼠标将时间标尺拉长，在零时标后面拉出了一个未来时段，然后对首长说：“您自己来试试吧。”

单程递归

首长扑向计算机，动作敏捷得如饥饿的鹰见到地面上的小鸡，令人恐惧。他熟练地移动鼠标，将时间滑标滑过零时点，在滑标进入未来时段的瞬间，一个错误提示窗口跳了出来：

Stack overflow……

白冰从首长手中拿过鼠标，“让我们启动错误跟踪程序，Step by step吧。”

模拟软件退回到出错前，开始分步运行。当现实中的白冰将滑块移过零时点，镜像中虚拟的白冰也正在做着同样的事；错误跟踪程序立刻放大了镜像中的那台超弦计算机的屏幕，可以看到，在那台虚拟计算机的屏幕上，第二层的虚拟白冰也正在将滑块移过零时点；于是，错误跟踪程序又放大了第三层虚拟中的那台超弦计算机的屏幕……就这样，跟踪程序一层层地深入，每一层的白冰都在将滑块移过零时点。这是一套依次向下包容的永无休止的魔盒。

“这是递归，一种程序自己调用自己的算法，正常情况下，当调用进行到有限的某一层时会得到答案，多层自我调用的程序再逐层按原路返回。而我们现在看到的是无限调用自己、永远得不到答案的单程递归，由于每次调用时都需将上层的现场数据存入堆栈，就造成了刚才看到的堆栈存储器溢出，由于是无限递归调用，即使超弦计算机的终极容量也会被耗尽的。”

“哦。”首长点点头。

“所以，虽然这个宇宙中的一切过程早在大爆炸发生时就已经决定，但未来对我们来说仍是未知的，对讨厌由因果链而产生的决定论的人来说，这也是一个安慰吧。”

“哦——”首长又点点头，他“哦”的这一声很长很长。

镜像时代

白冰发现，首长发生了奇怪的变化，仿佛他身上的什么东西被抽走了似的，整个身躯在萎缩，似乎失去了支撑自身的力量而摇摇欲坠；他脸色苍白，呼吸急促起来，双手撑着椅子慢慢地坐下，动作艰难且小心翼翼，好像怕压断自己的哪根骨头。

“年轻人，你，毁了我的一生。”首长缓缓地说，“你们赢了。”

白冰看看陈继峰和吕文明，发现他们也与自己一样不知所措，而宋诚，则昂然挺立在他们中间，脸上充满了胜利的光彩。

陈继峰缓缓站起来，从裤口袋中抽出握枪的手。

“住手。”首长说，声音不高，但威严无比，使陈继峰手中的枪悬在半空不动了，“把枪放下。”首长命令道，但陈仍然不动。

“首长，到了这一步，必须果断，他们死在这儿说得过去，不过是因拒捕和企图逃跑被击毙……”

“放下枪，你这条疯狗！”首长低沉地喝道。

陈继峰拿枪的手垂了下来，慢慢地转向首长，“我不是疯狗，是条好狗，一条知道报恩的狗！一条永远也不会背叛您的狗！！像我这样从最底层一步步爬上来的，对让自己有今天的上级，就具有值得信任的狗的道德，脑子当然没有那些一帆风顺的知识分子活。”

“你什么意思？”好长时间没有说话的吕文明站了起来。

“我的意思谁都明白，我不像有些人，每走一步都看好两三步的退路，我的退路在哪儿？到这时刻我不自卫能靠谁?！”

白冰平静地说：“杀我没用的，如果你想把镜像公布于世，这是最快捷的办法。”

“傻瓜都能想到这类自卫措施，你真的失去理智了。”吕文明低声对陈继峰说。

陈继峰说：“我当然知道这小子不会那么傻，但我们也有自己的技术力量，投入全力是有可能彻底销毁镜像的。”

白冰摇摇头，“没有可能。陈局长，这是网络时代，隐藏和发布信息是很简单的事，我在暗处，跟我玩这个你赢不了的，就算你动用最出色的技术专家都赢不了，我就是告诉你那些镜像的备份在哪儿、我死后它如何发布，你也没办法；至于那组创世参数，就更容易隐藏和发布了，打消那念头吧。”

陈继峰慢慢地将手枪放回裤袋，颓然坐下了。

“你以为自己已经站在历史的山巅上了，是吗？”首长无力地对宋诚说。

“是正义站在历史的山巅了。”宋诚庄严地说。

“不错，镜像把我们都毁了，但它的毁灭性远不止于此。”

“是的，它将毁灭所有罪恶。”

首长缓缓地点点头。

“然后毁灭所有虽不是罪恶但肮脏和不道德的东西。”

首长又点点头，说：“它最后毁灭的，是整个人类文明。”

他这话使其他的人都微微一愣。

宋诚说：“人类文明从来就没有面对过如此光明的前景，这场善恶大搏斗将洗去她身上的一切灰尘。”

“然后呢？”首长轻声问。

“然后，伟大的镜像时代将到来，全人类将面对着一面镜子，每个人的一举一动都能在镜像中精确地查到，没有任何罪行可以隐藏，每一个有罪之人，都不可避免地面临最后审判，那是没有黑暗的时代，阳光将普照每个角落，人类社会将变得水晶般纯洁。”

“换句话说，那是一个死了的社会。”首长抬头直视着宋诚说。

“能解释一下吗？”宋诚带着对失败者的嘲笑说。

“设想一下，如果DNA从来不出错，永远精确地复制和遗传，现在地球上的生命世界会是什么样子？”

在宋诚思考之际，白冰替他回答了：“那样的话，现在的地球上根本没有生命，生命进化的基础——变异，正是由DNA的错误产生的。”

首长对白冰点点头，“社会也是这样，它的进化和活力，是以种种偏离道德主线的冲动和欲望为基础的，水至清则无鱼，一个在道德上永不出错的社会，其实已经死了。”

“你为自己的罪行进行的这种辩解是很可笑的。”宋诚轻蔑地说。

“也不尽然。”白冰紧接着说，他的话让所有人都有些吃惊，他犹豫了几秒钟，好像下了决心地说下去，“其实，我不愿意将镜像模拟软件公布于世，还有另一个原因，我……我也不太喜欢有镜像的世界。”

“你像他们一样害怕光明吗？”宋诚质问道。

“我是个普通人，没什么阴暗的罪行，但说到光明，那也要看什么样的光明，如果半夜窗外有探照灯照你的卧室，那样的光明叫光污染……举个例子吧：我结婚才两年，已经产生了那种……审美疲劳，于是与单位新来的一个女大学生有了……那种关系，老婆当然不知道，大家过得都很好。如果镜像时代到来，我就不可能这样生活了。”

“你这本来就是一种不道德不负责任的生活！”宋诚说，语气有些愤怒。

“但大家不都是这么过的吗？谁没有些见不得人的地方？这年头儿要想过得快乐，有时候就得人不人鬼不鬼的，像您这样一尘不染的圣人，能有几个？如果镜像使全人类都成了圣人，一点出轨的事儿都不能干，那……那他妈的还有什么劲啊!”

首长笑了起来,连一直脸色阴沉的吕、陈二人也露出了些笑容。首长拍着白冰的肩膀说:“年轻人,虽然没有上升到理论高度,但你的思想比这位学者要深刻得多。”他说着转向宋诚,“我们肯定是逃不掉的,所以你现在可以将对我们的仇恨和报复欲望放到一边。作为一个社会哲学知识博大精深的人,你不会真浅薄到认为历史是善和正义创造的吧?”

首长这话像强力冷却剂,使处于胜利狂热中的宋诚冷静下来,“我的职责就是惩恶扬善,匡扶正义。”他犹豫了一下说,语气和缓了许多。

首长满意地点点头,“你没有正面回答,很好,说明你确实还没有浅薄到那个程度。”

首长说到这里,突然打了一个激灵,仿佛被冷水从头浇下,使他从恍惚中猛醒过来,虚弱一扫而光,那刚失去的某种力量似乎又回到了他的身上。他站起身,郑重地扣上领扣,又将衣服上的皱褶处仔细整理了一下,然后极其严肃地对吕文明和陈继峰说:“同志们,从现在起,一切已在镜像中了,请注意自己的行为和形象。”

吕文明神情凝重地站了起来,像首长一样整理了一下自己的仪容,长叹一声说:“是啊,从此以后,苍天在上了。”

陈继峰一动不动地低头站着。

首长依次看看每个人,说:“好,我要回去了,明天的工作会很忙。”他转向白冰,“小白啊,你明天下午六点钟到我办公室来一趟,把超弦计算机带上。”然后他又转向陈、吕二人,“至于二位,好自为之吧。继峰你抬起头来,我们罪不可赦,但不必自惭形秽,比起他们,”他指指宋诚和白冰,“我们所做的真不算什么了。”

说完，他打开门，昂头走去。

生　日

第二天对于首长来说确实是很忙的一天。

一上班，他就先后召见省里主管工业、农业、财政、环保等领域的负责人，向他们交代了下一步的工作。虽然同每位领导谈的时间都很短，凭借丰富的工作经验，首长还是言简意赅地讲明了工作重点和最需要注意的问题，同时，他以老到的谈话技巧，让每个人都以为这只是一次普通的工作交流，没发现任何异常之处。

上午十点半钟，送走了最后一位主管领导，首长静下心来，开始写一份材料，向上级阐明自己对本省经济发展和解决省内国有大中型企业面临的问题的意见，材料不长，不到两千字，但浓缩了自己这几十年的工作经验和思考。那些熟悉首长理念的人看到这份材料应该很吃惊，这与他以前的观点有很大差别。这是他在权力高端的这么长时间里，第一次纯粹从党和国家的最高利益的角度，在完全不掺杂私心的情况下发表自己的意见。

材料写完已经是中午十二点多了，首长没有吃饭，只是喝了一杯茶，便接着工作。

这时，镜像时代的第一个征兆出现了，首长得知陈继峰在自己的办公室里开枪自杀，吕文明则变得精神恍惚，不断地系领口的扣子，整理自己的衣服，好像随时都有人给他拍照似的。对这两件事，首长一笑置之。

镜像时代还没有到来，黑暗已经在崩溃了。

首长命令反贪局立刻成立一个专案组，在公安和工商有关部门的配合下，立刻查封自己的儿子拥有的大西商贸集团和儿媳拥有的北原公司的全部账目和经营资料，并依法控制这些实体的法人。对自己其他亲戚和亲信拥有的各类经济实体也照此办理。

下午四点半，首长开始草拟一份名单。他知道，镜像时代到来后，省内各系统落马的处级以上干部将数以千计，现在最紧要的是物色各系统重要岗位的合适接任人选，他的这份名单就是向省委组织部和上级提出的建议。其实，在镜像出现之前，这份名单在他的心中已存在了很长时间，那都是他计划清除、排挤和报复的人。

这时已是下午五点半，该下班了，他感到从未有过的欣慰，自己至少做了一天的人。

宋诚走进了办公室，首长将一份厚厚的材料递给他，“这就是你那份关于我的调查材料，尽快上报中纪委吧。我昨天晚上写了一份自首材料，也附上了，里面除了确认你们调查的事实外，还对一些遗漏做了补充。”

宋诚接过材料，神情严肃地点点头，没有说话。

“过一会儿，白冰要来这里，带着超弦计算机。你应该告诉他，镜像软件马上就要上报上级，一开始，上级领导会考虑到各方面的因素谨慎使用它，要防止镜像软件提前泄漏到社会上，那会产生很大的副作用，非常危险，基于这个原因，你让他立刻将自卫所用的备份，在网上或什么其他地方的，全部删除；还有那个创世参数，如果告诉过其他人，让他列出名单。他相信你，会照办的。一定要确认他把备份删除干净。”

“这正是我们想要做的。”宋诚说。

“然后，”首长直视着宋诚的眼睛，“杀了他，并毁掉那台超弦机。现在，你不会认为我这样做还是为自己着想吧？”

宋诚一愣，随后摇头笑了起来。

首长也露出笑容，“好了，我该说的都说完了，以后的事情与我无关。镜像已经记下了我说的这些话，在遥远的未来，也许有那么一天，会有人认真听这些话的。”

首长对宋诚挥了挥手让他走，然后仰在椅子的靠背上长长地出了一口气，沉浸在一种释然和解脱中。

宋诚走后，六点整，白冰准时走进了办公室。他的手里提着那只箱子，提着历史和现实的镜像。

首长招呼他坐下，看着放在办公桌上的超弦计算机说：“年轻人，我有一个请求：能不能让我在镜像中看看自己的一生？”

“当然可以，这很容易的！”白冰说着，打开箱子启动了电脑。镜像模拟软件启动后，他首先将时标设定到现在，定位了这间办公室，屏幕上显示出两个人的适时影像后，白冰复制了首长的影像，按动鼠标右键启动了跟踪功能。这时，画面急剧变幻起来，速度之快使整块屏幕看起来一片模糊，但作为跟踪键值的首长的影像一直处于屏幕中央，仿佛世界的中心，虽然这影像也在急剧变化，但可以看到人越变越年轻。“现在是逆时跟踪搜索，模式识别软件不可能根据您现在的形象识别和定位早年的您，它需要根据您随年龄逐渐变化的形象一步步追踪到那时。”

几分钟后，屏幕停止了闪动，显示出一个初生儿湿漉漉的脸蛋儿，产科护士刚刚把他从盘秤上取下来，这个小生命不哭不闹，睁着一双动人的小眼睛好奇地打量着这个世界。

“呵呵，这就是我了，母亲多次说过，我一生下来就睁开眼睛了。”首长微笑着说，他显然在故作轻松地掩盖自己心中的波澜，但这次很例外地，他做得不太成功。

“您看这个，”白冰指着屏幕下方的一个功能条说，“这些按钮是对图像的焦距和角度进行调整的。这是时间滚动条，镜像软件将一直以您为键值进行显示，您如果想检索某个时间或事件，就如同在文字处理软件中查阅大文件时使用滚动条差不多，先用较大时间跨度走到大概的位置，再进行微调，借助于您熟悉的场景前后移动滚动条，一般总能找到的，这也类似于影碟的快进退操作，当然这张碟正常播放将需……”

“近五万小时吧。”首长替白冰算出来，然后接过鼠标，将图像的焦距拉开，显示出产床上的年轻母亲和整间病房，这里摆放着那个年代式样朴素的床柜和灯，窗子是木制的，引起他注意的是墙上的一块橘红色光斑，“我出生时是傍晚，时间和现在差不多，这可能是最后一抹夕阳了。”

首长移动时间滚动条，画面又急剧闪动起来，时光在飞逝，他在一幅画面上停住了。一盏从天花板上吊下的裸露的电灯照着一张小圆桌，桌旁，他那戴着眼镜、衣着俭朴的母亲正在辅导四个孩子学习，还有一个更小的孩子，也就是三四岁，显然是他本人，正笨拙地捧着一个小木碗吃饭。“我母亲是小学教师，常常把学习差的学生带回家里来辅导，这样就不耽误从幼儿园接我了。”首长看了一会儿，一直看到幼年的自己不小心将木碗中的粥倒了一身，母亲赶紧起身拿毛巾擦时，才再次移动了时间滚动条。

时光又跳过了许多年，画面突然亮起了一片红光，好像是一个高炉的出钢口，几个穿着满是尘污的石棉工作服的人影在晃动，不时被炉口的火焰吞没又重现，首长指着其中的一个说：“我父亲，一名炉前工。”

“可以把画面的角度调一下，调到正面。”白冰说着，要从首长手中拿过鼠标，但被首长谢绝了。

“哦不不，这年厂里创高产加班，那时要家属去送饭，我去的，这是第一次看到父亲工作，就是从这个角度，以后，他炉火前的这个背影在我脑子里一直印得很深。”

时光又随着滚动条的移动而飞逝，在一个晴朗的日子停止了，一面鲜红的队旗在蓝天的背景上飘扬，一个身穿白衣蓝裤的男孩子正仰视着它，一双手给男孩儿系上红领巾，孩子右手扬上头顶，激动地对世界宣布他时刻准备着，他的眼睛很清澈，如同那天如洗的碧空。

“我入队了，小学二年级。”

时光跳过，又一面旗帜出现了，是团旗，背景是一座烈士纪念碑，一小群少年对着团旗宣誓，他站在后排，眼睛仍像童年那样清澈，但多了几分热诚和渴望。

“我入团，初一。”

滚动条移动，他一生中的第三面红色旗帜出现了，这次是党旗。这好像是在一间很大的阶梯教室中，首长将焦距调向那六个宣誓中的年轻人中间的一个，让他的脸庞占满了画面。

“入党，大二。”首长指指画面，“你看看我的眼睛，能看出些什么。”

那双年轻的眼睛中，仍能看到童年的清澈、少年的热诚和渴望，但多了一些尚不成熟的睿智。

“我觉得，您……很真诚。”白冰看着那双眼睛说。

“说得对，直到那时，我对那个誓词还是真诚的。”首长说完，在眼睛上抹了一下，动作很轻微，没有被白冰注意到。

时间滚动条又移动了几年，这次移得太过了，经过几次微调，画面上出现了一条林荫道，他站在那里看着一位刚刚转身离去的姑娘，那姑娘回头看了他一眼，眼睛含着晶莹的泪，一副让人心动的冰清玉洁的样子，然后在两排高大的白杨间渐行渐远……白冰知趣地站起身想离开，但首长拦住了他。

“没关系，这是我最后一次见到她了。”说完，他放下鼠标，目光离开了屏幕，“好了，谢谢，把机器关了吧。”

“您为什么不继续看呢？”

“值得回忆的就这么多了。”

“……我们可以找到现在的她，就是现在的，很容易！”

“不用了，时间不早了，你走吧，谢谢，真的谢谢。”

白冰走后，首长给保卫处打了个电话，让机关大院的哨兵到办公室来一下。很快，那名武警哨兵进来，敬礼。

“你是……哦，小杨吧？”

“首长记性真好。”

“我叫你上来，也没什么事，就是想告诉你，今天是我的生日。”

哨兵立刻变得手足无措起来，话也不会说了。

首长宽容地笑笑，“向战士们问好，去吧。”在哨兵敬礼后转身离去之际，他像突然想起来似的说：“哦，把枪留下。”

哨兵愣了一下，还是抽出手枪，走过去小心地放在宽大的办公桌的一端，再次敬礼后走了出去。

首长拿起枪，取出弹夹，把子弹一颗颗地退出来，只留下一颗在弹夹里，再把弹夹推上枪。下一个拿到这枪的人可能是他的秘书，也可能是天黑后进来打扫的勤杂工，那时空枪总是安全些。

他把枪放到桌面上，把退出来的子弹在玻璃板上摆成一小圈，像生日蛋糕上的蜡烛。然后，他踱到窗前，看着城市尽头即将落下的夕阳，它在市郊的工业烟尘后面呈一个深红色的圆盘，他觉得它像镜子。

他做的最后一件事，就是将自己胸前的“为人民服务”的小标牌摘下来，轻轻地放到桌面上小幅国旗和党旗的基座上。

然后，他在办公桌旁坐下，静静地等候着最后一抹夕阳照进来。

未　来

当天夜里，宋诚来到气象模拟中心的主机房，找到了白冰，他正一个人静静地看着已经启动的超弦计算机的屏幕。

宋诚走过去拍拍他的肩说：“小白，我已经向你的单位领导打了招呼，马上有一辆专车送你去北京，你把超弦计算机交给一位中央领导，听你汇报的除了这位领导，可能还有几名这方面的技术专家。由于这项技术非同寻常的性质，让人完全理解和相信可不是一件容易的事，你讲解和演示的时候要耐心……白冰，你怎么了？”

白冰没有转过身来，仍静坐在那里，屏幕上的镜像宇宙中，地球在太空中悬浮着，它的极地冰盖形状有些变化，海洋的颜色也由蓝转灰了些，但这些变化并不明显，宋诚是看不出来的。

“他是对的。”白冰说。

“什么？”

“首长是对的。”白冰说着，缓缓转身面对宋诚，他的双眼布满血丝。

“这是你思考了一天一夜的结果？”

“不，我完成了镜像的未来递归运算。”

“你是说……镜像能模拟未来了？！”

白冰无力地点点头，“只能模拟很遥远的未来。我在昨天晚上想出了一种全新的算法，避开较近的未来，这样就避免了因得知未来而改变现实对因果链的破坏，使镜像直接跳到遥远未来。”

“那是什么时间？”

“三万五千年后。”

宋诚小心翼翼地问：“那时的社会是什么样子？镜像在起作用吗？”

白冰摇摇头，“那时没有镜像了，也没有社会了，人类文明消亡了。”

震惊使宋诚说不出话来。

屏幕上，视点急剧下降，在一座沙漠中的城市上空悬停。

“这就是我们的城市，是一座空城，已死去两千多年了。”

死城给人的第一印象是一个正方形的世界，所有的建筑都是标准的正立方体，且大小完全一样，这些建筑横竖都整齐地排列着，构成了一个标准的正方形城市。只有方格状的街道上不时扬起的黄色沙尘，才使人不至于将城市误认为是画在教科书上的抽象几何图形。

白冰移动视点，进入了一幢正立方体建筑内部的一个房间，里面的一切已经被漫长岁月积累的沙尘埋没了，在窗边，积沙呈一个斜坡升上去，已接上了窗台。沙中有几个鼓包，像是被埋住的家电和家具，从墙角伸出几根枯枝似的东西，那是已经大部锈蚀的金属衣帽架。白冰将图像的一部分拷贝下来，粘贴到处理软件中，去掉上面厚厚的积沙，露出了锈蚀得只剩空架子的电视和冰箱，还有一张写字台样的桌子，桌上有一个已放倒的相框，白冰调整视点，使相框中的那张小照片占满了屏幕。

这是一张三口之家的合影，但照片上的三人外貌和衣着几乎完全一样，仅能从头发的长短看出男女，从身材的高低看出年龄。他们都穿着样式完全一样的类似于中山装的衣服，整齐而呆板，扣子都是一直扣到领口。宋诚仔细看看，发现他们的容貌还是有差别的，之所以产生一样的感觉，是因为他们那完全一致的表情，一种麻木的平静，一种呆滞的庄严。

“我发现的所有照片和残存的影像资料上的人都是这样的表情，没有见过其他表情，更没有哭或笑的。”

宋诚惊恐地说：“怎么会这样呢？你能查查留下来的历史资料吗？”

“查过了，我们以后的历史大略是这样的：镜像时代在五年后就开始了，在前二十年，镜像模拟只应用于司法部门，但已经对社会产生了实质性的影响，人类社会的形态发生了重大变化。以后，镜像渗透到社会生活的各个角落，历史上称为镜像纪元。在新纪元的头五个世纪，人类社会还是在缓慢发展之中。完全停滞的迹象最初出现在镜像6世纪中叶，首先停滞的是文化，由于人性已经像一汪清水般纯洁，没有什么可描写和表现的，文学首先消失了，接着是整个人类艺术都停滞和消失。接下来，科学和技术也陷入了彻底的停滞。这种进步停滞的状态持续了三万年，这段漫长的岁月，史称‘光明的中世纪’。”

“以后呢？”

“以后就很简单了，地球资源耗尽，土地全部沙漠化，人类仍没有进行太空移民的技术能力，也没有能力开发新的资源，在五千年时间里，一切都慢慢结束了……就是我们现在显示的这个时候，各大陆仍有人在生活，不过也没什么看头了。”

“哦——”宋诚发出了像首长那样的长长的一声，过了很长时间，他才用发颤的声音问道，“那……我们该怎么办？我是说现在，销毁镜像吗？”

白冰抽出两支烟，递给宋诚一支，将自己的点着后深深地吸了一口，将白色的烟雾吐在屏幕中那三个呆滞的人像上，“镜像我肯定要销毁，留到现在就是想让你看看这些。不过，现在我们干什么都无所谓了，有一点可以自我安慰：以后发生的一切与我们无关。”

“还有别人生成了镜像？”

“它的理论和技术都具备了，而根据超弦理论，创世参数的组合虽然数量巨大，但是有限的，不停试下去总能碰上那一组……三万多年后，直到文明的最后岁月，人们还在崇拜和感谢一个叫尼尔·克里斯托夫的人。”

“他是谁？”

“按历史记载：虔诚的基督教徒，物理学家，镜像模拟软件的创造者。”

镜像时代

五个月后，普林斯顿大学宇宙学实验中心。

当灿烂的星海在五十块屏幕中的一块上出现时，在场的科学家和工程师们都欢呼起来。这里放置着五台超弦计算机，每台中又设置了十台虚拟机，共有五十个创世模拟软件在日夜不停地运行，现在诞生的虚拟宇宙是第32961号。

只有一个中年男人不动声色，他浓眉大眼，气宇轩昂，胸前那枚银色的十字架在黑色的套衫上格外醒目。他默默地划了一个十字，问：

“万有引力常数？”

“一点六七乘十的负十一次方！”

“真空光速？”

“每秒二十九点九八万公里！”

“普朗克常数？”

“六点六二六！”

“电子电量？”

“一点六零二乘十的负十九次方库仑。”

“一加一？”他庄重地吻了一下胸前的十字架。

“等于二，这是我们的宇宙，克里斯托夫博士！”

发表于2004年第12期《科幻世界》

赡养上帝

一

上帝又惹秋生一家不高兴了。

这本来是一个很好的早晨。西岑村周围的田野上，在一人多高处悬着薄薄的一层白雾，像是一张刚刚变空白的画纸，而这宁静的田野就是从那张纸上掉出来的画儿。第一缕阳光照过来，今年的头道露珠那短暂的生命进入了最辉煌的时期……但这个好早晨全让上帝给搅了。

上帝今天起得很早，自个儿到厨房去热牛奶。赡养时代开始后，牛奶市场兴旺起来，秋生家就花了一万多买了一头奶牛，学着人家的样儿把奶兑上水卖，而没有兑水的奶也成了家中上帝的主要食品之一。上帝热好奶，就端着去堂屋看电视了，液化气也不关。刚清完牛圈和猪圈的秋生媳妇玉莲回来了，闻到满屋的液化气味儿，赶紧用毛巾捂着鼻子到厨房关了气，打开窗和换气扇。

“老不死的，你要把这一家子害死啊！”玉莲回到堂屋大嚷着。用上液化气也就是领到赡养费以后的事儿，秋生爹一直反对，说这玩意儿不如蜂窝煤好，这次他又落着理了。

像往常一样，上帝低头站在那里，那扫把似的雪白长胡须一直垂到膝盖以下，脸上堆着胆怯的笑，像一个做错了事儿的孩子。“我……我把奶锅拿下来了啊，它怎么不自己关呢？”

“你以为这是在你们飞船上啊？”正在下楼的秋生大声说，“这里的什么东西都是傻的。我们不像你们什么都有机器伺候着，我们得用傻工具劳动，才有饭吃！”

“我们也劳动过，要不怎么会有你们？”上帝小心翼翼地回应道。

“又说这个，又说这个！你就不觉得没意思？有本事走，再造些个孝子贤孙养活你。”玉莲一摔毛巾说。

“算了算了，快弄弄吃吧。”像往常一样，又是秋生打圆场。

兵兵也起床了，下楼时打着哈欠说：“爸、妈，这上帝，又半夜咳嗽，闹得我睡不着。”

“你知足吧，小祖宗，我俩就在他隔壁还没发怨呢。”玉莲说。

上帝像是被提醒了，又咳嗽起来，咳得那么专心致志，像在作一项心爱的运动。

“唉，真是倒了八辈子的霉了。”玉莲看了上帝几秒钟，气鼓鼓地说，转身进厨房做饭去了。

上帝再也没吱声，默默地在桌边和一家人一块儿就着酱菜喝了一碗粥，吃了半个馒头，这其间一直承受着玉莲的白眼儿，不知是因为液化气的事儿，还是又嫌他吃得多了。

饭后，上帝像往常一样，很勤快地收拾碗筷。玉莲在外面冲他喊：“不带油的不要用洗洁精！那都是要花钱买的，就你那点赡养费，哼。”上帝在厨房中连忙哎、哎地表示知道了。

小两口下地去了，兵兵也去上学了，然后秋生爹才睡起来，两眼迷迷糊糊地下了楼，呼噜噜喝了两大碗粥，点上一袋烟，这时才想起上帝的存在。

“老家伙，别洗了，出来杀一盘！”他冲厨房里喊道。

上帝用围裙擦着手出来，殷勤地笑着点点头。同秋生爹下棋对上帝来说也是件苦差事，输赢都不愉快。如果上帝赢了，秋生爹肯定暴跳如雷：你个老东西是他妈个什么东西?！赢了我就显出你了是不是?！屁！你是上帝，赢我算个屁本事！你说说你，进这个门儿这么长时间了，怎么连个庄户人家的礼数都不懂?！如果上帝输了，这老头儿照样暴跳如雷：你个老东西是他妈个什么东西?！我的棋术，方圆百里内没得比，赢你还不跟捏死个臭虫似的，用得着你让着我?！你这是——用句文点儿的话说吧——对我的侮辱！反正最后的结果都一样，老头儿把棋盘一掀，棋子儿满天飞。秋生爹的臭脾气是远近闻名的，这下子可算找着了一个出气筒。不过这老头儿不记仇，每次上帝悄悄把棋子儿收拾回来再悄悄摆好后，他就又会坐下同上帝下起来，并重复上面的过程。当几盘下来两人都累了时，就已近中午了。

这时，上帝就要起来去洗菜。玉莲不让他做饭，嫌他做得不好，但菜是必须洗的。一会儿小两口儿下地回来，如果发现菜啊什么的没弄好，她又得是一通尖酸刻薄的数落。他洗菜时，秋生爹一般都会踱到邻家串门去，这是上帝一天中最清静的时候。中午的阳光充满了院子里的每一条砖缝，也照亮了他那幽深的记忆之谷。这时他往往开始发呆，忘记了手中的活儿，直到村头传来从田间归来的人的声音，他才猛醒过来，加紧干手中的活儿，同时长叹一声。

唉，日子怎么过成这个样子了呢——

这不仅是上帝的叹息，也是秋生、玉莲和秋生爹的叹息，是地球上五十多亿人和二十亿个上帝的叹息。

二

这一切都是从三年前那个秋日的黄昏开始的。

“快看啊，天上有玩具耶！”兵兵在院子里大喊。秋生和玉莲从屋里跑出来，抬头看到天上真的布满了玩具。或者说，天空中出现的那无数物体，其形状只有玩具才具有。那些物体在黄昏的苍穹中均匀地分布着，反射着已落到地平线下的夕阳的光芒，每个都有满月那么亮。这些光合在一起，使地面如正午般通明。而这光亮很诡异，它来自天空所有的方向，不会给任何物体投下影子，整个世界仿佛处于一台巨大的手术无影灯下。

开始，人们以为这些物体的高度都很低，位于大气层内。之所以这样想，是由于它们都清晰地显示出形状来，但后来才知道，这只是其巨大的体积所导致的错觉，实际上，它们都处于三万多公里高的地球同步轨道上。

到来的外星飞船共有二万一千五百一十三艘，均匀地停泊在同步轨道上，如同给地球加上了一层新的外壳。这种停泊是以一种令人类观察者迷惑的极其复杂的队形完成的。所有的飞船同时停泊到位，可以避免飞船质量引力在地球海洋上产生致命的潮汐。这让人类多少安心了一些，因为它或多或少地表明了外星人对地球没有恶意。

以后的几天，人类世界与外星飞船的沟通尝试均告失败，后者对地球发出的询问信息保持沉默。与此同时，地球变成了一个没有夜晚的世界，太空中那上万艘巨大飞船反射的阳光，使地球背对太阳的一面亮如白昼。而在面向太阳的这一面，大地则周期性地笼罩在飞船巨大的阴影下。天空中的恐怖景象使人类的精神承受力达到了极限，因而也忽视了地球上正在发生的一件奇怪的事情，更不会想到这事与太空中的外星飞船有关。

在世界各大城市中，陆续出现了一些流浪的老者。他们年纪都很老，留着长长的白胡须和白头发，身着一样的白色长袍。开始的那些天，在这些白胡须、白头发和白长袍还没有弄脏时，他们远远看去就像一个个雪人儿似的。这些老流浪者的长相介于各色人种之间，好像都是混血人种。他们没有任何能证明自己国籍和身份的东西，也说不清自己的来历，只是用生硬的各国语言温和地向路人乞讨，都说着同样的一句话："我们是上帝。看在创造了这个世界的分儿上，给点儿吃的吧——"

如果只有一个或几个老流浪者这么说，把他们送进收容所或养老院，与那些无家可归的老年妄想症患者放到一起就是了。但要是有上百万个流落街头的老头儿都这么说，那就是另一回事了。事实上，这种老流浪者在不到半个月的时间里增长到了三千多万人。在纽约、北京、伦敦和莫斯科的街头，到处都是这种步履蹒跚的老人。他们成群结队地堵塞了交通，看上去比城市的原住居民都多。最恐怖的是，他们都说着同一句话："我们是上帝。看在创造了这个世界的分儿上，给点儿吃的吧——”

直到这时，人们才把注意力从太空中的外星飞船转移到地球的这些不速之客身上。最近，各大洲上空都多次出现了原因不明的大规模流星雨。每次壮观的流星雨过后，相应地区老流浪者的数量就会急剧增加。经过仔细观察，人们发现了一个令人难以置信的事实：老流浪者是自天而降的，来自那些外星飞船。他们都像跳水似的孤身跃入大气层，身上穿着一件名叫“再入膜”的密封服。当这种绝热的服装在大气层中摩擦燃烧时，会产生经过精确调节的减速推力。在漫长的坠落过程中，这种推力产生的过载始终不超过四个G，在这些老家伙的承受范围内。当老流浪者接触地面时，他们的下落速度已接近于零，就像是从板凳上跳下差不多。尽管这样，还是有很多人在着陆时崴了脚。而在他们接触地面的同时，身上穿的再入膜也正好蒸发干净，不留下一点残余。

天空中的流星雨绵绵不断，老流浪者以越来越大的流量降临地球，人数已接近一亿。

各国政府都试图在他们中找出一个或一些代表，但他们声称，所有的“上帝”都是绝对平等的，他们中的任何一个人都能代表全体。于是，在为此召开的紧急特别联合国大会上，从时代广场上随意找来的一个英语已讲得比较好的老流浪者进入了会场。他显然是最早降临地球的那一批，长袍脏兮兮的，破了好几个洞；大白胡子落满了灰，像一把墩布。他的头上没有神圣的光环，倒是盘旋着几只忠实追随的苍蝇。他拄着那根当作拐杖的顶端已开裂的竹竿，颤巍巍地走到大圆会议桌旁，在各国首脑的注视中慢慢坐下，抬头看着秘书长，露出了他们特有的那种孩子般的笑容。

“我，呵，还没吃早饭呢。”

于是，有人给他端上一份早餐。全世界的人都在电视中看着他狼吞虎咽，好几次被噎住。面包、香肠和一大盘沙拉很快被风卷残云般吃光。在又喝下一大杯牛奶后，他再次对秘书长露出了天真的笑容。

“呵呵，有没有酒？一小杯就行。”

于是给他端上了一杯葡萄酒。他小口地抿着，满意地点点头，“昨天夜里，暖和的地铁出风口让新下来的一帮老家伙占了，我只好睡广场上。现在喝点儿，关节就灵活些，呵呵……你，能给我捶捶背吗？稍捶几下就行。”在秘书长开始捶背时，他摇摇头，长叹一声，“唉，给你们添麻烦了——”

“你们从哪里来？”美国总统问。

老流浪者又摇摇头，“一个文明，只有在幼儿期才有固定的位置。行星会变化，恒星也会变化，文明不久就得迁移。到青年时代它已迁移过多次，这时文明种族肯定会发现，任何行星的环境都不如密封的飞船稳定。于是他们就以飞船为家，行星反而成为临时住所。所以，任何成熟的文明都是星舰文明，在太空进行着永恒的流浪，飞船就是它的家。从哪里来？我们从飞船上来。”他说着，用一根脏兮兮的指头向上指指。

“你们总共有多少人？”

“二十亿。”

“你们到底是谁？”秘书长的这个问题问得有道理。他们看上去与人类没有任何不同。

“说过多少次了，我们是上帝。”老流浪者不耐烦地摆了一下手说。

“能解释一下吗？”

“我们的文明，呵，就叫它上帝文明吧，在地球诞生前就已存在了很久。在上帝文明步入衰落的暮年时，我们就在刚形成不久的地球上培育了最初的生命。然后，上帝文明在接近光速的航行中跨越时间，在地球生命世界进化到适当的程度时，根据我们远祖的基因引入了一个物种，并消灭了它的天敌，细心地引导它进化，最后在地球上形成了与我们一模一样的文明种族。”

“如何让我们相信您所说的呢？”

“这很容易。”

于是，历时半年的证实行动开始了。人们震惊地看到了从飞船上传输来的地球生命的原始设计蓝图，看到了地球远古的图像。按照老流浪者的指点，从各大陆和各大洋底深深的岩层中挖出了那些令人惊恐的大机器，那是在过去漫长的岁月中一直监测和调节着地球生命世界的仪表……

人们终于不得不相信，至少对于地球生命而言，他们确实是上帝。

三

在第三次紧急特别联大会议上，秘书长终于代表全人类，向上帝提出了那个关键的问题：他们到地球来的目的是什么？

“我回答这个问题之前，你们首先要对文明有一个正确的认识。”上帝代表抚着胡子说，他还是半年前光临第一届紧急联大会议的那一位，“你们认为，随着时间的推移，文明会怎样演化？”

“地球文明正处于快速发展时期，如果没有来自大自然的不可抗拒的灾难和意外,我们想,它会一直发展下去。”秘书长回答说。

“错了,你想想,每个人都会经历童年、青年、中年和老年,最终走向死亡。恒星也一样,宇宙中的任何事物都一样,甚至宇宙本身,也有终结的那一天,为什么独有文明能够一直成长呢?不,文明也都有老去的那一天,当然也都有死亡的那一天。”

“这个过程具体是怎么发生的呢?”

“不同的文明有着不同的衰老和死亡方式,像不同的人死于不同的疾病或无疾而终一样。具体到上帝文明,个体寿命的延长是文明步入老年的第一个标志。那时,上帝文明中的个体寿命已延长至近四千个地球年,而他们的思想在两千岁左右就已完全僵化,创造性消失殆尽。这样的个体掌握了社会的绝大部分权力,而新的生命很难出生和成长,文明就老了。”

“以后呢?”

“文明衰老的第二个标志是机器摇篮时代。”

“嗯?”

“那时,我们的机器已经完全不依赖于它们的创造者而独立运行,能够自我维护、更新和扩展。这样的智能机器能够提供一切我们所需要的东西,不只是物质需要,也包括精神需要。我们不需为生存付出任何努力,完全靠机器养活了,就像躺在一个舒适的摇篮中。想一想,假如当初地球的丛林中充满了采摘不尽的果实,到处是伸手就能抓到的小猎物,猿还能进化成人吗?机器摇篮就是这样一个富庶的丛林,渐渐地,我们忘却了技术和科学,文化变得懒散而空虚,失去了创新能力和进取心,文明加速老去。你们所看到的,就是这样一个进入了风烛残年的上帝文明。”

“那么，您现在是否可以告诉我们上帝文明来到地球的目的？”

“我们无家可归了。”

“可——”秘书长向上指指。

“那都是些老飞船。虽然飞船上的生态系统比包括地球在内的任何自然形成的生态系统都强健稳定，但飞船太老了，老得让你们无法想象——机器的部件老化失效，漫长时间里积聚的量子效应产生了越来越多的软件错误，系统的自我维护和修复功能遇到了越来越多的障碍。飞船中的生态环境渐渐恶化，每个人能够得到的生活必需品配给日益减少，现在只够勉强维持生存。在飞船中的两万多个城市里，弥漫着污浊的空气和绝望的情绪。”

“没有补救的办法吗？比如更新飞船的硬件和软件？”

上帝摇摇头，“上帝文明已到垂暮之年，我们是二十亿个三千多岁的老朽之人。其实，早在我们之前，已有上百代人生活在舒适的机器摇篮之中，技术早就被遗忘干净了。现在，我们不会维修那已经运行了几千万年的飞船，其实在技术和学习能力上我们连你们都不如，我们连点亮一盏灯的电路都不会连接，连一元二次方程都不会解……终于有一天，飞船说它们已经到了报废的边缘，航行动力系统已没有能力将飞船推进到接近光速，上帝文明只能进行不到光速十分之一的低速航行，飞船上的生态循环系统已接近崩溃，无法继续养活二十亿人了，请我们自寻生路。”

“以前，你们没有想到过会有这一天吗？”

“当然想到过。在两千年前，飞船就开始对我们发出警告，于是，我们采取了措施，在地球上播种生命，为养老做准备。”

“您是说，在两千年前？”

“是的。当然，那是我们的航行时间。从你们的时间坐标来看，那是在三十五亿年前，那时地球刚刚冷却。”

“这就有个问题：你们已经失去了技术能力，但播种生命不需要技术吗？”

“哦，在一个星球上启动生命进程其实只是个很小的工程。播下种子，生命就自己繁衍起来，这种软件在机器摇篮时代之前就有了。只要运行软件，机器就能完成一切。创造一个行星规模的生命世界，进而产生文明，最基本的需要只是时间，几十亿年漫长的时间。接近光速的航行能使我们几乎无限地拥有另一个世界的时间，但现在，上帝文明的飞船发动机已老化，再也不可能接近光速，否则我们还可以创造更多的生命和文明世界，那时也就拥有更多的选择。但现在，我们已被禁锢在低速中，这些都无法实现了。”

“这么说，你们是想到地球上来养老？”

“哦，是的是的，希望你们尽到对自己的创造者的责任，收留我们。”上帝拄着拐杖颤颤巍巍地向各国首脑鞠躬，差点儿向前跌倒。

“那么，你们打算如何在地球上生活呢？”

“如果我们在地球上仍然集中生活，那还不如在太空中了却残生呢。所以，我们想融入你们的社会，进入你们的家庭。在上帝文明的童年时代，我们也曾有过家庭。你知道，童年是最值得珍惜的，你们现在正好处于文明的童年时代，如果我们能够回到这个时代，在家庭的温暖中度过余生，那真是最大的幸福。”

“你们有二十亿，地球社会中的每个家庭都要收留你们中的一至两人。”秘书长说完，会场陷入了长时间的沉默。

“是啊是啊，给你们添麻烦了……”上帝连连鞠躬，同时偷偷瞄着秘书长和各国首脑的表情，“当然，我们会给你们一定的补偿。”他挥了一下拐杖，又有两个白胡子上帝走进了会场，吃力地抬着一个银色的金属箱子，“你们看，这是高密度信息存储体，系统地存储着上帝文明在各个学科和技术领域的所有资料，它将使地球文明飞跃进化，相信你们会喜欢的。”

秘书长看着金属箱，与在场的各国首脑一样极力掩盖着心中的狂喜，“赡养上帝应该是人类的责任，虽然这还需要世界各国进一步地磋商，但我想，原则上……”

“给你们添麻烦了，给你们添麻烦了……”上帝一时老泪纵横，连连鞠躬。

当秘书长和各国首脑走出会议大厅，才发现联合国大厦外面聚集了几万名上帝，看去一片白花花的人山人海，天地之间充斥着嗡嗡声。秘书长仔细听了听，听出他们在用不同的地球语言反复说着同一句话：“给你们添麻烦了，给你们添麻烦了……”

四

二十亿个上帝降临了地球，他们大多是穿着再入膜坠入大气层的，那段时间，天空中缤纷的彩雨在白天都能看到。这些上帝着陆后，分散进入了人类社会的十五亿个家庭中。由于得到了上帝的科技资料，人们都对未来充满了前所未有的憧憬，似乎人类在一夜之间就能进入世世代代梦想中的天堂。在这种心情下，每个家庭都真诚地欢迎上帝的到来。

这天，秋生一家同村里的其他乡亲一起，早早地等在村口，迎接分配到本村的上帝。

“今儿个的天真是个晴啊！”玉莲兴奋地说。

她的这种感觉并非完全是心情使然，因为那布满天空的外星飞船在一夜之间完全消失了，天空重新变得空旷起来。人类一直没有机会登上那些飞船，上帝对地球人的这种愿望未表异议，但飞船自己不允许。对于人类发射的那些接近它们的简陋原始的探测器，它们不理不睬，紧闭舱门。当最后一批上帝跃入地球大气层后，两万多艘飞船同时飞离了地球同步轨道。但它们并没有走远，而是在小行星带漂浮着。这些飞船虽然陈旧不堪，但古老的程序仍在运行，它们唯一的使命就是为上帝服务，因而不可能远离上帝，当后者需要时，它们招之即来。

乡里的两辆大轿车很快开来，送来了分配到西岑村的一百零六名上帝。秋生和玉莲很快领到了分配给本家的那个上帝，两口儿亲热地挽着上帝的胳膊，秋生爹和兵兵乐呵呵地跟在后面，在上午明媚的阳光下朝家走去。

“老爷子，哦，上帝老爷子。”玉莲把脸贴在上帝的肩上，灿烂地笑着说，“听说，你们送的那些技术，马上就能让我们实现共产主义了！到时候是按需分配，什么都不要钱，去商店拿就行了。”

上帝笑着冲她点点满是白发的头，用还很生硬的汉语说：“是的，其实，按需分配只是满足了一个文明最基本的需要。我们的技术将给你们带来的生活，其富裕和舒适，是你完全想象不出来的。”

玉莲的脸笑成了一朵花,“不用不用,按需分配,我就满足了。嘻嘻!”

“嗯!”秋生爹在后面重重地点点头。

“我们还能像您那样长生不老?”秋生问。

“我们并不能长生不老,只是比你们活得长些而已,现在不是都老了吗?其实人要活过三千岁,感觉和死了也差不多。对一个文明来说,个体太长寿是致命的危险。”

“哦,不用三千岁,三百岁就成啊!”秋生爹也像玉莲一样笑得合不上嘴,“想想,那样的话我现在还是个小伙儿,说不定还能……呵呵呵呵。”

这天,村里像过大年一样,家家都张罗了丰盛的宴席为上帝接风,秋生家也不例外。秋生爹很快让老花雕灌得有三分迷糊了,他冲上帝竖起了大拇指。

“你们行!能造出这所有的活物来,神仙啊!”

上帝也喝了不少,但脑子还清醒,他冲秋生爹摆摆手,“不,不是神,是科学,生物科学发展到一定层次,就能像制造机器一样制造出生命来。”

“话虽这么说,可在我们眼里,你们还是跟下凡的神仙没两样啊。”

上帝摇摇头,“神应该是不会出错的,但我们,在创世过程中错误不断。”

“你们造我们时还出过错儿?”玉莲吃惊地瞪大了双眼,因为在她的想象里,创造万千生灵就像她八年前生兵兵一样,是出不得错的。

“出过很多。以较近的来说,由于创世软件对环境判断的某些失误,地球上出现了恐龙这类体积大而适应性差的动物,后来为了你们的进化，只好又把它们抹掉。再说更近的事儿，自古爱琴海文明消亡后，创世软件认为已经成功地创建了地球文明，就再也没有对人类的进化进程进行监视和微调，就像把一只上好了发条的钟表扔在那里任它自己走动，这就出现了更多的错。比如，应该让古希腊文明充分地独立发展，马其顿的征服和后来罗马的征服都应被制止。虽然这两者都不是希腊文明的对立面而是其继承者，但希腊文明的发展方向却被改变了……”

秋生家没人能懂这番话，但都很敬畏地探头恭听着。

“再到后来，地球上出现了汉朝和古罗马两大力量。与前面提到的希腊文明相反，不应该让这两大力量在相互隔绝的状态下发展，而应该让它们充分接触……”

“你说的汉朝，是刘邦的汉朝吧？”秋生爹终于抓住了自己知道的一点儿，“那古罗马？”

“好像是那时洋人的一个大国，也很大的。”秋生试着解释道。

秋生爹不解地问：“什么？洋人在清朝来了就把我们收拾成那样儿，你还让他们早在汉朝就同我们见面？”

上帝笑着说：“不，不，那时，汉朝的军事力量绝不比古罗马差。”

“那也很糟。这两强相遇要打起来，可是大仗，血流成河啊！”

上帝点点头，伸了筷子去夹红烧肉，“有可能，但东西方两大文明将碰撞出灿烂的火花，将人类大大向前推进一步……唉，要是避免那些错误的话，地球人现在可能已经殖民火星，你们的恒星际探测器已越过天狼星了。”

秋生爹举起酒碗敬佩地说：“说上帝们在摇篮里把科学忘了，其实你们还是很有学问的嘛。”

“为了在摇篮中过得舒适，还是需要知道一些哲学、艺术、历史之类的，但只是常识而已，算不得什么学问。现在地球上的很多学者，思想都比我们深刻得多。”

……

上帝文明进入人类社会的最初一段时间，是上帝们的黄金时光。那时，他们与人类家庭相处得十分融洽，仿佛回到了上帝文明的童年时代。融入早已被他们忘却的家庭温暖之中，对于他们漫长的一生来说，这应该是再好不过的结局了。

秋生家的上帝，在这个秀美的江南小村过着宁静的田园生活，每天到竹林环绕的池塘中钓钓鱼，同村里的老人聊聊天、下下棋，其乐融融。但他最大的爱好是看戏，有戏班子到村里或镇里时，他场场不误。上帝最爱看的是《梁祝》，看一场不够，竟跟着那个戏班子走了一百多里地，连看了好几场。后来秋生从镇子里为他买回一张这戏的VCD，他就一遍遍放着看，后来也能哼几句像模像样的越剧了。

有天玉莲发现了一个秘密，她悄悄地对秋生和公公说：“你们知道吗？上帝爷子每看完戏，总是从里面口袋掏出一个小片片看，边看边哼曲儿。我刚才偷看了一眼，那是张照片，上面有个好漂亮的姑娘耶！”

傍晚，上帝又放了一遍《梁祝》，掏出那张美人像边看边哼起来。秋生爹悄悄凑过去，“上帝爷子啊，你那是……从前的相好儿？”

上帝吓了一跳，赶紧把照片塞进怀里，对秋生爹露出孩子般的笑，“呵呵，是是，她是我两千多年前的爱。”

在旁边偷听的玉莲撇了撇嘴。还两千多年前的爱呢，这么大岁数了，真酸得慌。

秋生爹本想看看那张照片，但看到上帝护得那么紧，也不好意思强要，只能听着上帝的回忆。

“那时我们都还很年轻，她是极少数没有在机器摇篮中沉沦的人，发起了一次宏伟的探险航行，要航行到宇宙的尽头。哦，这你不用细想，很难搞明白的……她期望用这次航行唤醒机器摇篮中的上帝文明。当然，这不过是一个美好的愿望罢了。她让我同去，但我不敢，那无边无际的宇宙荒漠吓住了我，那是二百亿光年的漫漫长路啊。她就自己去了，在以后的两千多年里，我对她的思念从来就没间断过啊！”

“二百亿光年？照你以前说的，就是光要走二百亿年？乖乖，那也太远了，这可是生离死别啊。上帝爷子，你就死了那份心思吧，再见不着她的面儿咯。”

上帝点点头，长叹一声。

“不过嘛，她现在也该你这岁数了吧？”

上帝从沉思中醒过来，摇摇头，“哦，不，不。这么远的航程，那艘探险飞船会用接近光速的速度航行，她应该还很年轻，老的是我……宇宙啊，你真不知道它有多大，你们所谓的沧海桑田、天长地久，不过是时空中的一粒沙啊……话说回来，你们感觉不到这些，或许还真是一种幸运呢！”

五

谁也没有想到，上帝与人类的蜜月很快结束了。

人们曾对从上帝那里得到的科技资料欣喜若狂，认为它们能使人类的梦想在一夜之间变为现实。借助上帝提供的接口设备，巨量的信息被很顺利地从存储体中提取出来，并被源源不断地译成英文。为了避免纷争，世界各国都得到了一份拷贝。但人们很快发现，要将这些技术变成现实，至少在本世纪内是不可能的事。其实只要设想一下，如果有一个时间旅行者将现代技术资料送给古埃及人会是什么情况，就能够理解现在人类面临的尴尬处境了。

在石油即将枯竭的今天，能源技术是人们最关心的。但科学家和工程师很快发现，上帝文明的能源技术对现代人类毫无用处，因为他们的能源是建立在正反物质湮灭的基础上的。即使读懂所有相关资料，最后制造出湮灭发动机和发电机（在这一代人内这基本上不可能），一切还是等于零，因为这些能源机器的燃料——反物质——需要远航飞船从宇宙中开采。据上帝的资料记载，距地球最近的反物质矿藏是在银河系至仙女座星云之间的黑暗太空中，有五十五万光年之遥！而接近光速的星际航行几乎涉及所有的学科，其中的大部分理论和技术对人类而言都高深莫测，人类学者即使仅对其基础部分有个大概的了解，可能也需半个世纪的时间。科学家们曾满怀希望地查询受控核聚变的技术信息，但根本没有——这很好理解，人类现代的能源科学也不会包含钻木取火的技巧。

在其他的学科领域，如信息技术和生命科学（其中蕴含着使人类长生的秘密），最前沿的科学家也完全无法读懂那些资料，上帝科学与人类科学之间目前还隔着一道无法跨越的鸿沟。

来到地球上的上帝无法给科学家提供任何帮助，正如那一位上帝所说，在他们中间，现在会解一元二次方程的人都很少了。而那群漂浮在小行星带的飞船，则对人类的呼唤毫不理睬。现在的人类就像是一群刚入学的小学生，突然被要求研读博士研究生的课程，而且没有导师。

另一方面，地球上突然增加了二十亿人口，这些人都是不能创造任何价值的老人，其中大半疾病缠身，给人类社会造成了前所未有的压力。各国政府要付给每个接收上帝的家庭一笔可观的赡养费，医疗和其他公共设施也已不堪重负，世界经济到了崩溃的边缘。

上帝和秋生一家的融洽关系不复存在，他渐渐被这家人看作是一个天外飞来的负担，受到越来越多的嫌弃，而每个嫌弃他的人都有各自的理由。

玉莲的理由最现实、也最接近问题的实质，那就是上帝让她家的日子过穷了。在这家人中，她是最令上帝烦恼的一个，那张尖酸刻薄的刀子嘴，比太空中的黑洞和超新星都令他恐惧。她不停地在上帝面前唠叨，说在他来之前他们家的日子是多么富裕多么滋润，那时什么都好，现在什么都差，都是因为他，摊上他这么个老不死的真是倒了大霉！每天只要一有机会，她就这样对上帝恶语相向。上帝有很严重的气管炎，这虽不是什么花大钱的病，但需要长期的治疗调养，钱自然是要不断地花。终于有一天，玉莲不让秋生带上帝去镇医院看病，也不给他买药了。这事儿让村支书知道了，很快找上门来。

支书对玉莲说："你家上帝的病还是要用心治，镇医院跟我打招呼了，说他的气管炎如果不及时治疗，有可能转成肺气肿。"

"要治村里或乡里给他治，我家没那么多钱花在这上面！"玉莲冲村支书嚷道。

“玉莲啊,按《上帝赡养法》,这种小额医疗是要由接收家庭承担的,政府发放的赡养费已经包括这费用了。”

“那点儿赡养费顶个屁用!”

“话不能这么说。你家领到赡养费后,买了奶牛,用上了液化气,还换了大彩电,就没钱给上帝治病?大伙儿都知道这个家是你在当,我把话说在这儿,你可别给脸不要脸,下次就不是我来劝你了,会是乡里县里‘上委’(上帝赡养委员会)的人来找你,到时你吃不了兜着走!”

玉莲没办法,只好恢复了对上帝的治疗,但对他就更没好脸色了。

有一次,上帝对玉莲说:“不要着急嘛,地球人很有悟性,学得也很快,只需一个世纪左右,上帝科学技术中层次较低的一部分就能在人类社会得到初步应用,那时生活会好起来的。”

“嘁,一个世纪,还‘只需’,你这叫人话啊?”正在洗碗的玉莲头也不回地说。

“这时间很短啊。”

“那是对你们。你以为我能像你似的长生不老啊?一个世纪过去,我的骨头都找不着了!不过我倒要问问,你觉得自个儿还能活多少时间呢?”

“唉,风烛残年了,再活三四百个地球年就很不错了。”

玉莲将一摞碗全摔到了地上,“咱这到底是谁给谁养老、谁给谁送终啊?!啊,合着我累死累活伺候你一辈子,还得搭上我儿子、孙子、往下十几辈不成?说你老不死你还真是啊!”

至于秋生爹,则认为上帝是个骗子。其实,这种说法在社会上也很普遍——既然科学家看不懂上帝的科技文献，就无法证实它们的真伪，说不定人类真让上帝给要了。对于秋生爹而言，他这方面的证据更充分一些。

“老骗子，行骗也没你这么猖狂的。”他有一天对上帝说，“我懒得揭穿你，你那一套真不值得我揭穿，甚至不值得我孙子揭穿呢！”

上帝问他有什么地方不对。

“先说最简单的一个吧：我们的科学家知道，人是由猴儿变来的，对不对？”

上帝点点头，“准确地说是由古猿进化来的。”

“那你怎么说我们是你们造的呢？既然造人，直接造成我们这样儿不就行了，为什么先要造出古猿，再进化什么的，这说不通啊？”

“人要以婴儿的形式出生再长大为成人，一个文明也一样，必须从原始状态进化发展而来，其漫长历程是不可省略的。事实上，对于人类这一物种分支，我们最初引入的是更为原始的东西，古猿已经过相当的进化了。”

“我不信你故弄玄虚的那一套。好好，再说个更明显的吧。告诉你，这还是我孙子看出来的：我们的科学家说地球上三十多亿年前就有生命了，这你是认的，对吧？”

上帝点点头，“他们估计得基本准确。”

“那你有三十多亿岁？”

“按你们的时间坐标，是的。但按上帝飞船的时间坐标，我只有三千五百岁。飞船以接近光速飞行，时间的流逝比你们的世界要慢得多。当然，有少数飞船会不定期脱离光速，降至低速来到地球，对地球上的生命进化进行一些调整，但这只需要很短的时间，这些飞船很快就会重新进入太空进行近光速航行，继续跨越时间。”

“扯——”秋生爹轻蔑地说。

“爹，这可是相对论，也是咱们的科学家证实了的。”秋生插嘴说。

“相对个屁！你也给我瞎扯，哪儿有那么玄乎的事儿？时间又不是香油，还能流得快慢不同？我还没老糊涂呢！倒是你，那些书把你看傻了！”

“我很快就能向你们证明，时间能够以不同的速度流逝。”上帝一脸神秘地说，同时从怀里掏出了那张两千年前情人的照片，把它递给秋生，“仔细看看，记住她的每一个细节。”

秋生看那照片的第一眼时，就知道自己肯定能够记住每一个细节，想忘都不容易。同其他上帝一样，照片中的女人综合了各色人种的特点——皮肤是温润的象牙色；那双会唱歌的大眼睛绝对是活的，一下子就把秋生的魂儿勾走了。她是上帝中的姑娘，她是姑娘中的上帝。那种上帝之美，如第二个太阳，人类从未见过，也根本无法承受。

“瞧你那德行，口水都流出来了！”玉莲一把从已经有些呆傻的秋生手中抢过照片，还没拿稳，就让公公抢去了。

“我来我来。”秋生爹说着，那双老眼立刻凑到照片上，近得不能再近了，好长时间一动不动，就像那能当饭吃。

“凑那么近干吗？”玉莲轻蔑地问。

“去去，我不是没戴眼镜嘛。”秋生爹脸伏在照片上说。

玉莲用不屑的目光斜视了公公几秒钟，撇撇嘴，转身进厨房了。

上帝把照片从秋生爹手中拿走时，后者的双手还恋恋不舍地护送照片走了一段。上帝说："记好细节，明天的这个时候再让你们看。"

整整一天，秋生爷儿俩少言寡语，都在想着那位上帝姑娘。他们心照不宣，惹得玉莲脾气又大了许多。终于等到了第二天的同一个时刻，上帝好像忘了那事，经秋生爹的提醒才想起来，掏出那张让爷儿俩想念了一天的照片，首先递给秋生，"仔细看看，她有什么变化？"

"没啥变化呀。"秋生全神贯注地看着，过了好一会儿，终于看出点东西来，"哦，对，她嘴唇儿张开的缝比昨天好像小了一些。小得不多，但确实小了一些，看嘴角儿这儿……"

"不要脸的，你看得倒是细！"照片又让媳妇抢走了，同样又让公公抢到手里。

"还是我来——"秋生爹今天拿来了眼镜，戴上细细端详着，"是是，是小了些。还有很明显的一点你怎么没看出来呢？这小缕头发嘛，肯定比昨天向右飘了一点点的！"

上帝将照片从秋生爹手中拿过来，举到他们面前，"这不是一张照片，而是一台电视接收机。"

"就是……电视机？"

"是的，电视机。现在它接收的，是她在那艘飞向宇宙边缘的探险飞船上的实况画面。"

"实况？就像转播足球赛那样？"

"是的。"

"这，这上面的她居然……是活的！"秋生目瞪口呆地说，连玉莲的双眼都睁得核桃般大。

"是活的，但比起地球上的实况转播，这个画面有时滞。探险飞船大约已经飞出了八千万光年，那么时滞就是八千万年，我们看到的，是八千万年前的她。”

“这小玩意儿能收到那么远的地方传来的电波？”

“这样的超远程宇宙通信信号，只有使用中微子或引力波，我们的飞船才能收到，放大后再转发到这个小电视机上。”

“宝物，真是宝物啊！”秋生爹由衷地赞叹道，不知是指那台小电视，还是电视上那个上帝姑娘。反正一听说她居然是“活的”，秋生爷俩的感情就上升了一个层次，秋生伸手要去捧小电视，但老上帝不给。

“电视中的她为什么动得那么慢呢？”秋生问。

“这就是时间流逝速度不同的结果。从我们的时空坐标上看，接近光速飞行的探险飞船上的时间流逝得很慢很慢。”

“那……她是在跟你说话吗？”玉莲指指小电视问。

上帝点点头，按动了小屏幕背面的一个开关，小电视立刻发出了声音。那是一个柔美的女声，但是音节恒定不变，像是歌唱结束时拖长的尾声。上帝用充满爱意的目光凝视着小屏幕说:“她正在说呢，刚刚说出‘我爱你’三个字，每个字说了一年多的时间，已说了三年半，现在正在结束‘你’字，完全结束可能还需要三个月左右吧。”上帝把目光从屏幕上移开，仰视着院子上方的苍穹，“她后面还有话，我会用尽残生去听的。”

兵兵和本家上帝的友好关系倒是维持了一段时间。老上帝们或多或少都有些童心，与孩子们谈得来，也能玩到一块儿。但有一天，兵兵闹着要上帝的那块大手表，上帝坚决不给，说那是和上帝文明通信的工具，没有它，自己就无法和本种族联系了。

“哼，看看，看看，还想着你们那个文明啊种族啊，从来就没有把我们当自家人！”玉莲气鼓鼓地说。

从此以后，兵兵也不和上帝好了，还不时搞些恶作剧作弄他。

家里唯一还对上帝保持着尊敬和孝心的就是秋生。秋生高中毕业，加上平时爱看书，村里除去那几个考上大学走了的，他就是最知书达理的人了。但秋生在家是个地地道道的软蛋角色，平时看老婆的眼色行事，听爹的训斥过活，要是遇到爹和老婆对他的指示不一致，就只会抱头蹲在那儿流眼泪了。他这个熊样儿，在家里自然无法维护上帝的权益了。

六

上帝与人类的关系终于恶化到不可挽回的地步。

秋生家与上帝关系的彻底破裂，是因为方便面的事。这天午饭前，玉莲搬着一个纸箱子从厨房出来，问他昨天刚买的一整箱方便面怎么一下子少了一半。

“是我拿的，我给河那边儿送过去了，他们快断粮了。”上帝低着头小声回答说。

他说的“河那边”，是指村里那些离家出走的上帝的聚集点。近日来，村里虐待上帝的事屡有发生，其中最刁蛮的一户人家，对本家的上帝又打又骂，还不给饭吃，逼得那个上帝跳到村前的河里寻短见，幸亏让人救起。这事儿惊动面很大，来处理的不是乡和县里的人，而是市公安局的刑警，还跟着CCTV和省电视台的一帮记者，把那两口子一下子都铐走了。按照《上帝赡养法》，他们犯了虐待上帝罪，最少要判十年的，而这部法律是唯一在世界各国都通用并且统一量刑的法律。这以后，村里各家收敛了许多，至少在明里不敢对上帝太过分了。但同时，也更加深了村里人和上帝之间的隔阂。开始有上帝离家出走，其他的上帝纷纷效仿。到目前为止，西岑村近三分之一的上帝离开了收留他们的家庭。这些出走的上帝在河对岸的田野上搭起帐篷，过起了艰苦的原始生活。

在国内和世界的其他地方，情况也好不到哪里去。城市中的街道上再次出现了成群的上帝，且数量还在急剧增加，重演了三年前那噩梦般的一幕。这个常人和上帝共同生活的世界面临着巨大的危机。

“好啊，你倒是大方！你个吃里爬外的老不死的！”玉莲大骂起来。

“我说老家伙，”秋生爹一拍桌子站了起来，“你给我滚！你不是惦记着河那边吗？滚到那里去和他们一起过吧！”

上帝低头沉默了一会儿，站起身，到楼上自己的小房间里，默默地把属于自己的不多的几件东西装到一个小包袱中，拄着那根竹拐杖缓缓出了门，向河的方向走去。

秋生没有和家里人一起吃饭，一个人低头蹲在墙角默不作声。

“死鬼，过来吃啊，下午还要去镇里买饲料呢！”玉莲冲他喊，见他没动，就过去揪他的耳朵。

“放开。”秋生说，声音不高，但玉莲还是触电似的松开了手，因为她从来没有见过自己的男人有这种阴沉的表情。

“甭管他，爱吃不吃，傻小子一个。”秋生爹不以为然地说。

“呵，你惦记老不死上帝了是不是？那你也滚到河那边野地里跟他们过去吧！”玉莲用一根手指捅着秋生的脑袋说。

秋生站起身，上楼到卧室里，像上帝刚才那样整理了不多的几件东西，装到以前进城打工用过的那个旅行包中，背着下了楼，大步向外走去。

“死鬼，你去哪儿啊?！”玉莲喊道。秋生不理会，只是向外走。她又喊，声音有些胆怯了，“多会儿回来?！”

“不回来了。”秋生头也不回地说。

“什么?！回来！你小子是不是吃大粪了？回来！”秋生爹跟着儿子出了屋，“你咋的？就算不要老婆孩子，爹你也不管了？”

秋生站住了，头也不回地说：“凭什么要我管你？”

“咳，这话说的，我是你老子！我养大了你！你娘死得那么早，我把你姐弟俩拉扯大容易吗？你浑了你！”

秋生回头看了他爹一眼说：“要是创造出咱们祖宗的祖宗的祖宗的人都让你一脚踢出了家门，我不养你的老也算不得什么大罪过。”说完自顾自走去，留下他爹和媳妇在门边目瞪口呆地站着。

秋生从古老的石拱桥上过了河，向上帝们的帐篷走去。他看到，在撒满金色秋叶的草地上，几个上帝正支着一口锅煮着什么，他们的大白胡子和锅里冒出的蒸气映着正午的阳光，很像一幅上古神话中的画面。秋生找到自家的上帝，憨憨地说：“上帝爷子，咱们走吧。”

“我不回那个家了。”上帝摆摆手说。

“我也不回了。咱们先去镇里我姐家住一阵儿，然后我去城里打工，咱们租房子住。我会养活您一辈子的。”

“你是个好孩子啊——”上帝拍拍秋生的肩膀说，“可我们要走了。”他指指自己手腕上的表。秋生这才发现，他和所有上帝的手表都在闪动着红光。

“走？去哪儿？”

“回飞船上去。”上帝指了指天空。秋生抬头一看，发现空中有两艘外星飞船，反射着银色的阳光，在蓝天上格外醒目。其中一艘已经呈现出很大的轮廓和清晰的形状；另一艘则处在后面的深空，看上去小了很多。最令秋生震惊的是，从第一艘飞船上垂下了一根纤细的蛛丝，从太空直垂到远方的地面！随着蛛丝缓慢地摇摆，耀眼的阳光在蛛丝不同的区段上闪烁，看上去像蓝色晴空中细长的闪电。

“太空电梯，现在在各个大陆上已经建起了一百多部。我们要乘它离开地球，回到飞船上去。”上帝解释说。秋生后来知道，飞船在同步轨道上放下电梯的同时，向着太空的另一侧也要有相同的质量来平衡，后面那艘深空中的飞船就是用于平衡配重的。当秋生的眼睛适应了天空的光亮后，发现更远的深空中布满了银色的星星，那些星星分布均匀整齐，构成一个巨大的矩阵。秋生知道，那是正从小行星带飞向地球的其余两万多艘上帝文明的飞船。

七

两万多艘外星飞船又布满了地球的天空。在此后的两个月中，大量太空舱沿着垂向各大陆的太空电梯上上下下，接走在地球上生活了一年多的二十亿上帝。那些太空舱都是银色的球体，远远看去，像是一串串挂在蛛丝导轨上的晶莹露珠。

西岑村的上帝走的这天，全村的人都去送，所有人对上帝都亲亲热热，让人想起一年前上帝来的那天，好像上帝前面受到的嫌弃和虐待与他们毫无关系似的。

村口停着两辆大客车，就是一年前送上帝来的那两辆。这一百来个上帝要被送到最近的太空电梯下垂点搭乘太空舱。

秋生一家都去送本家的上帝，一路上大家默默无语。快到村口时，上帝停下了，拄着拐杖对一家人鞠躬道：“就送到这儿吧，谢谢你们这一年的收留和照顾。真的谢谢。不管飞到宇宙的哪个角落，我都会记住这个家的。”他说着，把那块球形的大手表摘下来，放到兵兵手里，“送给你啦。”

“那……你以后怎么同其他上帝联系呢？”兵兵问。

“都在飞船上，用不着这东西了。”上帝笑着说。

“上帝老爷子啊，”秋生爹一脸伤感地说，“你们那些船可都是破船了，住不了多久了，你们坐着它们能去哪儿呢？”

上帝抚着胡子平静地说：“飞到哪儿算哪儿吧。太空无边无际，哪儿还不埋人呢？”

玉莲突然哭出声儿来，“上帝老爷子啊，我这人……也太不厚道了，把过日子攒起来的怨气全撒到您身上，真像秋生说的，一点良心都没了……”她把一个竹篮子递到上帝手中，“我一早煮了些鸡蛋，您拿着路上吃吧。”

上帝接过篮子，“谢谢！”他说着，拿出一个鸡蛋剥开皮，津津有味地吃了起来，白胡子上粘了星星点点的蛋黄，同时口齿不清地说着，“其实，我们到地球来，并不只是为了活下去。都是活了两三千岁的人了，死有什么可在意的？我们只是想和你们在一起。我们喜欢和珍惜你们对生活的热情、你们的创造力和想象力，这些都是上帝文明早已失去的。我们从你们身上看到了上帝文明的童年。但真没想到给你们带来了这么多的麻烦，实在对不起了。”

“你留下来吧，爷爷，我不会再不懂事了！”兵兵流着眼泪说。

上帝缓缓摇摇头，“我们走，并不是因为你们待我们怎么样。能收留我们，我们已经很满足了。但有一件事让我们没法待下去，那就是：上帝在你们的眼中已经变成了一群老可怜虫。你们可怜我们了，你们竟然可怜我们了。”

上帝扔下手中的蛋壳，抬起白发苍苍的头仰望长空，仿佛透过那湛蓝的大气层看到了灿烂的星海，“上帝文明怎么会让人可怜呢？你们根本不知道那是一个怎样伟大的文明，不知道它在宇宙中创造了多少壮丽的史诗、多少雄伟的奇迹！记得那是银河一八五七纪元吧，天文学家们发现大批恒星加速向银河系中心运动，这恒星的洪水一旦被银心的超级黑洞吞没，产生的辐射将毁灭银河系中的一切生命。于是，我们那些伟大的祖先，在银心黑洞周围沿银河系平面建起了一个直径一万光年的星云屏蔽环，使银河系中的生命和文明得以延续下去。那是一项多么宏伟的工程啊，整整延续了一千四百万年才完成……紧接着，仙女座和大麦哲伦两个星系的文明对银河系发动了强大的联合入侵，上帝文明的星际舰队横跨几十万光年，在仙女座与银河系的引力平衡点迎击入侵者。当战争进入白热化的时候，双方数量巨大的舰队在缠斗中混为一体，形成了一个直径有太阳系大小的旋涡星云。在战争的最后阶段，上帝文明毅然将剩余的所有战舰和巨量的非战斗飞船投入了这个高速自旋的星云，使星云总质量急剧增加，引力大于离心力，这个由星际战舰和飞船构成的星云居然在自身引力下坍缩，生成了一颗恒星！由于这颗恒星中的重元素比例很高，在生成后立刻变成了一颗疯狂爆发的超新星，照亮了仙女座和银河系之间漆黑的宇宙深渊！我们伟大的先祖就是以这样的豪迈气概和牺牲精神消灭了入侵者，把银河系变成了和平的生命乐园……现在我们的文明是老了，但这不是我们的错。无论怎样努力避免，一个文明总是要老的。谁都有老的时候，你们也一样。我们真的不需要你们可怜。”

“与你们相比，人类真算不得什么。”秋生敬畏地说。

“也不能这么说，地球文明还是个幼儿。我们盼着你们快快长大，盼着地球文明能够继承它的创造者的光荣。”上帝把拐杖扔下，两手一高一低放在秋生和兵兵肩上，“说到这里，我最后有些话要嘱咐你们。”

“我们不一定听得懂，但您说吧。”秋生郑重地点点头说。

“首先，一定要飞出去！”上帝对着长空伸开双臂，他身上宽大的白袍随着秋风飘舞，像一面风帆。

“飞？飞到哪儿？”秋生爹迷惑地问。

“先飞向太阳系的其他行星，再飞向其他的恒星。不要问为什么，只是尽最大的力量向外飞，飞得越远越好！这要花很多钱，死很多人，但一定要飞出去。任何文明，待在它诞生的世界不动就等于自杀！到宇宙中去寻找新的世界、新的家，把你们的后代像春雨般洒遍银河系！”

“我们记住了。”秋生点点头，虽然他和自己的父亲、儿子、媳妇一样，都不能真正理解上帝的话。

“那就好。”上帝欣慰地长出一口气，“下面，我要告诉你们一个秘密，一个对你们来说天大的秘密——”他用蓝幽幽的眼睛依次盯着秋生家的每个人看，那目光如飕飕寒风，让他们心里发毛，“你们，有兄弟。”

秋生一家迷惑不解地看着上帝，是秋生首先悟出了上帝这话的含意，“您是说，你们还创造了其他的地球？”

上帝缓缓地点点头，“是的，还创造了其他的地球，也就是其他的人类文明。目前除了你们，这样的文明还存在三个，距你们都不远，都在二百光年的范围内。你们是地球四号，是年龄最小的一个。”

“你们去过那里吗？”兵兵问。

上帝又点点头，“去过。在来你们的地球之前，我们先去了那三个地球，想让他们收留我们。地球一号还算好，在骗走了我们的科技资料后，只是把我们赶了出来。地球二号，扣下了我们中的一百万人当人质，让我们用飞船交换。我们付出了一千艘飞船，他们得到飞船后发现不会操作，就让那些人质教他们，发现人质也不会，就将他们全杀了。地球三号也扣下了我们的三百万人质，让我们用几艘飞船分别撞击地球一号和二号，因为他们之间处于旷日持久的战争中。其实，只需一艘反物质动力飞船的撞击，就足以完全毁灭一个地球上的全部生命，但我们拒绝了，他们也杀了那些人质……”

“这些不肖子孙，你们应该收拾他们几下子！”秋生爹愤怒地说。

上帝摇摇头，“我们是不会攻击自己创造的文明的。你们是这四个兄弟中最懂事的，所以我才对你们说了上面那些话。你们那三个哥哥极具侵略性，不知爱和道德为何物，其凶残和嗜血是你们根本无法想象的。其实，我们最初创造了六个地球，另外两个分别与地球一号和三号在同一个行星系，但都被他们的兄弟毁灭了。这三个地球之所以还没有互相毁灭，只是因为他们分属不同的恒星，距离较远。他们三个都已经得知地球四号的存在，并掌握了太阳系的准确坐标。”

“这太吓人了！”玉莲说。

“暂时还没那么可怕，因为这三个哥哥虽然文明进化程度都比你们高，但仍处于低速宇航阶段，最高航行速度不超过光速的十分之一，航行距离也不超过三十光年。这是一场生死赛跑，看你们中谁最先能够贴近光速航行——这是突破时空禁锢的唯一方式，谁能够首先达到这个技术水平，谁才能生存下来，其他稍慢一步的都必死无疑，这就是宇宙中的生存竞争。孩子们，时间不多了，要抓紧！”

“这些事情，地球上那些最有学问最有权力的人都知道了吧？”秋生爹战战兢兢地问。

“当然知道，但不要只依赖他们。一个文明的生存要靠每个个体的共同努力，当然也包括你们这些普通人。”

“听到了吧兵兵，要好好学习！”秋生对儿子说。

“当你们以近光速飞向宇宙，解除了那三个哥哥的威胁后，还要抓紧办一件重要的事：找到几颗比较适合生命生存的行星，把地球上的一些低等生物，如细菌、海藻之类的，播撒到那些行星上，让它们自行进化。”

秋生正要提问，却见上帝弯腰拾起了地上的拐杖，于是一家人同他一起向大客车走去，其他的上帝已在车上了。

“哦，秋生啊，”上帝想起了什么，又站住了，“走的时候没经你同意就拿了你几本书。”他打开小包袱让秋生看，“你上中学时的数理化课本。”

“啊，拿走好了，可您要这个干什么？”

上帝系起包袱说:“学习呗，从解一元二次方程学起。以后太空的漫漫长夜里，总得找些打发时间的办法。谁知道呢，也许有那么一天，我们真能修好那艘飞船的反物质发动机，重新进行光速旅行呢！”

“对了，那样你们又能跨越时间了，就可以找个星球再创造一个文明给你们养老了！”秋生兴奋地说。

上帝连连摇头，“不不不，我们对养老已经不感兴趣了。该死去的就让它死去吧。我这么做，只是为了自己最后一个心愿。”他从怀里掏出了那个小电视机，屏幕上，他两千年前的情人还在慢慢说着那三个字中的最后一个，“我只想再见到她。”

“这念头儿是好，但也就是想想罢了。”秋生爹摇摇头说，“你想啊，她已经飞出去两千多年了，以光速飞的，谁知道飞到什么地方去了。你就是个修好了船，也追不上她了。你不是说过，没什么能比光走得更快吗？”

上帝用拐杖指指天空，“这个宇宙，只要你耐心等待，什么愿望都有可能实现。虽然这种可能性十分渺茫，但总是存在的。我对你们说过，宇宙诞生于一场大爆炸。现在，引力使它的膨胀速度慢了下来。然后宇宙的膨胀会停下来，转为坍缩。如果我们的飞船真能再次接近光速，我就让它无限逼近光速飞行，这样就能跨越无限的时间，直接到达宇宙的最后时刻。那时，宇宙已经坍缩得很小很小，会比乒乓的皮球还小，会成为一个点；那时，宇宙中的一切都在一起了，我和她，自然也在一起了。”一滴泪涌出上帝的眼眶，滚到胡子上，在上午的阳光中晶莹闪烁，“宇宙啊，就是梁祝最后的坟墓。我和她，就是墓中飞出的两只蝶啊——”

八

一个星期后，最后一艘外星飞船从地球的视野中消失。上帝都走了。

西岑村恢复了以前的宁静。夜里，秋生一家坐在小院中看着满天的星星。时值深秋，田野里的虫鸣已经消失了，微风吹动着脚下的落叶，感觉有些寒意了。

“他们在那么高的地方飞，多大的风啊，多冷啊——”玉莲喃喃自语道。

秋生说：“哪有什么风啊，那是太空，连空气都没有呢！冷倒是真的，冷到了头儿，书上叫绝对零度。唉，那黑漆漆的一片，不见底也没有边，那是噩梦都梦不见的地方啊！”

玉莲的眼泪又出来了，但她还是掩饰道：“上帝最后说的那两件事儿，地球的三个哥哥我倒是听明白了，可他后面又说，要我们向别的星球上撒细菌什么的，我想到现在也不明白。”

“我明白了。”秋生爹说。在这灿烂的星空下，他愚拙了一辈子的脑袋终于开了一次窍。仰望着群星、顶着群星过了一辈子，他今天才第一次真切地看清它们的样子，他产生了一种从未有过的感觉，仿佛与什么莫大的东西接触了一下，虽远未能融为一体，这感觉还是令他震惊不已。他对着星海长叹一声，说：“人啊，该考虑养老的事了。”

发表于 2005 年第 1 期《科幻世界》

欢乐颂

音乐会

为最后一届联合国大会闭幕举行的音乐会是一场阴郁的音乐会。

自本世纪初某些恶劣的先例之后，各国都对联合国采取了更加实用的态度，认为将它作为实现自己利益的工具是理所当然的，进而对《联合国宪章》有了更为实用的理解。中小国家纷纷挑战常任理事国的权威，而每一个常任理事国都认为自己在这个组织中应该有更大的权威，结果是联合国丧失了一切权威……当这种趋势发展了十年后，所有的拯救努力都宣告失败。人们一致认为，联合国和它所代表的理想主义都不再适用于今天的世界，是摆脱它们的时候了。

最后一届联大是各国首脑到得最齐的一届，他们要为联合国举行一场最隆重的葬礼。这场在联合国大厦外的草坪上举行的音乐会是这场葬礼的最后一项活动。

太阳已落下去好一会儿了，这是昼与夜交接的时刻，也是一天中最迷人的时刻。这时，让人疲倦的现实的细节被渐浓的暮色掩盖，夕阳最后的余晖把世界最美的一面映照出来，草坪上充盈着嫩芽的气息。

联合国秘书长最后到来。在走上草坪时，他遇到了今晚音乐会的主要演奏者之一克莱德曼，便很高兴地与他谈起来。

“您的琴声使我陶醉。”他微笑着对钢琴王子说。

克莱德曼穿着他喜欢的那身雪白的西装，看上去很不安，“如果真是这样，我万分欣喜。但据我所知，对请我来参加这样的音乐会，人们有些看法……”

其实不仅仅是看法，教科文组织的总干事——同时是一名艺术理论家——公开说克莱德曼顶多是街头艺人的水平，他的演奏是对钢琴艺术的亵渎。

秘书长抬起一只手制止他说下去，“联合国不能像古典音乐那样高高在上，如同您架起古典音乐通向大众的桥梁一样，它应把人类最崇高的理想播撒到每个普通人心中，这是今晚请您来的原因。请相信，我曾在非洲炎热肮脏的贫民窟中听到过您的琴声，那就像是在阴沟里仰望星空一样，令人陶醉。”

克莱德曼指了指草坪上的元首们，“我觉得这里充满了家庭的气氛。”

秘书长也向那边看了一眼，“至少今夜在这块草坪上，乌托邦还是现实的。”

秘书长来到观众席的前排。本来，在这个美好的夜晚，他打算关闭政治家的第六感，做一个普通听众，但这不可能做到。在走向这里时，他的第六感注意到了一件事：正在同美国总统交谈的中国国家主席抬头看了一眼天空。这本来是一个十分平常的动作，但秘书长注意到他仰头观看的时间稍长了一些，也许只长了一两秒钟，但秘书长注意到了。当秘书长同前排的国家元首依次握手致意后坐下时，旁边的中国主席又抬头看了一眼天空，这证实了秘书长刚才的猜测。国家元首的举止看似随意，实际上都暗含深意。在正常情况下，后面这一眼是绝对不会出现的，美国总统也注意到了这一点。

"纽约的灯火使星空暗淡了许多，华盛顿的星空比这里更灿烂。"总统说。

中国主席点点头，没有说话。

总统接着说："我也喜欢仰望星空，在变幻不定的历史进程中，我们这样的职业最需要一个永恒稳固的参照物。"

"这种稳固只是一种幻觉。"中国主席说。

"为什么这么说呢？"

中国主席没有回答，指着空中刚刚出现的群星说："您看，那是南十字座，那是大犬座。"

总统笑着说："您刚刚证明了星空的稳固。在一万年前，如果这里站着一位原始人，他看到的南十字座和大犬座的形状一定与我们现在看到的完全一样，这些星座的名字可能就是他们首先想出来的。"

"不，总统先生，事实上，昨天这里的星空都可能与今天不同。"中国主席第三次仰望星空，他脸色平静，但严峻的目光使秘书长和总统都暗暗紧张起来。他们也抬头看天，这是他们见过无数次的宁静星空，没有什么异样。他们都疑惑地看着中国主席。

"我刚才指出的那两个星座，应该只能在南半球看到。"主席说，他没有再次向他们指出那些星座，也没有再看星空，而是沉思着双眼平视前方。

秘书长和总统不解地看着中国主席。

“我们现在看到的，是地球另一面的星空。”中国主席平静地说。

“您……开玩笑?!”总统差点儿失声惊叫起来，但他控制住了自己，声音反而比刚才更低了。

“看，那是什么?”秘书长指指天顶。为了不惊动其他人，他的手只举到与眼睛平齐的位置。

“当然是月亮。”总统向正上方看了一眼答道，但看到旁边的中国主席缓缓地摇了摇头，他又抬头看，这次他对自己的判断产生了怀疑：初看去，天空正中那个半圆形的东西很像半盈的月亮，但它呈蔚蓝色，仿佛是白昼的蓝天褪去时被粘下了一小片。总统仰头仔细观察天空中的那个蓝色半圆，一旦集中注意力，他那敏锐的观察力就表现出来了。他伸出一根手指，用它作为尺子量着那个蓝月亮，“它在扩大。”

三人都仰头目不转睛地盯着看，不再顾及是否惊动了别人。两边和后面的国家元首们都注意到了他们的举动，更多的人抬头看向那个方向，露天舞台上乐队调试乐器的声音戛然而止。

这时已经可以肯定，那个蓝色的半球不是月亮，因为它的直径已膨胀到月亮的两倍左右，它的另一个处在黑暗中的半球也显现出来，呈暗蓝色。在明亮的半球上可以看清一些细节，人们发现它的表面并非全部是蓝色，还有一些黄褐色的区域。

“天啊，那不是北美洲吗?!”有人惊叫。他是对的，人们看到了那熟悉的大陆形状，此时它正处在球体的明暗分界线上。不知是否有人想到，他们现在也处在地球的相同位置。接着，人们又认出了亚洲大陆、北冰洋和白令海峡……

“那是……是地球！”

美国总统收回了手指，这时，太空中蓝色球体的膨胀不借助参照物也能看出来，它的直径现在至少是月球的三倍了！开始，人们都觉得它像太空中被急速吹胀的一只气球，但人群中的又一声惊呼立刻改变了人们的这个想象。

“它在掉下来！”

这话给人们看到的景象提供了一个合理的解释。不管是否正确，他们都立刻对眼前发生的事有了新的感觉：太空中的另一个地球正在向他们砸下来！那个蓝色球体在逼近，它已占据了三分之一的天空，其表面的细节现在可以看得更清楚了：褐色的陆地上布满了山脉的皱纹，一片片云层好像是紧贴着大陆的残雪，云层在大地上投下的影子给自己镶上了一圈黑边；北极也有一层白色，它们的某些部分闪闪发光——那不是云，是冰层；在蔚蓝色的海面上，有一个旋涡状的物体懒洋洋地转动着，雪白雪白的，看上去柔弱而美丽，像一朵贴在晶莹蓝玻璃瓶壁上的白绒花，那是一处刚刚形成的台风……当那蓝色的巨球占据了一半天空时，几乎在同一时刻，人们的视觉再次发生了奇妙的变化。

“天啊，我们在掉下去！”

这感觉的颠倒是在一瞬间发生的。这个占据半片天空的巨球表面突然产生了一种高度感，人们感觉到脚下的大地已不存在，自己处于高空中，正向那个地球掉下去，掉下去……那个地球的表面可以看得更细了，在明暗交界线黑暗一侧的不远处，视力好的人可以看到一条微弱的荧光带，那是美国东海岸城市的灯光，其中较为明亮的一小团荧光就是纽约，是他们所在的地方。来自太空的地球迎面扑来，很快占据了三分之二的天空，两个地球似乎转眼间就要相撞了，人群中传出一两声惊叫，许多人恐惧地闭上了双眼。

就在这时，一切突然静止，天空中的地球不再下落，或者脚下的地球不再向它下坠。这个占据三分之二天空的巨球静静地悬在上方，大地笼罩在它那蓝色的光芒中。

这时，市区传来喧闹声，骚乱开始出现了。但草坪上的人们毕竟是人类中在意外事件面前神经最坚强的一群，面对这噩梦般的景象，他们很快控制住自己的惊慌，默默思考着。

“这是一个幻象。”联合国秘书长说。

“是的。”中国主席说，“如果它是实体，应该能感觉到它的引力效应。我们离海这么近，这里早就被潮汐淹没了。”

“远不是潮汐的问题了，”俄罗斯总统说，“两个地球的引力足以互相撕碎对方了。”

“事实上，物理定律不允许两个地球这么待着！”日本首相说，接着转向中国主席，“那个地球出现前，你谈到我们上方出现了南半球的星空，这与现在发生的事有什么联系吗？”他这么说，等于承认刚才偷听了别人的谈话，但现在也顾不了这么多了。

“也许我们马上就能得到答案！”美国总统说，他正拿着一部手机说着什么，旁边的国务卿告诉大家，总统正在与国际空间站联系。于是，所有人都把期待的目光会聚到他身上。总统专心地听着手机，几乎不说话，草坪陷入一片寂静之中。在天空中另一个地球的蓝光里，人们像一群虚幻的幽灵。就这么等了约两分钟，总统在众人的注视下放下手机，登上一把椅子，大声说："各位，事情很简单，地球的旁边出现了一面大镜子！"

镜 子

它就是一面大镜子，很难被看成别的什么东西。它的表面对可见光进行毫不衰减、毫不失真的全反射，也能反射雷达波；这面宇宙巨镜的面积约一百亿平方公里，如果拉开足够的距离看，镜子和地球，就像一张棋盘正中放着一枚棋子。

本来，对于"奋进号"上的宇航员来说，得到这些初步的信息并不难，他们中有一名天文学家和一名空间物理学家，他们还可借助包括国际空间站在内的所有太空设施进行观测，但航天飞机险些因他们暂时的精神崩溃而坠毁。国际空间站是最完备的观测平台，但它的轨道位置不利于对镜子的观测，因为镜子悬于地球北极上空约四百五十公里的高度，其镜面与地球的自转轴几乎垂直。而此时，"奋进号"航天飞机已变轨至一条通过南北极上空的轨道，以完成一项对极地上空臭氧空洞的观测，它的轨道高度为二百八十公里，正从镜子与地球之间飞过。

那情形真是一场噩梦，航天飞机在两个地球之间爬行，仿佛飞行在由两道蓝色的悬崖构成的大峡谷中。驾驶员坚持认为这是幻觉，是他在三千小时的歼击机飞行时间中遇到过两次的倒飞幻觉[①]，但指令长坚持认为确实有两个地球，并命令根据另一个地球的引力参数调整飞行轨道，那名天文学家及时制止了他。当他们初步控制了恐慌后，通过观测

① 一种飞行幻觉，飞行员在幻觉中误认为飞机在倒飞。

航天飞机的飞行轨道得知，两个地球中有一个没有质量，大家倒吸了一口冷气：如果按两个地球质量相等来调整轨道，“奋进号”此时已变成北极冰原上空的一颗火流星了。

宇航员们仔细观察那个没有质量的地球。目测可知，航天飞机距那个地球要远许多，但它的北极与这个地球的北极好像没有什么不同，事实上，它们太相像了。宇航员们看到，在两个地球的北极点上空都有一道极光，这两道长长的暗红色火蛇在两个地球的同一位置以完全相同的形状缓缓扭动着。后来他们终于发现了一件真实地球没有的东西：那个零质量地球上空有一个飞行物。通过目测，他们判断那个飞行物在零质量地球上空约三百公里的轨道上运行。他们用机载雷达探测，想得到它的精确轨道参数，但雷达波在一百多公里外却像遇到一堵墙一样被弹了回来，零质量地球和那个飞行物都在墙的另一面。指令长透过驾驶舱的舷窗，用高倍望远镜观察那个飞行物，看到那也是一架航天飞机，它正沿低轨道越过北极的冰海，看上去像一只在蓝白相间的大墙上爬行的蛾子。他注意到，在那架航天飞机的前部舷窗里有一个身影，看得出那人正举着望远镜向这里看，指令长挥挥手，那人也同时挥挥手。

于是他们得知了镜子的存在。

航天飞机改变轨道，向上沿一条斜线朝镜子靠近，一直飞到距镜子三公里处。在视距六公里远处，宇航员们可以清楚地看到“奋进号”在镜子中的映像，尾部发动机喷出的火光使它像一只缓缓移动的萤火虫。

一名宇航员进入太空，去进行人类同镜子的第一次接触。太空服上的推进器拉出一道长长的白烟，宇航员很快越过了这三公里距离，小心翼翼地调整着推进器的喷口，最后悬浮在与镜子相距十米左右的位置。

在镜子中,他的映像异常清晰,毫不失真;由于宇航员是在轨道上运行,而镜子与地球处于相对静止状态,所以宇航员与镜子之间有高达每秒近十公里的相对速度,他实际上是在闪电般掠过镜子表面,但从镜子上丝毫看不出这种运动。

这是宇宙中最平滑、最光洁的表面了。

宇航员减速时,把推进器的喷口长时间对着镜子。苯化物推进剂形成的白雾向镜子飘去。以前在太空行走中,当这种白雾接触航天飞机或空间站的外壁时,会立刻在上面留下一片由霜构成的明显污痕,于是他推测,白雾也会在镜子上留下痕迹。由于相互间的高速运动,这痕迹将是长长的一道,就像他童年时常用肥皂在浴室的镜子上划出的一样。但航天飞机上的人没有看到任何痕迹,白雾接触镜面后就消失了,镜面仍是那样令人难以置信地光洁。

由于轨道的形状,航天飞机和这名宇航员能与镜子这样近距离接触的时间不多,这就使宇航员焦急地做了下一件事。看到白雾在镜面上消失,几乎是下意识地,他从工具袋中掏出一把空心扳手,向镜子掷过去。扳手刚出手,他和航天飞机上的人都惊呆了,他们这时才意识到扳手与镜面之间的相对速度,这速度使扳手具有一颗重磅炸弹的威力。他们恐惧地看着扳手翻滚着向镜面飞去,想象着在接触的一瞬间,致密的蛛网状裂纹从接触点放射状地在镜面平原上闪电般扩散,巨镜化为亿万块在阳光中闪烁的小碎片,在漆黑的太空中形成一片耀眼的银色云海……但扳手接触镜面后立刻消失了,没留下一丝痕迹,镜面仍光洁如初。

其实,很容易猜到这镜子不是实体,没有质量,否则它不可能以与地球相对静止的状态悬浮在北半球上空(按双方的大小对比,更准确的说法应该是地球悬浮在镜面的正中)。镜子不是实体，而是一种力场类的东西，刚才与其接触的白雾和扳手证明了这一点。

宇航员小心地开动推进器，喷口的微调装置频繁地动作，最后使他与镜面的距离缩短为半米。他与镜子中的自己面对面地对视着，再次惊叹映像的精确——那是现实的完美拷贝，给人的感觉甚至比现实更精细。他抬起一只手，伸向前去，与镜面中的手相距不到一厘米，几乎合到一起。耳机中一片寂静，指令长并没有制止他。他把手向前推去，手在镜面下消失了，他与镜中人的两条胳膊从手腕连在一起，他的手在这接触过程中没有任何感觉。他把手抽回来，举在眼前仔细看，太空服手套完好无损，也没有任何痕迹。

宇航员和下面的航天飞机正在漂离镜面，他们只能不断地开动发动机和推进器，保持与镜面的近距离。但由于飞行轨道的形状，漂离越来越快，很快将使这种修正成为不可能。再次近距离接触只能等绕地球一周转回来，谁知道那时镜子还在不在。想到这里，他下定决心，启动推进器，径直向镜面冲去。

宇航员看到镜中自己的映像迎面扑来，最后，映像的太空服头盔上那个像大水银泡似的单向反射面罩充满了视野。在与镜面相撞的瞬间，他努力使自己没有闭上双眼。相撞时没有任何感觉，这一瞬间后，眼前的一切消失了，空间黑了下来，他看到了熟悉的银河星海。他猛地回头，下面也是完全一样的银河景象，但有一样上面没有的东西——渐渐远去的他自己的映像。他只看到映像的鞋底，他和映像身上的推进器喷出的两条白雾平滑地连接在一起。

他已穿过了镜子，镜子的另一面仍然有镜子。

在他冲向镜子时，耳机中响着指令长的声音，但穿过镜面后，这声音像被一把利刀切断了，这是镜子挡住了电波。更可怕的是，镜子的这一面看不到地球，周围全是无际的星空，宇航员感到自己被隔离在另一个世界，心中一阵恐慌。他掉转喷口刹住车后，向回飞去。这一次，他没有像来时那样使身体与镜面平行，而是与镜面垂直，头朝前像跳水那样向镜面漂去。在即将接触镜面前，他把速度降到了很低，与镜中的映像头顶头地连在一起。在他的头部穿过镜子后，他欣慰地看到了下方蓝色的地球，耳机中也响起了指令长熟悉的声音。

他把漂行的速度降到零。这时，他只有胸部以上的部分穿过了镜子，身体的其余部分仍在镜子的另一面。他调整推进器的喷口方向，开始后退，这使得仍在镜子另一面的喷口喷出的白雾溢到了镜子这一面，白雾从他周围的镜面冒出，他仿佛是在沉入一个白雾缭绕的平静湖面。当镜面升到鼻子的高度时，他又发现了一件令人吃惊的事：镜面穿过了太空服头盔的面罩，充满了他的脸和面罩间的这个月牙形的空间。他向下看，这个月牙形的镜面映着他那惊恐的瞳仁。镜面一定整个切穿了他的头颅，但他什么也没感觉到。他把漂行速度降到最低，比钟表的秒针快不了多少，一毫米一毫米地移动，终于使镜面升到自己的瞳仁正中。这时，镜子从视野中完全消失了，周围的一切都恢复了原状：一边是蓝色的地球，另一边是灿烂的银河。但这个他熟悉的世界只存在了两三秒钟，漂行的速度不可能完全降到零，镜面很快移到了他双眼的上方，一边的地球消失了，只剩下另一边的银河。在眼睛的上方，是挡住地球的镜面，一望无际，绵延十几万公里。由于角度极偏，镜面反射的星空图像在他眼中变了形，成了这镜面平原上的一片银色光晕。他将推进器反向，向相反的方向漂去，使镜面向眼睛降下来。在镜面通过瞳仁的瞬间，镜子再次消失，地球和银河再次同时出现。这之后，银河消失了，地球出现了，镜子移到了眼睛的下方，镜面平原上的光晕变成了蓝色。他就这样以极慢的速度来回漂移着，使瞳仁在镜面的两侧浮动，感到自己仿佛穿行于隔开两个世界的一张薄膜间。经过反复努力，他终于使镜面较长时间地停留在瞳仁的正中，镜子消失了。他睁大双眼，想从镜面所在的位置看到一条细细的直线，但什么也没看出来。

“这东西没有厚度！”他惊叫。

“也许它只有几个原子那么厚，你看不到而已。这也是它的到来没有被地球觉察的原因。如果它以边缘对着地球飞来，就不可能被发现。”航天飞机上的人看着传回的图像评论道。

但最让他们震惊的是：这面可能只有几个原子的厚度、但面积有上百个太平洋的镜子，竟绝对平坦，以至于镜面与视线重合时完全看不到它，这是古典几何学世界中的理想平面。

绝对的平坦可以解释绝对的光洁，这是一面理想的镜子。

在宇航员心中，孤独感开始压倒震惊和恐惧。镜子使宇宙变得陌生了。他们仿佛是一群刚出生就被抛在旷野的婴儿，无力地面对着这不可思议的世界。

这时，镜子说话了。

音乐家

“我是一名音乐家，”镜子说，“我是一名音乐家。”

这是一个悦耳的男音，在地球的整个天空中响起，所有人都听得到。一时间，地球上熟睡的人被惊醒，醒着的人则如塑像般呆住了。

镜子接着说:“我看到下面在举行一场音乐会，观众是能够代表这颗星球文明的人，你们想与我对话吗？”

元首们看着秘书长，他一时茫然不知所措。

“我有事情要告诉你们。”镜子又说。

“你能听到我们说话吗？”秘书长试探着说。

镜子立即回答:“当然能。如果愿意，我可以分辨出下面的世界里每个细菌发出的声音。我感知世界的方式与你们不同，我能同时观察每个原子的旋转。我的观察还包括时间维，可以同时看到事物的历史，而不像你们，只能看到时间的一个断面。我对一切明察秋毫。”

“那我们是如何听到你的声音的呢？”美国总统问。

“我在向你们的大气发射超弦波。”

“超弦波是什么？”

“一种从原子核中解放出来的强互作用力，它振动着你们的大气，如同一只大手拍动着鼓膜，于是你们听到了我的声音。”

“你从哪里来？”秘书长问。

“我是一面在宇宙中流浪的镜子，我的起源地在时间上和空间上都太遥远，谈它已无意义。”

“你是如何学会英语的？”秘书长问。

“我说过，我对一切明察秋毫。这里需要声明，我讲英语，是因为听这场音乐会的人们在交谈中大都用这种语言，这并不代表我认为下面的世界里某些种族比其他种族更优越。你们的世界没有通用语言，我只能这样。”

“我们有世界语，只是很少使用。”

“你们的世界语，与其说是为世界大同进行的努力，不如说是沙文主义的典型表现：凭什么世界语要以拉丁语系而不是这个世界的其他语系为基础？”

最后这句话在元首中引起了极大震动，他们紧张地窃窃私语起来。

“你对地球文明的了解让我们震惊。”秘书长由衷地说。

“我对一切明察秋毫。再说，透彻地了解一粒灰尘并不困难。”

美国总统看着天空说：“你是指地球吗？你确实比地球大很多，但从宇宙尺度来说，你的大小与地球是同一数量级的，你也是一粒灰尘。”

“我连灰尘都不是。”镜子说，“很久很久以前，我曾是灰尘，但现在我只是一面镜子。”

“你是一个个体，还是一个群体？”中国主席问。

“这个问题无意义，文明在时空中走过足够长的路之后，个体和群体将同时消失。”

“镜子是你固有的形象呢，还是你许多形象中的一种？”英国首相问。秘书长把问题接下去：“就是说，你是否故意对我们显示出这样一个形象呢？”

“这个问题也无意义，文明在时空中走过足够长的路之后，形式和内容将同时消失。”

“我们无法理解你对最后两个问题的回答。”美国总统说。

镜子没说话。

“你到太阳系来有目的吗？”秘书长问出了最关键的问题。

“我是一个音乐家，要在这里举行音乐会。”

“这很好！”秘书长点点头，“人类是听众吗？”

“听众是整个宇宙，虽然最近的文明世界也要在百年后才能听到我的琴声。”

“琴声？琴在哪里？”克莱德曼在舞台上问。

这时，人们发现，占据了大部分天空的地球映像突然向东方滑去，速度很快。天空的这种变幻看上去很恐怖，给人一种天在塌下来的感觉，草坪上有几个人不由自主地捂住了脑袋。很快，地球映像的边缘接触到东方的地平线。几乎与此同时，一片强光突然出现，使所有人眼睛一花，什么都看不清了。当他们的视力恢复后，看到太阳突然出现在刚才地球映像腾出来的天空中，灿烂的阳光瞬间洒满大地，周围的世界毫发毕现，天空在瞬间由漆黑变成明亮的蔚蓝。地球的映像仍然占据东半部天空，但上面的海洋已与蓝天融为一体，大陆像是天空中一片片褐色的云层。这突然的变化使所有人目瞪口呆，过了好一阵儿，秘书长的一句话才使大家对这不可思议的现实多少有了一些把握。

“镜子倾斜了。”

是的，太空中的巨镜倾斜了一个角度，使太阳也进入了映像，把它的光芒反射到地球黑夜的一侧。

“它转动的速度真快！”中国主席说。

秘书长点点头，“是的，想想它的大小，以这样的速度转动，它的边缘可能已接近光速了！”

“任何实体物质都不可能经受这样的转动所产生的应力。它只是一个力场，这已被我们的宇航员证明了。作为力场，接近光速的运动是很正常的。”美国总统说。

这时,镜子说话了:“这就是我的琴,我是一名恒星演奏家,我将弹奏太阳!”

这气势磅礴的话把所有人镇住了,元首们呆呆地看着天空中太阳的映像,好一阵儿才有人敬畏地问怎样弹奏。

“各位一定知道,你们使用的乐器大多有一个音腔,是由薄壁所包围的空间,薄壁将声波来回反射,这样就将声波禁锢在音腔内,形成共振,发出动听的声音。对电磁波来说,恒星也是一个音腔,它虽没有有形的薄壁,但存在电磁波的传输速度梯度,这种梯度将折射和反射电磁波,将其禁锢在恒星内部,产生电磁共振,奏出美妙的音乐。”

“那这种琴声听起来是什么样子呢?”克莱德曼向往地看着天空问。

“在九分钟前,我在太阳上试了试音。现在,琴声正以光速传来。当然,它是以电磁形式传播的,但我可以用超弦波在你们的大气中把它转换成声波,请听——”

这时长空中响起几声空灵悠长的声音,很像钢琴声,仿佛有一种魔力,一时攫住了所有人。

“从这声音中,您感到了什么?”秘书长问中国主席。

中国主席感慨地说:“我感到整个宇宙变成了一座大宫殿,一座有二百亿光年高的宫殿,这声音在宫殿中缭绕不止。”

“听到这声音,您还否认上帝的存在吗?”美国总统问。

主席看了总统一眼说:“这声音来自现实世界,如果这个世界就能产生出这样的声音,上帝就变得更无必要了。”

节　拍

“演奏马上就要开始了吗？”秘书长问。

“是的，我在等待节拍。”镜子回答。

“节拍？”

“节拍在四年前就已启动，它正以光速向这里传来。”

这时，天空发生了惊人的变化，地球和太阳的映像消失了，代之以一片明亮的银色波纹。这波纹跃动着，盖满了天空，地球仿佛沉入了超级海洋，天空就是从水下看到的阳光照耀下的海面。

镜子解释说：“我现在正在阻挡来自外太空的巨大辐射，我没有完全反射这些辐射，你们看到的正是透过来的一小部分。这辐射来自一颗四年前爆发的超新星。”

“四年前？那就是人马座了。”有人说。

“是的，人马座比邻星。”

“可是据我所知，那颗恒星完全不具备成为超新星的条件。”中国主席说。

“我使它具备了。”镜子淡淡地说。

人们这时想起了镜子说过的话，它说自己为这场音乐会进行了四年多的准备，那指的就是这件事了——镜子选定太阳为乐器后，立刻引爆了比邻星。从镜子刚才对太阳试音的情形看，它显然具有超空间的作用能力，这种能力使它能在一个天文单位的距离之外“弹奏”太阳，但对四光年之遥的恒星，它是否仍具有这种能力还不得而知。镜子引爆比邻星可能通过两种途径：在太阳系通过超空间作用，或者通过空间跳跃，在短时间内到达比邻星附近引爆它，再跳跃回太阳系。不管通过哪种方式，对人类来说，这都是神的力量。但不管怎样，超新星爆发的光线仍然要经过四年时间才能到达太阳系。镜子说过，演奏太阳的乐声是以电磁形式传向宇宙的，那么对于镜子所代表的超级文明来说，光速就相当于人类的声速，光波就是他们的声波，那他们的光是什么呢？人类永远不得而知。

“对你操纵物质世界的能力，我们深感震惊。”美国总统敬畏地说。

“恒星是宇宙荒漠中的石块，是我的世界中最多最普通的东西。我使用恒星，有时把它当作一件工具，有时是一件武器，有时是一件乐器……现在我把比邻星做成了节拍器，这与你们的祖先使用石块没什么本质的区别，都是用自己世界中最普通的东西来扩大和延伸自己的能力。”

然而，草坪上的人们看不出这两者有什么共同点。他们放弃了与镜子在技术上进行沟通的尝试——人类离理解这些还差得很远，就像蚂蚁离理解国际空间站差得很远一样。

天空中的光波开始暗下来。渐渐地，人们觉得照着上面这个巨大海面的不是阳光，而是月光。超新星正在熄灭。

秘书长说：“如果不是镜子挡住了超新星的能量，地球现在可能已经是一个没有生命的世界了。”

这时，天空中的波纹已经完全消失了，巨大的地球映像重现，仍占据着大半夜空。

“镜子说的节拍在哪里？”克莱德曼问。他已从舞台上下来，与元首们站在一起。

“看东面!”有人喊了一声。人们发现东方的天空中出现了一条笔直的分界线,纵贯整片天空。分界线两侧的天空截然不同:西面仍是地球的映像,但已被这条线切去了一部分;东面则是灿烂的星空,有很多人都看出来了,那是北半球应有的星空,不是南半球星空的映像。分界线在由东向西庄严地移动,星空部分渐渐扩大,地球的映像正在由东向西被抹去。

“镜子在飞走!”秘书长喊道,人们很快知道他是对的。镜子在离开地球上空,它的边缘很快消失在西方地平线下,人们又站在了他们见过无数次的正常星空下。这以后人们再也没有见到镜子,它也许飞到它的琴——太阳附近了。

草坪上的人们带着一丝欣慰看着周围熟悉的世界——星空依旧,城市的灯火依旧,草坪上嫩芽的芳香仍飘散在空气中。

节拍出现了。

白昼在瞬间降临,蓝天突现,灿烂的阳光洒满大地,周围的一切都明亮凸现出来。但这白昼只持续了一秒钟就熄灭了,刚才的夜又恢复了,星空和城市的灯火再次浮现。这夜也只持续了一秒钟,白昼再次出现,一秒钟后又是夜。白昼、夜、白昼、夜、白昼、夜……以与脉搏相当的频率交替出现,仿佛世界是两片不断切换的幻灯片映出的图像。

这是白昼与黑夜构成的节拍。

人们抬头仰望,立刻看到了那颗闪烁的星。它没有大小,只是太空中一个刺目的光点。“脉冲星。”中国主席说。

那是超新星的残骸,一颗旋转的中子星。中子星致密的表面有一块裸露的热斑,随着星体的旋转,中子星成为一座宇宙灯塔,热斑射出的光柱旋转着扫过广漠的太空。当这光柱扫过太阳系时，地球的白昼就短暂地出现了。

秘书长说："我记得脉冲星的频率比这快得多，它好像也不发出可见光。"

美国总统用手半遮着眼睛，艰难地适应着这疯狂的节拍世界，"频率快是因为中子星聚集了原恒星的角动量，镜子可以通过某种途径把这些角动量消耗掉。至于可见光嘛……你们真认为镜子还有什么做不到的事？"

"但有一点，"中国主席说，"没有理由认为宇宙中所有生物的生命节奏都与人类一样。它们的音乐节拍的频率肯定各不相同，比如镜子，它的正常节拍频率可能比我们最快的电脑主频都快……"

"是的，"总统点点头，"也没有理由认为它们的可视电磁波段都与我们的可见光相同。"

"你们是说，镜子是以人类的感觉为基准来演奏音乐的？"秘书长吃惊地问。

中国主席摇摇头，"我不知道，但肯定要有一个基准的。"

脉冲星强劲的光柱庄严地扫过冷寂的太空，像一根长达四十万亿公里、还在以光速不断延长的指挥棒。在这一端，太阳在镜子无形手指的弹拨下，发出浑厚的、以光速向宇宙传播的电磁乐音。太阳音乐会开始了。

太阳音乐

一阵沙沙声，像是电磁干扰，又像是无规则的海浪在冲刷沙滩。从这声音中，有时能听出一丝荒凉和广漠，但更多的是混沌和无序。这声音一直持续了十多分钟，毫无变化。

“我说过，我们无法理解它们的音乐。”俄罗斯总统打破沉默说。

“听！”克莱德曼用一根手指指着天空，其他人过了好一会儿才听出他那经过训练的耳朵听到的旋律，那是结构最简单的旋律，只由两个音符组成，好像是钟表的一声滴答。这两个音符不断出现，但有很长的间隔。后来，又出现了另一个双音符小节，然后出现了第三个、第四个……这些双音符小节在混沌的背景上不断浮现，像暗夜中的一群萤火虫。

一种新的旋律出现了，它有四个音符。人们把目光转向克莱德曼，他在仔细倾听，好像感觉到了什么。这时，四音符小节的数量也增加了。

“这样吧，”他对元首们说，“我们每人记住一个双音符小节。”于是大家注意听着，每人努力记住一个双音符小节，然后凝神等着它再次出现，以巩固自己的记忆。过了一会儿，克莱德曼又说：“好啦，现在注意听一个四音符小节。得快些，不然乐曲越来越复杂，我们就什么也听不出来了……好，就这个，有人听出什么来了吗？”

“它的前一半是我记住的那一对音符！”巴西元首高声说。

“后一半是我记住的那一对！”加拿大元首说。

人们接着发现，每个四音符小节都是由前面出现过的两个双音符小节组成的。随着四音符小节数量的增多，双音符小节的数量却在减少，似乎前者在消耗后者。再后来，八音符小节出现了，结构与前面一样，是由已有的两个四音符小节合并而成的。

“你们都听出了什么？”秘书长问周围的元首们。

“在闪电和火山熔岩照耀下的原始海洋中，小分子正在聚合成大分子……当然，这只是我完全个人化的想象。”中国主席说。

“请不要拘泥于地球来作想象，”美国总统说，“这种分子的聚集也许是发生在一片映射着恒星光芒的星云中。也许正在聚集组合的不是分子，而是恒星内部的核能旋涡……”

这时，一个多音符旋律以高音凸现出来。它反复出现，仿佛是这昏暗的混沌世界中一道明亮的小电弧。“这好像是在描述一次质变。”中国主席说。

一种新乐器的声音出现了，这连续的弦音很像小提琴发出的。它用另一种柔美的方式重复着那个凸现的旋律，仿佛是后者的影子。

“这似乎在表现某种复制。”俄罗斯总统说。

连续的旋律出现了，是那种类似小提琴的乐音。它平滑地变幻着，好像是追踪着某种曲线运动的目光。英国首相对中国主席说：“如果按照您刚才的思路，现在已经有某种东西在海中游动了。”

不知不觉中，背景音乐开始变化了。这时人们几乎忘记了它的存在，它从海浪声变成暴雨击打裸露岩石的哗哗声；接着又变了，变成一种与风声类似的空旷的声音。美国总统说：“海中的游动者在进入新环境，也许是陆上，也许是空中。”

所有的乐器突然一起齐奏，形成了一声恐怖的巨响，好像是什么巨大的实体轰然坍塌。然后，一切戛然而止，只剩下开始那种海浪似的背景声在荒凉地响着。接着，那简单的双音节旋律又出现了，又缓慢而艰难地组合，一切重新开始……

“我敢肯定，这描述了一场大灭绝，现在我们听到的是灭绝后的复苏。”

又经过漫长而艰难的过程，海中的游动者开始进入世界的其他部分。旋律渐渐变得复杂而宏大，人们的理解也不再统一。有人想到一条大河奔流而下；有人想到广阔的平原上一支浩荡队伍在跋涉；有人想到漆黑的太空中向黑洞涡旋而下的滚滚星云……但大家都同意，这是在表现一个宏伟的进程，也许是生命的进化。这一乐章很长，不知不觉一个小时过去了，音乐的主题终于发生了变化。旋律渐渐分化成两个，彼此对抗和搏斗，时而疯狂地碰撞，时而扭缠在一起……

“典型的贝多芬风格。”克莱德曼评论说。这之前很长时间，人们都沉浸在宏伟的音乐中，没有说话。

秘书长说：“好像是一支在海上与巨浪搏斗的船队。”

美国总统摇了摇头，“不，不是的。您应该能听出这两种力量没有本质的不同，我想是在表现一场蔓延到整个世界的战争。”

“我说，”一直沉默的日本首相插进来说，“你们真的认为自己能够理解外星文明的艺术？也许你们对这音乐的理解，只是牛对琴的理解。”

克莱德曼说：“我相信我们的理解基本上正确。宇宙间通用的语言，除了数学，可能就是音乐了。”

秘书长说：“要证实这一点也许并不难——我们能否预言下一乐章的主题或风格？”

经过短暂的思考，中国主席说：“我想下面可能将表现某种崇拜，旋律将具有森严的建筑美。”

“您是说像巴赫？”

“是的。”

果然如此。在接下来的乐章中，听众仿佛走进了一座高大庄严的教堂，听着自己的脚步在这宏伟的建筑内部发出空旷的回声，对某种看不见但无所不在的力量的恐惧和敬畏压倒了他们。

再往后，已经演化得相当复杂的旋律突然又变得简单了，背景音乐第一次消失了，在无边的寂静中，一串清脆短促的打击声出现了，一声，两声，三声，四声……然后，一声，四声，九声，十六声……一条条越来越复杂的数列穿梭而过。

有人问：“这是在描述数学和抽象思维的出现吗？”

接下来，音乐变得更奇怪了，出现了由小提琴奏出的许多独立的小节，每小节由三到四个音符组成，各小节中，音符都相同，但其音程的长短出现各种组合。还出现一种连续的滑音，它渐渐升高，然后降低，最后回到起始的音高。人们凝神听了很长时间，希腊元首说：“这好像是在描述基本的几何形状。”人们立刻找到了感觉，他们仿佛看到在纯净的空间中，一群三角形和四边形匀速地飘过。至于那种滑音，则让人们看到了椭圆和完美的正圆……渐渐地，旋律开始出现变化，表示直线的单一音符变成了滑音。但根据刚才乐曲留下的印象，人们仍能感觉到那些飘浮在抽象空间中的几何形状，但这些形状都扭曲了，仿佛浮在水面上……

“时空的秘密被发现了。”有人说。

下一个乐章是以一个不变的节奏开始的，它的频率与脉冲星打出的由昼与夜构成的节拍相同，好像音乐已经停止了，只剩下节拍在空响。但很快，另一个不变的节奏也加入进来，频率比前一个稍快。之后，不同频率的不变的节奏不断地加入，最后出现了一个气势磅礴的大合奏，但在时间轴上，乐曲是恒定不变的，像一堵平坦的声音高墙。

对这一乐章，人们的理解惊人的一致—— 一部大机器在运行。

后来，出现了一个纤细的新旋律，如银铃般清脆地响着，如梦幻般变幻不定，与背后那堵呆板的声音之墙形成鲜明对比，仿佛是飞翔在那部大机器里的一个银色小精灵。这个旋律仿佛是一滴小小的但强有力的催化剂，在钢铁世界中引发了奇妙的反应：那些不变的节奏开始波动变幻，大机器的粗轴和巨轮渐渐变得如橡皮泥般柔软，最后，整个合奏变得如那个精灵旋律一样轻盈而有灵气。

人们议论纷纷。

“大机器具有智能了！”

“我觉得，机器正在与它的创造者相互接近。”

……

太阳音乐在继续，已经进行到一个新的乐章。这是结构最复杂的一个乐章，也是最难理解的一个乐章。它首先用类似钢琴的声音奏出一个悠远空灵的旋律，然后以越来越复杂的合奏不断地重复演绎这个主题，每次重复演绎都使这个主题在上次的基础上变得更加宏大。

在这种主题重复进行了几次后，中国主席说：“以我的理解，是不是这样的：一个思想者站在一个海岛上，用他深邃的头脑思索着宇宙；镜头向上升，思想者在镜头的视野中渐渐变小，当镜头从空中把整个海岛都纳入视野后，思想者像一粒灰尘般消失了；镜头继续上升，海岛在渐渐变小，镜头升出了大气层，在太空中把整颗行星纳入视野，海岛像一粒灰尘般消失了；太空中的镜头继续远离这颗行星，把整个行星系纳入视野，这时，只能看到行星系的恒星，它在漆黑的太空中看去只有台球般大小，孤独地发着光，而那颗有海洋的行星，也像一粒灰尘般消失了……”

美国总统聆听着音乐，接着说：“……镜头以超光速远离，我们发现，在我们的尺度上空旷而广漠的宇宙，在更大的尺度上却是一团由恒星组成的灿烂尘埃，当整个银河系进入视野后，那颗带着行星的恒星像一粒灰尘般消失了；镜头接着跳过无法想象的距离，把一个星系团纳入视野，眼前仍是一片灿烂的尘埃，但尘埃的颗粒已不再是恒星，而是恒星系了……"

秘书长接着说："……这时银河系像一粒灰尘般消失了，但终点在哪儿呢？"

人们重新把全身心沉浸在音乐中，乐曲正在达到它的顶峰：在音乐家强有力的思想推动下，那个拍摄宇宙的镜头被推到了已知的时空之外，整个宇宙都被纳入视野，那个包含银河系的星系团也像一粒灰尘般消失了。人们凝神等待着终极的到来，宏伟的合奏突然消失了，只有开始那种类似钢琴的声音在孤独地响着，空灵而悠远。

"又返回到海岛上的思想者了吗？"有人问。

克莱德曼摇了摇头，"不，现在的旋律与那时完全不同。"

这时，全宇宙的合奏再次出现，不久停了下来，又让位于钢琴独奏。这两个旋律就这样交替出现，持续了很长时间。

克莱德曼凝神听着，突然恍然大悟，"钢琴是在倒着演奏合奏的旋律！"

美国总统点点头，"或者说，它是合奏的镜像。哦，宇宙的镜像，这就是镜子了。"

音乐显然已近尾声，全宇宙合奏与钢琴独奏同时进行，钢琴精确地倒奏着合奏的每一个音符，它的形象凸现在合奏的背景上，但两者又那么和谐。

中国主席说:“这使我想起了一个现代建筑流派，叫‘光亮派’:为了避免新建筑对周围传统环境的影响，就把建筑的表面全部做成镜面，使它通过反射环境来与周围达到和谐，同时也以这种方式表现自己。”

“是的，当文明达到一定的程度，它可能也会通过反射宇宙来表现自己的存在。”秘书长若有所思地说。

钢琴突然由“反奏”变为“正奏”，与宇宙合奏立刻融为一体。太阳音乐结束了。

欢乐颂

镜子说:“一场完美的音乐会，谢谢欣赏它的所有人类。好，我走了。”

“请等一下！”克莱德曼高喊一声，“我们有一个最后的要求:你能否用太阳弹奏一首人类的音乐？”

“可以，哪一首呢？”

元首们互相看了看。“弹贝多芬的《命运》吧。”德国总理说。

“不，不应该是《命运》。”美国总统摇摇头，“现在已经证明，人类不可能扼住命运的喉咙，人类的价值在于:我们明知命运不可抗拒，死亡必定是最后的胜利者，却仍能在有限的时间里专心致志地创造着美丽的生活。”

“那就唱《欢乐颂》吧。”中国主席说。

镜子说:“你们唱吧，我可以通过太阳把歌声向宇宙传播出去。我保证，音色会很好的。”

这两百多人唱起了《欢乐颂》，歌声通过镜子传给了太阳，太阳再次振动起来，把歌声用强大的电磁脉冲传向太空的各个方向。

欢乐啊，美丽神奇的火花，
来自极乐世界的女儿。
天国之女啊，我们如醉如狂，
踏进了你神圣的殿堂。
被时尚无情分开的一切，
你的魔力又把它们重新联结。
……

五小时后，歌声将飞出太阳系；四年后，歌声将到达人马座；十万年后，歌声将传遍银河系；二十多万年后，歌声将到达最近的恒星系大麦哲伦星云；六百万年后，歌声将传遍本星系团的四十多个恒星系；一亿年之后，歌声将传遍本超星系团的五十多个星系群；一百五十亿年后，歌声将传遍目前已知的宇宙，并向继续膨胀的宇宙传出去——如果那时宇宙还膨胀的话。

……
在永恒的大自然里，
欢乐是强劲的发条。
在宏大的宇宙之钟里，
是欢乐，在推动着指针旋跳。
它催含苞的鲜花怒放，

它使艳阳普照穹苍。

甚至望远镜都看不到的地方，

它也在使天体转动不息。

……

歌唱结束后，音乐会的草坪上，所有人都陷入长时间的沉默，元首们都在沉思。

“也许，事情还没到完全失去希望的地步。我们应该尽自己的努力。”中国主席首先说。

美国总统点点头，“是的，世界需要联合国。”

“与未来所避免的灾难相比，我们各自所需作出的让步和牺牲是微不足道的。”俄罗斯总统说。

“我们所面临的，毕竟只是宇宙中一粒沙子上的事，应该好办。”英国首相仰望着星空说。

各国元首纷纷表示赞同。

“那么，各位是否同意延长本届联大呢？”秘书长满怀希望地问道。

“这当然需要我们同各自的政府进行联系，但我想问题应该不大。”美国总统微笑着说。

“各位，今天真是一个值得纪念的日子！”秘书长无法掩饰自己的喜悦，“现在，让我们继续听音乐吧！”

《欢乐颂》又响了起来。

镜子以光速飞离太阳，它知道自己再也不会回来。在十几亿年的音乐家生涯中，它从未重复演奏过一颗恒星，就像人类的牧羊人从不重掷同一块石子。飞行中，它听着《欢乐颂》的余音，那永恒平静的镜面上出现了一圈难以觉察的涟漪。

“嗯，是首好歌。”

发表于 2005 年 8 月《恐龙·九州幻想》“贪狼号”

赡养人类

业务就是业务，无关其他。这是滑膛所遵循的原则，但这一次，客户却让他感到了困惑。

首先客户的委托方式不对，他要与自己面谈，在这个行业中，这可是件很稀奇的事。三年前，滑膛听教官不止一次地说过，他们与客户的关系，应该是前额与后脑勺的关系，永世不得见面，这当然是为了双方的利益考虑。见面的地点更令滑膛吃惊，是在这座大城市中最豪华的五星级酒店里最豪华的总统大厅，那可是世界上最不适合委托这种业务的地方。据对方透露，这次委托加工的工件有三个，这倒无所谓，再多些他也不在乎。

服务生拉开了总统大厅镶金的大门，滑膛在走进去前，不为人察觉地把手向夹克里探了一下，轻轻拉开了左腋下枪套的按扣。其实这没有必要，没人会在这种地方对他干太意外的事。

大厅金碧辉煌，仿佛是与外面现实毫无关系的另一个世界，巨型水晶吊灯就是这个世界的太阳，猩红色的地毯就是这个世界的草原。这里初看很空旷,但滑膛还是很快发现了人,他们围在大厅一角的两扇落地窗前,撩开厚重的窗帘向外面的天空看,滑膛扫了一眼,立刻数出竟有十三个人。客户是他们而不是他,也出乎滑膛的预料,教官说过,客户与他们还像情人关系——尽管可能有多个,但每次只能与他们中的一人接触。

滑膛知道他们在看什么:哥哥飞船又移到南半球上空了,现在可以清晰地看到。上帝文明离开地球已经三年了,那次来自宇宙的大规模造访,使人类对外星文明的心理承受能力增强了许多,况且,上帝文明有铺天盖地的两万多艘飞船,而这次到来的哥哥飞船只有一艘。它的形状也没有上帝文明的飞船那么奇特,只是一个两头圆的柱体,像是宇宙中的一粒感冒胶囊。

看到滑膛进来,那十三个人都离开窗子,回到了大厅中央的大圆桌旁。滑膛认出了他们中的大部分,立刻感觉这间华丽的大厅变得寒碜了。这些人中最引人注目的是朱汉杨,他的华软集团的"东方3000"操作系统正在全球范围内取代老朽的WINDOWS。其他的人,也都在福布斯财富500排行的前50内,这些人每年的收益,可能相当于一个中等国家的GDP,滑膛处于一个小型版的全球财富论坛中。

这些人与齿哥是绝对不一样的,滑堂暗想,齿哥是一夜的富豪,他们则是三代修成的贵族,虽然真正的时间远没有那么长,但他们确实是贵族,财富在他们这里已转化成内敛的高贵,就像朱汉杨手上的那枚钻戒,纤细精致,在他修长的手指上若隐若现,只是偶尔闪一下温润的柔光,但它的价值,也许能买几十个齿哥手指上那颗核桃大小金光四射的玩意儿。

但现在,这十三名高贵的财界精英聚在这里,却是要雇职业杀手杀人,而且要杀三个人,据首次联系的人说,这还只是第一批。

其实滑膛并没有去注意那枚钻戒,他看的是朱汉杨手上的那三张照片,那显然就是委托加工的工件了。朱汉杨起身越过圆桌,将三张照片推到他面前。扫了一眼后,滑膛又有微微的挫折感。教官曾说过,对于自己开展业务的地区,要预先熟悉那些有可能被委托加工的工件,至少在这个大城市,滑膛做到了。但照片上这三个人,滑膛是绝对不认识的。这三张照片显然是用长焦距镜头拍的,上面的脸孔蓬头垢面,与眼前这群高贵的人简直不是一个物种。细看后才发现,其中有一个是女性,还很年轻,与其他两人相比她要整洁些,头发虽然落着尘土,但细心地梳过。她的眼神很特别,滑膛很注意人的眼神,他这个专业的人都这样,他平时看到的眼神分为两类:充满欲望焦虑的和麻木的,但这双眼睛充满少见的平静。滑膛的心微微动了一下,但转瞬即逝,像一缕随风飘散的轻雾。

“这桩业务,是社会财富液化委员会委托给你的,这里是委员会的全体常委,我是委员会的主席。”朱汉杨说。

社会财富液化委员会?奇怪的名字,滑膛只明白了它是一个由顶级富豪构成的组织,并没有去思考其名称的含义,他知道这是属于那类如果没有提示不可能想象出其真实含义的名称。

“他们的地址都在背面写着,不太固定,只是一个大概范围,你得去找,应该不难找到的。钱已经汇到你的账户上,先核实一下吧。”朱汉杨说,滑膛抬头看看他,发现他的眼神并不高贵,属于充满焦虑的那一类,但令他微微惊奇的是,其中的欲望已经无影无踪了。

滑膛拿出手机，查询了账户，数清了那串数字后面零的个数后，他冷冷地说："第一，不用这么多，按我的出价付就可以；第二，预付一半，完工后付清。"

"就这样吧。"朱汉杨不以为然地说。

滑膛按了一阵手机后说："已经把多余款项退回去了，您核实一下吧，先生。我们也有自己的职业准则。"

"其实现在做这种业务的很多，我们看重的就是您的这种敬业和荣誉感。"许雪萍说，这女人的笑很动人，她是远源集团的总裁，远源是电力市场完全放开后诞生的亚洲最大的能源开发实体。

"这是第一批，请做得利索些。"海上石油巨头薛桐说。

"快冷却还是慢冷却？"滑膛问，同时加了一句，"需要的话我可以解释。"

"我们懂，这些无所谓，你看着做吧。"朱汉杨回答。

"验收方式？录像还是实物样本？"

"都不需要，你做完就行，我们自己验收。"

"我想就这些了吧？"

"是，您可以走了。"

滑膛走出酒店，看到巨厦间狭窄的天空中，哥哥飞船正在缓缓移过。飞船的体积大了许多，运行的速度也更快了，显然降低了轨道高度。它光滑的表面涌现着绚丽的花纹，那花纹在不断地缓缓变化，看久了对人有一种催眠作用。其实飞船表面什么都没有，只是一层全反射镜面，人们看到的花纹，只是地球变形的映像。滑膛觉得它像一块钝银，觉得它很美，他喜欢银，不喜欢金，银很静，很冷。

三年前，上帝文明在离去时告诉人类，他们共创造了六个地球，现在还有四个存在，都在距地球两百光年的范围内。上帝敦促地球人类全力发展技术，必须先去消灭那三个兄弟，免得他们来消灭自己。但这信息来得晚了。

那三个遥远地球世界中的一个：第一地球，在上帝船队走后不久就来到了太阳系，他们的飞船泊入地球轨道。他们的文明历史比太阳系人类长两倍，所以这个地球上的人类应该叫他们哥哥。

滑膛拿出手机，又看了一下账户中的金额，齿哥，我现在的钱和你一样多了，但总还是觉得少点什么，而你，总好像是认为自己已经得到了一切，所做的就是竭力避免它们失去……滑膛摇摇头，想把头脑中的影子甩掉，这时候想起齿哥，不吉利。

齿哥得名，源自他从不离身的一把锯，那锯薄而柔软，但极其锋利，锯柄是坚硬的海柳做的，有着美丽的浮世绘风格的花纹。他总是将锯像腰带似的绕在腰上，没事儿时取下来，拿一把提琴弓在锯背上划动，借助于锯身不同宽度产生的音差，加上将锯身适当地弯曲，居然能奏出音乐来，乐声飘忽不定，音色忧郁而阴森，像一个幽灵的呜咽。这把利锯的其他用途滑膛当然听说过，但只有一次看到过齿哥以第二种方式使用它。那是在一间旧仓库中的一场豪赌，一个叫半头砖的二老大输了个精光，连他父母的房子都输掉了，眼红得冒血，要把自己的两只胳膊押上翻本。齿哥手中玩着骰子对他微笑了一下，说胳膊不能押的，来日方长啊，没了手，以后咱们兄弟不就没法玩了吗？押腿吧。于是，半头砖就把两条腿押上了。他再次输光后，齿哥当场就用那条锯把他的两条小腿齐膝锯了下来。滑膛清楚地记得利锯划过肌腱和骨骼时的声音，当时齿哥一脚踩着半头砖的脖子，所以他的惨叫声发不出来，宽阔阴冷的大仓库中只回荡着锯条拉过骨肉的声音，像欢快的歌唱，在锯到膝盖的不同部分时呈现出丰富的音色层次，雪白雪白的骨末撒在鲜红的血泊上，形成的构图呈现出一种妖艳的美。滑膛当时被这种美震撼了，他身上的每一个细胞都加入了锯和血肉的歌唱，这他妈的才叫生活！那天是他十八岁生日，绝好的成年礼。完事后，齿哥把心爱的锯擦了擦缠回腰间，指着已被抬走的半头砖和两条断腿留下的血迹说：告诉砖儿，后半辈子我养活他。

滑膛虽年轻，也是自幼随齿哥打天下的元老之一，见血的差事每月都有。当齿哥终于在血腥的社会阴沟里完成了原始积累，由黑道转向白道时，一直跟追着他的人都被封了副董事长副总裁之类的，唯有滑膛只落得给齿哥当保镖。但知情的人都明白，这种信任非同小可。齿哥是个非常小心的人，这可能是出于他干爹的命运。齿哥的干爹也是非常小心的，用齿哥的话说恨不得把自己用一块铁包起来。许多年的平安无事后，那次干爹乘飞机，带了两个最可靠的保镖，在一排座位上他坐在两个保镖中间。在珠海降落后，空姐发现这排座上的三个人没有起身，坐在那里若有所思的样子，接着发现他们的血已淌过了十多排座位。有许多根极细的长钢针从后排座位透过靠背穿过来，两个保镖每人的心脏都穿过了三根；至于干爹，足足被十四根钢针穿透，像一个被精心钉牢的蝴蝶标本。这十四肯定是有说头的，也许暗示着他不合规则吞下的一千四百万,也许是复仇者十四年的等待……与干爹一样,齿哥出道的征途,使得整个社会对于他,除了暗刃的森林,就是陷阱的沼泽,他实际上是将自己的命交到了滑膛手上。

但很快,滑膛的地位就受到了老克的威胁。老克是俄罗斯人,那时,在富人们中有一个时髦的做法:聘请前克格勃人员做保镖,有这样一位保镖,与拥有一个影视明星情人一样值得炫耀。齿哥周围的人叫不惯那个绕口的俄罗斯名,就叫这人克格勃,时间一长就叫老克了。其实老克与克格勃没什么关系,真正的前克格勃机构中,大部分人不过是坐办公室的文职人员,即使是那些处于秘密战最前沿的,对安全保卫也都是外行。老克是前苏共中央警卫局的保卫人员,曾是葛罗米柯的警卫之一,是这个领域货真价实的精英,而齿哥以相当于公司副董事长的高薪聘请他,完全不是为了炫耀,真的是出于对自身安全的考虑。老克一出现,立刻显出了他与普通保镖的不同。这之前那些富豪的保镖们,在饭桌上比他们的雇主还能吃能喝,还喜欢在主人谈生意时乱插嘴,真正出现危险情况时,他们要么像街头打群架那样胡来,要么溜得比主人还快。而老克,不论在宴席上还是谈判时,都静静地站在齿哥身后,他那魁梧的身躯像一堵厚实坚稳的墙,随时准备挡开一切威胁。老克并没有机会遇到威胁他保护对象的危险情况,但他的敬业和专业使人们都相信,一旦那种情况出现时,他将是绝对称职的。虽然与别的保镖相比,滑膛更敬业一些,也没有那些坏毛病,但他从老克的身上看到了自己的差距。过了好长时间他才知道,老克不分昼夜地戴着墨镜,并非是扮酷而是为了掩藏自己的视线。

虽然老克的汉语学得很快,但他和包括自己雇主在内的周围人都没什么交往，直到有一天，他突然把滑膛请到自己简朴的房间里，给他和自己倒上一杯伏特加后，用生硬的汉语说:“我，想教你说话。”

“说话？”

“说外国话。”

于是，滑膛就跟老克学外国话，几天后他才知道老克教自己的不是俄语，而是英语。滑膛也学得很快，当他们能用英语和汉语交流后，有一天老克对滑膛说:“你和别人不一样。”

“这我也感觉到了。”滑膛点点头。

“三十年的职业经验，使我能够从人群中准确地识别出具有那种潜质的人，这种人很稀少，但你就是，看到你第一眼时我就打了个寒战。冷血一下并不难，但冷下去的血再温不起来就很难了，你会成为那一行的精英，可别埋没了自己。”

“我能做什么呢？”

“先去留学。”

齿哥听到老克的建议后，倒是满口答应，并许诺费用的事他完全负责。其实有了老克后，他一直想摆脱滑膛，但公司中又没有空位子了。

于是，在一个冬夜，一架喷气客机载着这个自幼失去父母、从最底层黑社会中成长起来的孩子，飞向遥远的陌生国度。

开着一辆很旧的桑塔纳，滑膛按照片上的地址去踩点。他首先去的是春花广场，没费多少劲儿就找到了照片上的人，那个流浪汉正在垃圾桶里翻找着，然后提着一个鼓鼓的垃圾袋走到一张长椅处。他收获颇丰，一盒几乎没怎么动的盒饭，还是菜饭分放的那种大盒；一根只咬了一口的火腿肠，几块基本完好的面包，还有大半瓶可乐。滑膛本以为流浪汉会用手抓着盒饭吃，却看到他从这初夏仍穿着的脏大衣口袋中掏出了一把小铝勺。他慢慢地吃完晚餐，把剩下的东西又扔回垃圾桶中。滑膛四下看看，广场四周的城市华灯初上，他很熟悉这里，但现在忽然觉得有些异样。很快，他弄明白了这个流浪汉轻易填饱肚子的原因。这里原是城市流浪者聚集的地方，但现在他们都不见了，只剩下他的这个目标。他们去哪里了？都被委托“加工”了吗？

滑膛接着找到了第二张照片上的地址。在城市边缘一座交通桥的桥孔下，有一个用废瓦楞和纸箱搭起来的窝棚，里面透出昏黄的灯光。滑膛将窝棚的破门小心地推开一道缝，探进头去，出乎意料，他竟进入了一个色彩斑斓的世界，原来窝棚里挂满了大小不一的油画，形成了另一层墙壁。顺着一团烟雾，滑膛看到了那个流浪画家，他像一头冬眠的熊一般躺在一个破画架下，他头发很长，穿着一件涂满油彩像长袍般肥大的破T恤衫，抽着五毛一盒的玉蝶烟。他的眼睛在自己的作品间游移，目光里充满了惊奇和迷惘，仿佛他才是第一次到这里来的人，他的大部分时光大概都是在这种对自己作品的自恋中度过的。这种穷困潦倒的画家在上世纪90年代曾有过很多，但现在不多见了。

“没关系，进来吧。”画家说，眼睛仍扫视着那些画，没朝门口看一眼，听他的口气，就像这里是一座帝王宫殿似的。在滑膛走进来之后，他又问：“喜欢我的画吗？”

滑膛四下看了看，发现大部分的画只是一堆零乱的色彩，就是随意将油彩泼到画布上都比它们显得有理性。但有几幅画面却很写实，滑膛的目光很快被其中的一幅吸引了：占满整幅画面的是一片干裂的黄土地，从裂缝间伸出几枝干枯的植物，仿佛已经枯死了几个世纪，而在这个世界上，水也似乎从来就没有存在过。在这干旱的土地上，放着一个骷髅头，它也干得发白，表面布满裂纹，但从它的口洞和一只眼窝中，居然长出了两株活生生的绿色植物，它们青翠欲滴，与周围的酷旱和死亡形成鲜明对比，其中一株植物的顶部，还开着一朵娇艳的小花。这个骷髅头的另一只眼窝中，有一只活着的眼睛，清澈的眸子瞪着天空，目光就像画家的眼睛一样，充满惊奇和迷惘。

“我喜欢这幅。”滑膛指指那幅画说。

“这是《贫瘠》系列之二，你买吗？”

“多少钱？”

“看着给吧。”

滑膛掏出皮夹，将里面所有的百元钞票都取出来递给画家，但后者只从中抽了两张。

“只值这么多，画是你的了。”

滑膛发动了车子，然后拿起第三张照片看上面的地址，旋即将车熄了火，因为这个地方就在桥旁边，是这座城市最大的一个垃圾场。滑膛取出望远镜，透过挡风玻璃从垃圾场上那一群拾荒者中寻找着目标。

这座大都市中靠垃圾为生的拾荒者有三十万人，已形成了一个阶层，而他们内部也有鲜明的等级。最高等级的拾荒者能够进入高尚别墅区，在那里如艺术雕塑般精致的垃圾桶中，每天都能拾到只穿用过一次的新衬衣、袜子和床单，这些东西在这里是一次性用品；垃圾桶中还常常出现只有轻微损坏的高档皮鞋和腰带，以及只抽了三分之一的哈瓦纳雪茄和只吃了一角的高级巧克力……但进入这里捡垃圾要重金贿赂社区保安，所以能来的只是少数人，他们是拾荒者中的贵族。拾荒者的中间阶层都集中在城市中众多的垃圾中转站里，那是城市垃圾的第一次集中地，在那里，垃圾中最值钱的部分：废旧电器、金属、完整的纸制品、废弃的医疗器械、过期药品等，都被拣拾得差不多了。那里也不是随便就能进去的，每个垃圾中转站都是某个垃圾把头控制的地盘，其他拾荒者擅自进入，轻者被暴打一顿赶走，重者可能丢了命。经过中转站被送往城市外面的大型堆放和填埋场的垃圾已经没有多少“营养”了，但靠它生存的人数量最多，他们是拾荒者中的最底层，就是滑膛现在看到的这些人。留给这些最底层拾荒者的，都是不值钱又回收困难的碎塑料、碎纸等，再就是垃圾中的腐烂食品，可以以每公斤一分钱的价格卖给附近农民当猪饲料。在不远处，大都市如一块璀璨的巨大宝石闪烁着，它的光芒传到这里，给恶臭的垃圾山镀上了一层变幻的光晕。其实，就是从拾到的东西中，拾荒者们也能感受到那不远处大都市的奢华：在他们收集到的腐烂食品中，常常能依稀认出只吃了四腿的烤乳猪、只动了一筷子的石斑鱼、完整的鸡……最近整只乌骨鸡多了起来，这源自一道刚时兴的名叫乌鸡白玉的菜，这道菜是把豆腐放进乌骨鸡的肚子里炖出来的，真正的菜就是那几片豆腐，鸡虽然美味，但只是包装，如果不知道吃了，就如同吃粽子连芦苇叶一起吃一样，会成为有品位的食客的笑柄……

这时，当天最后一趟运垃圾的环卫车来了，当自卸车厢倾斜着升起时，一群拾荒者迎着山崩似的垃圾冲上来，很快在飞扬尘土中与垃圾山融为一体。这些人似乎完成了新的进化，垃圾山的恶臭、毒菌和灰尘似乎对他们都不产生影响，当然，这是只看到他们如何生存而没见到他们如何死亡的普通人产生的印象,正像普通人平时见不到虫子和老鼠的尸体,因而也不关心它们如何死去一样。事实上,这个大垃圾场多次发现拾荒者的尸体,他们静悄悄地死在这里,然后被新的垃圾掩埋了。

在场边一盏泛光灯昏暗的光晕中,拾荒者们只是灰尘中一堆模糊的影子,但滑膛还是很快在他们中发现了自己寻找的目标。这么快找到她,滑膛除了借助自己锐利的目光外,还有一个原因:与春花广场上的流浪者一样,今天垃圾场上的拾荒者人数明显减少了,这是为什么?

滑膛在望远镜中观察着目标,她初看上去与其他的拾荒者没有太大区别,腰间束着一根绳子,手里拿着大编织袋和顶端装着耙勺的长杆,只是她看上去比别人瘦弱,挤不到前面去,只能在其他拾荒者的圈外拣拾着,她翻找的,已经是垃圾中的垃圾了。

滑膛放下望远镜,沉思片刻,轻轻摇摇头。世界上最离奇的事正在他的眼前发生:一个城市流浪者,一个穷得居无定所的画家,加上一个靠拾垃圾为生的女孩子,这三个世界上最贫穷、最弱势的人,有可能在什么地方威胁到那些处于世界财富之巅的超级财阀们呢?这种威胁甚至于迫使他们雇用杀手置之于死地?!

后座上放着那幅《贫瘠》系列之二,骷髅头上的那只眼睛在黑暗中凝视着滑膛,令他如芒刺在背。

垃圾场那边发出了一阵惊叫声,滑膛看到,车外的世界笼罩在一片蓝光中,蓝光来自东方地平线,那里,一轮蓝太阳正在快速升起,那是运行到南半球的哥哥飞船。飞船一般是不发光的,晚上,自身反射的阳光使它看上去像一轮小月亮,但有时它也会突然发出照亮整个世界的蓝光，这总是令人们陷入莫名的恐惧之中。这一次，飞船发出的光比以往都亮，可能是轨道更低的缘故。蓝太阳从城市后面升起，使高楼群的影子一直拖到这里，像一群巨人的手臂，但随着飞船的快速上升，影子渐渐缩回去了。

在哥哥飞船的光芒中，垃圾场上那个拾荒女孩能看得更清楚了，滑膛再次举起望远镜，证实了自己刚才的观察，就是她，她蹲在那里，编织袋放在膝头，仰望的眼睛里有一丝惊恐，但更多的还是他在照片上看到的平静。滑膛的心又动了一下，但像上次一样，这触动转瞬即逝，他知道这涟漪来自心灵深处的某个地方，为再次失去它而懊悔。

飞船很快划过长空，在西方地平线落下，在西天留下了一片诡异的蓝色晚霞，然后，一切又没入昏暗的夜色，远方的城市之光又灿烂起来。滑膛的思想又回到那个谜上：世界最富有的十三个人要杀死最穷的三个人，这不是一般的荒唐，这真是对他的想象力最大的挑战。但思路没走多远就猛地刹住，滑膛自责地拍了一下方向盘，他突然想到自己已经违反了这个行业的最高精神准则，校长的那句话浮现在他的脑海中，这是行业的座右铭：

瞄准谁，与枪无关。

到现在，滑膛也不知道他是在哪个国家留学的，更不知道那所学校的确切位置。他只知道飞机降落的第一站是莫斯科，那里有人接他，那人的英语没有一点儿俄国口音，他被要求戴上一副不透明的墨镜，伪装成一个盲人，以后的旅程都是在黑暗中度过了。又坐了三个多小时的飞机，再坐一天的汽车，才到达学校，这时是否还在俄罗斯境内，滑膛真的说不准了。学校地处深山，围在高墙中，学生在毕业之前绝对不准外出。被允许摘下眼镜后，滑膛发现学校的建筑明显地分为两大类，一类是灰色的，外形毫无特点；另一类的色彩和形状都很奇特。他很快知道，后一类建筑实际上是一堆巨型积木，可以组合成各种形状，以模拟变化万千的射击环境。整所学校，基本上就是一个设施精良的大靶场。

开学典礼是全体学生唯一的一次集合，他们的人数刚过四百。校长一头银发，一副令人肃然起敬的古典学者风度，他讲了如下一番话：

"同学们，在以后的四年中，你们将学习一个我们永远不会讲出其名称的行业所需的专业知识和技能，这是人类最古老的行业之一，同样会有光辉的未来。从小处讲，它能够为作出最后选择的客户解决只有我们才能解决的问题；从大处讲，它能够改变历史。

"曾有不同的政治组织出高价委托我们训练游击队员，我们拒绝了，我们只培养独立的专业人员，是的，独立，除钱以外独立于一切。从今以后，你们要把自己当成一支枪，你们的责任，就是实现枪的功能，在这个过程中展现枪的美感，至于瞄准谁，与枪无关。A持枪射击B，B又夺过同一支枪射击A，枪应该对这每一次射击一视同仁，都以最高的质量完成操作，这是我们最基本的职业道德。"

在开学典礼上，滑膛还学会了几个最常用的术语：该行业的基本操作叫加工，操作的对象叫工件，死亡叫冷却。

学校分L、M和S三个专业，分别代表长、中、短三种距离。

L专业是最神秘的，学费高昂，学生人数很少，且基本不和其他专业的人交往，滑膛的教官也劝他们离L专业的人远些："他们是行业中的贵族，是最有可能改变历史的人。"L专业的知识博大精深，他们的学生使用的狙击步枪价值几十万美元，装配起来有两米多长。L专业的加工距离均超过一千米，据说最长可达三千米！一千五百米以上的加工操作是一项复杂的工程，其中的前期工作之一就是，沿射程按一定间距放置一系列的“风铃”，这是一种精巧的微型测风仪，它可将监测值以无线发回，显示在射手的眼镜显示器上，以便他（她）掌握射程不同阶段的风速和风向。

M专业的加工距离在十米至三百米之间，是最传统的专业，学生也最多，他们一般使用普通制式步枪；M专业的应用面最广，但也是平淡和缺少传奇的。

滑膛学的是S专业，加工距离在十米以下，对武器要求最低，一般使用手枪，甚至还可能使用冷兵器。在三个专业中，S专业无疑是最危险的，但也是最浪漫的。校长就是这个专业的大师，亲自为S专业授课，他首先开的课程竟然是——英语文学。

“你们首先要明白S专业的价值。”看着迷惑的学生们，校长庄重地说，“在L和M专业中，工件与加工者是不见面的，工件都是在不知情的状态下被加工并冷却的，这对他们当然是一种幸运，但对客户却不是，相当一部分客户，需要让工件在冷却之前得知他们被谁、为什么委托加工的，这就要由我们来告知工件，这时，我们已经不是自己，而是客户的化身，我们要把客户传达的最后信息向工件庄严完美地表达出来，让工件在冷却前受到最大的心灵震慑和煎熬，这就是S专业的浪漫和美感之所在，工件冷却前那恐惧绝望的眼神，将是我们工作最大的精神享受。但要做到这些，就需要我们具有相当的表达能力和文学素养。”

于是，滑膛学了一年的文学。他读《荷马史诗》，背莎士比亚，读了很多的经典和现代名著。滑膛感觉这一年是自己留学生涯中最有收获的一年,因为后面学的那些东西他以前多少都知道一些,以后迟早也能学到,但深入地接触文学,这是他唯一的机会。通过文学,他重新发现了人,惊叹人原来是那么一种精致而复杂的东西,以前杀人,在他的感觉中只是打碎盛着红色液体的粗糙陶罐,现在惊喜地发现自己击碎的原来是精美绝伦的玉器,这更增加了他杀戮的快感。

接下来的课程是人体解剖学。与其他两个专业相比,S专业的另一大优势是可以控制被加工后的工件冷却到环境温度的时间,术语叫快冷却和慢冷却。很多客户是要求慢冷却的,冷却的过程还要录像,以供他们珍藏和欣赏。当然这需要很高的技术和丰富的经验,人体解剖学当然也是不可缺少的知识。

然后,真正的专业课才开始。

垃圾场上拾荒的人渐渐走散,只剩下包括目标在内的几个人。滑膛当即决定,今晚就把这个工件加工了。按行业惯例,一般在勘察时是不动手的,但也有例外,合适的加工时机会稍纵即逝。

滑膛将车开离桥下,经过一阵颠簸后,在垃圾场边的一条小路旁停下。滑膛观察到这是拾荒者离开垃圾场的必经之路,这里很黑,只能隐约看到荒草在夜风中摇曳的影子,是很合适的加工地点,他决定在这里等着工件。

滑膛抽出枪,轻轻放在驾驶台上。这是一支外形粗陋的左轮,7.6毫米口径,可以用大黑星[①]的子弹,按其形状,他叫它大鼻子,是没有牌子

① 黑社会对五四式手枪的称呼。

的私造枪，他从西双版纳的一个黑市上花三千元买到的。枪虽然外形丑陋，但材料很好，且各个部件的结构都加工正确，最大的缺陷就是最难加工的膛线没有做出来，枪管内壁光光的。滑膛有机会得到名牌好枪，他初做保镖时，齿哥给他配了一支三十二发的短乌齐，后来，又将一支七七式当作生日礼物送给他，但那两支枪都被他压到箱子底，从来没带过，他只喜欢大鼻子。现在，它在城市的光晕中冷冷地闪亮，将滑膛的思绪又带回了学校的岁月。

专业课开课的第一天，校长要求每个学生展示自己的武器。当滑膛将大鼻子放到那一排精致的高级手枪中时，很是不好意思。但校长却拿起它把玩着，由衷地赞赏道："好东西。"

"连膛线都没有，消音器也拧不上。"一名学生不屑地说。

"S专业对准确性和射程要求最低，膛线并不重要；消音器嘛，垫个小枕头不就行了？孩子，别让自己变得匠气了。在大师手中，这把枪能产生出你们这堆昂贵的玩意儿产生不了的艺术效果。"

校长说得对，由于没有膛线，大鼻子射出的子弹在飞行时会翻跟头，在空气中发出正常子弹所没有的令人恐惧的尖啸，在射入工件后仍会持续旋转，像一枚锋利的旋转刀片，切碎沿途的一切。

"我们以后就叫你滑膛吧！"校长将枪递还给滑膛时说，"好好掌握它，孩子，看来你得学飞刀了。"滑膛立刻明白了校长的话：专业飞刀是握着刀尖出刀的，这样才能在旋转中产生更大的穿刺动量，这就需要在到达目标时刀尖正好旋转到前方。校长希望滑膛像掌握飞刀那样掌握大鼻子射出的子弹！这样，就可以使子弹在工件上的创口产生丰富多彩的变化。经过长达两年的苦练，消耗了近三万发子弹，滑膛竟真的练成了这种在学校最优秀的射击教官看来都不可能实现的技巧。

滑膛的留学经历与大鼻子是分不开的。在第四学年，他认识了同专业的一个名叫火的女生，她的名字也许来自那头红发。这里当然不可能知道她的国籍，滑膛猜测她可能来自西欧。这里不多的女生，几乎个个都是天生的神枪手，但火的枪打得很糟，匕首根本不会用，真不知道她以前是靠什么吃饭。但在一次勒杀课程中，她从自己手上那枚精致的戒指中抽出一根肉眼看不见的细线，熟练地套到用作教具的山羊脖子上，那根如利刃般的细线竟将山羊的头齐齐地切了下来。据火介绍，这是一根纳米丝，这种超高强度的材料未来可能被用来建造太空电梯。

火对滑膛没什么真爱可言，那种东西也不可能在这里出现。她同时还与外系一个名叫黑冰狼的北欧男生交往，并在滑膛和黑冰狼之间像斗蛐蛐似的反复挑逗，企图引起一场流血争斗，以便为枯燥的学习生活带来一点儿消遣。她很快成功了，两个男人决定以俄罗斯轮盘赌的形式决斗。这天深夜，全班同学将靶场上的巨型积木摆放成罗马斗兽场的形状，决斗就在斗兽场中央进行，使用的武器是大鼻子。火当裁判，她优雅地将一颗子弹塞进大鼻子的空弹仓，然后握住枪管，将弹仓在她那如常春藤般的玉臂上来回滚动了十几次，然后，两个男人谦让了一番，火微笑着将大鼻子递给滑膛。滑膛缓缓举起枪，当冰凉的枪口触到太阳穴时，一种前所未有的空虚和孤独向他袭来，他感到无形的寒风吹透了世界万物，漆黑的宇宙中只有自己的心是热的。一横心，他连扣了五下扳机，击锤点了五下头，弹仓转动了五下，枪没响。咔咔咔咔咔，这五声清脆的金属声敲响了黑冰狼的丧钟。全班同学欢呼起来，火更是快活得流出了眼泪，对着滑膛高呼她是他的了。这中间笑得最轻松的是黑冰狼，他对滑膛点点头，由衷地说：“东方人，这是自柯尔特[①]以来最精彩的赌局了。”然后他转向火，“没关系亲爱的，人生于我，一场豪赌而已。”说完他抓起大鼻子对准自己的太阳穴，一声有力的闷响，血花和碎骨片溅得很潇洒。

之后不久滑膛就毕业了，他又戴上那副来时戴的眼镜离开了这所没有名称的学校，回到了他长大的地方。他再也没有听到过学校的一丝消息，仿佛它从来就没有存在过似的。

回到外部世界后，滑膛才听说世界上发生的一件大事：上帝文明来了，要接受他们培植的人类的赡养，但在地球的生活并不如意，他们只待了一年多时间就离去了，那两万多艘飞船已经消失在茫茫宇宙中。

回来后刚下飞机，滑膛就接到了一桩加工业务。

齿哥热情地欢迎滑膛归来，摆上了豪华的接风宴，滑膛要求和齿哥单独待在宴席上，他说自己有好多心里话要说。其他人离开后，滑膛对齿哥说：

“我是在您身边长大的，从内心里，我一直没把您当大哥，而是当成亲父亲。您说，我应当去干所学的这个专业吗？就一句话，我听您的。”

齿哥亲切地抚着滑膛的肩膀说：“只要你喜欢，就干嘛，我看得出来你是喜欢的，别管白道黑道，都是道儿嘛，有出息的人，哪股道上都能出息。”

“好，我听您的。”

滑膛说完，抽出手枪对着齿哥的肚子就是一枪，飞旋的子弹以恰到好处的角度划开一道横贯齿哥腹部的大口子，然后穿进地板中。齿哥透

① 左轮手枪的发明者。

过烟雾看着滑膛，眼中的震惊只是一掠而过，随之而来的是恍然大悟后的麻木，他对着滑膛笑了一下，点点头。

“已经出息了，小子。”齿哥吐着血沫说完，软软地倒在地上。

滑膛接的这桩业务是一小时慢冷却，但不录像，客户信得过他。滑膛倒上一杯酒，冷静地看着地上血泊中的齿哥，后者慢慢地整理着自己流出的肠子，像码麻将那样，然后塞回肚子里，滑溜溜的肠子很快又流出来，齿哥就再整理好将其塞回去……当这工作进行到第十二遍时，他咽了气，这时距枪响正好一小时。

滑膛说把齿哥当成亲父亲是真心话，在他五岁时的一个雨天，输红了眼的父亲逼着母亲把家里全部的存折都拿出来，母亲不从，便被父亲殴打致死，滑膛因阻拦也被打断鼻梁骨和一条胳膊，随后父亲便消失在雨中。后来滑膛多方查找也没有消息，如果找到，他也会让其享受一次慢冷却的。

事后，滑膛听说老克将自己的全部薪金都退给齿哥的家人，返回了俄罗斯。他走前说：送滑膛去留学那天，他就知道齿哥会死在他手里，齿哥的一生是刀尖上走过来的，却不懂得一个纯正的杀手是什么样的人。

垃圾场上的拾荒者一个接一个离开了，只剩下目标一人还在那里埋头刨找着，她力气小，垃圾来时抢不到好位置，只能借助更长时间的劳作来弥补了。这样，滑膛就没有必要等在这里了，于是他拿起大鼻子塞到夹克口袋中下了车，径直朝垃圾中的目标走去。他脚下的垃圾软软的，还有一股温热，他仿佛踏在一只巨兽的身上。当距目标四五米时，滑膛抽出了握枪的手……

这时，一阵蓝光从东方射过来，哥哥飞船已绕地球一周，又转到了南半球，仍发着光。这突然升起的蓝太阳同时吸引了两人的目光，他们都盯着蓝太阳看了一会儿，然后互相看了对方一眼，当两人的目光相遇时，滑膛发生了一名职业杀手绝对不会发生的事：手中的枪差点滑落了，震撼令他一时感觉不到手中枪的存在，他几乎失声叫出：

果儿——

但滑膛知道她不是果儿，十四年前，果儿就在他面前痛苦地死去了。但果儿在他心中一直活着，一直在成长，他常在梦中见到已经长成大姑娘的果儿，就是眼前她这样儿。

齿哥早年一直在做着他永远不会对后人提起的买卖：他从人贩子手中买下一批残疾儿童，将他们放到城市中去乞讨，那时，人们的同情心还没有疲劳，这些孩子收益颇丰，齿哥就是借此完成了自己的原始积累。

一次，滑膛跟着齿哥去一个人贩子那里接收新的一批残疾孩子。他们到了那个旧仓库后，看到有五个孩子，其中四个是先天性畸形，但另一个小女孩儿却是完全正常的。那女孩儿就是果儿，她当时六岁，长得很可爱，大眼睛水灵灵的，同旁边的畸形儿形成鲜明对比。她当时就用这双后来滑膛一想起就心碎的大眼睛看看这个看看那个，全然不知等待着自己的是怎样的命运。

“这些就是了。”人贩子指指那四个畸形儿说。

“不是说好五个吗？”齿哥问。

“车厢里闷，有一个在路上完了。”

“那这个呢？”齿哥指指果儿。

“这不是卖给你的。”

“我要了，就按这些的价儿。”齿哥用一种不容商量的语气说。

“可……她好端端的，你怎么拿她挣钱？”

“死心眼，加工一下不就得了？”

齿哥说着，解下腰间的利锯，朝果儿滑嫩的小腿上划了一下，划出了一道贯穿小腿的长口子，血在果儿的惨叫声中涌了出来。

“给她裹裹，止住血，但别上消炎药，要烂开才好。”齿哥对滑膛说。

于是，滑膛给果儿包扎伤口，血浸透了好几层纱布，直流得果儿脸色惨白。滑膛背着齿哥，还是给果儿吃了些利菌沙和抗菌优之类的消炎药，但是没有用，果儿的伤口还是发炎了。

两天以后，齿哥就打发果儿上街乞讨，果儿可爱而虚弱的小样儿，她的伤腿，都立刻产生了超出齿哥预期的效果，头一天就挣了三千多块，以后的一个星期里，果儿挣的钱每天都不少于两千块，最多的一次，一对外国夫妇一下子就给了四百美元。但果儿每天得到的只是一盒发馊的盒饭，这倒也不全是由于齿哥吝啬，他要的就是孩子挨饿的样子。滑膛只能在暗中给她些吃的。

一天傍晚，他上果儿乞讨的地方去接她回去，小女孩儿伏在他耳边悄悄地说：“哥，我的腿不疼了呢。”一副高兴的样子。在滑膛的记忆中，这是他除母亲惨死外唯一的一次流泪，果儿的腿是不疼了，那是因为神经都已经坏死，整条腿都发黑了，她已经发了两天的高烧。滑膛再也不顾齿哥的禁令，抱着果儿去了医院，医生说已经晚了，孩子的血液中毒。第二天深夜，果儿在高烧中去了。

从此以后，滑膛的血变冷了，而且像老克说的那样，再也没有温起来。杀人成了他的一项嗜好，比吸毒更上瘾，他热衷于打碎那一个个叫作人的精致器皿，看着它们盛装的红色液体流出来，冷却到与环境相同的温度，这才是它们的真相，以前那些红色液体里的热度，都是伪装。

完全是下意识地，滑膛以最高的分辨率真切地记下了果儿小腿上那道长伤口的形状，后来在齿哥腹部划出的那一道，就是它准确的拷贝。

拾荒女站起身，背起那个对她显得太大的编织袋慢慢走去。她显然并非因滑膛的到来而走，她没注意到他手里拿的是什么，也不会想到这个穿着体面的人的到来与自己有什么关系，她只是该走了。哥哥飞船在西天落下，滑膛一动不动地站在垃圾中，看着她的身影消失在短暂的蓝色黄昏里。

滑膛把枪插回枪套，拿出手机拨通了朱汉杨的电话："我想见你们，有事要问。"

"明天九点，老地方。"朱汉杨简洁地回答，好像早就料到了这一切。

走进总统大厅，滑膛发现社会财富液化委员会的十三个常委都在，他们将严肃的目光聚焦在他身上。

"请提你的问题。"朱汉杨说。

"为什么要杀这三个人？"滑膛问。

"你违反了自己行业的职业道德。"朱汉扬用一把精致的雪茄剪切开一支雪茄的头部，不动声色地说。

"是的，我会让自己付出代价的，但必须清楚原因，否则这桩业务无法进行。"

朱汉杨用一根长火柴转着圈点着雪茄，缓缓地点点头，"现在我不得不认为，你只接针对有产阶级的业务。这样看来，你并不是一个真正的职业杀手，只是一个进行狭隘阶级报复的凶手，一个警方正在全力搜捕的、三年内杀了四十一个人的杀人狂，你的职业声望将从此一泻千里。”

“你现在就可以报警。”滑膛平静地说。

“这桩业务是不是涉及了您的某些个人经历？”许雪萍问。

滑膛不得不佩服她的洞察力，他没有回答，默认了。

“因为那个女人？”

滑膛沉默着，对话已超出了合适的范围。

“好吧，”朱汉杨缓缓吐出一口白烟，“这桩业务很重要，我们在短时间内也找不到更合适的人，只能答应你的条件，告诉你原因，一个你做梦都想不到的原因。我们这些社会上最富有的人，却要杀掉社会上最贫穷、最弱势的人，这使我们现在在你的眼中成了不可理喻的变态恶魔，在说明原因之前，我们首先要纠正你的这个印象。”

“我对黑与白不感兴趣。”

“可事实已证明不是这样，好，跟我们来吧。”朱汉杨将只抽了一口的整支雪茄扔下，起身向外走去。

滑膛同社会财富液化委员会的全体常委一起走出酒店。

这时，天空中又出现了异常，大街上的人们都在紧张地抬头仰望。哥哥飞船正从低轨道上掠过，由于初升太阳的照射，它在晴朗的天空中显得格外清晰。飞船沿着运行的轨迹，撒下一颗颗银亮的星星，那些星星等距离排列，已在飞船后面形成了一条穿过整个天空的长线，而哥哥飞船本身的长度已经明显缩短了，它释放出星星的一头变得参差不齐，像折断的木棒。滑膛早就从新闻中得知，哥哥飞船是由上千艘子船构成的巨大组合体，现在，这个组合体显然正在分裂为子船船队。

“大家注意了！”朱汉杨挥手对常委们大声说，“你们都看到了，事态正在发展，时间可能不多了，我们工作的步伐要加快，各小组立刻分头到自己分管的液化区域，继续昨天的工作。”

说完，他和许雪萍上了一辆车，并招呼滑膛也上去。滑膛这才发现，酒店外面等着的，不是这些富豪平时乘坐的豪华车，而是一排五十铃客货车。“为了多拉些东西。”许雪萍看出了滑膛的疑惑，对他解释说。滑膛看看后面的车厢，里面整齐地装满了一模一样的黑色小手提箱，那些小箱子看上去相当精致，估计有上百个。

没有司机，朱汉杨亲自开车驶上了大街。车很快拐入一条林荫道，然后放慢了速度，滑膛发现，原来朱汉杨在跟着路边的一个行人慢开，那人是个流浪汉，这个时代流浪汉的衣着不一定褴褛，但还是一眼就能看出来。流浪汉的腰上挂着一个塑料袋，每走一步，袋里的东西就叮咣响一下。

滑膛知道，昨天他看到的那个流浪者和拾荒者大量减少的谜底就要揭开了，但他不相信朱汉杨和许雪萍敢在这个地方杀人，他们多半是先将目标骗上车，然后带到什么地方除掉。按他们的身份，用不着亲自干这种事，也许只是为了向滑膛示范？滑膛不打算干涉他们，但也绝不会帮他们，他只管合同内的业务。

流浪汉显然没觉察到这辆车的慢行与自己有什么关系，直到许雪萍叫住了他。

“你好！”许雪萍摇下车窗说，流浪汉站住，转头看着她，脸上覆盖着这个阶层的人那种厚厚的麻木，“有地方住吗？”许雪萍微笑着问。

“夏天哪儿都能住。”流浪汉说。

“冬天呢？”

“暖气道，有的厕所也挺暖和。”

“你这样过了多长时间了？”

“记不清了，反正征地费花完后就进了城，以后就这样了。”

“想不想在城里有套三室一厅的房子，有个家？”

流浪汉麻木地看着女富豪，没听懂她的话。

“识字吗？”许雪萍问，流浪汉点头后，她向前一指，“看那边——”那里有一幅巨大的广告牌，在上面，青翠绿地上点缀着乳白色的楼群，像一处世外桃源，“那是一个商品房广告。”流浪汉扭头看看广告牌，又看看许雪萍，显然不知道那与自己有什么关系，“好，现在你从我车上拿一个箱子。”

流浪汉走到车厢处拎了一只小提箱走过来，许雪萍指着箱子对他说：“这里面是一百万元人民币，用其中的五十万你就可以买一套那样的房子，剩下的留着过日子吧，当然，如果你花不了，也可以像我们这样把一部分送给更穷的人。”

流浪汉眼珠转转，拎着箱子仍面无表情，对于被愚弄，他很漠然。

“打开看看。”

流浪汉用黑乎乎的手笨拙地打开箱子，刚开一条缝就啪的一声合上了，他脸上那冰冻三尺的麻木终于被击碎，一脸震惊，像见了鬼。

“有身份证吗？”朱汉杨问。

流浪汉下意识地点点头，同时把箱子拎得尽量离自己远些，仿佛那是一颗炸弹。

“去银行存了，用起来方便一些。”

“你们……要我干啥？”流浪汉问。

“只要你答应一件事：外星人就要来了，如果他们问起你，你就说自己有这么多钱，就这一个要求，你能保证做到吗？”

流浪汉点点头。

许雪萍走下车，冲流浪汉深深鞠躬，“谢谢。”

“谢谢。”朱汉杨也在车里说。

最令滑膛震惊的是，他们表达谢意时看上去是真诚的。

车开了，将刚刚诞生的百万富翁丢在后面。前行不远，车在一个转弯处停下了，滑膛看到路边蹲着三个找活儿的外来装修工，他们每人的工具只是一把三角形的小铁铲，外加地上摆着的一个小硬纸板，上书“刮家”。那三个人看到停在面前的车立刻起身跑过来，问：“老板有活儿吗？”

朱汉杨摇摇头，“没有。最近生意好吗？”

“哪有啥生意啊，现在都用喷上去的新涂料，就是一通电就能当暖气的那种，没有刮家的了。”

“你们从哪儿来？”

“河南。”

“一个村儿的？哦，村里穷吗？有多少户人家？”

“山里的，五十多户。哪儿能不穷呢，天旱，老板你信不信啊，浇地是拎着壶朝苗根儿上一根根地浇呢。”

“那就别种地了……你们有银行账户吗？”

三人都摇摇头。

“那又是只好拿现金了，挺重，辛苦你们了……从车上拿十只箱子下来。”

“十几只啊？”装修工们从车上拿箱子，堆放到路边，其中的一个问，对朱汉杨刚才的话，他们谁都没有去细想，更没在意。

“十多只吧，无所谓，你们看着拿。”

很快，十五只箱子堆在地上，朱汉杨指着这堆箱子说：“每只箱子里面装着一百万元，共一千五百万，回家去，给全村分了吧。”

一名装修工对朱汉杨笑笑，好像是在赞赏他的幽默感，另一名蹲下去打开了一只箱子，同另外两人一起看了看里面，然后他们一起露出同刚才那名流浪汉一样的表情。

“东西挺重的，去雇辆车回河南，如果你们中有会开车的，买一辆更方便些。”许雪萍说。

三名装修工呆呆地看着面前这两个人，不知他们是天使还是魔鬼，很自然地，一名装修工问出了刚才流浪汉的问题：“让我们干什么？”

回答也一样：“只要你们答应一件事：外星人就要来了，如果他们问起你们，你们就说自己有这么多钱，就这一个要求，你们能保证做到吗？”

三个穷人点点头。

“谢谢。”“谢谢。”两位超级富豪又真诚地鞠躬致谢，然后上车走了，留下那三个人茫然地站在那堆箱子旁。

“你一定在想，他们会不会把钱独吞了。”朱汉杨扶着方向盘对滑膛说，“开始也许会，但他们很快就会把多余的钱分给穷人的，就像我们这样。”

滑膛沉默着，面对眼前的怪异和疯狂，他觉得沉默是最好的选择，现在，理智能告诉他的只有一点：世界将发生根本的变化。

“停车！”许雪萍喊道，然后对在一个垃圾桶旁搜寻易拉罐和可乐瓶的小脏孩儿喊，“孩子，过来！”孩子跑了过来，同时把他拾到的半编织袋瓶罐也背过来，好像怕丢了似的，“从车上拿一只箱子。”孩子拿了一只，“打开看看。”孩子打开看了，很吃惊，但没到刚才那四个成年人那种程度。“是什么？”许雪萍问。

“钱。”孩子抬起头看着她说。

“一百万块钱，拿回去给你的爸爸妈妈吧。”

“这么说真有这事儿？”孩子扭头看看仍装着许多箱子的车厢，眨眨眼说。

“什么事？”

“送钱啊，说有人在到处送大钱，像扔废纸似的。”

“但你要答应一件事，这钱才是你的：外星人就要来了，如果他们问起你，你就说自己有这么多钱，你确实有这么多钱，行吗？就这一个要求，你能保证做到吗？”

“能！”

“那就拿着钱回家吧，孩子，以后世界上不会有贫穷了。”朱汉杨说着，启动了汽车。

“也不会有富裕了。”许雪萍说，神色黯然。

“你应该振作起来，事情是很糟，但我们有责任阻止它变得更糟。”朱汉杨说。

“你真觉得这种游戏有意义吗？”

朱汉杨猛地刹住了刚开动的车，在方向盘上方挥着双手喊道:“有意义！当然有意义!！难道你想在后半生像那些人一样穷吗？你想挨饿和流浪吗？”

“我甚至连活下去的兴趣都没有了。”

“使命感会支撑你活下去，这些黑暗的日子里我就是这么过来的，我们的财富给了我们这种使命。”

“财富怎么了？我们没偷没抢，挣的每一分钱都是干净的！我们的财富推动了社会前进，社会应该感谢我们！”

“这话你对哥哥文明说吧。”朱汉杨说完走下车，对着长空长出了一口气。

“你现在看到了，我们不是杀穷人的变态凶手。”朱汉杨对跟着走下车的滑膛说，“相反，我们正在把自己的财富散发给最贫穷的人，就像刚才那样。在这座城市里，在许多其他的城市里，在国家一级贫困地区，我们公司的员工都在这样做。他们带着集团公司的全部资产：上千亿的支票、信用卡和存折，一卡车一卡车的现金，去消除贫困。”

这时，滑膛注意到了空中的景象：一条由一颗颗银色星星连成的银线横贯长空，哥哥飞船联合体完成了解体，一千多艘子飞船变成了地球的一条银色星环。

“地球被包围了。”朱汉杨说，“这每颗星星都有地球上的航空母舰那么大，一艘单独的子船上的武器，就足以毁灭整个地球。”

“昨天夜里，它们毁灭了澳大利亚。”许雪萍说。

“毁灭？怎么毁灭？”滑膛看着天空问。

“一种射线从太空扫描了整个澳洲大陆，射线能够穿透建筑物和掩体，人和大型哺乳动物都在一小时内死去，昆虫和植物安然无恙，城市中，连橱窗里的瓷器都没有打碎。”

滑膛看了许雪萍一眼，又继续看着天空，对于这种恐惧，他的承受力要强于一般人。

“一种力量的显示，之所以选中澳大利亚，是因为它是第一个明确表示拒绝‘保留地’方案的国家。”朱汉杨说。

“什么方案？”滑膛问。

“从头说起吧。来到太阳系的哥哥文明其实是一群逃荒者，他们在第一地球无法生存下去，‘我们失去了自己的家园。’这是他们的原话。具体原因他们没有说明。他们要占领我们的地球四号，作为自己新的生存空间。至于地球人类，将被全部迁移至人类保留地，这个保留地被确定为澳洲，地球上的其他领土都归哥哥文明所有……这一切在今天晚上的新闻中就要公布了。”

“澳洲？大洋中的一个大岛，地方倒挺合适，澳大利亚的内陆都是沙漠，五十多亿人挤在那块地方很快就会全部饿死的。”

“没那么糟，在澳洲保留地，人类的农业和工业将不再存在，他们不需要从事生产就能活下去。”

“靠什么活？”

“哥哥文明将养活我们，他们将赡养人类，人类所需要的一切生活资料都将由哥哥种族长期提供，所提供的生活资料将由他们平均分配，每个人得到的数量相等，所以，未来的人类社会将是一个绝对不存在贫富差别的社会。”

“可生活资料将按什么标准分配给每个人呢？”

“你一下子就抓住了问题的关键：按照保留地方案，哥哥文明将对地球人类进行全面的社会普查，调查的目的是确定目前人类社会最低的生活标准，哥哥文明将按这个标准配给每个人的生活资料。”

滑膛低头沉思了一会儿，突然笑了起来，“呵，我有些明白了，对所有的事，我都有些明白了。”

“你明白人类文明面临的处境了吧？”

“其实嘛，哥哥的方案对人类还是很公平的。”

“什么？你竟然说公平?！你这个……”许雪萍气急败坏地说。

“他是对的，是很公平。”朱汉杨平静地说，“如果人类社会不存在贫富差距，最低的生活水准与最高的相差不大，那保留地就是人类的乐园了。”

“可现在……”

“现在要做的很简单，就是在哥哥文明的社会普查展开之前，迅速抹平社会财富的鸿沟！”

“这就是所谓的社会财富液化吧？”滑膛问。

“是的，现在的社会财富是固态的，固态就有起伏，像这大街旁的高楼，像那平原上的高山，但当这一切都液化后，一切都变成了大海，海面是平滑的。”

“但像你们刚才那种做法，只会造成一片混乱。”

“是的，我们只是做出一种姿态，显示财富占有者的诚意。真正的财富液化很快就要在全世界展开，它将在各国政府和联合国的统一领导下进行，大扶贫即将开始，那时，富国将把财富向第三世界倾倒，富人将把金钱向穷人抛撒，而这一切，都是完全真诚的。”

“事情可能没那么简单。”滑膛冷笑着说。

“你是什么意思？你个变态的……”许雪萍指着滑膛的鼻子咬牙切齿地说，朱汉杨立刻制止了她。

“他是个聪明人，他想到了。”朱汉杨朝滑膛偏了一下头说。

“是的，我想到了，有穷人不要你们的钱。”

许雪萍看了滑膛一眼，低头不语了，朱汉杨对滑膛点点头，“是的，他们中有人不要钱。你能想象吗？在垃圾中寻找食物，却拒绝接受一百万元……哦，你想到了。”

“但这种穷人，肯定是极少数。”滑膛说。

“是的，但他们只要占贫困人口十万分之一的比例，就足以形成一个社会阶层，在哥哥那先进的社会调查手段下，他们的生活水准，就会被当作人类最低的生活水准，进而成为哥哥进行保留地分配的标准知道吗？只要十万分之一！”

“那么，现在你们知道的比例有多大？”

“大约千分之一。”

“这些下贱变态的千古罪人！”许雪萍对着天空大骂一声。

“你们委托我杀的就是这些人了。”这时，滑膛也不想再用术语了。

朱汉杨点点头。

滑膛用奇怪的目光看着朱汉杨，突然仰天大笑起来，“哈哈哈……我居然在为人类造福？！”

“你是在为人类造福，你是在拯救人类文明。”

“其实，你们只要用死去威胁，他们还是会接受那些钱的。”

“这不保险！”许雪萍凑近滑膛低声说，“他们都是变态的狂人，是那种被阶级仇恨扭曲的变态，即使拿了钱，也会在哥哥面前声称自己一贫如洗，所以，必须尽快从地球上彻底清除这种人。”

“我明白了。”滑膛点点头说。

“那么你现在的打算呢？我们已经满足了你的要求，说明了原因；当然，钱以后对谁意义都不大了，你对为人类造福肯定也没兴趣。”

“钱对我早就意义不大了，后面那件事从来没想过……不过，我将履行合同。今天零点前完工，请准备验收。”滑膛说完，起步离开。

“有一个问题，”朱汉杨在滑膛后面说，“也许不礼貌，你可以不回答：如果你是穷人，是不是也不会要我们的钱？”

“我不是穷人。”滑膛没有回头说，但走了几步，他还是回过头来，用鹰一般的眼神看着两人，“如果我是，是的，我不会要。”说完，大步走去。

“你为什么不要他们的钱？”滑膛问一号目标，那个上次在广场上看到的流浪汉，现在，他们站在距广场不远处公园的小树林里，有两种光透进树林，一种幽幽的蓝光来自太空中哥哥飞船构成的星环，这片蓝光在林中的地上投下斑驳的光影；另一种是城市的光，从树林外斜照进来，在剧烈地颤动着，变幻着色彩，仿佛表达着对蓝光的恐惧。

流浪汉嘿嘿一笑，“他们在求我，那么多的有钱人在求我，有个女的还流泪呢！我要是要了钱，他们就不会求我了，有钱人求我，很爽的。”

“是，很爽。”滑膛说着，扣动了大鼻子的扳机。

流浪汉是个惯偷，一眼就看出这个叫他到公园里来的人右手拿着的外套里面裹着东西，他一直很好奇那是什么，现在突然看到衣服上亮光一闪，像是里面的什么活物眨了下眼，接着便坠入了永恒的黑暗。

这是一次超速快冷加工，飞速滚动的子弹将工件眉毛以上的部分几乎全切去了，在衣服覆盖下枪声很闷，没人注意到。

垃圾场。滑膛发现，今天拾垃圾的只有她一人了，其他的拾荒者显然都拿到了钱。

在星环的蓝光下，滑膛踏着温软的垃圾向目标大步走去。这之前，他一百次提醒自己，她不是果儿，现在不需要对自己重复了。他的血一直是冷的，不会因一点点少年时代记忆中的火苗就热起来。拾荒女甚至没有注意到来人，滑膛就开了枪。垃圾场上不需要消音，他的枪是露在外面开的，声音很响，枪口的火光像小小的雷电将周围的垃圾山照亮了一瞬间，由于距离远，在空气中翻滚的子弹来得及唱出它的歌，那呜呜的声音像万鬼哭号。

这也是一次超速快冷却，子弹像果汁机中飞旋的刀片，瞬间将目标的心脏切得粉碎，她在倒地之前已经死了。她倒下后，立刻与垃圾融为一体，本来能显示出她存在的鲜血也被垃圾吸收了。

在意识到背后有人的一瞬间，滑膛猛地转身，看到画家站在那里，他的长发在夜风中飘动，浸透了星环的光，像蓝色的火焰。

“他们让你杀了她？”画家问。

“履行合同而已，你认识她？”

“是的，她常来看我的画，她认字不多，但能看懂那些画，而且和你一样喜欢它们。”

“合同里也有你。”

画家平静地点点头，没有丝毫恐惧，“我想到了。”

“只是好奇问问，为什么不要钱？”

“我的画都是描写贫穷与死亡的，如果一夜之间成了百万富翁，我的艺术就死了。”

滑膛点点头，“你的艺术将活下去，我真的很喜欢你的画。”说着他抬起了枪。

“等等，你刚才说是在履行合同，那能和我签一个合同吗？”

滑膛点点头，“当然可以。”

“我自己的死无所谓，为她复仇吧。”画家指指拾荒女倒下的地方。

“让我用我们这个行业的商业语言说明你的意思：你委托我加工一批工件，这些工件曾经委托我加工你们两个工件。”

画家再次点点头，“是这样的。”

滑膛郑重地说：“没有问题。”

“可我没有钱。”

滑膛笑笑，“你卖给我的那幅画，价钱真的太低了，它已足够支付这桩业务了。”

“那谢谢你了。”

“别客气，履行合同而已。”

死亡之火再次喷出枪口，子弹翻滚着，呜哇怪叫着穿过空气，穿透了画家的心脏，血从他的胸前和背后喷向空中，他倒下后两三秒钟，这些飞扬的鲜血才像温热的雨撒落下来。

“这没必要。”

声音来自滑膛背后，他猛转身，看到垃圾场的中央站着一个人，一个男人，穿着几乎与滑膛一样的皮夹克，看上去还年轻，相貌平常，双眼映出星环的蓝光。

滑膛手中的枪下垂着，没有对准新来的人，他只是缓缓扣动枪机，大鼻子的击锤懒洋洋地抬到了最高处，处于一触即发的状态。

“是警察吗？”滑膛问，口气很轻松随便。

来人摇摇头。

“那就去报警吧。”

来人站着没动。

“我不会在你背后开枪的，我只加工合同中的工件。”

“我们现在不干涉人类的事。”来人平静地说。

这话像一道闪电击中了滑膛，他的手不由一松，左轮的击锤落回到原位。他细看来人，在星环的光芒下，无论怎么看，他都是一个普通的人。

“你们，已经下来了？”滑膛问，他的语气中出现了少有的紧张。

“我们早就下来了。”

接着，在第四地球的垃圾场上，来自两个世界的两个人长时间地沉默着。这凝固的空气使滑膛窒息，他想说点什么，这些天的经历，使他下意识地提出了一个问题：

“你们那儿，也有穷人和富人吗？”

第一地球人微笑了一下说：“当然有，我就是穷人，”他又指了一下天空中的星环，“他们也是。”

“上面有多少人？”

“如果你是指现在能看到的这些，大约有五十万人，但这只是先遣队，几年后到达的一万艘飞船将带来十亿人。”

“十亿？他们……不会都是穷人吧？”

“他们都是穷人。”

“第一地球上的世界到底有多少人呢？”

“二十亿。”

“一个世界里怎么可能有那么多穷人？”

“一个世界里怎么不可能有那么多是穷人？”

“我觉得，一个世界里的穷人比例不可能太高，否则这个世界就变得不稳定，那富人和中产阶级也过不好了。”

“以目前第四地球所处的阶段，很对。”

“还有不对的时候吗？”

第一地球人低头想了想，说：“这样吧，我给你讲讲第一地球上穷人和富人的故事。”

“我很想听。”滑膛把枪插回怀里的枪套。

“两个人类文明十分相似，你们走过的路我们都走过，我们也有过你们现在的时代：社会财富的分配虽然不均，但维持着某种平衡，穷人和富人都不是太多，人们普遍相信，随着社会的进步，贫富差距将进一步减小，他们憧憬着人人均富的大同时代。但人们很快会发现事情要复杂得多，这种平衡很快就要被打破了。”

“被什么东西打破的？”

“教育。你也知道，在你们目前的时代，教育是社会下层进入上层的唯一途径，如果社会是一个按温度和含盐度分成许多水层的海洋，教育就像一根连通管，将海底水层和海面水层连接起来，使各个水层之间不至于完全隔绝。”

“你接下来可能想说,穷人越来越上不起大学了。”

“是的,高等教育费用日益昂贵,渐渐成了精英子女的特权。但就传统教育而言,即使仅仅是为了市场的考虑,它的价格还是有一定限度的,所以那条连通管虽然已经细若游丝,但还是存在着。可有一天,教育突然发生了根本的变化,一个技术飞跃出现了。”

“是不是可以直接向大脑里灌知识了?”

“是的,但知识的直接注入只是其中的一部分。大脑中将被植入一台超级计算机,它的容量远大于人脑本身,它存储的知识可变为植入者的清晰记忆。但这只是它的一个次要功能,它是一个智力放大器,一个思想放大器,可将人的思维提升到一个新的层次。这时,知识、智力、深刻的思想,甚至完美的心理和性格、艺术审美能力等等,都成了商品,都可以买得到。”

“一定很贵。”

“是的,很贵,将你们目前的货币价值做个对比,一个人接受超等教育的费用,与在北京或上海的黄金地段买两到三套一百五十平方米的商品房相当。”

“即使这样,还是有一部分人能支付得起的。”

“是的,但只是一小部分有产阶层,社会海洋中那条连通上下层的管道彻底中断了。完成超等教育的人的智力比普通人高出一个层次,他们与未接受超等教育的人之间的智力差异,就像后者与狗之间的差异一样大。同样的差异还表现在许多其他方面,比如艺术感受能力等。于是,这些超级知识阶层就形成了自己的文化,而其余的人对这种文化完全不可理解,就像狗不理解交响乐一样。超级知识分子可能都精通上百种语言，在某种场合，对某个人，都要按礼节使用相应的语言。在这种情况下，在超级知识阶层看来，他们与普通民众的交流，就像我们与狗的交流一样简陋了……于是，一件事就自然而然地发生了，你是个聪明人，应该能想到。”

“富人和穷人已经不是同一个……同一个……”

“富人和穷人已经不是同一个物种了，就像穷人和狗不是同一个物种一样，穷人不再是人了。”

“哦，那事情可真的变了很多。”

“变了很多，首先，你开始提到的那个维持社会财富平衡、限制穷人数量的因素不存在了。即使狗的数量远多于人，它们也无力制造社会不稳定，只能制造一些需要费神去解决的麻烦。随便杀狗是要受惩罚的，但与杀人毕竟不一样，特别是当狂犬病危及人的安全时，把狗杀光也是可以的。对穷人的同情，关键在于一个同字，当双方相同的物种基础不存在时，同情也就不存在了。这是人类的第二次进化，第一次与猿分开来，靠的是自然选择；这一次与穷人分开来，靠的是另一条同样神圣的法则：私有财产不可侵犯。”

“这法则在我们的世界也很神圣的。”

“在第一地球的世界里，这项法则由一个叫社会机器的系统维持。社会机器是一种强有力的执法系统，它的执法单元遍布世界的每一个角落，有的执法单元只有蚊子大小，但足以在瞬间同时击毙上百人。它们的法则不是你们那个阿西莫夫的三定律，而是第一地球的宪法基本原则：私有财产不可侵犯。它们带来的并不是专制，它们的执法是绝对公正的，并非倾向于有产阶层，如果穷人那点儿可怜的财产受到威胁，他们也会根据宪法去保护的。

“在社会机器强有力的保护下,第一地球的财富不断地向少数人集中。而技术发展导致了另一件事,有产阶层不再需要无产阶层了。在你们的世界,富人还是需要穷人的,工厂里总得有工人。但在第一地球,机器已经不需要人来操作了,高效率的机器人可以做一切事情,无产阶层连出卖劳动力的机会都没有了,他们真的一贫如洗。这种情况的出现,完全改变了第一地球的经济实质,大大加快了社会财富向少数人集中的速度。

“财富集中的过程十分复杂,我向你说不清楚,但其实质与你们世界的资本运作是相同的。在我曾祖父的时代,第一地球百分之六十的财富掌握在一千万人手中;在爷爷的时代,世界财富的百分之八十掌握在一万人手中;在爸爸的时代,财富的百分之九十掌握在四十二人手中。

“在我出生时,第一地球的资本主义达到了顶峰上的顶峰,创造了令人难以置信的资本奇迹:百分之九十九的世界财富掌握在一个人的手中!这个人被称作终产者。

“这个世界的其余二十多亿人虽然也有贫富差距,但他们总体拥有的财富只是世界财富总量的百分之一,也就是说,第一地球变成了由一个富人和二十亿个穷人组成的世界,穷人是二十亿,不是我刚才告诉你的十亿,而富人只有一个。这时,私有财产不可侵犯的宪法仍然有效,社会机器仍在忠实地履行着它的职责,保护着那一个富人的私有财产。

“想知道终产者拥有什么吗?他拥有整个第一地球!这个行星上所有的大陆和海洋都是他家的客厅和庭院,甚至第一地球的大气层都是他私人的财产。

“剩下的二十亿穷人，他们的家庭都住在全封闭的住宅中，这些住宅本身就是一个自给自足的微型生态循环系统，他们用自己拥有的那可怜的一点点水、空气和土壤等资源在这全封闭的小世界中生活着，能从外界索取的，只有不属于终产者的太阳能了。

“我的家坐落在一条小河边，周围是绿色的草地，一直延伸到河沿，再延伸到河对岸翠绿的群山脚下，在家里就能听到群鸟鸣叫和鱼儿跃出水面的声音，能看到悠然的鹿群在河边饮水，特别是草地在和风中的波纹最让我陶醉。但这一切不属于我们，我们的家与外界严格隔绝，我们的窗户是密封舷窗，永远都不能开的。要想外出，必须经过一段过渡舱，就像从飞船进入太空一样，事实上，我们的家就像一艘宇宙飞船，不同的是，恶劣的环境不是在外面，而是在里面！我们只能呼吸家庭生态循环系统提供的污浊的空气，喝经千万次循环过滤的水，吃以我们的排泄物为原料合成再生的难以下咽的食物。而与我们仅一墙之隔，就是广阔而富饶的大自然，我们外出时，穿着像一名宇航员，食物和水要自带，甚至自带氧气瓶，因为外面的空气不属于我们，是终产者的财产。

“当然，有时也可以奢侈一下，比如在婚礼或节日什么的，这时我们会走出自己全封闭的家，来到第一地球的大自然中，最令人陶醉的是呼吸第一口大自然的空气时，那空气是微甜的，甜得让你流泪。但这是要花钱的，外出之前我们都得吞下一粒药丸大小的空气售货机，这种装置能够监测和统计我们吸入空气的量，我们每呼吸一次，银行账户上的钱就被扣除一点。对于穷人，这真的是一种奢侈，每年也只能有一两次。我们来到外面时，也不敢剧烈活动，甚至不动只是坐着，以控制自己的呼吸量。回家前还要仔细地刮刮鞋底，因为外面的土壤也不属于我们。

“现在告诉你我母亲是怎么死的。为了节省开支，她那时已经有三年没有到户外去过一次了，节日也舍不得出去。这天深夜，她竟在梦游中通过过渡门到了户外！她当时做的一定是一个置身于大自然中的梦。当执法单元发现她时，她已经离家有很远的距离了，执法单元也发现了她没有吞下空气售货机，就把她朝家里拖，同时用一只机械手卡住她的脖子，它并没想掐死她，只是不让她呼吸，以保护另一个公民不可侵犯的私有财产——空气。但到家时她已经被掐死了，执法单元放下她的尸体对我们说：她犯了盗窃罪。我们要被罚款，但我们已经没有钱了，于是母亲的遗体就被没收抵账。要知道，对一个穷人家庭来说，一个人的遗体是很宝贵的，占它重量百分之七十的是水啊，还有其他有用的资源。但遗体的价值还不够交纳罚款，社会机器便从我们家抽走了相当数量的空气。

“我们家生态循环系统中的空气本来已经严重不足，一直没钱补充，在被抽走一部分后，已经威胁到了内部成员的生存。为了补充失去的空气，生态系统不得不电解一部分水，这个操作使得整个系统的状况急剧恶化。主控电脑发出了警报：如果我们不向系统中及时补充十五升水，系统将在三十小时后崩溃。警报灯的红色光芒迷漫在每个房间。我们曾打算到外面的河里偷些水，但旋即放弃了，因为我们打到水后还来不及走回家，就会被无所不在的执法单元击毙。父亲沉思了一会儿，让我不要担心，先睡觉。虽然处于巨大的恐惧中，但在缺氧的状态下，我还是睡着了。不知过了多长时间，一个机器人推醒了我，它是从与我家对接的一辆资源转换车上进来的，它指着旁边一桶清澈晶莹的水说：这就是你父亲。资源转换车是一种将人体转换成能为家庭生态循环系统所用资源的流动装置，父亲就是在那里将自己体内的水全部提取出来，而这时，就在离我家不到一百米处，那条美丽的河在月光下哗哗地流着。资源转换车从父亲的身体里还提取了其他一些对生态循环系统有用的东西：一盒有机油脂，一瓶钙片，甚至还有硬币那么大的一小片铁。

“父亲的水拯救了我家的生态循环系统，我一个人活了下来，一天天长大，五年过去了。在一个秋天的黄昏，我从舷窗望出去，突然发现河边有一个人在跑步，我惊奇是谁这么奢侈，竟舍得在户外这样呼吸?！仔细一看，天啊，竟是终产者！他慢下来，放松地散着步，然后坐在河边的一块石头上，将一只赤脚伸进清澈的河水里。他看上去是一个健壮的中年男人，但实际已经两千多岁了，基因工程技术还可以保证他再活这么长时间，甚至永远活下去。不过在我看来，他真的是一个很普通的人。

“又过了两年，我家的生态循环系统的运行状况再次恶化，这样小规模的生态系统，它的寿命肯定是有限的。终于，它完全崩溃了。空气中的含氧量不断减少，在缺氧昏迷之前，我吞下了一枚空气售货机，走出了家门。像每一个家庭生态循环系统崩溃的人一样，我坦然地面对着自己的命运：呼吸完我在银行那可怜的存款，然后被执法机器掐死或击毙。

“这时我发现外面的人很多，家庭生态循环系统开始大批量地崩溃了。一台巨大的执法机器悬浮在我们上空，播放着最后的警告：公民们，你们闯入了别人的家里，你们犯了私闯民宅罪，请尽快离开！不然……离开？我们能到哪里去？自己的家中已经没有可供呼吸的空气了。

“我与其他人一起，在河边碧绿的草地上尽情地奔跑，让清甜的春风吹过我们苍白的面庞，让生命疯狂地燃烧……

“不知过了多长时间，我们突然发现自己银行里的存款早就呼吸完了，但执法单元们并没有采取行动。这时，从悬浮在空中的那个巨型执法单元中传出了终产者的声音：

"'各位好，欢迎光临寒舍！有这么多的客人我很高兴，也希望你们在我的院子里玩得愉快，但还是请大家体谅我，你们来的人实在是太多了。现在。全球已有近十亿人因生态循环系统崩溃而走出了自己的家，来到我家，另外那十多亿可能也快来了，你们是擅自闯入，侵犯了我这个公民的居住权和隐私权，社会机器采取行动终止你们的生命是完全合理合法的，如果不是我劝阻了它们那么做，你们早就全部被激光蒸发了。但我确实劝阻了他们，我是个受过多次超等教育的有教养的人，对家里的客人，哪怕是违法闯入者，都是讲礼貌的。但请你们设身处地地为我想想，家里来了二十亿客人，毕竟是稍微多了些，我是个喜欢安静和独处的人，所以还是请你们离开寒舍。我当然知道大家在地球上无处可去，但我为你们，为二十亿人准备了两万艘巨型宇宙飞船，每艘都有一座中等城市大小，能以光速的百分之一航行。上面虽没有完善的生态循环系统，但有足够容纳所有人的生命冷藏舱，足够支持五万年。我们的星系中只有地球这一颗行星，所以你们只好在恒星际间寻找自己新的家园，但相信一定能找到的。宇宙之大，何必非要挤在我这间小小的陋室中呢？你们没有理由恨我，得到这幢住所，我是完全合理合法的，我从一个经营妇女卫生用品的小公司起家，一直做到今天的规模，完全是凭借自己的商业才能，没有做过任何违法的事，所以，社会机器在以前保护了我，以后也会继续保护我，保护我这个守法公民的私有财产，它不会容忍你们的违法行径，所以，还是请大家尽快动身吧，看在同一进化渊源的分儿上，我会记住你们的，也希望你们记住我，保重吧。'

“我们就是这样来到了第四地球,航程延续了三万年,在漫长的星际流浪中,损失了近一半的飞船,有的淹没于星际尘埃中,有的被黑洞吞食……但,总算有一万艘飞船、十亿人到达了这个世界。好了,这就是第一地球的故事,二十亿个穷人和一个富人的故事。”

“如果没有你们的干涉,我们的世界也会重复这个故事吗?”听完了第一地球人的讲述,滑膛问道。

“不知道,也许会也许不会,文明的进程像一个人的命运,变幻莫测的……好,我该走了,我只是一名普通的社会调查员,也在为生计奔忙。”

“我也有事要办。”滑膛说。

“保重,弟弟。”

“保重,哥哥。”

在星环的光芒下,两个世界的两个男人分别向两个方向走去。

滑膛走进了总统大厅,社会财富液化委员会的十三个常委一起转向他。朱汉杨说:

“我们已经验收了,你干得很好,另一半款项已经汇入你的账户,尽管钱很快就没用了……还有一件事想必你已经知道:哥哥文明的社会调查员已君临地球,我们和你做的事都无意义,我们也没有进一步的业务给你了。”

“但我还是揽到了一项业务。”

滑膛说着,掏出手枪,另一只手向前伸着,啪啪啪啪啪啪啪,七颗澄黄的子弹掉在桌面上,与手中大鼻子弹仓中的六颗加起来,正好十三颗。

在十三个富翁脸上，震惊和恐惧都只闪现了很短的时间，接下来的只有平静，这对他们来说，可能意味着解脱。

外面，一群巨大的火流星划破长空，强光穿透厚厚的窗帘，使水晶吊灯黯然失色，大地剧烈震动起来。第一地球的飞船开始进入大气层。

“还没吃饭吧？”许雪萍问滑膛，然后指着桌上的一堆方便面说，“咱们吃了饭再说吧。”

他们把一个用于放置酒和冰块的大银盆用三个水晶烟灰缸支起来，在银盆里加上水。然后，他们在银盆下烧起火来，用的是百元钞票，大家轮流将一张张钞票放进火里，出神地看着黄绿相间的火焰像一个活物般欢快地跳动着。

当烧到一百三十五万时，水开了。

发表于 2005 年第 11 期《科幻世界》

获 2005 年度（第 17 届）银河奖

山

山在那儿

“今天一定要搞清楚你这个怪癖，为什么从不上岸？”船长对冯帆说，“五年了，我都记不清‘蓝水号’停泊过多少个国家的多少个港口了，可你从没上过岸。如果‘蓝水号’退役了，你是不是也打算像那个电影主人公一样随它沉下去？”

“我会换条船。海洋考察船总是欢迎我这种不上岸的地质工程师的。”

“是陆地上有什么东西让你害怕吧？”

“相反，陆地上有东西让我向往。”

“什么东西？”

“山。”

他们现在站在“蓝水号”海洋地质考察船的左舷，看着赤道上的太平洋。一年前“蓝水号”第一次过赤道时，船上还娱乐性地举行了古老的仪式。但随着这片海底锰结核沉积区的发现，“蓝水号”在一年中反复穿越赤道无数次，他们已经忘了赤道的存在。

现在，夕阳已沉到了海平线下，太平洋异常平静。冯帆从未见过平静的海面，这让他想起了喜马拉雅山上的那些湖泊，清澈得发黑，像地球的眸子。一次，他和两个队员偷看湖里的藏族姑娘洗澡，被几个牧羊汉子拎着腰刀追，后来追不上，就用石抛子朝他们抡石头，贼准，他们只好做投降状站下。那几个汉子走近打量了他们一阵儿就走了，冯帆听懂了他们嘀咕的那几句藏语：还没见过外面来的人能在这地方跑这么快。

“喜欢山？那你是山里长大的了。”船长说。

“不，”冯帆说，“山里长大的人一般都不喜欢山，他们总是感觉山把自己与世界隔绝开来。我认识一个尼泊尔夏尔巴族登山向导，他登了四十一次珠峰，但每一次都在距峰顶不远处停下，看着雇用他的登山队登顶。他说只要自己愿意，无论从北坡还是南坡，都可以在十个小时内登上珠峰，但他没有兴趣。山的魅力是从两个方位感受到的：一是从平原上远远地看山，再就是站在山顶上。

“我的家在河北大平原上，向西能看到太行山。家和山之间就像这海似的一马平川，没遮没挡。我生下来不久，妈第一次把我抱到外面，那时我脖子刚硬得能撑住小脑袋，就冲着西边的山咿咿呀呀地叫。学走路时，总是摇摇晃晃地朝山那边走。大一些后，曾在一天清晨出发，沿着石太铁路向山走，一直走到中午肚子饿了才回头，但那山看上去还是那么远。上学后还骑着自行车向山走，那山似乎随着我向后退，丝毫没有近些的感觉。时间长了，远山对于我已成为一种象征，像我们生活中那些清晰可见但永远无法得到的东西，那是凝固在远方的梦。”

“我去过那一带。”船长摇摇头说，“那里的山很荒，上面只有乱石和野草，所以你以后注定要失望。”

“不，我和你想的不一样，我只想爬上去，并不指望得到山里的什么东西。第一次登上山顶时，看着抚育我长大的平原在下面延展，真有一种新生的感觉。”

冯帆说到这里，发现船长并没有专注于他们的谈话，而是仰头看着天。那里已出现了稀疏的星星，“那儿，”船长用烟斗指着正上方天顶的一处说，“那儿不应该有星星。”

但那里有一颗星星，很暗淡，丝毫不引人注意。

“你肯定？”冯帆将目光从天顶转向船长，“GPS早就代替了六分仪，你肯定自己还是那么熟悉星空？”

“那当然，这是航海专业的基础知识……你接着说。”

冯帆点点头，“后来在大学里，我组织了一支登山队，登过几座海拔七千米以上的高山，最后登的是珠峰。”

船长打量着冯帆，“我猜对了，果然是你！我一直觉得你面熟，改名了？”

“是的，我曾叫冯华北。”

“几年前你可引起不小的关注啊。媒体上说的那些都是真的？”

“基本上是吧。反正那四个大学登山队员确实是因我而死的。”

船长划了根火柴，将熄灭的烟斗重新点着，“我感觉，做登山队长和做远洋船长有一点是相同的：最难的不是学会争取，而是学会放弃。”

“可我当时要是放弃了，以后也很难再有机会。你知道登山运动是一件很花钱的事，我们是一支大学生登山队，好不容易争取到赞助……

由于我们雇的登山协同向导闹罢工，在建一号营地时耽误了时间，然后就预报有风暴，但从云图上看，风暴到那儿至少还有二十个小时。我们当时已经建好了海拔七千九百米的二号营地，立刻登顶的话，时间应该够了。你说我能放弃吗？”

“那颗星星在变亮。”船长又抬头看了看。

“是啊，天黑了嘛。”

“好像不是因为天黑……说下去。”

“后面的事你应该都知道。风暴来时，我们正在海拔八千六百八十米到八千七百一十米最险的一段上，那是一道接近九十度的峭壁，登山界管它叫第二台阶中国梯。当时峰顶已经很近了，天还很晴，只在峰顶的一侧雾化出一缕云。我清楚地记得，当时觉得珠峰像一把锋利的刀子，把天划破了，流出那缕白血……很快一切都看不见了，风暴刮起的雪雾那个密啊，一下子就把那四名队员从悬崖上吹下去了，只有我死死拉着绳索。可我的登山镐当时只是卡在冰缝里，根本不可能支撑五个人的重量。也就是出于本能吧，我割断了登山索，任他们掉下去……其中两个人的遗体现在还没找到。”

“这是五个人死还是四个人死的问题。”

“是，从登山运动紧急避险的准则来说，我也没错，但就此背上了沉重的十字架……你说得对，那颗星星不正常，还在变亮。”

“别管它……那你现在的这种……状况，与那次经历有关吗？”

“还用说吗？你也知道当时媒体上铺天盖地的谴责和鄙夷，说我不负责任，说我是个自私怕死的小人，为自己活命牺牲了四个同伴……我至少可以部分澄清后一种指责，于是那天我穿上登山服，戴上太阳镜，顺着排水管，登上了学院图书馆的顶层。就在我跳下去前，导师上来了，在我后面说：你这么做是不是太轻饶自己了？你这是在逃避更重的惩罚。我问他有那种惩罚吗？他说当然有，你找一个离山最远的地方过一辈子，让自己永远看不见山，不就行了？于是我就没有跳下去。这当然招来了更多的耻笑，但只有我自己知道导师说得对，那对我真的是一种比死更重的惩罚。我视登山为生命，学地质也是为的这个。让我一辈子永远离开自己痴迷的高山，再加上良心的折磨，实在是极重的惩罚。于是，我毕业后就找到了这个工作，成为‘蓝水号’考察船的海洋地质工程师，来到海上——离山最远的地方。”

船长盯着冯帆看了好半天，不知该说什么好，终于认定最好的选择是摆脱这个话题，好在现在头顶上的天空中就有一个转移话题的目标，“再看看那颗星星。”

“天啊，它好像在显出形状来！”冯帆抬头看后惊叫道。那颗星已不是一个点，而是一个小小的圆形。那圆形很快扩大，转眼间成了天空中一个醒目的发着蓝光的小球。

一阵急促的脚步声把他们的目光从空中拉回了甲板，头上戴着耳机的大副急匆匆地跑来，对船长说：“收到消息，有一艘外星飞船正向地球飞来，我们所处的赤道位置看得最清楚。看，就是那个！”

三人抬头仰望。天空中的小球仍在急剧膨胀，像吹了气似的，很快胀到满月大小。

“所有的电台都中断了正常播音在说这事儿呢！那个东西早被观测到了，现在才证实它是什么。它不回答任何询问，但从运行轨道看，它肯定是有巨大动力的，正高速向地球扑过来！他们说那东西有月球大小呢!”

现在看,那个太空中的球体已远不止月亮大小了,它的内部现在可以装下十个月亮,占据了天空相当大的一部分,这说明它比月球距地球要近得多。大副捂着耳机接着说:“他们说它停下了,正好停在三万六千公里高的同步轨道上,成了地球的一颗同步卫星!”

“同步卫星? 就是说它悬在那里不动了?!”

“是的,在赤道上,正在我们上方!”

冯帆凝视着太空中的球体。它似乎是透明的,内部充盈着蓝幽幽的光。真奇怪,他竟有种盯着海面看的感觉。每当海底取样器升上来之前,海呈现出来的那种深邃都让他着迷。现在,那个蓝色巨球的内部就是这样深不可测,像是地球海洋在远古丢失的一部分正在回归。

“看啊,海! 海怎么了?!”船长首先将目光从具有催眠般魔力的巨球上挣脱出来,用烟斗指着海面惊叫。

前方的海天连线开始弯曲,变成了一条向上拱起的正弦曲线。海面隆起了一个巨大的水包,这水包急剧升高,像是被来自太空的一只无形的巨手提了起来。

“是飞船质量的引力! 它在拉起海水!”冯帆说,他很惊奇自己这时还能进行有效的思考。飞船的质量相当于月球,而它与地球的距离仅是月球的十分之一! 幸亏它静止在同步轨道上,引力拉起的海水也是静止的,否则滔天的潮汐将毁灭世界。

现在,水包已升到了顶天立地的高度,呈巨大的圆头锥形,表面反射着空中巨球的蓝光,而落日的光芒又用艳丽的血红勾勒出它的边缘。水包的顶端在寒冷的高空雾化出了一缕云雾,那云飘出不远就消失了，仿佛是傍晚的天空被划破了似的。这景象令冯帆心里一动，他想起了……

“测测它的高度！”船长喊道。

过了一分钟有人喊道：“大约九千一百米！”

在这地球上有史以来最恐怖也是最壮美的奇观面前，所有人都像被咒语定住了。“这是命运啊……”冯帆梦呓般地说。

“你说什么?！”船长大声问，目光仍固定在水包上。

“我说这是命运。”

是的，是命运。为逃避山，冯帆来到太平洋中，而就在这距山最远的地方，竟出现了一座比珠穆朗玛峰还高二百米的水山。现在，它是地球上最高的山。

“左舵五，前进四！我们还是快逃命吧！”船长对大副说。

“逃命？有危险吗？”冯帆不解地问。

“外星飞船的引力已经造成了一个巨大的低气压区，大气旋正在形成。我告诉你吧，这可能是有史以来最大的风暴，说不定能把‘蓝水号’像树叶似的刮上天！但愿我们能在气旋形成前逃出去。”

大副示意大家安静，捂着耳机听了一会儿，说：“船长，事情比你想的更糟！电台上说，外星人是来毁灭地球的，他们仅凭飞船巨大的质量就能做到这一点！飞船引力产生的不是普通的大风暴，而是地球大气的大泄漏！”

“泄漏？向什么地方泄漏？”

“飞船的引力会在地球的大气层上拉出一个洞，就像扎破气球一样，空气会从那个洞逃逸到太空中去，地球大气会跑光的！”

“这需要多长时间？”船长问。

“专家们说，只需一个星期左右，全球的大气压就会降到致命的低限。他们还说，当气压降到一定程度时，海洋会沸腾起来。天啊，那是什么样子啊……现在各国的大城市都陷入混乱，人们一片疯狂，都拥进医院和工厂抢氧气……呵，还说，美国卡纳维拉尔角的航天发射基地都有疯狂的人群拥入，想抢作为火箭发射燃料的液氧……”

“一个星期？就是说我们连回家的时间都不够了。”船长说着，摸出火柴，再次点燃熄灭的烟斗。

“是啊，回家的时间都不够了……”大副茫然地说。

“要这样，我们还不如分头去做自己最想做的事。”冯帆说。他突然兴奋起来，感到热血沸腾。

“你想做什么？”船长问。

“登山。”

“登山？登……这座山？！”大副指着海水高山吃惊地问。

“是的，现在它是世界最高峰了。山在那儿了，当然得有人去登。”

“怎么登？”

“登山当然是徒步的——游泳。”

“你疯了？！”大副喊道，“你能游上九公里高的水坡？那坡看上去有四十五度！那和登山不一样，你必须不停地游动，一松劲就滑下来了！”

“我想试试。”

“让他去吧。”船长说，“如果我们在这个时候还不能照自己的愿望生活，那什么时候能行呢？这里离水山的山脚有多远？”

“二十公里吧。”

“你开一艘救生艇去吧，”船长对冯帆说，“记住多带些食品和水。”

“谢谢！”

“其实你挺幸运的。”船长拍拍冯帆的肩说。

“我也这么想。”冯帆说，“船长，还有一件事我没告诉你，在珠峰遇难的那四名大学生登山队员中，有我的恋人。当我割断登山索时，脑子里闪过的念头是这样的：我不能死，还有别的山呢。”

船长点点头，“去吧。”

“那……我们怎么办呢？”大副问。

“全速冲出正在形成的风暴，多活一天算一天吧。”

冯帆站在救生艇上，目送着“蓝水号”远去。他原准备在其上度过一生的。

另一边，在太空中的巨球下面，海水高山静静地耸立着，仿佛亿万年来一直就在那儿一样。

海面仍然很平静，但冯帆感觉到了风力在缓缓增强。空气已经开始向海山的低气压区聚集了。救生艇上有一面小帆，冯帆升起了它。风虽然不大，但方向正对着海山，小艇平稳地向山脚驶去。随着风力的加强，帆渐渐鼓满，小艇的速度很快增加，艇首像一把利刃划开海水，到山脚的二十公里路程只走了四十分钟。当感觉到救生艇的甲板在水坡上倾斜时，冯帆纵身一跃，跳入被外星飞船的光芒照得蓝幽幽的海中。

他成为第一个游泳登山的人。

现在，已经看不到海山的山顶。冯帆在水中抬头望去，展现在他面前的，是一道一望无际的海水大坡，坡度有四十五度，仿佛是一个巨人把海洋的另一半在他面前掀起来一样。

冯帆用最省力的蛙泳游着，想起了大副的话。他大概算了一下，从这里到顶峰有十三公里左右，如果是在海平面，他的体力游出这么远是不成问题的，但现在是在爬坡，不进则退，登上顶峰几乎是不可能的。但冯帆不后悔这次努力，能攀登海水珠峰，这也算是圆了他的登山梦吧。

这时，冯帆产生了某种异样的感觉。他已明显地感到海山的坡度在增加，身体越来越随着水面向上倾斜，游起来却没有感到更费力。回头一看，看到了被自己丢弃在山脚的救生艇。他离艇之前已经落下了帆，此刻小艇却仍然稳稳地停在水坡上，没有滑下去。他试着停止游动，仔细观察周围，发现自己也没有下滑，而是稳稳地浮在倾斜的水坡上！冯帆一砸脑袋，骂自己和大副都是白痴：既然水坡上呈流体状态的海水不会下滑，上面的人和船怎么会滑下去呢？

现在冯帆知道，海水高山是他的了。

冯帆继续向上游，感到越来越轻松。头部出水换气的动作能够轻易完成，这是他的身体变轻的缘故。重力减小的其他迹象也开始显现出来——冯帆游泳时溅起的水花下落的速度变慢了，水坡上海浪起伏和行进的速度也在变慢。这时大海阳刚的一面消失了，呈现出了正常重力下不可能有的轻柔。

随着风力的增大，水坡上开始出现排浪。在低重力下，海浪的高度增加了许多，形状也发生了变化，变得薄如蝉翼，在缓慢的下落中自身翻卷起来，像一把无形的巨刨在海面上推出的一卷卷玲珑剔透的刨花。海浪并没有增加冯帆游泳的难度，反而推送着他向上攀游，因为浪的行进方向是向着峰顶的。随着重力的进一步减小，更美妙的事情发生了：

薄薄的海浪不再是推送冯帆，而是将他轻轻地抛起来。有一瞬间，他的身体完全离开了水面，旋即被前面的海浪接住，再抛出。他就这样被一只只轻柔而有力的海之手传递着，快速向峰顶进发。他发现，这时用蝶泳的姿势效率最高。

风力继续增强，重力继续减小，水坡上的浪已超过了十米，但起伏的速度更慢了。由于低重力下水之间的摩擦并不剧烈，这样的巨浪居然没有发出声音，只能听到风声。身体越来越轻盈的冯帆从一个浪峰跃向另一个浪峰。他突然发现，现在自己腾空的时间已大于在水中的时间，不知道自己是在游泳还是在飞翔。有几次，薄薄的巨浪把他盖住了，他发现自己进入了一个由翻卷的水膜形成的隧道中。在他的上方，薄薄的浪膜缓缓卷动，浸透了巨球的蓝光。透过浪膜，可以看到太空中的外星飞船。巨球在浪膜后变形抖动，像是用泪眼看去一般。

冯帆看看左腕上的防水表，发现自己已经“攀登”了一个小时。照这样出人意料的速度，最多再有这么长时间就能登顶了。

冯帆突然想到了“蓝水号”。照目前风力增长的速度看，大气旋很快就要形成，“蓝水号”无论如何也逃不出超级风暴了。他突然意识到船长犯了一个致命的错误：应该将船径直驶向海水高山。既然水坡上的重力分量不存在，那“蓝水号”登上顶峰将如同在平海上行驶一样轻而易举，而峰顶就是风暴眼，是平静的！想到这里，冯帆急忙掏出救生衣上的步话机，但没人回答他的呼叫。

冯帆已经掌握了在浪尖飞跃的技术。他从一个浪峰跃向另一个浪峰，又“攀登”了二十分钟左右，已经走过了三分之二的路程。浑圆的峰顶看上去不远了，在外星飞船洒下的光芒中柔和地闪亮，像是等待着他的一个新的星球。这时,呼呼的风声突然变成了恐怖的尖啸,这声音来自所有方向。风力骤然增大,二三十米高的薄浪还没来得及落下,就在半空中被飓风撕碎。冯帆举目望去,水坡上布满了被撕碎的浪峰,像一片在风中狂舞的乱发,在巨球的照耀下发出一片炫目的白光。

冯帆进行了最后的一次飞跃。他被一道近三十米高的薄浪送上半空,那道浪在他脱离的瞬间就被疾风粉碎了。他向着前方的一排巨浪缓缓下落,那排浪像透明的巨翅缓缓向上张开,似乎在迎接他。就在冯帆的手与升上来的浪头接触的瞬间,这面晶莹的水晶巨膜在强劲的风中粉碎了,化作一片雪白的水雾。浪膜粉碎时,发出一阵很像是大笑的怪声。与此同时,冯帆已经变得很轻的身体不再下落,而是离癫狂的海面越来越远,像一片羽毛般被狂风吹向空中。

冯帆在低重力下的气流中翻滚着。晕眩中,他只感到太空中发光的巨球在围绕着他旋转。当他终于能够初步稳住自己的身体时,竟然发现自己在海水高山的顶峰上空盘旋!水山表面的排排巨浪从这个高度看去像一条条长长的曲线,标示出旋风呈螺旋状会聚在山顶。冯帆在空中盘旋的圈子越来越小,速度越来越快。他正在被吹向气旋的中心。

当冯帆飘进风暴眼时,风力突然减小,托着他的无形的气流之手松开了,冯帆向着海水高山的峰顶坠下去,在峰顶的正中扎入了蓝幽幽的海水。

冯帆在水中下沉着,过了好一会儿才开始上浮,这时周围已经很暗了。当窒息的恐慌出现时,冯帆突然意识到了他所面临的危险:入水前的最后一口气是在海拔近万米的高空吸入的,含氧量很少,而在低重力下,他在水中的上浮速度很慢,即使自己努力游动加速,肺中的空气怕也支持不到自己浮上水面。一种熟悉的感觉向他袭来，他仿佛又回到了珠峰的风暴卷起的黑色雪尘中，死亡的恐惧压倒了一切。就在这时，他发现身边有几个银色的圆球正在与自己一同上浮，最大的一个直径有一米左右。冯帆突然明白这些东西是气泡！低重力下的海水中有可能产生很大的气泡。他奋力游向最大的气泡，将头伸过银色的泡壁，立刻能够顺畅地呼吸了！当缺氧的晕眩缓解后，他发现自己置身于一个球形空间中，这是他再一次进入由水围成的空间。透过气泡圆形的顶部，可以看到变形的海面波光粼粼。在上浮中，随着水压的减小，气泡迅速增大，头顶的圆形空间开阔起来，他感觉自己是在乘着一只水晶气球升上天空。上方的蓝色波光越来越亮，最后到了刺眼的程度。随着啪的一声轻响，大气泡破裂，冯帆升上了海面。在低重力下，他冲上了水面近一米高，然后又缓缓落下来。

冯帆首先看到的是周围无数缓缓飘落的美丽水球。水球大小不一，最大的有足球大小。这些水球映着空中巨球的蓝光，细看内部还分许多层，显得晶莹剔透。这都是冯帆落到水面时溅起的水，在低重力下，由于表面张力而形成球状。他伸手接住一个，水球破碎时发出一种根本不可能是水所发出的清脆的金属声。

海山的峰顶十分平静，来自各个方向的浪在这里互相抵消，只留下一片碎波。这里显然是风暴的中心，是这狂躁世界中唯一平静的地方。这平静以另一种洪大的轰鸣为背景，那就是旋风的呼啸。冯帆抬头望去，发现自己和海山都处于一口巨井中，巨井的井壁是由气旋卷起的水雾构成的，这浓密的水雾在海山周围缓缓旋转，一直延伸到高空。巨井的井口就是外星飞船，它像太空中的一盏大灯，将蓝色的光芒投到井内。冯帆发现那个巨球周围有一片奇怪的云，呈丝状，像一张松散的丝网。它们看上去很亮，像自己会发光似的。冯帆猜测，那可能是泄漏到太空中的大气所产生的冰晶云。它们看上去围绕在外星飞船周围，实际与之相距三万多公里。要真是这样，地球大气层的泄漏已经开始了。这口由大旋风构成的巨井，就是那个致命的漏洞。

不管怎么样，冯帆想，我登顶成功了。

顶峰对话

周围的光线突然闪烁着暗了下来。冯帆抬头望去，看到外星飞船发出的蓝光消失了。他这时才明白那蓝光的意义：那只是一个显示屏空屏时的亮光，巨球表面就是一块显示屏。现在，巨球表面出现了一幅图像，图像是从空中俯拍的，是浮在海面上的一个人在抬头仰望，那人就是冯帆自己。半分钟左右，图像消失了。冯帆明白图像的含义——外星人只是表示他们看到了自己。这时，冯帆真正感到自己站在了世界的顶峰上。

屏幕上出现了两排单词，各国文字的都有，冯帆只认出了英文的“ENGLISH”、中文的“汉语”和日文的“日本语”，其他的，也显然是用地球上各种文字所标明的相应语种。有一个深色框在各个单词间快速移动，冯帆觉得这景象很熟悉。他的猜测很快得到了证实——他发现深色框的移动竟然是受自己的目光控制的！他将目光固定到“汉语”上，深色框就停在那里。他眨了一下眼，没有任何反应。应该双击，他想着，连眨了两下眼，深色框闪了一下，巨球上的语言选择菜单消失了，出现了一行很大的中文：

你好！

“你好！”冯帆向天空大喊，“你能听到我的话吗?！”

能听到，你用不着那么大声，我们连地球上一只蚊子的声音都能听到。我们从你们行星外泄的电波中学会了这些语言，想同你随便聊聊。

“你们从哪里来？”

巨球的表面出现了一幅静止的图像，由密密麻麻的黑点构成，复杂的细线把这些黑点连接起来，构成一张令人目眩的大网，这分明是一幅星图。果然，其中的一个黑点发出了银光，越来越亮。冯帆什么也没看懂，但他相信这幅图像肯定已被记录下来，地球上的天文学家们应该能看懂的。巨球上又出现了文字，星图并没有消失，而是成为文字的背景，或者桌面。

我们造了一座山，你就登上来了。

“我喜欢登山。”冯帆说。

这不是喜欢不喜欢的问题，我们必须登山。

“为什么？你们的世界有很多山吗？”冯帆问。他知道这显然不是人类目前迫切要谈的话题，但他想谈。既然周围的人都认为登山者是傻瓜，那他只好与声称必须登山的外星人交流了。他为自己争取到了这一切。

山无处不在，只是登法不同。

冯帆不知道这句话是哲学比喻还是现实描述，他只能傻傻地回答：“那么你们那里还是有很多山了。”

对于我们来说，周围都是山，它把我们封闭了，我们要挖洞才能登山。

这话令冯帆迷惑,他想了半天也没想出是怎么回事。

泡世界

外星人继续说:我们的世界十分简单,是一个球形空间。按照你们的长度单位计量,半径约为三千公里。这个空间被岩层所围绕,向任何一个方向走,都会遇到一堵致密的岩壁。

我们的第一宇宙模型自然而然地建立起来了:宇宙由两部分构成,其一就是我们生存的半径为三千公里的球形空间;其二就是围绕着这个空间的岩层,这岩层向各个方向无限延伸。所以,我们的世界就是这固体宇宙中的一个空泡,我们称它为泡世界。这个宇宙理论被称为密实宇宙论。当然,这个理论不排除这样的可能:在无限的岩层中还有其他的空泡,离我们或近或远。这就成了以后我们探索的动力。

"可是,无限厚的岩层是不可能存在的,会在引力下塌缩的。"

我们那时不知道万有引力这回事,泡世界中没有重力,我们生活在失重状态中。真正意识到引力的存在是几万年以后的事了。

"那这些空泡就相当于固体宇宙中的星球了?真有趣,你们的宇宙在密度分布上与真实宇宙正好相反,像是真实宇宙的底片啊。"

真实宇宙?这话很浅薄,只能说是现在已知的宇宙。你们并不知道真实宇宙是什么样子,我们也不知道。

"那里有阳光、空气和水吗?"

都没有,我们也都不需要。我们的世界中只有固体,没有气体和液体。

“没有气体和液体，怎么会有生命呢？”

我们是机械生命，肌肉和骨骼由金属构成，大脑是超高集成度的芯片，电流和磁场就是我们的血液。我们以地核中的放射性岩块为食物，靠它提供的能量生存。没有谁制造我们，这一切都是自然进化而来，由最简单的单细胞机械、由放射性作用下的岩石上偶然形成的PN结[①]进化而来。我们的原始祖先首先发现和使用的是电磁能，至于你们所谓的火，我们从来就没有发现过。

“那里一定很黑吧？”

亮光倒是有一些，是放射性物质在岩壁上产生的，那岩壁就是我们的天空了。光很弱，在岩壁上游移不定，但我们也由此进化出了眼睛。空泡中是失重的，我们的城市就悬浮在那昏暗的空间中，它们的大小与你们的城市差不多，远看去像一团团发光的云。机械生命的进化时间比你们碳基生命要长得多，但我们殊途同归，都走到了对宇宙进行思考的那一天。

“不过，这个宇宙可真够憋屈的。”

憋……这是个新词汇。所以，我们对广阔空间的向往比你们要强烈。早在泡世界的上古时代，向岩层深处的探险就开始了。探险者们在岩层中挖隧道前进，试图发现固体宇宙中的其他空泡。

关于这些想象中的空泡，有着很多奇丽的神话。对远方其他空泡的幻想构成了泡世界文学的主体。但这种探索最初是被禁止的，违者将被短路处死。

“是被教会禁止的吗？”

① 空穴型半导体（P型半导体）和电子型半导体（N型半导体）结合在一起，在两者的交界处就形成了PN结。

不，没什么教会。一个看不到太阳和星空的文明是产生不了宗教的。元老院禁止隧洞探险是出于很现实的理由：我们没有你们近乎无限的空间，我们的生存空间半径只有三千公里。隧洞挖出的碎岩会在空泡中堆积起来，由于相信有无限厚的岩层，所以隧洞就可能挖得很长，最终挖出的碎岩会把空泡填满的！换句话说，是把空泡的球形空间转换成长长的隧洞空间。

“好像有一个解决办法：把挖出的碎岩放到后面已经挖好的隧洞中，只留下供探险者们容身的空间就行了。”

后来的探险确实就是这么进行的。探险者们容身的空间其实就是一个移动的小空泡，我们把它叫作泡船。但即使这样，仍然有相当于泡船空间的一堆碎石进入空泡，只有等待泡船返回时，这堆碎石才能重新填回岩壁。如果泡船有去无回，那么这一小堆碎石占据的空泡空间就无法恢复，就相当于这一小块空间被泡船偷走了，所以探险者们又被称为空间窃贼。对于那个狭小的世界，这么一点点空间也是宝贵的。天长日久，随着一艘艘泡船的离去，被占据的空间也将十分巨大。因此，泡船探险在远古时代也是被禁止的。同时，泡船探险是一项十分艰险的活动。一般的泡船中都有若干名挖掘手和一名领航员，那时还没有掘进机，只有靠挖掘手（相当于你们船上的桨手）使用简单的工具不停地挖掘，泡船才能在岩层中以极其缓慢的速度前进。在一个仅能容身的小小空洞里机器般劳作，在幽闭中追寻着渺茫的希望，无疑需要巨大的精神力量。由于泡船一般是沿着已经挖松的来路返回，所以相对容易些，但赌徒般的发现欲望往往会驱使探险者越过安全的折返点，继续向前。这时，返回的体力和给养都不够了，泡船就会搁浅在归程中，成为探险者的坟墓。

尽管如此，泡世界向外界的探险从未停止过。

哈勃红移①

在泡纪元33281年的一天（这是模仿地球纪年法，泡世界自己的纪年十分古怪，你理解不了），泡世界的岩层天空上突然出现了一个小小的洞，从洞中飞出的一堆碎岩在空中飘浮着，在放射性物质产生的微光中像一群闪烁的星星。中心城市的一队士兵立刻向小破洞飞去（记住，泡世界是没有重力的），发现这是一艘返回的探险泡船。它在八年前就出发了，谁也没有想到竟能回来。这艘泡船叫“针尖号”，它在岩层中前进了二百公里，创造了返回泡船的航行距离记录。“针尖号”出发时有二十名船员，但返回时只剩随船科学家一人了，我们就叫他哥白尼吧。船上其余的人，包括船长，都被哥白尼当食物吃掉了。事实上，这种把船员当给养的方式，是早期地层探险效率最高的航行方式。

按照严禁泡船探险的法律，犯下食人罪的哥白尼将在泡世界首都被处死。这天，几十万人聚集在行刑的中心广场上，等着观赏哥白尼被短路时美妙的电火花。但就在这时，世界科学院的一群科学家漂过来，公布了他们的一个重大发现：根据“针尖号”带回的沿途各段的岩石标本，科学家们发现，地层岩石的密度，竟是随着航行距离的增加而减小的！

“你们的世界没有重力，怎么测定密度呢？”

通过惯性，比你们的方法要复杂一些。科学家们最初认为，这只是

① 20世纪20年代，天文学家埃德温·哈勃注意到，不同距离星系发出的光颜色是有差别的，也就是说，远处星系发出的光要比近处星系发出的光更红一些，这种现象被称为哈勃红移。这表明各星系正在以极高的速度远离彼此。

由于“针尖号”偶然进入了一个不均匀的地层区域。但在以后的一个世纪中，在不同方向上，有多艘泡船以超过“针尖号”的航行距离深入地层并返回，带回了岩石标本。人们震惊地发现，所有方向上的地层密度都是向外递减的，而且减幅基本一致！这个发现动摇了统治泡世界两万多年的密实宇宙论。如果宇宙密度以泡世界为核心向外递减，那总有密度减到零的距离。科学家们依照已测得的递减率，很容易计算出，这个距离是三万公里左右。

“嘿，这很像我们的哈勃红移啊！”

是很像。你们想象不出星系的退行速度能够大于光速，所以把退行速度接近光速的星系定为可视宇宙的边缘。而我们的先祖却很容易知道密度为零的状态就是空间，于是新的宇宙模型诞生了。在这个模型中，从泡世界向外，宇宙的密度逐渐减小，直至淡化为空间，这空间延续至无限。这个理论被称为太空宇宙论。

密实宇宙论是很顽固的，它的占优势地位的拥护者推出了一个打了补丁的密实宇宙论，认为密度的递减只是由于泡世界周围包裹着一个较疏松的球层，穿过这个球层，密度的递减就会停止。他们甚至计算出了这个疏松球层的厚度是三百公里。其实对这个理论进行证实或证伪并不难，只要有一艘泡船穿过三百公里的岩层就行了。事实上，这个航行距离很快达到了，但地层密度的递减趋势仍在继续。于是，密实宇宙论的拥护者又说前面的计算有误，疏松球层的厚度应是五百公里。十年后，这个距离也被突破了，密度的递减仍在继续，而且递减率有增加的趋势。密实派们接着把疏松球层的厚度增加到一千五百公里……

后来，一个划时代的伟大发现将密实宇宙论永远送进了坟墓。

万有引力

那艘深入岩层三百公里的泡船叫“圆刀号”，它是有史以来最大的探险泡船，配备有大功率挖掘机和完善的生存保障系统，因而它向地层深处航行的距离创造了纪录。

在到达三百公里深度(或说高度)时，船上的首席科学家(我们叫他牛顿吧)向船长反映了一件不可思议的事：当船员们悬浮在泡船中央睡觉时，醒来后总是躺在靠向泡世界方向的洞壁上。

船长不以为然地说：思乡梦游症而已。他们想回家，所以睡梦中总是向着家的方向移动。

但泡船中与泡世界一样是没有空气的，如果移动身体就只有两种方式：一是蹬踏船壁，这在悬空睡觉时是不可能的；另一种方式是喷出自己体内的排泄物作为驱动，但牛顿没有发现这类迹象。

船长仍对牛顿的话不以为然，但这个疏忽使他自己差点被活埋了。这天，向前的挖掘告一段落，由于船员十分疲劳，挖出的一堆碎岩没有立刻运到船底，大家就休息了，想等睡醒后再运。船长也与大家一样在船的正中央悬空睡觉，醒来后却发现自己与其他船员一起被埋在了碎岩中！原来，在他们睡觉时，船首的碎岩与他们一起移到了靠向泡世界方向的船底！牛顿很快发现，船舱中的所有物体都有向泡世界方向移动的趋势，只是它们移动得太慢，平时觉察不出来而已。

“于是牛顿没有借助苹果就发现了万有引力！”

哪有那么容易?！但在我们的科学史上，万有引力理论的诞生比你们要艰难得多,这是我们所处的环境所决定的。当牛顿发现船中物体定向移动的现象时,想当然地认为引力来自泡世界那半径三千公里的空间。于是,早期的引力理论出现了让人哭笑不得的谬误:认为产生引力的不是质量,而是空间。

“能想象,在那样复杂的物理环境中,你们牛顿的思维比我们牛顿的可要复杂多了。”

是的,直到半个世纪后,科学家们才拨开迷雾,真正认清了引力的本质,并用与你们相似的仪器测定了万有引力常数。引力理论获得承认也经历了一个漫长的过程,但一旦意识到引力的存在,密实宇宙论就完了,引力是不允许无限固体宇宙存在的。

太空宇宙论得到最终承认后,它所描述的宇宙对泡世界产生了巨大的诱惑力。在泡世界,守恒的物理量除了能量和质量外,还有空间。泡世界的空间半径只有三千公里,在岩层中挖洞增大不了空间,只是改变空间的位置和形状而已。同时,由于失重,地核文明是悬浮在空间中,而不是附着在洞壁(相当于你们的土地)上,所以在泡世界,空间是最宝贵的东西。整个泡世界文明史,就是一部血腥的空间争夺史。而现在惊闻空间可能是无限的,怎能不令人激动!于是,从此出现了前所未有的探险浪潮,数量众多的泡船穿过地层向外挺进,企图穿过太空宇宙论预言的三万二千公里的岩层,到达密度为零的天堂。

地核世界

说到这里,如果你足够聪明,应该能够推测出泡世界的真相了。

“你们的世界,是不是位于一个星球的地心?”

正确,我们的行星大小与地球差不多,半径约八千公里。但这颗行星的地核是空的,空核的半径约为三千公里。我们就是地核中的生物。

不过,发现万有引力后,我们还要过许多个世纪才能最后明白自己世界的真相。

地层战争

太空宇宙论建立后,追寻外部无限空间的第一个代价却是消耗了泡世界的有限空间。众多的泡船把大量的碎岩排入地核空间,这些碎岩悬浮在城市周围,密密麻麻,无边无际,使原来可以自由漂移的城市动弹不得,因为城市一旦移动,就将遭遇毁灭性的密集石雨。这些被碎岩占掉的空间,至少有一半永远无法恢复。

这时,元老院已由泡世界政府代替。作为地核空间的管理者和保卫者,政府严厉地镇压了疯狂的泡船探险。但最初这种镇压效率并不高,因为当得知探险行为发生时,泡船早已深入地层了。所以政府很快意识到,制止泡船的最好工具就是泡船。于是,政府开始建立庞大的泡船舰队,深入岩层拦截探险泡船,追回被它们盗走的空间。这种拦截行动自然遭到了探险泡船的抵抗,于是,地层中爆发了一场旷日持久的战争。

“这种战争真的很有意思!”

也很残酷。首先,地层战争的节奏十分缓慢,因为以那个时代的掘进技术,泡船在地层中的航行速度一般只有每小时三公里左右。地层战争推崇巨舰主义,因为泡船越大,续航能力越强,攻击力也更强。但不管多大的地层战舰，其横截面都应尽可能地小，这样可以将挖掘截面降到最小，以提高航行速度。所以，所有泡船的横截面都是一样的，大小只在于其长短。大型战舰的形状就是一条长长的隧道。由于地层战场是三维的，所以其作战方式类似于你们的空战，但要复杂得多。当战舰接触敌舰发起攻击时，首先要快速扩大舰首截面，以增大攻击面积，这时的攻击舰就变成了一根钉子的形状。必要时，泡舰的舰首还可以形成多个分支，像一只张开的利爪那样，从多个方向攻击敌舰。地层作战的复杂性还表现在：每一艘战舰都可以随意分解成许多小舰，多艘战舰又可以快速组合成一艘巨舰。所以当两支敌对舰队相遇时，是分解还是组合，是一门很深的战术学问。

地层战争对于未来的探险并非只有负面作用。事实上，在战争的刺激下，泡世界发生了技术革命。除了高效率的掘进机器外，还发明了地震波仪，它既可用于地层中的通信，又可用作雷达探测，强力的震波还可作为武器。最精致的震波通信设备甚至可以传送图像。

地层中曾出现过的最大战舰是“线世界号”，它是泡世界政府建造的。当处于常规航行截面时，“线世界号”的长度达一百五十公里，正如舰名所示，相当于一个长长的小世界了。身处其中，有置身于你们的英法海底隧道的感觉。每隔几分钟，隧道中就有一列高速列车驶过，这是向舰尾运送掘进碎石的专列。“线世界号”当然可以分解成一支庞大的舰队，但它大部分时间还是以整体航行的。“线世界号”并非总是呈直线形，在进行机动航行时，它那长长的舰体隧道可以形成一团自相贯通或交叉的、十分复杂的曲线。“线世界号”拥有最先进的掘进机，巡航速度是普通泡舰的两倍，达到每小时六公里，作战速度可以超过每小时十公里！它还拥有超高功率的震波雷达，能够准确定位五百公里外的泡船。它的震波武器可以在一千米的距离上粉碎目标泡船内的一切物体。这艘超级巨舰在广阔的地层中纵横驰骋，所向披靡，消灭了大量的探险泡船，并每隔一段时间将吞并的探险泡船空间送还泡世界。

在“线世界号”的毁灭性打击下，泡世界向外部的探险一度濒于停滞。在地层战争中，探险者们始终处于劣势，他们不能建造或组合长于十公里的战舰，因为在地层中这样的目标极易被“线世界号”上或泡世界基地中的雷达探测定位，进而被迅速消灭。但是，要使探险事业继续下去，就必须消灭“线世界号”。经过长时间的筹划，探险联盟集结了一百多艘地层战舰围歼“线世界号”，这些战舰中最长的也只有五公里。战斗在泡世界向外一千五百公里处展开，史称“一千五百公里战役”。

探险联盟首先调集二十艘战舰，在一千五百公里处组合成一艘长达三十公里的巨舰，引诱“线世界号”前往攻击。当“线世界号”接近诱饵，成一条直线高速冲向目标时，探险联盟埋伏在周围的上百艘战舰沿与“线世界号”垂直的方向同时出击，将这艘一百五十公里长的巨舰截为五十段。“线世界号”被截断后分裂出来的五十艘战舰仍具有很强的战斗力，双方的二百多艘战舰缠斗在一起，在地层中展开了惨烈的大混战。战舰空间不断地组合分化，渐渐已分不清彼此。在战役的最后阶段，半径达二百公里的战场已成了蜂窝状，就在这个处于星球地下三千五百公里深处的错综复杂的三维迷宫中，到处都是短兵相接的激战。在这个位置，星球的重力已经很明显，而与政府军相比，探险者对重力环境更为熟悉。在迷宫内宏大的巷战中，这微弱的优势渐渐起了决定性的作用，探险联盟取得了最后胜利。

海

战役结束后，探险联盟将战场的所有空间合为一体，形成了一个半径为五十公里的球形空间。就在这个空间中，探险联盟宣布脱离泡世界独立。独立后的探险联盟与泡世界的探险运动遥相呼应，不断地有探险泡船从地核来到联盟，它们带来的空间使联盟领土的体积不断增大，探险者们得以在一千五百公里高度获得了一个前进基地。被漫长的战争拖得筋疲力尽的泡世界政府再也无力阻止这一切，只得承认探险运动的合法性。

随着高度的增加，地层的密度也逐渐降低，使得掘进变得容易了。另外，重力的增加也使碎岩的处理更加方便。以后的探险变得顺利了许多。在战后第八年，就有一艘名叫“螺旋号”的探险泡船走完了剩下的三千五百公里航程，到达了距泡世界中心——也就是距星球中心——八千公里、距泡世界边缘五千公里的高度。

“哇，那就是到达星球的表面了！你们看到了大平原和真正的山脉，这太激动人心了！”

没什么可激动的，“螺旋号”到达的是海底。

“……”

当时，震波通信仪的图像摇了几下就消失了，通信完全中断。在更低高度的其他泡船监听到了一个声音，转换成你们的空气声音就是啵的一声，这是高压海水在瞬间涌入“螺旋号”空间时发出的。泡世界的机械生命和船上的仪器设备是绝对不能与水接触的，短路产生的强大电流迅速汽化了渗入人体和机器内部的海水,“螺旋号”的乘员和设备在海水涌入的瞬间都像炸弹一样爆裂了。

接着,联盟又向不同的方向派出了十多艘探险泡船,但都在同样的高度遇到了同样的事情。除了那神秘的啵的一声,再没有传回更多的信息。有两次,在监视屏幕上看到了怪异的晶状波动,但不知道那是什么。跟随的泡船向上方发出的雷达震波也传回了完全不可理解的回波,那回波显示上方既不是空间,也不是岩层。

一时间,太空宇宙论动摇了,学术界又开始谈论新的宇宙模型。新的理论将宇宙半径确定为八千公里,认为那些消失的探险船接触了宇宙的边缘,没入了虚无。

探险运动面临着严峻的考验。以往无法返回的探险泡船所占用的空间,从理论上说还是有希望回收的,但现在,泡船一旦接触宇宙边缘,其空间就永远损失了。到这一步,连最坚定的探险者都动摇了,因为在这个地层中的世界,空间是不可再生的。联盟决定,再派出最后五艘探险泡船,在接近宇宙边缘五千米时以极慢速上升,如果发生同样的不测,就暂停探险运动。

又损失了两艘泡船后,第三艘“岩脑号”取得了突破性的进展。“岩脑号”以极慢的速度小心翼翼地向上掘进,接近海底时,海水并没有像以前那样压塌船顶的岩层瞬间涌入,而是通过岩层上的一道窄缝呈一条高压射流喷进来。“岩脑号”在航行截面上长二百五十米,在高地层探险船中算是体积较大的,喷射进来的海水用了近一小时才充满船的空间。在触水爆裂前,船上的震波仪记录了海水的形态,并将数据和图像完整地发回联盟。就这样,地核人第一次见到了液体。

泡世界的远古时代可能存在过液体，那是炽热的岩浆。后来星球的地质情况稳定了，岩浆凝固，地核中就只有固体了。有科学家曾从理论上预言过液体的存在，但没人相信宇宙中真有那种神话般的物质。现在，从传回的图像中，人们亲眼看到了液体。他们震惊地看着那道白色的射流，看着水面在船内空间缓缓上升，看着这种似乎违反所有物理法则的魔鬼物质适应着它的附着物的任何形状，渗入每一道最细微的缝隙。岩石表面接触它后似乎改变了性质，颜色变深了，反光性增强了。最让他们感兴趣的是，大部分物体都会沉入这种物质中，但有部分爆裂的人体和机器碎片却能浮在其表面！而这些碎片的性质与那些沉下去的没有任何区别。地核人给这种液体物质起了一个名字，叫“无形岩”。

以后的探索就比较顺利了。探险联盟的工程师们设计了一种叫“引管”的东西。这是一根长达二百米的空心钻杆，当钻透岩层后，钻头可以像盖子那样打开，将海水引入管内，管子的底部有一个阀门。携带引管和钻机的泡船上升至距海底五千米的位置后，引管很顺利地钻透岩层，伸入海底。钻探毕竟是地核人最熟悉的技术，但另一项技术他们却一无所知，那就是密封。由于泡世界中没有液体和气体，所以也没有密封技术。引管底部的阀门很不严实，没有打开阀门，海水已经漏了出来。

事后证明这是一种幸运，因为如果将阀门完全打开，冲入的高压海水的动能将远大于上次的射流，那道高压射流会像激光一样切断所遇到的一切。现在从关闭的阀门渗入的水流却是可以控制的。你可以想象，泡船中的探险者们看着那一道道细细的海水在他们眼前喷出，是何等震撼啊。

他们这时对于液体，就像你们的原始人对于电流一样无知。在用一个金属容器小心翼翼地接满一桶水后，泡船下降，将引管埋在岩层中。在下降的过程中，探险者们万分谨慎地守护着那桶作为研究标本的海水，很快又有了一个新的发现：无形岩居然是透明的！由于上次裂缝中渗入的海水混入了沙土，他们没有发现这一点。随着泡船下降深度的增加，温度也在增加，探险者们惊恐地看到，无形岩竟是一种生命体！它在活过来，表面愤怒地翻滚着，呈现出由无数涌泡构成的可怕形态。但这怪物在展现生命力的同时也在消耗自己，化作幽灵般的白色影子消失在空中。当桶中的无形岩都化作白色魔影消失后，船舱中的探险者们相继感到了身体的异常。短路的电火花在他们体内闪烁，最后他们都变成一团团焰火，痛苦地死去了。联盟基地中的人们通过监视器传回的震波图像看到了这可怕的情景，但监视器也很快短路停机了。前去接应的泡船也遭遇了同样的命运，在与下降的泡船对接后，接应泡船中的乘员也同样短路而死，仿佛无形岩化作了一种充满所有空间的死神。但科学家们也发现，这一次的短路没有上一次那么剧烈，他们得出结论：随着空间体积的增加，无形死神的密度也在降低。接下来，在付出了更多的生命代价后，地核人终于又发现了一种他们从未接触过的物质形态：气体。

星　空

这一系列的重大发现终于打动了泡世界政府，使其与昔日的敌人联合起来，投身于探险事业之中。一时间，对探险的投入急剧增加，最后的突破就在眼前。

虽然对水蒸气的性质有了越来越多的了解，但缺乏密封技术的地核科学家一时还无法避免它对地核人生命和仪器设备的伤害。不过，他们已经知道，在距海底四千五百米以内的区间中，无形岩是死的，不会沸腾。于是，地核政府和探险联盟一起在距海底四千八百米的位置建造了一所实验室，装配了更长、性能更好的引管，专门进行无形岩的研究。

“直到这时，你们才开始做阿基米德的工作。”

是的，可你不要忘记，我们在原始时代，就做了法拉第的工作。

在无形岩实验室中，科学家们相继发现了水压和浮力定律，同时与液体有关的密封技术也得以发展和完善。人们终于发现，在无形岩中航行，其实是一件十分简单的事，比在地层中航行容易得多。只要船体的密封和耐压性达到要求，不需任何挖掘，船就可以在无形岩中以令人难以想象的速度上升。

“这就是泡世界的火箭了。”

应该称作“水箭”。水箭是一个蛋形耐高压金属容器，没有任何动力设施，内部仅可乘坐一名探险者，我们就叫他泡世界的加加林吧。水箭的发射平台位于距海底五千米的位置，是在地层中挖出的一个宽敞的大厅。在发射前一小时，加加林进入水箭，关上了密封舱门。确定所有仪器和生命维持系统正常后，自动掘进机破坏了大厅顶部厚度不到十米的薄岩层，随着轰隆一声，岩层在上方无形岩的巨大压力下坍塌了，水箭浸没于深海的无形岩之中。周围的尘埃落定后，加加林透过由金刚石制造的透明舷窗，惊奇地发现，发射平台上的两盏探照灯在无形岩中打出了两道光柱，由于泡世界中没有空气，光线不会散射，这时地核人第一次看到了光的形状。震波仪传来了发射命令，加加林扳动手柄，松开了将水箭锚固定在底部岩层上的铰链。水箭缓缓离升海底，在无形岩中急剧加速，向上浮去。

科学家们按照海底压力，很容易计算出了上方无形岩的厚度，约一万米。如无意外，上浮的水箭能够在十五分钟内走完这段航程，但以后会遇到什么，谁都不知道。

水箭在一片寂静中上升着，透过舷窗看出去，只有深不见底的黑暗。偶尔有几粒悬浮在无形岩中的尘埃在舷窗透出的光亮中飞速掠过，标示着水箭上升的速度。

加加林很快感到恐慌。他是生活在固体世界中的生命，现在第一次进入了无形岩的空间，一种无依无靠的虚无感攫住了他。十五分钟的航程是那么漫长，仿佛浓缩了地核文明十万年的探索历程，永无止境……就在加加林的精神即将崩溃之际，水箭浮上了这颗行星的海面。

上浮惯性使水箭冲上了距海面十几米的空中。在下落的过程中，加加林从舷窗中看到了下方无形岩一望无际、波光粼粼的广阔表面，但他没有时间去想这表面反射的光来自哪里。水箭重重地落在海面上，飞溅的无形岩白花花一片洒落在周围，水箭像船一样平稳地浮在海面上，随波浪轻轻起伏着。

加加林小心翼翼地打开舱门，慢慢探出身去，立刻感到了海风的吹拂。过了好一阵儿，他才悟出这是气体。恐惧使他战栗了一下。他曾在实验室的金刚石管道中看到过水汽的流动，但宇宙中竟然有如此巨量的气体存在，是任何人都始料未及的。加加林很快发现，这种气体与无形岩沸腾后转化的那种不同，不会导致肌体的短路。他在以后的回忆录中有过一段这样的描述：

我感到这是一只无形巨手温柔的抚摸，这巨手来自一个我们不知道的无限巨大的存在，在这个存在面前，我变成了另一个全新的我。

加加林抬头望去，这时，地核文明十万年的探索得到了最后的报偿。

他看到了灿烂的星空。

山无处不在

“真是不容易，你们经历了那么长时间的探索，才站到我们的起点上！”冯帆赞叹道。

所以，你们是一个很幸运的文明。

这时，逃逸到太空中的大气形成的冰晶云面积扩大了很多，天空一片晶亮，外星飞船的光芒在冰晶云中散射出一圈绚丽的彩虹。下面，大气旋形成的巨井仍在轰隆隆地旋转着，像是一台超级机器在一点点碾碎这颗星球。而周围的山顶却更加平静，连碎波都没有了。海面如镜，又让冯帆想起了藏北的高山湖泊……冯帆强迫自己把思绪拉回了现实。

“你们到这里来干什么？”他问。

我们只是路过，看到这里有智慧文明，就想找人聊聊。谁先登上这座山顶我们就和谁聊。

“山在那儿，总会有人去登的。”

是，登山是智慧生物的本性，他们都想站得更高些，看得更远些，这并不是生存的需要。比如你，如果为了生存就会远远逃离这山，可你却登上来了。进化赋予智慧文明登高的欲望是有更深的原因的，这原因是什么我们还不知道。山无处不在，我们都还在山脚下。

“我在山顶上。”冯帆说。他不容别人挑战自己登上世界最高峰的荣誉，即使是外星人也不行。

你在山脚下，我们都在山脚下。光速是一个山脚，空间是一个山脚，被禁锢在光速和空间这狭窄的深谷中，你不觉得……憋屈吗？

“生来就这样，习惯了。”

那么，我下面要说的事你会很不习惯的。看看这个宇宙，你感觉到什么？

“广阔啊，无限啊，这类的。”

你不觉得憋屈吗？

“怎么会呢？宇宙在我眼里是无限的，在科学家们眼里好像也有二百亿光年呢。”

那我告诉你，这是一个二百亿光年半径的泡世界。

“……”

我们的宇宙是一个空泡，一块更大固体中的空泡。

“怎么可能呢？这块大固体不会因引力而坍缩吗？”

至少目前还没有，我们这个气泡还在超固体块中膨胀。引力引起坍缩是对有限的固体块而言的，如果包裹我们宇宙的这个固体块是无限的，就不存在坍缩问题。当然，这只是一种猜测，谁也不知道那个超固体宇宙是不是有限的。有许多种猜测，比如引力在更大的尺度上被另一种力抵消，就像电磁力在微观尺度上被核力抵消一样，我们意识不到这种力，就像处于泡世界中意识不到万有引力一样。从我们收集到的资料上看，对于宇宙的气泡形状，你们的科学家也有所猜测，只是你不知道罢了。

“那块大固体是什么样子的？也是……岩层吗？”

不知道，五万年后我们到达目的地时才能知道。

“你们要去哪里？”

宇宙边缘。我们是一艘泡船，叫“针尖号”，记得这名字吗？

“记得，它是泡世界中首先发现地层密度递减现象的泡船。”

对，不知我们能发现什么。

“超固体宇宙中还有其他的空泡吗？”

你已经想得很远了。

“这让人不能不想。”

想想一块巨岩中的几个小泡泡，就是有，找到它们也很难，但我们这就去找。

“你们真的很伟大。”

好了，聊得很愉快，但我们还要赶路。五万年太久，只争朝夕。认识你很高兴。记住，山无处不在。

由于冰晶云的遮拦，最后这行字已经很模糊。接着，太空中的巨型屏幕渐渐暗下来，巨球本身也在变小，很快缩成一点，重新成为星海中一颗不起眼的星星，这变化比它出现时要快许多。这颗星星在夜空中疾驶而去，转眼消失在西方天际。

海天之间黑了下来，冰晶云和风暴巨井都看不见了，天空中只有一片黑暗的混沌。冯帆听到周围风暴的轰鸣在迅速减小，很快变成了低声的呜咽，然后完全消失了，只能听到海浪的声音。

冯帆有了下坠的感觉。他看到周围的海面正在缓缓地改变形状，海山浑圆的山顶在变平，像一把正在撑开的巨伞一样。他知道，海水高山正在消失，他正在由九千米高空向海平面坠落。在他的感觉中，只过了两三分钟，他就停止了下降。他知道这点，是由于自己身体下降的惯性使他没入了已停降的海面之下。好在这次沉得并不深，他很快游了上来。

周围已是正常的海面，海水高山消失得无影无踪，仿佛从来就没有存在过一样。风暴也完全停止了。风暴强度虽大，但持续时间很短，只是刮起了表层浪，所以海面也很快平静下来。

天空中的冰晶云已经散去，灿烂的星空再次出现。

冯帆仰望着星空，想象着那个遥远的世界。真的太远了，连光都会走得疲惫。那是很早以前，在那个星球的海面上，泡世界的加加林也像他现在这样仰望着星空。穿越广漠的时空荒漠，他们的灵魂相通了。

冯帆一阵恶心，吐出了些什么。凭嘴里的味道，他知道是血。他在九千米高的海山顶峰得了高山病，肺水肿出血了，这很危险。在突然增加的重力下，他虚弱得动弹不得，只能靠救生衣把自己托在水面上。尽管不知道“蓝水号”现在何处，但基本上可以肯定，方圆一千公里内没有船了。

在登上海山顶峰的时候，冯帆感觉此生足矣，那时他可以从容地去死。但现在，他突然变成了世界上最怕死的人。他攀登过岩石的世界屋脊，这次又登上了海水构成的世界最高峰，下次会登什么样的山呢？他得活下去才能知道。几年前在珠峰雪暴中的感觉又回来了，那感觉曾使他割断了连接同伴和恋人的登山索，将他们送进了死亡世界，现在他知道自己做对了。如果真要通过背叛才能拯救自己的生命，他会背叛的。

他必须活下去，因为山无处不在。

发表于 2006 年第 1 期《科幻世界》

2018 年 4 月 1 日

2018年4月1日　晴

又是犹豫的一天，这之前我已经犹豫了两三个月。犹豫像一潭沉滞的淤泥，我感觉自己的生命在其中正以几十倍于从前的速度消耗着。这里说的“从前”是我没产生那个想法的时候，是基延还没有商业化的时候。

从写字楼顶层的窗子望出去，城市在下面扩展开来，像一片被剖开的集成电路，我不过是那密密麻麻的纳米线路中一个奔跑的电子，真的算不了什么，所以我作出的决定也算不了什么，所以决定就可以作出了……但像以前一样，决定还是做不出，犹豫还在继续。

强子又迟到了，带着一股风闯进办公室。他脸上有淤青，脑门上还贴着一块创可贴，但他显得很自豪，扬着头，像贴着一枚勋章。他的办公桌就在我对面，他坐下后没开电脑，直勾勾地看着我，显然是在等我发问，但我没那个兴趣。

“昨晚电视里看到了吧？”强子兴奋地说。

他显然是指“生命水面”袭击市中心医院的事，那里是国内最大的基延中心。医院雪白的楼面上出现了两道长长的火烧的焦痕，像如玉的美人脸被脏手摸了一下，看上去触目惊心。“生命水面”是众多反基延组织中规模最大的一个，也是最极端的一个，强子就是其中的一员，但我没在电视中看到他。当时，医院外面的人群像愤怒的潮水。

“刚开过会，你知道公司的警告。再这样，你的饭碗就没了。”我说。

基延是“基因改造延长生命技术”的简称，通过剔除人类基因中控制衰老时钟的片段，可将人类的正常寿命延长至三百岁。这项技术在五年前开始应用于商业，现在却演化为一场波及全世界的社会和政治灾难，原因是它太贵了，一个人的基延价格相当于一栋豪华别墅，只有少数人消费得起。

“我不在乎。”强子说，“对于一个连一百岁都活不到的人来说，我在乎什么？”他说着，点上一支烟——办公室里严禁吸烟，看来他是想表示自己真的不在乎。

“嫉妒，嫉妒是一种有害健康的情绪。”我挥手驱散眼前的烟雾，说，“以前也有很多人因为交不起医疗费而减少寿命的。”

“那不一样，看不起病的人是少数，而现在，百分之九十九的人眼巴巴地看着那百分之一的有钱人活三百岁！我不怕承认嫉妒，是嫉妒在维护着社会公平。”他从办公桌上探身凑近我，“你敢拍胸脯说自己不嫉妒？加入我们吧。”

强子的目光让我打了个寒战，一时间真怀疑他看透了我的秘密。是的，我就要成为一个他嫉妒的对象，我就要成为一个基延人了。

其实我没有多少钱，三十多岁一事无成，还处于职场的最底层。但我是财务人员，有机会挪用资金。经过长期策划，一切都已准备就绪，现在我只要点一下鼠标，基延所需的那五百万新人民币就能进入我的秘密账户，然后再转到基延中心的账户上。在这方面，我是很专业的。我在迷宫般的财务系统中设置了层层掩护，这笔资金的缺口至少要半年时间才有可能被发现，那时，我将丢掉工作，被判刑、没收全部财产，承受无数鄙夷的目光……

但那时的我已经是一个能活三百岁的人了。

可我还在犹豫。

我仔细研究过法律，按贪污罪量刑，五百万元最多判二十年。二十年后，我前面还有二百多年的诱人岁月。现在的问题是，这么简单的算术题，难道只有我会做吗？事实上，只要能成为基延一族，现有法律中不会被处以死刑的所有罪行都值得一犯。那么，有多少人和我一样处于策划和犹豫中？这想法催我尽快行动，同时也使我畏缩。

但最让我犹豫的还是简简，这已经是属于理性之外了。在遇到简简之前，我不相信世界上有爱情这回事。在遇到她之后，我不相信世界上除了爱情还有什么值得我为之活下去。离开她，即使我能活两千年，又有什么意思？现在，在我人生的天平上，一端是两个半世纪的寿命；另一端是离开简简的痛苦，两端几乎是平的。

部门主管召集开会。从他脸上的表情我就能猜出来，这个会议不是安排工作，而是针对个人。果然，主管说他今天想谈谈某些员工的“不能被容忍”的社会行为。我没有转头看强子，但知道他要倒霉了。可主管说出的却是另一个人的名字。

“刘伟，据可靠消息，你加入了IT共和国？”

刘伟点点头，像走上断头台的路易十六般高傲，“这与工作无关，我不希望公司干涉个人自由。”

主管严肃地摇摇头，冲他竖起一根手指，“很少有事情与工作无关，不要把你们在大学里热衷的那一套带到职场上来。如果一个国家可以允许国民在大街上骂总统，那叫民主；那么要是允许员工都不服从老板，这个国家肯定会崩溃的。”

“虚拟国家就要被承认了。”

“被谁承认？联合国？还是某个大国？别做梦了。”

其实主管最后这句话并没有多少自信。现在，人类社会拥有的领土分为两部分，一部分是地球各大陆和岛屿，另一部分则是互联网广阔的电子空间。后者以快百倍的速度重复着文明史，在那里，经历了几十年无序的石器时代之后，国家顺理成章地出现了。虚拟国家主要有两个起源：一是各种聚集了大量ID的BBS，二是那些玩家数量已经上亿的大型游戏。虚拟国家有着与实体国家相似的元首和议会，甚至拥有只在网上出现的军队。与实体国家以地域和民族划分不同，虚拟国家主要以信仰、爱好和职业为基础组建。每个虚拟国家的成员都遍布全世界，多个虚拟国家构成了虚拟国际，现已拥有二十亿人口，并建立了与实体国际对等的虚拟联合国，成为凌驾在传统国家之上的巨大的政治实体。

IT共和国就是虚拟国际中的一个超级大国，八千万的人口还在迅速增长中。这是一个主要由IT工程师组成的国家，有着咄咄逼人的政治诉求，也有着能够影响实体国际产生的强大力量。我不知道刘伟在其中的公民身份是什么，据说，IT共和国的元首是某个IT公司的普通小职员。

相反，也有不止一个实体国家的元首被曝是某个虚拟国家的普通公民。

主管对大家进行严重警告，不得拥有第二国籍，并阴沉地让刘伟到总经理办公室去一趟，然后宣布散会。我们还没有来得及从座位上起身，一直待在电脑屏幕前的郑丽丽突然让人头皮发炸地大叫起来：“出大事儿了，快看新闻！”

我回到办公桌前，把电脑切换到新闻频道，看到紧急插播的重要新闻。播音员一脸阴霾地宣布，在IT共和国要求获得承认的3617号提议被安理会否决后，IT共和国向实体国际宣战，半个小时前已经开始对世界金融系统进行攻击。

我看看刘伟，他对这事好像也很意外。

画面切换到某个大都市，高楼间的街道上，长长的车流拥堵着，人们从车中和两边的建筑物中纷纷拥出，像是发生了大地震一般。镜头又切换到一家大型超市，人群像黑色的潮水般涌入，疯狂地争抢货物，一排排货架摇摇欲坠，像被潮水冲垮的沙堤……

“这是干什么？”我惊恐地问。

“还不明白吗？”郑丽丽继续尖叫道，“要均贫富了！所有的人都要一文不名了！快抢吃的呀！”

我当然明白，但不敢相信噩梦已成现实。传统的纸币和硬币已在三年前停止流通，现在即使在街边小货亭买盒烟也要刷卡。在这个全信息化时代，财富说到底不过就是计算机存储器中的一串串脉冲和磁印。拿这座华丽宏伟的写字楼来说，如果相关部门中所有的电子记录都被删除，公司的总裁即使拿着房产证，也没有谁会承认他的所有权。钱是什么？钱不再是王八蛋了，钱只是一串比细菌还小的电磁印记和转瞬即逝的脉冲。对于IT共和国来说,实体世界中近一半的IT从业者都是其公民,抹掉这些印记是很容易的。

程序员、网络工程师、数据库管理员这类人构成了IT共和国的主体,这个阶层是19世纪的产业大军在21世纪的再现,只不过劳作的部分由肢体变成大脑,繁重程度却有增无减。在浩如烟海的程序代码和迷宫般的网络软硬件中,他们如二百多年前的码头搬运工般背起重负,如妓女般彻夜赶工。信息技术的发展一日千里,除了部分爬到管理层的幸运儿,其他人的知识和技能会很快过时,新的IT专业毕业生如饥饿的白蚁般成群涌来,老的人(其实不老,大多三十出头)被挤到一边,被代替和抛弃,但新来者没有丝毫得意,因为这也是他们中大多数人不算遥远的结局。这个阶层被称作技术无产阶级。

"不要说我们一无所有,我们要把世界格式化!"这是被篡改的《国际歌》歌词。

我突然像遭雷劈一样。天啊,我的钱,那些现在还不属于我、但即将为我买来两个多世纪生命和生活的钱,要被删除了吗?!但如果一切都格式化了,结果不是都一样吗?我的钱,我的基延,我的梦想……我眼前发黑,无头苍蝇般在办公室中来回走着。

一阵狂笑使我停下脚步,笑声是郑丽丽发出的,她在那里笑得蹲下了。

"愚人节快乐。"冷静的刘伟扫了一眼办公室一角的网络交换机说。我顺着他的目光看去,发现交换机与公司网络断开了,郑丽丽的笔记本电脑接在上面,充当了服务器。这个婊子!为了这个愚人节笑话,她肯定费了不少劲,主要是做那些新闻画面,但在这个一个人猫在屋里就能用3D软件做出一部大片的时代，这也算不了什么。

其他人显然并不觉得郑丽丽的玩笑过分。强子又用那种眼光看着我说："咋啦？这应该是他们发毛才对啊，你怕什么？"他指指高管们所在的上层。

我又出了一身冷汗，怀疑他是不是真看透我了，但我最大的恐惧不在于此。

世界格式化，真的只是IT共和国中极端分子的疯话？真的只是一个愚人节玩笑？吊着这把剑的那根头发还能支撑多久？

一瞬间，我的犹豫像突然打开的强光灯下的黑暗那样消失了。我决定了！

晚上我约了简简。当我从城市灯海的背景中辨认出她的身影时，坚硬的心又软了下来。她那小小的剪影看上去那么娇弱，像一团随时都会被微风吹灭的烛焰，我怎么能伤害她？当她走近时，我看到她的眼睛，心中的天平已经完全倾向另一边。没有她，我要那两百多年有什么用？时间真会抚平创伤？那可能不过是两个多世纪漫长的刑罚而已。爱情使我这个极端自私的人又崇高起来。

但简简先说话了，居然是我原来准备向她说的话，一字不差，"我犹豫了好长时间，我们还是分手吧。"

我茫然地问她为什么。

"很长时间后，当我还年轻时，你已经老了。"

我好半天才理解了她的意思，随即也读懂了她那刚才还令我心碎的哀怨目光。我本以为是她已经看透了我，或猜到了些什么。我轻轻笑了起来，很快变成仰天大笑。我真是傻，傻得不透气，也不看看这是个什么时代，也不看看我们前面浮现出怎样的诱惑。笑过之后，我如释重负，浑身轻松得像要飘起来。不过与此同时，我还是真诚地为简简高兴。

“你哪来那么多钱？”我问她。

“只够我一个人的。”她低声说，眼睛不敢看我。

“我知道，没关系。我是说你一个人也要不少钱的。”

“父亲给了我一些，一百年时间是够的。我还存了一些钱，到那时利息应该不少了。”

我知道自己又猜错了，她不是要做基延，而是要冬眠。这是另一项已经商业化的生命科学成果，在零下五十摄氏度左右的低温状态，通过药物和体外循环系统使人体的新陈代谢速度降至正常状态的百分之一。人在冬眠中度过一百年时间，生理年龄仅长一岁。

“生活太累了，也无趣，我只是想逃避。”简简说。

“到一个世纪后就能逃避吗？那时你的学历已经不被承认，也不适应当时的社会，过得好吗？”

“时代总是会越来越好的。实在不行，我到时候再接着冬眠，还可以做基延，到那时一定很便宜了。”

我和简简默默地分别了。也许，一个世纪后我们还能再相会，但我没向她承诺什么。那时的她还是她，而我已经是一个经历了一百三十多年沧桑的人了。

简简的背影消失后，我没再犹豫一刻，拿出手机登录到网银系统，立刻把那五百万元新人民币转到基延中心的账户上。虽然已近午夜，我还是很快收到了中心主任的电话，他说明天就可以开始我的基因改良操作，顺利的话，一周就能完成。他还郑重地重复了中心的保密承诺（身份暴露的基延族中，已经有三人被杀）。

“你会为自己的决定庆幸的，”主任说，“因为你将得到的不只是两个多世纪的寿命，甚至可能是永生。”

我明白这一点。谁也不知道两个世纪后会出现什么样的技术，也许，到时可以把人的意识和记忆拷贝出来，做成永不丢失的备份，随时灌注到一个新的身体中；也许根本不需要身体，我们的意识在网络中像神一般游荡，通过数量无限的传感器感受着世界和宇宙，这真的是永生了。

主任接着说：“其实，有了时间就有了一切。只要时间足够，一只乱敲打字机的猴子都能打出《莎士比亚全集》，而你有的是时间。”

“我？不是我们吗？”

“我没有做基延。”

“为什么？”

对方沉默良久后说：“这世界变化太快了，太多的机会，太多的诱惑，太多的欲望，太多的危险。我觉得头昏目眩，毕竟岁数大了。不过你放心，”接着他说出了简简说过的那句话，“时代总是会越来越好的。”

现在，我坐在自己狭小的单身公寓中写着这篇日记。这是我有生以来写的第一篇日记，以后要坚持记下去，因为我总要留下些东西。时间也会让人失去一切。我知道，长寿的并不是我，两个世纪后的我肯定是另一个陌生人了。其实仔细想想，自我的概念本来就很可疑，构成自我的身体、记忆和意识都在不断地变化。与简简分别之前的我，以犯罪的方式付款之前的我，与主任交谈之前的我，甚至在打出这个“甚至”之前的我，都已经不是同一个人了。想到这里，我很释然。

但我总是要留下些东西。

窗外的夜空中，黎明前的星星在发出最后的寒光。与城市辉煌的灯海相比，星星如此暗淡，刚能被辨认出来，但它们是永恒的象征。就在这一夜，不知有多少与我一样的新新人类上路了。不管好坏，我们可能都是第一批真正触摸永恒的人。

发表于 2009 年 1 月号《时尚先生 Esquire》

月　夜

他第一次看到了城市中的月光。以前从没感觉到月光照进城市，璀璨的灯光盖住了它。今天是中秋节，按照一个由网上发起的民间倡议，城市在今夜关掉了大部分景观灯和一部分路灯，以便市民赏月。从单身公寓的阳台上望出去，他发现人们想错了：只有月光没有灯光的城市全然不是他们预想的那种意境，没有月下田园的感觉，倒像一片被遗弃的废墟。但他仍很欣赏，他现在发现废墟带来的末日感其实是一种很美的感觉，意味着一切都已过去，所有负担都已卸下，只需躺在命运的怀抱中享受最后的宁静，他今天需要这样。

这时手机响了，对方是一个男音，核实了他的身份后说："真不该在今天打扰你，这是你最黑暗的一天，这么多年了我还是记得的。"

这声音很奇怪，虽然清晰，但显得遥远而空灵，让他头脑中出现这样一幅画面：寒风吹过一架被遗弃在旷野上的竖琴的琴弦。

对方接着说："这天应该是雯的婚礼，这么多年了我还是记得的，就是这一天，她请了你，可你没去。"

“你哪位啊？”

“这么多年我无数次想过这事儿，其实应该去，那样你现在心里舒服得多，可你……当然你还是去了，躲在远处看着穿婚纱的雯拉着他的手走进酒店，这确实是折磨自己的最好方式。”

“你是谁？”他吃惊地问，同时注意到了对方话中的一些奇怪之处：他三次重复“这么多年了”，其实婚礼就在今天上午。他首先想到这些话也许是指过去，但旋即否定了这个想法，因为他知道，雯的婚礼日期是一星期前匆匆定下来的，之前这个世界上没人知道是今天。

那遥远的声音接着说：“你有个习惯，痛苦时就用左脚大拇指死抠鞋底，刚才回家时你发现脚指甲都弄断了，不过你的脚指甲现在确实很长，袜子都磨了个洞，好长时间没剪了，你已经心烦意乱好长时间了。”

“你到底是谁?!”他真正惊恐起来。

“我是你，从一百一十四年后给你打电话，我在2123年。从这时接入你们的移动网真的很不容易，时空界面损耗很大，如果通话质量不好，你说一下我们重新接入。”

他知道这不是开玩笑，他一开始就知道，那确实不是这个世界上的声音。他紧握手机，呆呆地面对着月光下的楼群，似乎整座城市都凝固了，在听他们说话，他却一时什么也说不出来，对方耐心等待着，这时他听到了微弱的背景声。

“我……怎么能活到那时？”他随口说道，仅仅是为了打破沉默。

“从你现在再过二十多年，基因疗法将出现，人的寿命将被延长到二百岁左右，我现在还算在中年，但感觉已经很老了。”

“你能把整个事情详细地说一下吗？”

“不能，即使简单介绍都不行，我必须保证你得到的未来的信息尽可能少，以避免你由此产生的可能改变历史进程的不恰当行为。”

“那你干吗还要和我联系？”

“为了一个使命，一个我们将共同承担的使命。我活到这个岁数，可以告诉你一个生活的诀窍：只要你明白了在浩瀚的时空中，个人是如何的微不足道，就能对任何事情都放宽心了。我这次联系你不是要谈个人的事情的，所以你先放下个人的一切，面对这个使命吧。现在，你听到了什么？”

他又仔细倾听电话中的背景声，听到轻微的哗哗啦啦噼噼啪啪，他努力在想象中把声音还原成图像，看到无数怪异的花在黑暗中绽开，看到荒原上一座巨大的冰山在破裂，裂纹像一道道白色的闪电延伸到山体晶莹的深处……

“这是海水拍打建筑物的声音，我在金茂大厦八层，海水就在窗子下面。”

“上海被淹了？”

“是的，她是所有沿海城市中幸存到最后的一个，上海堤防建得很高很坚固，但海水从后方迂回过来……你能想象我现在看到的景象吗？不不，不像威尼斯，高楼间的海面上浮着好多东西，脏乎乎的，几乎盖满了水面，好像这座城市在两个世纪中积存下来的渣子都浮起来了。今天也是满月，与你那时一样，城市中没有灯光，月亮也远没有你那时亮，大气太浑浊了。海水把月光反射到那一群摩天大楼上，反射到东方明珠塔的大球上，一缕一缕晃晃悠悠的，如像这一切马上就要塌掉似的。”

“海面上升了？”

“极地冰盖融化，海面半个世纪中上升了二十米。现在，有三亿沿海居民迁往内陆，这里一片凄凉，内地却陷入大混乱，社会和经济都面临全面崩溃……我们的使命就是制止这一切的发生。”

“你当我们是上帝？”

“凡人把关键的事情早做一百多年，就能起到上帝的作用。如果从你所在的时间开始，全世界在十年内停止使用化石能源，也就是煤、石油和天然气，大气变暖就不会加剧，这场灾难就可以避免。”

“这不可能吧。”他说完这句后，他那个一百多年后的自我沉默了好长时间没有说话，于是他接着说，“即使制止使用化石燃料，你也应该与更早些的人联系。”

他感觉到对方在笑：“你让我去制止工业革命吗？”

“可是现在要做你说的事就更不可能了，只要油、汽、煤中断一个星期，这个世界就会崩溃。”

“根据我们的模拟，用不了那么长时间。但还有别的办法的，我毕竟是在未来和你说话，仔细想想？我们可是聪明人。”

他很快想到一点：“给我们某些能源技术，首先它是环保的，不会造成气候变暖，但关键是在能够满足当代能源需求的情况下，成本又大大低于化石能源，这样用不了十年，石油和煤炭就会被完全挤出市场。”

“这正是我们要做的。”

他受到了鼓励，继续发挥：“那，给我们可控核聚变技术吧。”

“你把那个想得太简单了，直到现在，这项技术也没有取得真正的突破，倒是有聚变发电机在运行，但其市场竞争力还不如你们那时的裂变发电。另外，聚变发电要从海水中提取核燃料，也不能保证它就是环保的。不，我们不能提供核聚变技术，只能提供太阳能技术。”

“太阳能？什么太阳能？”

“从地面采集太阳能的技术。”

“用什么采集？”

“单晶硅，和你们那时一样。”

“这不扯淡嘛！哦，你们那时还有这说法吗？”

“有，我们这老一辈把那时的所有说法都继承过来了，包括扯淡。但我们的单晶硅太阳能电池的采能效率要高许多。”

“就是达到百分之百也没有用，地面上每平方米的太阳能能有多少？就凭晒几块电池板就能满足现代社会的能耗？你把我们这会儿当成农业时代了是不是？”

他感觉自己又在一百多年后笑了：“你别说，这项技术从意象上还真有农业时代的影子。”

“意象？我怎么变得这么酸了？”

“这项技术叫硅犁。”

“什么？”

“硅犁。你知道，造单晶硅太阳能电池的原料是硅，这是地球上最丰富的元素，沙子里土壤里到处都有。硅犁可以像犁那样耕地，在耕的时候它把土壤或沙子中的硅提纯并转化成单晶硅，这样它耕过的地就变成了太阳能电池。”

“那……硅犁是什么样子的？”

“看上去像联合收割机，开始时要一些外部能源，以后它就靠前面耕出的单晶硅田供电继续耕作，有了这种设备，你们可以把整个塔克拉玛干沙漠都变成太阳能电池。”

“你是说，它耕过的地都变成那种黑乎乎亮晶晶的晶片？”

“不不，从外观上看耕过的地只是颜色变黑了一些，但采能效率丝毫不比你们那时的晶片电池低，在耕好的地的两端埋上导线，就能产生光伏电流。”

身为能源规划专业博士的他，敏感地被这项技术吸引，呼吸加快了。

“已经给你发了一个email，是所有的技术资料，用你们当代技术完全能够制造，这也是选择这个时代的原因，再向前就不行了。你那个信箱地址，还能用二十多年，以后格式就变了。从明天开始你就要致力于这项技术的传播，你有这个能力和条件的。如何传播你看着办，也许可以利用你正在写的那份报告。但有一点：不能透露它来自未来。”

“可为什么选择我？应该找位置更高的人。”

“这是为了把难以预料的副作用减到最少，至于选择你，你就是我，我还能选谁？”

“你爬到很高位置了是吗？”

“无可奉告，实体国际选择干预历史是下了很大决心的。”

“实体国际？”

“这时的国际分为两个，一个是实体的，一个在网络上……我不能说更多，以后也别提这方面的问题。”

“那……如果我做了，你怎么样看到世界的改变呢？明天一觉醒来一切都变了吗？”

“比那还要快，当你接收到邮件并决定行动时，我的世界可能会在瞬间改变。但这件事只有我们一个人知道，对于我这个时代的其他人来说，历史只有一个，在已经改变的历史中，从你那时到我这时这一段使用化石能源的历史已经不存在了。”

“我们还会再联系吗？”

“不知道，每次与过去的联系对全世界来说都是一件大事，需要相应的国际决议，再见。”

他回到房间里打开电脑，在邮件列表中豁然显现着那封来自未来的邮件，邮件的正文是空白的，却带着十多个附件，总容量达1G多。他把附件大概浏览了一下，是大批详细的技术资料和图纸，他看不太懂，但明白那都是用现在的技术语言写成的，应该能够被解读。他看到了一幅图片，是从远景拍摄的一片开阔地，硅犁正处于开阔地正中，它看上去确实像一台收割机，耕过的土地颜色深了一些，远远看去硅犁就像一把刷子，把黑灰色整齐在刷在大地上，图中已有三分之一的地面被耕过。但最吸引他注意力的还是未来的天空，灰蒙蒙一片，但显然不是云，还有阳光，这时可能是早晨或黄昏，硅犁投下长长的影子，这是一个没有蓝天的时代。

他开始思考下一步该怎么做。他在国家能源部规划司工作，现在的任务就是收集国内新型能源开发项目的成果和进展，这份报告直接提交给部长，并将在国务院办公会议上汇报。国家为应对经济危机投入的四万亿中，有一部分将面向新型能源开发，这次会议的结果将是资金投向的重要依据，未来的他显然是看到了这个机会。在把这个项目写入报告之前，首先需要找到一个科研实体或大公司接受它，并以这个实体或公司的名义上报，这是一件策略性很强的事儿，但如果这些资料是真的，应该有人愿意接收的，毕竟在最坏的情况下对他们也没有什么损失……

他突然打了个寒战，就像从梦中警醒一般：我决定要做了吗？是的，决定了。行动的结果有两种，成功或失败，如果成功，未来已经改变了。

凡人把关键的事情早做一百多年，就能起到上帝的作用。

他看着屏幕上的那个邮件，突然想到回复它试试，他在回复件的正文上只写了三个字：已收到。发出后显示服务器错误或地址不存在。他又想到了手机，看看刚才打进来的号码，那是一个很平常的中国移动号，他回拨，服务音提示电话无法接通。

他来到阳台上，置身于如水的月光中，夜已深，小区中十分安静，月光中的建筑表面和地面有一种乳脂般的虚假的柔软。他感觉像刚刚做了一场梦，也许仍在梦中。

手机又响了，他在显示屏上看到了另一个陌生的号码，但一听到对方的声音，就知道那是未来的他，声音仍显得那么遥远和空灵，但背景声变了。

“你成功了。”未来的他说。

“你在什么时间？”他问。

“2119年。”

“与上次差不多，早了四年。”

“对我来说这是第一次给过去的你或我打电话，但我记得一百多年前接的那个电话。”

“对我来说那电话只是二十分钟前接的。怎么，海水退了吗？”

“没什么海水，气候从未变暖，海面也从未上升，你二十分钟前听到的那段历史是不存在的。我读到的历史是：在21世纪初，太阳能技术飞速发展，出现了硅犁技术，使大规模采集太阳能成为可能。在21世纪20

年代，太阳能占领了世界能源市场的大部分，化石能源消失了。你的一生都是和硅犁联系在一起的，三年后，这项技术很快在全世界扩散，你渡过了辉煌的前半生。但与煤炭和石油工业的历史一样，太阳能工业史上并没有什么人留下特别显赫的名声。”

“我不在乎什么名声，能拯救世界真的很高兴。”

“我们当然不在乎名声，对此我们只能庆幸，否则我们将被当作历史的罪人。世界是改变了，但并没有变得更好。好在知道这点的人只有我们一个人。对于上次干预历史计划的制定者和执行者们，那次化石能源的历史不存在，自然关于它的记忆也不存在，我也不记得向过去打过电话，但记得接到过未来的电话，对于我来说，这是关于那个不存在的历史的唯一线索……你听到什么？”

在背景声中，他听到一片微弱的喧哗，使他想起黄昏的树林上空盘旋的乌云般的鸟群，时而一阵大风扫过树林，用另一种声音盖住了一切。

“听不出是什么，应该不是海水声。”

“哪有什么海水，连黄浦江都快干了，现在是旱季(现在只有旱季和雨季两个季节了)，挽起裤腿就能走过江，事实上现在就有几十万人从外滩过江拥进浦东，像蚂蚁似的盖满了河床，那是外地拥进城的饥饿大军。城市已经一片混乱，我看到有好几处在燃烧。”

“怎么会这样?！太阳能是最环保的能源。”

“这是一个可悲的误解。你知道要满足一座上海这样的城市的用电，需要多大面积的电池板，或说单晶硅田？城市面积的二十倍！而在这以后的一个多世纪里，城市化运动突飞猛进，现在一座中等城市都有你那时上海的规模了。从21世纪20年代开始，无数架硅犁在各大陆上辛勤耕作,在把所有的沙漠都变成单晶田后,便开始吞食农田和植被,到现在,各大洲的陆地都已严重单晶化了,这个进程比沙漠化要快得多,地球表面几乎变成了一块单晶硅电池板。"

"从经济学原理上看这不可能啊,随着土地成本的增高,硅犁技术会退出能源市场……"

"就像使用化石能源的情况一样,到那时已经晚了,重建新型的能源工业并不容易,甚至恢复石油和煤炭工业都需要很长时间,但能源供应不能停止增长,硅犁继续疯狂耕作。土地的单晶化比沙漠化对气候环境危害更大,生态急剧恶化,干旱笼罩全球,不多的降雨带来的只有洪灾……"

他听着这来自一个多世纪以后的声音,感到窒息了,像掉进深水中,他拼命上浮,就在完全绝望之际竟浮上水面,他长吸一口气,对未来的自己说:"幸好有补救的办法,很简单,再简单不过了:我现在除了决定外还什么都没做,立刻把硬盘中的那些资料删除,明天继续我原来的生活不就行了?"

"那上海将再次被海水淹没。"

"……"

"我们必须再次干预历史。"

"你不会是说,这次又要给我什么新能源技术吧?"

"是的,这项技术的核心是超深钻井。"

"钻井?石油开采的技术现在已经很完善了。"

"不,要开采的不是石油,钻井的深度将超过一百公里,穿透莫霍界面[1]，直达软流层。地球为什么有磁场，因为在其内部有强大的电流存在，我们要开采的就是地球深处的电流。当超深钻孔完成后，把巨型电极置入井底，就可把地球电流导出。这种在高温高压下工作的电极是这次传送的另一项核心技术。”

“听起来很宏伟，可我还是感到恐惧。”

“听着，开采地球电流是真正环保的技术，不占用土地，不排放二氧化碳和任何其他污染，直接得到电流。好，又该说再见了，但愿下次联系不再是为了拯救世界……你去收电子邮件吧。”

“等等，干吗不多谈一会儿？谈谈……我们的生活。”

“与过去联系的时间应该尽可能缩短，以减速少未来信息向过去的渗透，你知道，我们其实是在干一件很危险的事。再说也没什么好谈的，我经历过的一切你迟早都会经历。”话音刚落电话就断了，只能听到显然是来自这个现实时间的忙音。

他回到电脑前，收下了来自未来的第二封Email，仍是详细庞杂的技术资料，信息量与上一次差不多。他在浏览中发现，超深钻机是采用激光钻头，而不是现有的机械钻头，岩石被熔成岩浆通过钻管导出到地面。在最后一个附件中他又看到了一幅照片，仍是一片空旷广阔的大地，高压线塔林立，也许是材料强度增高的缘故，这些线塔都显得很轻捷，高压线的一头都是从地面引出的，显然连接着地球深处的巨型电极。吸引他的是这片土地，呈现一种没有生气的黑灰色，显然是单晶硅田。地面被一种栅栏似的条状物分割成网格，可能是从田中引出太阳电流的导线。与上次的那幅图片不同，天空一片清澈的湛蓝，没有一丝云，这是一

---

① 地球固态岩层与软流层的分界面。

个很少有云的时代，似乎能感到干燥得发脆的空气。

他再次来到阳台上，月亮已经西斜，阴影变得多了，仿佛城市的梦已经做完，陷入深睡之中。

他再次思考如何推广这项未来技术，这次的策略应该与上次不同。首先，激光钻头技术在商业和军事上本身就有巨大的吸引力，应该作为一项单独的技术来开发推广，待其成熟后，再打出地球电流这张牌，同时开发地下电极等技术。第一批投资仍将来自那四万亿，首先要做的仍是为这项技术成果找到一个有巨大影响力的拥有者，他有信心成功，因为自己手里有真东西。

那么，我又决定要做了，历史又改变了吗？

像回答他的思想似的，电话第三次响起。这时西落的月亮从一幢高楼顶探出半边脸，似乎是在离去之前对这个世界投来最后惊恐的一瞥。

“我是你，从2125年给你打电话。”

对方说完后就沉默了，似乎在等他发问，可他不敢问，握电话的手渗出冷汗，浑身感觉如虚脱一般，只是说：“又让听声音吗？”

“这次你大概听不到什么了。”

但他还是仔细倾听，只听到一阵沙沙声，直觉告诉他这声音可能只是信号穿越时间产生的干扰，它不是来自2125年，可能来自途中的某一年，也可能来自时间之外和宇宙之外的虚无。

“你还在上海吗？”他问未来的自己。

“是的。”

“可我什么都听不到，也许那时的汽车是电动的，噪声小。”

“车都在隧洞里跑，所以你听不见。”

“隧洞？什么隧洞？”

“上海在地下。”

月亮从高楼后完全消失了，一切隐没于昏暗中，他感觉自己也陷入地下，“怎么回事?!”

“地面充满了辐射，你如果不穿防护服呆上半天，肯定就没命了，而且死得很惨，血从皮肤里渗出来……”

“哪来的辐射？”

“来自太阳。是的，你又成功了，那项技术的扩散速度比硅犁还快，在2020年，地球电流开采工业的规模已经超过了以前的石油和煤炭工业的总和，当大规模开发时，这项技术的产能效率和开发成本都大大优于硅犁，更别提和化石能源相比了，于是，世界能源供应很快全部建立在地球电流工业上。这是清洁廉价的能源，人们奇怪，指南针千年前就发明了，可怎么直到现在才有人想到开发地球电流这样的宝藏？然后是持续的经济高速发展，生态环境不但没有恶化，还日益改善，人类相信自己的文明已经进入良性发展阶段，未来只会越来越好。”

“然后呢？”

“然后，在本世纪初，地球电流耗尽了，指南针不再指南。你知道，地球磁场是这个行星的护盾，它偏转太阳风粒子流，保护了大气层。可现在，范·艾伦辐射带[①]消失了，太阳风直接扫向地球，就像，就像他妈的把细菌培养基直接放到紫外灯下一样。”

“哦——”他声音有些颤抖，感到很冷。

“这还只是开始，然后，在以后的三至五个世纪的时间里，太阳风会

① 地球周围存在的一个带电粒子捕获区。它是由地球磁场俘获太阳风中的带电粒子所形成的，对地球生态环境起重要的保护作用

将大气层燃尽，烘干海洋和地球上所有的水。”

“……”

“现在，核聚变技术已经取得突破，包括重新恢复的石油和煤炭工业，人类获得了无尽能源，但大部分能源都用于重新将电流注入地核，试图重建地球磁场，可到目前为止效果不大。”

“那就补救吧。”

“补救，只能补救了，删除你收到的那两个邮件中的所有信息。”

他站起身要向房间里去：“我这就去做！”

“稍等等，因为你一做完，历史将再次改变，我们的通话就中断了。”

“哦是的，或者说什么也没变，世界将继续这个化石能源的历史。”

“你也将继续这个生活。”

“求求你，谈谈我们以后的生活吧。”

“无可奉告，其实那样也就改变了我们以后的生活。”

“是的，知道未来也就改变了未来，这我懂，我只是想知道一些细节。”

“抱歉。”

“比如，我们有过自己理想中的那种生活吗？幸福过吗？”

“抱歉。”

“我结婚了吗？有孩子吗？如果有，男孩儿还是女孩儿？”

“抱歉。”

“除了雯，我这辈子又真正爱过几次？”

他以为这次未来的自我也要说抱歉，但对方沉默了，耳机中只听到沙沙的时间之风从这一百一十六年的漫漫虚谷中吹过，终于，他回答了：

“一次都没有。”

“什么?！一百多年了，我再没爱过别人？”

“是的，没有。一个人的人生和整个人类的历史一样，第一次的选择不见得是不好的，只是在没有做其他选择的情况下你不知道而已。”

“这么说，我，我们，将孤独一生？”

“抱歉，无可奉告。人类作为整体本来就是孤独的，所以，我们应好自为之。好，时间到了。”

连一声道别都没有，电话就断了。但几乎同时，短信铃响了，他收到一封来自未来的短信，那是一段只有十几秒钟的视频。为了看得真切些，他把视频拷到电脑上放出。

他看到了一片火海，好一会儿才辨认出那是未来的天空。其实那不是火，是布满天穹的极光，是太阳风汹涌的粒子流冲击大气层产生的。天空布满了红色的帷幔，像堆积如山的蛇群般缓慢地蠕动着，天空似乎变成液态的，让人疯狂。在这火的长空下，矗立着一个由球体构成的建筑物，那是东方明珠塔，球体表面的镜面反映着天空的火海，像自己燃烧成火球似的。更近处站着一个人，防护服裹住了这人的整个身体，这种防护服有着全反射表面，似乎是充气的，表面没有皱褶，是一个连续的人形曲面，仿佛一面弯曲后的镜子。这个人形镜面也反射着火的天空，空中蠕动的火蛇经过镜面的扭曲显得更加诡异。整个画面都在火焰中变幻和流动，仿佛整个世界正在熔成岩浆。那人向镜头举起一只手，像在对过去打招呼，然后视频结束了。

那是我吗？

但他立刻想到更重要的事，删除了两个来自未来的电子邮件和所有的附件,又想了想,他决定把硬盘低级格式化。

当低格的进度条走到头时,这个夜晚又变成的普通的一夜,这个曾在这一夜三次改变人类历史,但最终什么都没改变的人,在电脑前睡着了,外面曙光初现,世界又开始了普通的一天,真的什么都没有发生过。

发表于 2009 年 2 月号《生活》

太原之恋

诅咒1.0诞生于2009年12月8日。

这是金融危机爆发后的第二年，人们本来以为危机已快要结束了，没想到只是开始，所以整个社会陷入焦躁之中，每个人都需要发泄，并积极创造发泄的方式，诅咒的诞生也许与这种氛围有关。诅咒的作者是一个女孩儿，十八岁至二十八岁之间。关于她的信息，后来的IT考古学家能知道的就这么多。诅咒的对象是一个男孩儿，二十岁，他的情况却被记载得很清楚。他叫撒碧，是太原工业大学的大四学生。他和那女孩儿之间发生的事儿没什么特别的，就是少男少女之间每天都在发生的那些事儿，后来有上千个版本，这里面可能有一个版本是真实的，但人们不知道是哪一个。反正他们之间的事情结束后，那女孩儿对那男孩儿是恨透了，于是编写了诅咒1.0。

女孩儿是个编程高手，真不知道她是怎样学来这本事的。在这个IT从业者人数急剧膨胀的年代，真正精通系统底层编程的人却并未增加，因为能用的工具太多了，也太方便了，没必要像苦力似的一行行编代码，大部分都可以用工具直接生成。女孩儿要做的编写病毒的活计也是一样,有众多功能强大的黑客工具可用。所谓编写病毒,不过是把几个现成模块组装起来;或更简单,对单个模块修改一下即可。在诅咒之前,大规模流行的最后一个病毒“熊猫烧香”就是这么弄出来的。但这个女孩儿却是从头做起,没有借助任何工具,自己一行一行地写代码,像勤劳的农家女用原始织布机把棉线一根一根织成布。想到她伏在电脑前咬牙切齿敲键盘的样子,我们的脑海中不由浮现出海涅的《西里西亚织工》中的两句诗:老德意志,我们在织你的尸布,我们织!我们织!

诅咒1.0是历史上在传播方面最成功的计算机病毒,它成功的主要原因在两个方面。

首先,诅咒不对被感染电脑进行任何破坏(其实其他的大部分病毒也没有破坏企图,所造成的破坏是由其低劣的传播或表现技术所致,而诅咒在避免传播中的副作用方面做得很完善)。它的表现也很克制,在大部分被感染的电脑上都没有任何表现,只有当系统条件组合符合某一条件时(大约占总感染数的十分之一),才进行表现,且每台电脑只表现一次。具体的表现方式是在被感染的电脑上弹出一条显示:

撒碧去死吧!!!!!!!!!

如果点击这个显示,就会出现关于撒碧更进一步的信息,告诉你这个被诅咒者住在中国山西省太原市太原工业大学xx系xx专业xx班xx宿舍楼xx寝室。如果不点击,这个显示将在三秒内消失,且永不在这台电脑上重新出现,因为被记忆的有硬件信息,所以即使重装系统后也一样。

诅咒1.0成功传播的第二个原因在于系统拟态技术，这倒不是女孩儿的发明，但这项技术被她熟练地用到了极致。系统拟态，就是把病毒代码的很多部分做成与系统代码相同，且采用与系统进程类似的行为方式。杀毒软件在杀灭该病毒时，极有可能把系统也破坏掉，最后不得不投鼠忌器。其实，瑞星、诺顿等都曾盯上诅咒1.0，但后来惹上了越来越多的麻烦，甚至产生了比诺顿在2007年误删WINDOWS XP系统文件更恶劣的后果，加上诅咒1.0在传播中没出现任何破坏行为，且所占系统资源也微不足道，就先后把它从病毒特征库中删掉了。

诅咒诞生之日，正是写科幻的刘慈欣第二百六十四次因公来太原之时。尽管这是他最讨厌的一座城市，但每次来他都要逛街。不过，他所谓“逛街”就是到柳巷的一家小店去为他那老掉牙的ZIPPO打火机买一瓶专用汽油，这是目前极少数不能从淘宝或易趣邮购的东西。前两天刚下过雪，像每次下雪一样，这时的雪被碾成了黑乎乎的冰。他摔了一跤，屁股的疼让他忘了在进火车站时把那一小瓶汽油从旅行包中拿出来装进衣袋，结果过安检时被查了出来，没收后又罚款两百元。

他更讨厌这座城市了。

诅咒1.0流传下去。五年，十年，它仍然在日益扩展的网络世界静悄悄地繁衍生息。

这期间，金融危机过去了，繁荣再次到来。随着石油资源的渐渐枯竭，煤炭在世界能源中的比重迅速增加，地下黑金为山西带来滚滚财源，使其成为亚洲的阿拉伯，省会太原自然也就成了新的迪拜。这是一座具有煤老板性格的城市，过去穷怕了，即使在本世纪初仍处于贫寒的日子里，也是下面穿露屁股的破裤子，上身着名牌西装，在下岗工人成天堵大街的情况下建起了国内最豪华的歌厅和洗浴中心。现在它成了真正的暴发户,更是在歇斯底里的狂笑中穷奢极欲。迎泽大街两旁的超高建筑群令上海浦东相形见绌,这条除长安街外全国最宽直的大街成了终日难见阳光的深谷。有钱和没钱的人怀着梦想和欲望拥入这座城市,立刻忘记了自己是谁、想要什么,只是跌入繁华喧闹的旋涡中旋转着,一年转三百六十五圈。

这天,第三百九十七次来太原的刘慈欣又到柳巷去买汽油,忽见街上有一位飘逸帅哥,他的长发中那一缕雪白格外引人注目,他就是先写科幻后写奇幻再后来科、奇都写的潘大角。被太原的繁荣所吸引,大角抛弃上海,移居太原。大刘和大角当初分别处于科幻的硬软两头儿,此时相见不亦乐乎。在一家头脑店(头脑是本地的一种传统美食)酒酣耳热之时,刘慈欣眉飞色舞地说出了自己下一步的宏伟创作计划:写一部十卷本三百万字的科幻史诗,描写两百个文明的两千次毁灭和多次因真空衰变而发生的宇宙格式化,最后以整个已知宇宙漏入一个抽水马桶般的超级黑洞结束。大角很受感染,认为两人有合作的可能:同一个史诗构思,刘慈欣写硬得不能再硬的科幻版,面向男读者;大角写软得不能再软的奇幻版,面向MM们。大刘、大角一拍即合,立刻抛弃一切俗务,投身创作。

在诅咒1.0十岁生日时,它的末日也快到了。VISTA以后,微软实在难以找到对操作系统频繁升级的理由,这多少延长了诅咒1.0的寿命。但操作系统就像暴发户的老婆,升级总是不可避免的,诅咒1.0代码的兼容性越来越差,很快就沉入网络海洋的底部即将销声匿迹。但正在这时,诞生了一门新的学科:IT考古学。按说网络世界的历史还不到半个世纪,没什么古可考，但仍然有很多怀旧者热衷此道。IT考古主要是发掘那些仍活在网络世界某些犄角旮旯的东西，比如十年来都没有点击过但仍能点开的网页，二十年没有人光顾但仍能注册发帖的BBS，等等。这些虚拟古董中，来自“远古”的病毒是IT考古学家最热衷寻找的，如果能找到一个十多年前诞生的仍在网上活着的病毒，就有在天池中发现恐龙一般的感觉。

诅咒1.0被发现了，发现者把病毒的全部代码升级，以适应新的操作系统，这样就能保证它再存活十年。这人并没有张扬，也许这是为了使他（她）所珍爱的这件古董能更顺利地存活下去。这就是诅咒2.0。人们把十年前诅咒1.0的创造者叫“诅咒始祖”，把这个IT考古学家叫“诅咒升级者”。

诅咒2.0在网上出现的那一刻，在太原火车站附近的一个垃圾桶旁，大刘和大角正在争抢刚从桶中翻找到的半袋方便面。他们卧薪尝胆五六年，各自写出两部三百万字的十卷本科幻和奇幻史诗，书名分别为《三千体》和《九万州》。两人对这两部巨作充满信心，但找不到出版商，于是一起变卖了包括房子在内的全部家产并预支了所有退休金自费出版。最后，《三千体》和《九万州》的销量分别是十五本和二十七本，总数四十二——科幻迷都知道这是个吉利的数字。在太原举行了同样是自费的隆重签售仪式后，两人就开始了流浪生涯。

太原是一座最适合流浪的城市。在这座穷奢极欲的大都市里，垃圾桶里的食品是取之不尽的，最次也能找到几粒被丢弃的“工作丸”。住的地方也问题不大。太原模仿迪拜，在每一个公交候车亭里都装上了冷暖空调。如果暂时厌倦街头，还可以去救助站待几天，那里不仅有吃有住，太原久已繁荣的性服务业还把每周日定为对弱势群体的性援助日，救助站就是那些来自红灯区的志愿者开展活动的地方之一。在城市各阶层幸福指数调查中，盲流乞丐位列榜首，所以大刘和大角都后悔没有早些投入这种生活。

两人最惬意的时候是《科幻大王》(SFK)编辑部每周一次的请客，一般都是去唐都那样的高级酒店。太原的《科幻大王》杂志深得科幻精髓，知道这种文学体裁的灵魂就是神奇感和疏离感，而现在的高技术幻想已经没有这种感觉了。技术奇迹是最平淡不过的事儿，每天都在发生，倒是低技术具有神奇感和疏离感。于是，他们创立了幻想未来低技术时代的“反浪潮”科幻，取得了巨大成功，迎来了世界科幻的第二个黄金时代。为了彰显“反浪潮”科幻的理念,《科幻大王》编辑部拒绝一切电脑和网络，只接收手写稿件，用铅字排版印刷，还用每匹相当于一辆宝马车的价格买回几十匹蒙古马，在编辑部旁建设豪华马厩，杂志社人员出行一律骑着绝对没有上网的骏马。城市某处如果听到嘚嘚的清脆马蹄声，那就是SFK的人来了。他们常请刘慈欣和大角吃饭，因为除了他们以前写过科幻外，还因为虽然他们现在写的科幻已经很不科幻了，但他们本人所遵循“反浪潮”科幻的理念却是十分科幻——他们上不起网，也很低技术。

SFK的编辑、大刘和大角都不知道，他们的这个共同特点将会救他们的命。

诅咒2.0又流传了七年。这时，一个后来被称为“诅咒武装者”的女人发现了它。她仔细研究了诅咒2.0的代码，尽管经过升级，她仍能感受到十七年前诅咒始祖的仇恨和怨念。她与始祖有着相同的经历，也处于每天刻骨憎恨某个男人的阶段，但她觉得那个十七年前的女孩儿既可怜又可笑：这么做有何意义？真能动那个臭男人撒碧一根汗毛吗？这就像百年前的怨女在写了名字的小布人儿上扎针的愚蠢游戏一样，解决不了任何问题，结果只是使自己更郁闷。还是让姐姐来帮帮你吧。（正常情况下，诅咒始祖应该活着，但诅咒武装者肯定要叫她阿姨了。）

十七年后的今天已经完全是一个新时代了，这时，世界上的一切都“落网”了。这么说是因为，在十七年前，网络上的东西只有电脑。但今天的网络就像一棵超级圣诞树，几乎这世界上的所有东西都挂在上面闪闪发光。以家庭为例，家里所有通电的东西都联上了网并受其控制，甚至连指甲刀和开瓶器也不例外：前者可通过剪下来的指甲判断你是否缺钙，并通过短信或e-mail告知；后者可判断酒是否为真品并发中奖通知，而过度酗酒者间隔很长时间才能用它开一次瓶。在这种情况下，通过诅咒病毒直接操纵硬件世界就成为可能。

诅咒武装者给诅咒2.0增加了一个功能：如果撒碧坐出租车，就撞死他！

其实对于这个时代的一名人工智能（AI）编程高手来说，这一点并不难做到。现在的汽车已经全部无人驾驶，网络就是驾驶员，乘客上出租车时要刷卡，新的诅咒可通过信用卡识别乘客的身份。只要上了车并被识别，杀他的方法数不胜数，最简单的就是径直撞向路边的建筑物，或从桥上开下去。但诅咒武装者想了想，并不愿简单地撞死撒碧，而是为他选择了一个更为浪漫的死法，完全配得上他对十七年前的那个妹妹做的事（其实诅咒武装者和别人一样，根本不知道撒碧对始祖做错了什么，也可能错根本不在这男孩儿）。经她升级的诅咒在得知目标上车后，根本不理会他设定的目的地，指挥出租车一路狂开，从太原一直开到张家口。现在，从那里再向前已经是一片沙漠了，车就停在沙漠深处，并切断与外界的一切通信联系(这时诅咒已经侵入车内电脑，不需要网络了)。这辆出租车被发现的可能性很小。如果偶尔有人或车靠近，它就立刻躲到沙漠的另一处。无论过去多长时间，车门从内部是绝对打不开的。这样，如果在冬天，撒碧将被冻死；如果在夏天，撒碧将被热死；如果在春秋，撒碧将被渴死饿死。

就这样，诅咒3.0诞生了，这是真正的诅咒。

诅咒武装者是一名AI艺术家，这也是一族新新人类，他们喜欢通过操纵网络作出一些没有实际意义但具有美感(当然，这个时代的美感与十几年前不是一回事了)的行为艺术，比如让全城的汽车同时鸣笛并奏出某种旋律，让大酒店的亮灯窗口组成某个图形，等等。诅咒3.0就是一件这样的作品，不管能否实现其功能，它本身就是一件卓越的艺术品，因而在2026年上海现代艺术双年展上得到了好评。虽然因其人身伤害内容被警方宣布为非法，但它仍在网上进一步流传开来，众多的AI艺术家加入了对这一作品的集体创作，诅咒3.0飞快进化，越来越多的功能被添加进来：

如果撒碧在家，煤气熏死他！这也比较容易，因为每家的厨房都由网络控制，这样户主就可以在外面遥控厨房做饭，这当然包括打开煤气的功能，而诅咒3.0可以使房间里的有害气体报警器失效。

如果撒碧在家，放火烧死他！很容易，包括煤气在内，家里有很多可以点燃的东西，如摩丝发胶什么的，都连在网上(可通过网络由专业发型师做头发)，烟火报警器和灭火器当然也可以失效。

如果撒碧洗澡，放开水烫死他！如上，很容易。

如果撒碧去医院看病，开药毒死他！这个稍有些复杂。给目标开特定的药是很容易的，因为现在医院的药房全部是自动取药，且药库系统都联网，关键是药品的包装问题，撒碧不是SB，要让他拿到药后愿意吃才行，而要做到这一点，诅咒3.0就得从制药厂的生产包装和销售环节入手。要让一盒表里不一的药只卖给目标，真的有些复杂，但能做到，而且对于AI艺术来说，越复杂，作品的观赏价值就越高。

如果撒碧坐飞机，摔死他！这不容易，比出租车操作难多了，因为被诅咒的只有撒碧一人，诅咒3.0不能杀死其他人，而撒碧大概没有专机，所以摔死他是不可能的。但可以这样：目标所乘的飞机突然在高空舱内失压（用开舱门或别的什么办法），在所有乘客都戴上的氧气面罩中，只有撒碧的面罩没有氧气。

如果撒碧吃饭，噎死他！这个看似荒唐，其实十分简单。现代社会的超快节奏催生了超快餐食品，就是一粒小小的药丸，名叫“工作丸”。工作丸密度很大，拿在手中沉甸甸的，像一颗子弹头，服下去后会在胃中膨化，类似于以前的压缩饼干。在生产过程中，工作丸的膨化速度是可以控制的。诅咒3.0可以用与生产毒药类似的方式在生产过程中做手脚，生产出一粒超快速膨化的工作丸，再控制销售过程，专卖给撒碧。他在进工作餐时，喝水把工作丸送下去，结果小丸在嗓子眼里膨化。

……

但诅咒3.0从来没有找到目标，也没有杀死过任何人。早在诅咒1.0诞生时，撒碧受到了不小的骚扰，还有媒体记者因此采访过他，使他不得不改了名，甚至连姓也改了。姓撒的人本来就很少，加上其谐音不雅，所以在这座城市里面没有重名。同时，病毒中记录的撒碧的工作单位和住址仍是他十几年前所上的大学，使得定位他更不可能。诅咒也曾试图进入公安厅电脑追溯目标的改名记录，但没有成功。所以在诅咒3.0诞生以后的四年中，它仍然只是一件AI艺术品。

但诅咒通配者出现了，他们是大刘和大角。

通配符是一个古老的概念，源自导师时代（这是对操作系统的上古时代——DOS操作系统时代的称呼）。最常见的通配符有“*”和“?”两种，用于泛指字符串中的一切字符。其中“?”指代单一字串，“*”指代的字符数量不限，也最常用。比如：刘*，指姓刘的所有人；山西*，指以山西打头的所有字串。而如果只有一个“*”，指代的则是一切。所以在导师时代，“del*.*”是一个邪恶的命令（del是删除命令，而DOS系统下的文件全名分为文件名和扩展名两部分，用“.”隔开）。在以后的操作系统演进中，通配符功能一直存在。只是系统进入图形界面后，人们很少使用命令行操作，一般人就渐渐把它淡忘了。但在包括诅咒3.0在内的各种软件中，它是可用的。

这天是中秋节，但明月在太原城的璀璨灯火中像个脏兮兮的烧饼。大刘、大角在五一广场的一条长椅子上坐下来，摆开他们下午从垃圾桶中翻出的五半瓶酒、两半袋平遥牛肉、几乎一整袋晋祠驴肉和三粒工作丸，准备庆祝一番。天刚黑的时候，大刘还从一个垃圾桶中翻出一台破笔记本电脑。他声称自己能把它修好，否则这辈子的计算机工作就算是白干了。他蹲在长椅旁紧张地捣鼓起来，同时和大角意犹未尽地回味着下午救助站的性援助。大刘热情地请大角把三粒工作丸都吃了，这样可为自己省下不少酒肉。但大角并不上当，一粒也没吃，只是喝酒吃肉。

电脑很快能用了,屏幕发出幽幽的蓝光。大角发现无线上网功能竟然也恢复了,就立刻抢过电脑,先上QQ——他的号已经不能用了——再查找九州网站、天空之城、豆瓣、水木清华、大江东去……但那些链接都早已失效。大角最后扔下电脑,长叹一声:“唉——昔人已乘黄鹤去。”

大刘拿过半瓶酒喝起来。他看了看屏幕,“此地连黄鹤楼也没留下。”

然后大刘便细细查看电脑中的东西,发现里面安装了大量黑客工具和病毒样本,这可能是一台黑客的本本,也许是在逃避AI警察的追捕时匆忙扔到垃圾桶中的。他顺手打开桌面上的一个文件,是一个已经反编译出来的C程序。他认出了,这正是诅咒3.0！他随意翻阅着代码,回忆着自己编写“电子诗人”的时光。酒劲儿上来时,他翻到了目标识别参数那部分。

大角在一边喋喋不休地回忆着当年峥嵘的科幻岁月,大刘很快也受到感染,推开本本,一同回忆起来。想当年,自己那上帝视角的充满阳刚之气的毁灭史诗曾引起多少男人的共鸣啊,曾让他们中的多少人心中充满万丈豪情！可现在,十五本,仅仅卖出十五本！TNN的！他又灌下去一大口。那还是一瓶老白汾,这酒的味道在这个年代已经面目全非,有点儿像威士忌了,但酒精度一点儿没减。他开始恨男读者,进而恨所有的男人。他两眼直勾勾地看着屏幕上诅咒3.0的目标参数,说:“显拽的圆润木妖怪……胡东奇(现在的男人没一个好东西)。”顺手把姓名由“撒碧”换成“*”,工作单位和住址也由“太原工业大学,xx系,xx专业,xx宿舍楼,xx寝室”换成了“*,*,*,*,*”,只有性别参数仍为“男”。

大角也处于一把鼻涕一把泪的感慨中。想当初,自己那色彩绚烂、意境悠远的美文如诗如梦,曾经迷倒多少MM,连自己也成为她们的偶像。可现在,看看旁边经过的那些妙龄MM,居然没一个人朝自己这边看一眼,太让人失落了!他扔出一个空酒瓶,喃喃道:“圆润木素胡东奇,雨润豆素?(男人不是好东西,女人就是?)”说着,把目标参数中的性别由“男”改成“女”。

大刘不干了,觉得这没女人什么事,自己那些粗陋的小说从来也不指望获得女读者的青睐,就又把性别参数改回“男”。大角再改成“女”。两人为惩罚自己那忘恩负义的读者群争执起来,太原也在成为寡妇城市和光棍城市的可能性之间摇摆不定。大刘、大角最后干脆抡起酒瓶打了起来,直到一名巡警制止了他们。两人摸着脑袋上的鼓包,达成了妥协,把目标的性别参数改成“*”,完成了诅咒3.0的通配。也许是因为打架的干扰,或由于已经烂醉,他们谁也没动“太原市”“山西省”“中国”这三个参数。这样,诅咒4.0诞生了。

太原被诅咒了。

新版诅咒诞生之际,立刻意识到了自己肩负的宏伟使命。由于这个目标太宏大了,诅咒4.0没有立刻行动,而是留下足够的时间让自己充分繁殖,以达到操作所需的足够数量,同时互相联系,慢慢形成一个统一行动的整体。行动的总原则是:对诅咒目标的清除首先从软性操作开始,然后过渡到硬操作,并逐步升级。

十小时后,晨曦初露时,操作开始。

软操作主要针对敏感的、神经脆弱的和冲动型的目标,特别是那些患有抑郁症和狂躁症的男女。在这个心理病和心理咨询泛滥的时代,诅咒4.0很容易找到这类人。在第一批操作中,三万名刚从医院完成检查的人被告知患有肝癌、胃癌、肺癌、脑癌、肠癌、淋巴癌、白血病,最多的是食道癌（本地区高发癌症），另有两万名刚验过血的人被告之HIV阳性。这些诊断并非简单伪造出来的，而是由诅咒4.0直接操纵B超、CT、核磁共振仪、血液化验仪等医疗检查设备得出的“真实”结果。即使去不同医院复查，结果也一样。这五万人中，大部分都选择了治疗，但有四百多人本来就活腻歪了，得知诊断结果后立刻一了百了，以后还陆续有做此选择的。随后，五万名敏感的、抑郁的、或狂躁的男女都接到了配偶或情人的电话。男人听到他们的女人说：你看你那个熊样屁本事没有你还像个男人吗我已经和某某好了我们很和谐很幸福你去死吧。男人对他们的女人说：你已人老珠黄其实你当初就是恐龙我瞎了眼怎么看上你的现在我和某某在一起我们很和谐很幸福你去死吧。诅咒4.0编造的情敌大都是目标本来就最讨厌的人。这五万人中，大部分都通过直接找对方质问而消除了误会，但也有约百分之一的人选择了他杀和自杀，其中一部分把两者同时做了。还有另外一些软操作，比如在已经势不两立、剑拔弩张的几大黑帮之间挑起大规模械斗，或把被判无期或有期徒刑的罪犯的判决书改成死刑并立即执行，等等。但总的来说，软操作效率很低，总共清除的目标只有几千人。不过诅咒4.0有正确的心态，知道大事情是从一点一滴做起的，不以恶小而不为，所有的手段一定要都试到。

在软操作中，诅咒4.0清除了自己最初的创造者。在创造诅咒后的岁月中，诅咒始祖一直对男人倍加提防，二十年来一直用最现代化的手段监视老公，几乎成为谍报专家。但她突然接到一向安分守己的老公的电话，致使心脏病突发，送医院后又被输入进一步加剧心肌梗死的药物，死于自己的诅咒下。

五天后，硬操作开始了。之前的软操作在城市中引发的超常的自杀和他杀率已经引起了高度恐慌，但诅咒4.0仍需避免被政府发现，所以硬操作的第一阶段进行得很隐蔽。首先，吃错药的病人数量急剧增加，这些药的包装都正常，但吃下去的大部分一剂致命。同时，吃饭噎死的人也大量出现，都是工作丸在嗓子眼儿膨化所致；还有少部分是撑死的，因为工作丸的压缩密度大大超标，那些食客掂着沉甸甸的小丸，还以为物超所值呢。

第一次大规模清除操作针对自来水系统展开。即使对于一切受控于网络人工智能的城市，把氰化物或介子气加入自来水也是不可能的，所以诅咒4.0选择了两种无害的转基因细菌，它们混合后能产生毒性。这两种细菌并不是同时加入自来水系统中，而是先加一种，待其基本排净后再加第二种。两种物质的混合其实是在人体内进行的，后一种细菌与残留在胃和血液中的前一种发生作用，生成毒性。如果这时仍不致命，那目标去医院取到的药物再与体内已有的两种细菌发生反应，做完最后的事。

这时，省公安厅和国家AI安全部已经定位了灾难的来源，针对诅咒4.0的专杀工具正在紧急研发中。于是，诅咒操作急剧加速和升级，由隐藏的暗流变为惊天动地的噩梦。

这天早晨的交通高峰时段，从城市的地下传来一连串沉闷的爆炸声，这是地铁相撞的声音。太原市的地铁建成较晚，设计时正值城市成为暴发户的时候，所以十分先进，磁悬浮在真空隧道中运行，以高速闻名，被称为“准时空门”，意思是从起点进去后很快就能从终点走出。因此它们的相撞也格外惨烈，地面因爆炸而隆起一座座冒出浓烟的小山包，像城市突然长出的恶疮。

这时，城市中的大部分汽车已被诅咒控制，成为进行诅咒操作最有力的工具。一时间，全城上百万辆汽车像做布朗运动的分子那样横冲直撞。但这种撞击并非杂乱无章，而是遵循着经过严密优化计算的规律和顺序，每辆车首先尽可能多地清除车外行走的目标。所以在混乱的初期，发生撞击的车辆并不多，每辆车都在追逐并冲撞行人。车与车之间密切配合，对行人围追堵截，并在空地和广场上形成包围圈，最大的包围圈在五一广场，几千辆汽车围成一圈向中心撞击，一下子就清除了上万个目标。当外面的行人几乎都被清除或躲入建筑物后，汽车开始撞向附近的建筑物，以清除车内的目标。这种撞击同样是经过精密组织的。对于人口密集的大型建筑物，车辆会集中撞击，后面冲来的车会蹿到前面已撞毁的车上面，就这样一层层堆起来。在市里最高建筑——三百层的煤交会大厦下面，车辆堆到十多层楼高，疯狂燃烧着，像是要火化大厦的一圈柴堆。在大撞击的前夜，市里出现出租车集体排长队加油的奇观，所以撞击时它们的油箱都是满的。与此同时，从城市两个机场强行起飞的上百架民航飞机也纷纷在市区坠毁，像一堆巨型燃烧弹，加剧了火势。

政府发出紧急通告，宣布城市处于危机状态，呼吁人们待在家中。这个决定最初看来是正确的，因为与大型建筑相比，居民楼遭到的袭击并不严重，这是因为居民区的道路显然不像城市主要街道那么宽敞，大撞击开始后不久就堵塞了。但很快，诅咒4.0把每户人家都变成死亡陷阱——煤气和液化气全部开放，达到爆燃浓度后即点火引爆。一座座居民楼在爆炸中被火焰吞没，有的建筑甚至被整座炸飞。

政府的下一步措施是全城断电，但这时城市中已经没电了，诅咒4.0失去了作用，但它已经成功了。

整座城市陷入一片火海,火势迅速增大,其猛烈程度甚至产生了二战时期德累斯顿大轰炸的效应:城内的氧气被火焰耗尽,人即使逃离火区也难逃一死。

由于很少接触上网的东西,同其他盲流哥们儿一样,大刘和大角逃过了诅咒最初的操作。在后期操作开始后,他们凭着在城市中长期步行练就的技巧,以与其高龄不相称的灵活躲过了多次汽车冲撞,又凭着对市区道路的熟悉,在大火初期幸存下来。但情况很快变得愈加险恶。整座城市变成火海时,他们正在还算宽阔的大营盘十字路口中心。窒息的热浪开始笼罩一切,周围高层建筑中的火焰像巨型蜥蜴的长舌般舔过来。描写过无数次宇宙毁灭的大刘惊慌失措,而作品充满人文主义温情的大角却镇定自若。

大角拂须环视着周围的火海,用悠长的语调说:“早知毁灭如此壮观,当初何不写之?”

大刘两腿一软,坐到地上,“早知毁灭这么恐怖,当初写它真是吃饱撑的!唉,俺这个乌鸦嘴,这下可好……”

最后他们达成了一致见解:只有牵涉到自个儿的毁灭才是最刺激的毁灭。

这时,他们听到一个银铃般的声音,像火海中的一块晶冰:“刘和角,快走!”循声望去,只见两匹快马如精灵般穿出火海,马上是SFK编辑部最漂亮的两个长发MM,她们把大刘、大角拉上马背,骏马在火海的间隙中闪电般穿行,飞越过一排排燃烧的汽车残骸。不一会儿,眼前豁然开阔,马已奔上汾河大桥。大刘和大角深吸着清凉的空气,抱着MM的纤腰,脸上感受着她们长发的轻拂,觉得这逃生之路真是太短了。

过了桥就基本进入安全地带，他们很快和SFK编辑部的其他人会合，骑上高头大马。这威武的马队向晋祠方向开去，吸引着路边步行逃生者惊羡的目光。大刘、大角和SFK的编辑都看到，幸存者的队伍中还有一个骑自行车的人。之所以注意到他，是因为这年代自行车也都由网络控制，诅咒早就把所有的自行车完全锁死了。骑车的是一个上了年纪的男人，他是撒碧。

由于早年被诅咒病毒骚扰，撒碧对网络产生了本能的恐惧和厌恶，在生活中尽可能地减少与网络的接触，比如他骑的自行车就是一辆二十年前的老古董。他住的地方在汾河岸边，靠近城市边缘。在大撞击开始时，他就骑着这辆绝对没有上网的自行车逃了出来。其实，撒碧是这个时代少有的知足者，对自己艳遇不断的一生很满足，就算这时死了也毫无怨言。

马队和撒碧最后上了山，大家站在山顶呆呆地看着下面燃烧的城市。狂风呼啸，掠过周围的群山，从四面八方刮向中心的太原盆地，补充那里因热力而上升的空气。

距他们不远处，省政府和市政府的主要成员正在走下载着他们逃离火海的直升机。市长的口袋里还装着一份发言稿，那是为即将到来的城庆日准备的发言。确定太原城的诞生日期颇费了番周折，专家称，公元前497年，古晋阳城问世，历经春秋、战国至唐、五代等数十个朝代，太原一直是中国北方的军事重镇。从公元979年赵宋毁太原，新兴的太原又先后在宋、金、元、明、清等数朝中崛起，它不仅是军事重镇，而且发展成为著名的文化古城和商业都会。于是，政府提出了城庆口号：热烈庆祝太原建市两千五百年！现在，历经了二十五个世纪的城市正在火海中化为灰烬。

这时，携带的军用电台终于接通了中央，得知救援大军正在从全国四面八方赶来。但通信很快又中断了，只听到一片干扰声。一小时后接到报告，救援队伍已停止前进，空中的救援机群也已转向或返回。

省AI安全局的一名负责人打开笔记本电脑，上面显示着最新编译的诅咒5.0的代码。在目标参数中，“太原市”“山西省”“中国”已被换成了“*”“*”“*”。

发表于《九州幻想·贲书铁券》（新世界出版社，2010）

人　生

母亲:“我的孩儿,你听得见吗?”

胎儿:“我在哪里?”

母亲:“孩儿,你听见了?我是你妈妈啊!”

胎儿:“妈妈!我真是在你的肚子里吗?我周围都是水……”

母亲:“孩儿,那是羊水。”

胎儿:“我还听到一个声音,咚咚的,像好远的地方在打雷。”

母亲:“那是妈妈的心跳声。孩儿,你是在妈妈的肚子里呢!”

胎儿:“这地方真好,我要一直待在这里。”

母亲:“那怎么行?孩儿,妈要把你生出来!”

胎儿:“我不要生出去,不要生出去!我怕外面!”

母亲:“哦,好。好孩子,咱们以后再谈这个吧。”

胎儿:“妈,我肚子上的这条带子是干什么的?”

母亲:“那是脐带。在妈的肚子里时,你靠它活着。”

胎儿:“嗯……妈,你好像从来也没到过这种地方。”

母亲:“不,妈也是从那种地方生出来的,只是不记得了,所以你也不记得了……孩儿,妈的肚子里黑吗?你能看到东西吗?”

胎儿:“外面有很弱的光透进来,红黄红黄的,像西套村太阳落山后的样子。”

母亲:“我的孩儿啊,你还记得西套村?!妈就生在那儿啊!那你一定知道妈是什么样儿了?”

胎儿:“我知道妈是什么样儿,我还知道妈小小的时候是什么样儿呢。妈,你记得第一次看到自己是什么时候吗?”

母亲:“不记得了,我想肯定是从镜子里看到的吧,就是你外公家那面好旧好旧、破成三瓣又拼到一块儿的破镜子。”

胎儿:“不是,妈。你第一次是在水面儿上看到自个儿的。”

母亲:“怎么会呢?咱们老家在甘肃那地方,缺水呀,满天黄沙的。”

胎儿:“是啊,所以外公外婆每天都要到很远的地方去挑水。那天外婆去挑水,还是小不点儿的你也跟着去了。回来的时候太阳升到正头上,毒辣辣的,你那个热那个渴啊,但你不敢向外婆要桶里的水喝,因为那样准会挨骂,骂你为什么不在井边喝好。但井边那么多人在排队打水,小不点儿的你也没机会喝啊。那是个旱年头,老水井大多干了,周围三个村子的人都挤到那口深机井去打水。外婆歇气儿的时候,你扒到桶边看了看里面的水。你闻到了水的味儿,感到了水的凉气儿。”

母亲:“啊,孩儿,妈记起来了!”

胎儿:“你从水里看到了自个儿,小脸上满是土,汗在上面流得一道子一道子的。这可是你记事起第一次看到自个儿的模样儿。”

母亲:“可……你怎能记得比我还清呢?”

胎儿:“妈你是记得的,只是想不起来了。在我脑子里,那些你记得的事儿都是清楚的,都能想起来。”

母亲:“……”

胎儿:“妈,我觉得外面还有一个人。”

母亲:“哦,是莹博士。本来你在妈妈肚子里是不能说话的,羊水里没有让你发声的空气,莹博士设计了一台小机器,才使你能和妈妈说话。”

胎儿:“哦,我知道她,她年纪比妈稍大点儿,戴着眼镜,穿着白大褂。”

母亲:“孩儿,她可是个了不起的有学问的人,是个大科学家。”

莹博士:“孩子,你好!”

胎儿:“嗯,你好像是研究脑袋的。”

莹博士:“我是研究脑科学的,就是研究人的大脑中的记忆和思维。人类的大脑有很大的容量,一个人的脑细胞比银河系的星星都多。以前的研究表明,大脑的容量只被使用了很少一部分,大约十分之一的样子。我主持的项目,主要是研究大脑中那些未被使用的区域。我们发现,那大片原被以为是空白的区域其实也存储着巨量的信息。进一步的研究显示了一个令人震惊的事实:那些信息竟然是前辈的记忆!孩子,你听得懂我的话吗?”

胎儿:“懂一点儿。你和妈妈说过好多次,她懂了,我就懂了。”

莹博士:“其实,记忆遗传在生物界很普遍,比如蜘蛛织网和蜜蜂筑巢之类我们所说的本能,其实都是遗传的记忆。现在我们发现人类同样具有记忆遗传,而且是一种比其他生物更为完整的记忆遗传。如此巨量的信息是不可能通过DNA传递的，它们存储在遗传介质的原子级别上，是以原子的量子状态记录的，于是诞生了量子生物学。”

母亲：“博士，孩儿听不懂了。”

莹博士：“哦，对不起，我只是想让你的宝宝知道，与其他的孩子相比，他是多么幸运！虽然人类存在记忆遗传，但遗传中的记忆在大脑中是以一种隐性的、未激活的状态存在的，所以没有人能觉察到这些记忆的存在。”

母亲：“博士啊，你给孩儿讲得浅些吧，因为我只上过小学呢。”

胎儿：“妈，你上完小学后就在地里干了几年活儿，然后就一个人出去打工了。”

母亲：“是啊，我的孩儿。妈在那连水都苦的地方再也待不下去了，妈想换一种日子过。”

胎儿：“妈后来到过好几个城市，当过饭店服务员，当过保姆，在工厂糊过纸盒，在工地做过饭，最难的时候甚至捡过破烂……”

母亲：“嗯，好孩子，往下说。”

胎儿：“反正我说的妈都知道。”

母亲：“那也说，妈喜欢听你说。”

胎儿：“直到去年，你在莹博士的研究所当上了勤杂工。”

母亲：“从一开始，莹博士就注意到了我。她有时上班早，遇上我在打扫走廊，总要和我聊几句，问我的身世什么的。后来有一天，她把妈叫到办公室去了。”

胎儿：“她问你：‘姑娘，如果让你再生一次，你愿意生在哪里？’”

母亲：“我回答：‘当然是生在这里啦，我想生在大城市，当个城里人。’”

胎儿:“莹博士盯着妈看了好半天,笑了一下,让妈猜不透的那种笑,说:‘姑娘,只要你有勇气,这真的有可能变成现实。’”

母亲:“我以为她在逗我,但她接着向我讲了记忆遗传的那些事。”

莹博士:“我告诉你妈妈,我们的研究已经形成了这样一项技术——修改人类受精卵的基因,激活其中的遗传记忆。这样,下一代就能够拥有这些遗传记忆了！”

母亲:“当时我呆呆地问博士,他们是不是想让我生这样一个孩子？”

莹博士:“我摇摇头,告诉你妈妈:‘你生下来的将不是孩子,那将是……’”

胎儿:“‘那将是你自己。’你是这么对妈妈说的。”

母亲:“我傻想了好长时间,才明白了她的话:如果另一个人的脑子里记的东西和你的一模一样,那他不就是你吗？但我真想不出那是一个什么样的娃娃。”

莹博士:“我告诉她,那不是娃娃,而是一个有着婴儿身体的成年人。他/她一生下来就会说话(现在看来还更早些),会以惊人的速度学会走路和掌握其他能力。由于已经拥有一个年轻人的全部知识和经验,他/她在以后的发展中总比别的孩子超前二十多年。当然,我们不能就此肯定他/她会成为一个超凡的人,但他/她的后代肯定会的,因为遗传的记忆将一代代地积累起来,几代人后,记忆遗传将创造出我们想象不到的奇迹！由于拥有这种能力,人类文明将发生飞跃,而你,姑娘,将作为一位伟大的先驱者而名垂青史！”

母亲:“我的孩儿,就这样,妈妈有了你。”

胎儿:“可我们都还不知道爸爸是谁呢。”

莹博士:“哦，孩子，由于技术方面的原因，你妈妈只能通过人工授精怀孕，精子的捐献者要求保密，你妈妈也同意了。孩子，其实这并不重要。与其他孩子相比，父亲在你的生命中所占的比例要小得多，因为你所遗传的全部是母亲的记忆。本来，我们已经掌握了将父母的遗传记忆同时激活的技术，但出于慎重，只激活了母亲的，因为我们不知道，两个人的记忆共存于一个人的意识中会产生什么后果。”

母亲（长长地叹息）:“就是只激活我一个人的，你们也不知道后果啊。”

莹博士（沉默良久）:“是的，也不知道。”

母亲:“博士，我一直有一个没能问出口的问题：你也是个没有孩子的女人，也还年轻，干吗不自己生一个这样的孩子呢？”

胎儿:“阿姨，妈妈觉得你是一个很自私的人。”

母亲:“孩儿，别这么说。”

莹博士:“不，孩子说的是实情，你这么想是公平的，我确实很自私。开始我是想过自己生一个记忆遗传的孩子，但另一个想法让我胆怯了：人类遗传记忆的这种未激活的隐性状态很让我们困惑，这种无用的遗传意义何在呢？后来的研究表明它类似于盲肠，是一种进化的遗留物。人类的远祖肯定是有显性的、处于激活状态的记忆遗传，只是在后来的漫长岁月中，遗传的记忆才渐渐变成隐性。这是一个不可理解的进化结果：一个物种，为什么要在进化中丢弃自己的一项巨大优势呢？但大自然做事总是有它的道理，它肯定是意识到了某种危险，才在后来的进化中‘关闭’了人类的记忆遗传。”

母亲："莹博士，我不怪你，这都是我自愿的，我真的想再生一次。"

莹博士："可你没有。现在看来，你腹中怀着的并不是自己，而仍然是一个孩子，一个拥有了你全部记忆的孩子。"

胎儿："是啊，妈，我不是你，我能感觉到我脑子里的事都是从你脑子里来的。真正是我自己记住的东西，只有周围的羊水、你的心跳声，还有从外面透进来的那红黄红黄的弱光。"

莹博士："我们犯了一个致命的错误，竟然认为复制记忆就能从精神层面上复制一个人，看来完全不是这么回事。一个人之所以成为自己，除了大脑中的记忆，还有许多其他的东西，许多无法遗传也无法复制的东西。一个人的记忆像一本书，不同的人看到时有不同的感觉。现在糟糕的是，我们把这本沉重的书给一个还未出生的胎儿看了。"

母亲："真是这样！我喜欢城市，可我记住的城市到了孩儿的脑子中就变得那么吓人了。"

胎儿："城市真的很吓人啊，妈。外面什么都吓人，没有不吓人的东西。我不生出去！"

母亲："我的孩儿，你怎么能不生出来呢？你当然要生出来！"

胎儿："不要啊，妈！你……你还记得在西套村时，挨外公外婆骂的那些冬天的早晨吗？"

母亲："咋不记得？你外公外婆常早早地把我从被窝里拎出来，让我跟他们去清羊圈，我总是赖着不起。那真难，外面还是黑乎乎的夜，风像刀子似的，有时还下着雪，被窝里多暖和，暖和得能孵蛋。小时候贪睡，真想多睡一会儿。"

胎儿："只想多睡一会儿吗？那时候你真想永远在暖被窝里睡下

去啊。”

母亲：“好像是那样。”

胎儿：“我不生出去！我不生出去！”

莹博士：“孩子，让我告诉你，外面的世界并不是风雪交加的寒夜，它也有春光明媚的时候。人生是不容易，但乐趣和幸福也是很多的。”

母亲：“是啊，孩儿，莹博士说得对！妈活这么大，就有好多高兴的时候。像离开家的那天，走出西套村时太阳刚升起来，风凉丝丝的，能听到好多鸟在叫，那时妈也真像一只飞出笼子的鸟……还有第一次在城市里挣到钱，走进大商场的时候，那个高兴啊，孩儿，你怎么就感觉不到这些呢？”

胎儿：“妈，我记得你说的这两次，记得很清呢，可都很吓人啊！从村子里出来那天，你要走三十多里的山路才能到镇子里赶上汽车，那路好难走。当时你兜里只有十六块钱，花完了怎么办呢？谁知道在外面会遇到什么呢？还有大商场，也很吓人的，那么多的人，像蚂蚁窝。我怕人，我怕那么多的人……”

沉默。

莹博士：“现在我明白进化为什么‘关闭’了人类的记忆遗传：对于在精神上日益敏感的人类，当他们初到这个世界上时，无知是一间保护他们的温暖小屋。现在，我们剥夺了你孩子的这间小屋，把他扔到精神的旷野上了。”

胎儿：“阿姨，我肚子上的这根带子是干什么的？”

莹博士：“你好像已经问过妈妈了。那是脐带，在你出生之前，它为你提供养料和氧气。孩子，那是你的生命线。”

两年以后，一个春天的早晨。

莹博士和那位年轻的母亲站在公墓里，母亲抱着她的孩子。

“博士，您找到那东西了吗？”

“你是说，除大脑中的记忆之外使一个人成为自己的东西？”莹博士缓缓地摇摇头，“当然没有，那真是科学能找到的东西吗？”

初升的太阳照在她们周围的墓碑群上，使那无数已经尘封的人生闪动着橘黄色的柔光。

“爱情啊你来自何方？是脑海还是心房？”

“您说什么？”年轻的母亲迷惑地看着莹博士。

“呵，没什么，这只是莎士比亚的两句诗。”莹博士说着，从年轻母亲的怀中抱过婴儿。

这不是那个被激活了遗传记忆的孩子。那孩子的母亲后来和研究所的一名实验工人组成了家庭，这是他们正常出生的孩子。

那个拥有母亲全部记忆的胎儿，在那次谈话当天寂静的午夜，拉断了自己的脐带。值班医生发现时，他那尚未开始的人生已经结束了。事后，人们都惊奇他那双小手哪来那么大的力量。此时，两个女人就站在这个有史以来最小的自杀者小小的墓前。

莹博士用研究的眼光看着怀中的婴儿，但孩子的眼里却满是好奇。他忙着伸出细嫩的小手去抓晨雾中飞扬的柳絮，黑亮的小眼睛中迸发出的是惊喜和快乐。世界在他的眼中是一朵正在开放的鲜花，是一个奇妙的大玩具。对前面漫长而莫测的人生之路，他毫无准备，因而也准备好了一切。

两个女人沿着墓碑间的小路走去，年轻母亲从莹博士的怀中抱回孩子，兴奋地说：

“宝贝儿，咱们上路了！”

发表于《时空尽头》（花山文艺出版社，2010）

时间移民

前不见古人，

后不见来者。

念天地之悠悠，

独怆然而涕下。

——题记

移　民

告全民书

迫于已无法承受的环境和人口压力，政府决定进行时间移民，首批移民人数为八千万，移民距离为一百二十年。

要走的只剩下大使一个人了，他脚下的大地是空的，那是一座巨大的冷库，里面冷冻着四十万人。在这个世界其他地方，还有两百个这样的冷库，其实它们更像——大使打了一个寒战——坟墓。

桦不同他走，她完全符合移民条件，而且拿到了让人羡慕的移民卡。但与那些向往未来新生活的人不同，她认为现世和现实是最值得留恋的。她留下了，让大使一个人走向一百二十年之后的未来。

一小时后，大使走了，接近绝对零度的液氦淹没了他，凝固了他的生命。他率领着这个时代的八千万人，沿着时间，踏上了逃荒之路。

跋　涉

无知觉中，时光流逝，太阳如流星般划过长空。出生、爱情、死亡，狂喜、悲伤、失落，追求、奋斗、失败……一切的一切，如迎面而来的列车，在外部世界中呼啸着掠过……

……十年……二十年……四十年……六十年……八十年……一百年……一百二十年。

第一站：黑色时代

绝对零度下的超睡中，意识随机体凝固，完全感觉不到时间的存在，以至于大使醒来时，以为是低温系统出现故障，出发不久后，自己便被临时解冻了。但对面原子钟巨大的等离子显示屏告诉他，一百二十年过去了，一个半人生过去了，他们已是时代的流放者。

一百人的先遣队在一星期前醒来，并与这个时代联系。队长这时站在大使旁边，大使的体力还没有恢复到能说话的程度。在他探询的目光下,先遣队长摇摇头,苦笑了一下。

国家元首在冷冻室大厅里迎接他们。他看上去是一个饱经风霜的人,同他一起来的人也一样。在一百二十年之后,这很奇怪。大使把自己时代政府的信交给他,并转达了自己时代的人民对未来的问候。元首没说太多的话,只是紧紧握住大使的手。元首的手同他的脸一样粗糙,使大使感到一切的变化并不像他想象的那么大。他有一种温暖的感觉。

但这种感觉在他走出冷冻室后立刻消失了。外面是黑色的:黑色的大地,黑色的树林,黑色的河流,黑色的流云。他们乘坐的悬浮车扬起了黑色的尘土。路上反向行驶的坦克纵队像一列移动的黑块,空中低低掠过的直升机像一群黑色的幽灵。特别可怕的是,现在的直升机没有一点声音。一切像被天火遍烧了一样。他们驶过一个大坑,那坑太大了,像大使时代的露天煤矿。

“弹坑。”元首说。

“……弹坑?”大使没敢问出那个骇人的数字。

“是的,这颗当量大约一万五千吨级。”元首淡淡地说,苦难对他来说已是淡淡的了。

在两个时代的会面中,空气凝固了。

“战争什么时候开始的?”

“这次是两年前。”

“这次?”

“你们走后还有过几次。”

元首避开了这个话题。他不像是一百二十年后的晚辈,倒像大使时代的长辈。这样的长辈会出现在那个时代的工地和农场里,用宽阔的胸怀包容一切苦难。“我们将接收所有的移民，并且保证他们在和平环境中生活。”

“这可能吗，在现在这种情况下？”大使的一个随员问道，他本人则沉默着。

“这届政府和全体人民将不惜一切代价做到这点，这是责任。”元首说，“当然，移民还要努力适应这个时代。这有些困难，一百二十年来变化很大。”

“有什么变化？”大使说，“一样的没有理智，一样的战争，一样的屠杀……”

“您只看到了表面。”一位穿迷彩服的将军说，“以战争为例，现在两个国家这样交战：首先公布自己各类战术和战略武器的数量、型号，根据双方各种武器的对毁率，计算机可以给出战争的结果。武器是纯威慑性质的，从来不会动用。战争就是计算机中数学模型的演算，以结果决定战争的胜负。”

“如何知道对毁率呢？”

“有一个国际武器实验组织，他们就像你们时代的……国际贸易组织。”

“战争已经像经济一样正规和有序了。”

“战争就是经济。”

大使看了一眼车窗外的黑色世界，“但现在，世界好像不仅仅在演算。”

元首用深沉的目光看着大使，“算过了，但我们不相信结果真能决定胜败。”

“所以我们发起了你们那样的战争，流血的战争，‘真’的战争。”将军说。

“我们现在去首都，研究一下移民解冻的问题。”元首再次避开了这个话题。

“返回。”大使说。

“什么?!”

“返回。你们已无力承受更多的负担了，这个时代不适合移民，我们再向前走一段吧。”

悬浮车返回了一号冷冻室。告别前，元首递给了大使一本精装书，“这一百二十年的编年史。”他说。

这时，一名政府官员带来一位一百二十三岁的老人，他是现在能找到的唯一一位与移民同时代生活过的人，他坚持要见见大使。“好多的事，你们走后，好多的事啊！”老人拿出两个碗——大使时代的碗——给碗里满上酒，“我的父母是移民，这酒是我三岁时他们走前留给我的，让我存到他们解冻时喝。我见不到他们了！我也是你们见到的最后一个同时代的人了。”

喝了酒后，大使望着老人平静干涸的双眼，觉得这个时代的人似乎已不会流泪了，老人的眼泪却流了下来。他跪下来，抓住大使的双手：

“前辈保重，西出阳关无故人啊！”

大使在被超低温的液氦凝固之前，桦突然出现在他那残存的意识中。他看到她站在洒满秋日的落叶上，后来落叶变黑，出现了一块墓碑。那是她的墓碑吗?

跋 涉

无知觉中，太阳如流星般划过长空，时光在外部世界中飞速掠过……

……一百二十年……一百三十年……一百五十年……一百八十年……两百年……两百五十年……三百年……三百五十年……四百年……五百年……六百年。

第二站：大厅时代

“怎么这么久才叫醒我?!”大使吃惊地看着原子钟。

“先遣队已以百年为间隔醒来并出动了五次，最长的一次，我们曾在一个时代生活了十年，但每次都无法实现移民，所以没有唤醒您。这个原则是您自己确定的。”先遣队长说。大使这才发现他比上次见面时老了许多。

“又遇到战争了？”

“没有，战争永远消失了。前三个时代的生态环境继续恶化，直到两百年前才开始好转，但后两个时代拒绝接收移民。这个时代是否同意接收，最后需要您和委员会来决定。”

冷冻室大厅里没有人。在巨大的密封门隆隆开启时，先遣队长低声对大使说：“变化远远超出您的想象，要有心理准备。”

大使刚一踏进这个时代，脚下就响起了一阵乐声，像过去时代的风铃声一样梦幻。他低头，看到自己踏在水晶状的地面上，水晶的深处有彩色的光影在变幻。水晶看上去十分坚硬，踏上去却像地毯般柔软。踏到的位置响起风铃般的乐声，同时一圈圈同心的彩色光环以踏点为中心扩散开来，如同踏在平静的水面上激起的涟漪。大使抬头望去，发现目力所及之处，整个平原都呈水晶状。

“全球所有的陆地都铺上了这种材料，以至于整个世界都像人造的一样。”先遣队长说。看着大使惊愕的目光，他笑了，好像说：还有更令人吃惊的呢！大使又注意到自己在水晶地面上的影子有好几个，以他为中心向四面延伸。他抬起头来——

六个太阳。

“现在是深夜，但两百年前就没有夜晚了。您看到的是同步轨道上的六块反射镜，它们把阳光反射到地球夜晚的一面，每块镜面有几百平方公里的面积。”

“山呢？”大使发现，地平线上连绵的群山不见了，大地与蓝天的相接处如尺子划出的一般平直。

“没有山，全被平掉了，全球各大洲都是这样的平原。”

“为什么?!”

“不知道。”

大使觉得那六个太阳如大厅里的六盏灯。大厅！对了，他产生了一种朦胧的感觉。他进一步发现，这是一个干净得出奇的时代，整个世界没有尘土，令人难以置信地一点儿都没有。大地如同巨大的桌面一样干净。天空同样一尘不染，呈干净的纯蓝色，但由于六个太阳的存在，天空已失去了过去时代的那种广阔和深邃，变得像大厅的拱顶。大厅！他的感觉更确定了，整个世界变成了一个大厅！铺着柔软的发出风铃声的水晶地毯，悬着六盏吊灯的大厅！这是个精致的、干净的时代，同上次的黑色时代形成鲜明对比。以后的移民编年史中，它被叫作“大厅时代”。

“他们不来迎接我们吗？”大使看着眼前空旷的平原问道。

“我们得自己到首都去见他们。这个时代虽然有精致的外表，却缺乏礼仪，甚至连好奇心也没有了。”

“他们对移民是什么态度？”

“同意接收，但移民只能在与社会隔绝的保留区生活。至于保留区的位置，在地球还是其他行星上，或在太空专门建一座城市，由我们决定。”

“这绝对不能接受！”大使愤怒地说，“全体移民必须融入现在的社会，融入现在的生活。移民不是二等公民，这是时间移民最基本的原则！”

“这不可能。”先遣队长摇摇头。

“是他们的看法？”

“也是我的。哦，请听我把话说完。您刚解冻，而在此之前，我已在这个时代生活了半年多。请相信我，现实远比您看到的更离奇。就是发挥最疯狂的想象力，您也无法想象出这个时代十分之一的现状。与此相比，旧石器时代的原始人理解我们的时代倒容易多了！”

“移民开始时，已经考虑了适应的问题，所以移民的年龄都在二十五岁以下。我们会努力学习，努力适应这一切的！”大使说。

“学习？”先遣队长笑着摇摇头，“您有书吗？”他指着大使的手提箱问，“什么书都行。”大使不解地拿出一本伊凡·亚历山大罗维奇·冈察洛夫在19世纪末写的《环球航海游记》，这是他出发前看到一半的书。先遣队长看了一眼书名说："随便翻到一页，告诉我页数。"大使照办了，翻到二百三十九页。先遣队长流利地背诵起航海家在非洲的见闻，令人难以置信地一字不差。

"看到了吗？根本不需要学习，他们就像我们往磁盘上拷数据一样向大脑中输入知识！人的大脑能达到记忆的极限。如果这还不够，看这个——"先遣队长从耳后取下一个助听器大小的东西，"这是量子级的存储器，人类有史以来所有的书籍都可以存在里面。愿意的话，可以连一本账本都不放过！大脑可以像计算机访问内存一样提取它的信息，比大脑本身的记忆还快。看到了吗？我自己就是人类全部知识的载体。如果愿意，您在不到一小时的时间内也能做到。对他们来说，学习是一种古老的不可理解的神秘仪式。"

"他们的孩子一出生就能马上得到一切知识？"

"孩子？"先遣队长又笑了，"他们没有孩子。"

"那孩子呢？"

"我说过没有。家庭在更早的时候就没有了。"

"就是说，他们是最后一代人了。"

"也没有'代'。'代'的概念不存在了。"

大使的惊奇变成了茫然，但他还是努力去理解，并多少理解了一些，"你是说，他们永远活着？！"

"身体的一个器官失效，就更换一个新的；大脑失效，就把其中的信息拷贝出来，再拷到一个新培植的脑中去。当这种更换进行了几百年后，每人唯一留下的就是自己的记忆。你能说清他们是孩子还是老人吗？

也许他们倾向于把自己当成老人，所以不来接我们。当然，愿意的话，也会有孩子的，通过克隆或是更传统的方法，但不多了。这一代长生者现在已生存了三百多年，还会继续生存下去。这一切会产生出一个什么样的社会形态，您想象得出来吗？我们所梦想的东西——博学、美貌、长生——在这个时代都是轻而易举就能得到的东西。”

“那么这是理想社会了？他们还有想要而得不到的东西吗？”

“没有。但正因为他们能得到一切，同时也就失去了一切。对我们来说这很难理解，对他们来说却是真实的感受。现在远不是理想社会。”

大使的茫然又变成了沉思。天空中的六个太阳已斜向西方，很快落到地平线下。当西天只剩下两个太阳时，启明星出现了，接着，真正的太阳在东方映出霞光。那柔和的霞光使大使感到了一丝慰藉，宇宙间总有永恒不变的东西。

“五百年，时间不算长，怎么会有这么大的变化呢？”大使像在问先遣队长，又像在问整个世界。

“人类的发展是一个加速过程。我们时代的五十年，可与过去五百年相比；而现在的五百年，也许与过去的五万年相当了！您还认为移民能适应这一切吗？”

“加速到最后会是什么？”大使半闭起双眼。

“不知道。”

“你所拥有的全人类的知识也不能回答这个问题吗？”

“我游历这几个时代后最深的感受是：知识能解释一切的时代过去了。”

……

“我们继续朝前走！”大使作出了决定，“带上那块芯片，还有他们向人脑输入知识的机器。”

在进入超睡前的朦胧中，大使又见到了桦。桦越过六百二十年的漫漫长夜向他看了一眼，那让人心醉又心碎的眼神，使大使在孤独的时间流浪中有了家园的感觉。大使梦见水晶大地上出现了一阵缥缈的飞尘，那是桦的骨骼变成的吗？

跋 涉

无知觉中，太阳如流星般划过长空，时光在外部世界中飞速掠过……

……六百年……六百二十年……六百五十年……七百年……七百五十年……八百年……八百五十年……九百年……九百五十年……一千年。

第三站：无形时代

冷冻室巨大的密封门隆隆开启，大使第三次站在未知时代的门槛前，这次他做好了看到一个全新时代的心理准备，但出门后发现，变化没有他想象的那么大。

水晶地毯仍然存在，铺满大地；六个太阳也在天空中发着光。但这个世界给人的感觉与大厅时代全然不同。首先，水晶地毯似乎已经“死”了，深处的光影还有，但暗了许多，在上面走动时不再发出风铃声，也没有美丽的波纹出现。太空中的六个太阳，有四个已暗淡无光，它们发出的暗红色光只能标明自己的位置，而不能照亮下面的世界。最引人注意的变化是：这世界有尘土了！尘土在水晶地面上薄薄地落了一层。天空不再纯净，有灰色的流云。地平线也不是那么清晰笔直了。所有的一切给人这样一种感觉：大厅时代的大厅已人去屋空，外部的大自然慢慢渗透进来了。

“两个世界都拒绝接收移民。”先遣队长说。

“两个世界？”

“有形世界和无形世界。有形世界就是我们熟知的世界，尽管已很不相同。虽然还存在同我们一样的人，但对很大一部分人来说，有机物已不是他们的主要组成部分了。”

“同上次一样，平原上还是看不到一个人。”大使极目远望。

“有几百年，人们都不用在地面上行走了。您看——”先遣队长指指空中的某个位置，大使透过尘土和流云，隐约看到一些飞行物，距离很远，仿佛只是一群小黑点。“那个黑点，也许是一架飞机，也许就是一个人。任何机器都可能是一个人的身体，比如海上的一艘巨轮，操纵巨轮的电脑就是这个人大脑的拷贝。一般来说，每个人有几具身体，这些身体中总有一具是同我们一样的有机体——这是人们最重视的一具身体，虽然也是最脆弱的，这也许是由于来自过去的情感吧。”

“我们是在做梦吗？”大使喃喃地问。

“与有形世界相比，无形世界更像一个梦。”

“我已经能想象出那是什么——人们连机器的身体也不要了。”

“是的。无形世界就是一台超级电脑的内存，每个人就是内存中的一个软件。”

先遣队长指了指前方。地平线上有一座山峰，孤独地立在那里，在阳光下闪着蓝色的金属光泽，“那就是无形世界中的一块大陆。您还记得上次我们带回的那些小小的量子芯片吧，而您看到的是量子芯片堆成的高山！由此可以想象，或根本无法想象，这台超级电脑的容量。”

“在它里面，是一种什么样的生活呢？在内存里，人们什么都不是，只是一些量子脉冲的组合罢了。”大使说。

“正因为如此，您可以真正随心所欲，创造您想要的一切。您可以创造一个有千亿人口的帝国，在那里您是国王；您可以经历一千次各不相同的浪漫史，在一万次战争中死十万次；那里每个人都是一个世界的主宰，比神更有力量。您甚至可以为自己创造一个宇宙，那宇宙里有上亿个星系，每个星系有上亿颗星球，每颗星球都是各不相同的您渴望或不敢渴望的世界！不要担心没有时间享受这些，超级电脑的速度使那里的一秒钟有外面几个世纪长。在那里，唯一的限制就是想象力。无形世界中，想象与现实是一个东西。当您的想象出现时，想象同时也就变为现实了，当然，是量子芯片内的现实，用您的说法——脉冲的组合。这个时代的人们正在渐渐转向无形世界，现在生活在无形世界中的人数已超过有形世界。虽然可以在两个世界都有一份大脑的拷贝，但无形世界的生活如毒品一样，一旦经历过，谁也不想再回到有形世界里来——我们充满烦恼的世界对他们如同地狱一般。现在，无形世界已掌握了立法权，正在渐渐控制整个世界。”

跨过一千年的两个人，梦游似的看着那座量子芯片的高山，忘记了时间，直到真正的太阳像过去亿万年的每一天那样点亮了东方，他们的注意力才回到了现实。

“再以后会是什么呢?”大使问。

“无形世界中,作为一个软件,您可以轻易地拷贝多个自我。如果对自己性格的某些方面不喜欢,比如您认为在受着感情和责任心的折磨,您也可以把这两方面都去掉,或把它们拷贝一个备份,需要时再连接到您的自我上。您也可以把一个自我分裂成多个,分别代表您个性的某个方面。进一步,您可以与别人合为一体,形成一个由两者精神和记忆组合而成的新自我。再进一步,还可以组合几个、几十个或几百个人……够了,我不想让您发疯,但这一切在无形世界中随时都在发生。”

“再以后呢?”

“只能猜测,现在最明显的迹象是,无形世界中的个体可能会消失,最终所有人合为一个软件。”

“再以后?”

“不知道。这已是个哲学问题了。经过这几次解冻,我已经害怕哲学了。”

“我则相反,已是个哲学家了。你说得对,这是个哲学问题,必须从哲学的深度来思考。对这次移民,我们早就该这样思考,但现在也不晚。哲学是一层纸,现在至少对于我,这层纸被捅破了,突然间——几乎突然间,我知道我们以后的路了。”

“我们必须在这个时代结束移民。再走下去,移民将更难适应目的地时代的环境。”先遣队长说,“我们应该起义,争得自己的权利。”

“这不可能,也没必要。”

“我们难道还有别的选择?”

“当然有，而且这个选择就像前面正在升起的太阳一样清晰和光明。请把总工程师叫来。”

总工程师已同大使一起解冻，现在正在冷冻室中检查和维护设备。由于被频繁解冻，他已由出发时的青年变成老人了。当茫然的先遣队长把他叫来后，大使问：“冷冻还能维持多长时间？”

“现在绝热层良好，聚变堆的工作情况也正常。在大厅时代，我们按当时的技术更换了全部的制冷设备，并补充了聚变燃料，现在看来，所有两百个冷冻室，即使以后不更换任何设备，不进行任何维护，也可维持一万两千年。”

“好极了。立刻在原子钟上设定最终目的地，全体人员进入超睡，在到达最终目的地之前，不再有任何人解冻。”

“最终目的地定在？”

“一万一千年。”

……

桦又进入了大使超睡前的残存意识中，这一次最真实：她在呼唤他，她的长发在寒风中飘动，大眼睛含着泪。在进入无知觉的冥冥中之前，大使对她喊：“桦，我们要回家了！我们要回家了！”

跋涉

无知觉中，太阳如流星般划过长空，时光在外部世界中飞速掠过……

……一千年……两千年……三千五百年……五千五百年……七千

年……九千年……一万年……一万一千年。

第四站：回　家

这一次，甚至在超睡中也能感觉到时光的漫长了。在一万年的漫漫长夜中，在一百个世纪的超长等待中，连忠实地控制着全球两百个超级冷冻室的电脑都要睡着了。在最后的一千年中，它的部件开始损坏，无数只由传感器构成的眼睛一只只地闭上，集成块构成的神经一根根瘫痪，聚变堆的能量相继耗尽。在最后的几十年中，冷冻室仅靠绝热层维持着绝对零度。后来，温度开始上升，很快到了危险的程度，液氦开始蒸发，超睡容器内的压力急剧增高，一万一千年的跋涉似乎将在一声爆破中无知觉地完结。但就在这时，电脑唯一还睁着的那双眼看到了原子钟的时间，这最后一秒钟的流逝唤醒了它古老的记忆，它发出了一个微弱的信号，苏醒系统启动了。在核磁脉冲的作用下，先遣队长和一百名先遣队员的身体中接近绝对零度的细胞液在不到百分之一秒的时间内融化，然后升到正常体温。一天后，他们走出了冷冻室。一个星期后，大使和移民委员会的全体委员都苏醒了。

当冷冻室的巨门刚刚开启一条缝时，一股风从外面吹了进来。大使闻到了外面的气息，这气息同前三个时代不同，它带着嫩芽的芳香，这是春天的气息，家的气息。大使现在已几乎肯定，他在一万年前的决定是正确的。

大使同委员会的所有人一起跨进了他们最后到达的时代。

大地是泥土，但土是看不见的，因为上面长满了一望无际的绿草。

冷冻室的门前有一条小河,河水清澈,可以看到河底美丽的花石和几条悠闲的小鱼。几个年轻的先遣队员在小河边洗脸,他们光着脚,脚上有泥,轻风送来了他们的笑声。只有一个太阳,蓝天上有雪白的云朵。一只鹰在懒洋洋地盘旋,有小鸟的叫声。远远望去,一万年前大厅时代消失了的山脉又出现在天边,山上覆满了森林……

对经历过前三个时代的大使来说,眼前的世界太平淡了,他为这种平淡流下了热泪。经过一万一千年流浪的他和所有人都需要这平淡的一切,这平淡的世界是一张温暖而柔软的天鹅绒,他们把自己疲惫破碎的心轻轻放上去。

平原上没有人类活动的迹象。

先遣队长走过来,大使和委员们的目光集中在他脸上,那是最后审判日里人类的目光。

“都结束了。”先遣队长说。

谁都明白这话的含义。在神圣的蓝天绿草之间,人类沉默着,平静地接受了这个现实。

“知道原因吗?”大使问。

先遣队长摇摇头。

“由于环境?”

“不,不是由于环境,也不是战争,不是我们能想到的任何原因。”

“有遗迹吗?”大使问。

“没有,什么都没留下。”

委员们围过来,开始急促地发问。

“有星际移民的迹象吗?”

“没有，近地行星都恢复到未开发状态。也没有恒星际移民的迹象。”

“什么都没留下？一点点、一点点都没有？”

“是的，什么都没有。以前的山脉都被恢复了，是从海洋中获取的岩石和土壤。植被和生态也恢复得很好，但都看不到人工的痕迹。古迹只保留到公元前1世纪，以后的时代痕迹全无。生态系统自行运转估计有五千多年了，现在的自然环境类似于新石器时代，但物种不如那时丰富。”

“什么都没留下，怎么可能?！”

“他们没什么话要说了。”

最后这句话使大家再次陷入沉默。

“这一切您都预料到了，是吗？”先遣队长问大使，“那么，您应该想到原因了？”

“我们能想到，但永远无法理解。原因要在哲学的深度上找。在对存在思考到终极时，他们认为不存在是最合理的，并选择了它。”

“我说过，我怕哲学！”

“那好，我们暂时离开哲学吧。”大使走远几步，面向委员们。

“移民到达，全体解冻！”

两百个聚变堆发出最后的强大能量，核磁脉冲融化着八千万人。一天后，人类从冷冻室中走出，在沉寂了几千年的各个大陆上扩散开来。在一号冷冻室所在的平原上，聚集了几十万人，大使站在冷冻室门前巨大的台阶上面对他们，只有很少一部分人能听到他的讲话，但他们把听到的话像水波一样传开去：

“公民们，本来计划走一百二十年的我们，走了一万一千年，最后到达这里。现在的一切你们都看到了，他们消失了，我们是仅存的人类。他们什么都没有留下，但又留下了一切。这几天，所有的人一直在努力寻找，渴望找到他们留下的只言片语。但没有，什么都没有。他们真没什么可说的吗？不！他们有，而且说了！看这蓝天，这草地，这山脉，这森林，这整个重新创造的大自然，就是他们要说的话！看看这绿色的大地，这是我们的母亲！是我们力量的源泉！是我们存在的依据和永恒的归宿！以后人类还会犯错误，还会在苦难和失望的荒漠中跋涉，但只要我们的根不离开大地母亲，我们就不会像他们那样消失。不管多么艰难，人类和生活将永远延续！公民们，现在这世界是我们的了。我们开始了人类新的轮回。我们现在一无所有，但又拥有人类有过的一切！”

大使把那只来自大厅时代的量子芯片高高举起，把全人类的知识高高举起。突然，他像石像一样凝固了，他的眼睛盯着人海中一个飞速移动的小黑点。近了，他看清了那束在梦中无数次出现的长发，那双他认为在一百个世纪前已化为尘土的眼睛。桦没留在一万一千年前，她最后还是跟他来了，跟他跨越了这漫长的时间沙漠！当他们拥抱在一起时，天、地、人合为一体了。

“新生活万岁！”有人高呼。

“新生活万岁！”这呼声响彻整个平原，群鸟欢唱着从人海上空飞过。

在一切都结束之后，一切都开始了。

发表于《微纪元》（沈阳出版社，2010）

烧火工

萨沙站在极东岛上，看着帆船在海天连接处消失，知道自己被扔在世界尽头了。他打量四周，这座世界最东面的孤岛像一块露出海面的锈铁，毫无生机。

萨沙向岛内走去，连日的晕船让他步履虚飘。岛很小，他很快走到了中央，看到一座小丘上有一个黑洞，像一只盯着他的怪眼。洞的周围散落着一层黑煤面，他知道这是一个矿井。在洞旁边的空地上有一口大铁锅，安放在高大的石灶上。他从没见过这么大的锅，倒扣过来能做一个大房顶，那也是他见过的最大的房顶。

萨沙以前没见过很大的房子，因为他没出过远门。自从爱上冰儿，世界的其余部分对他再也没有吸引力了。但这次为了冰儿，他一下子就来到了世界的尽头。

石灶里没有火，空气中充斥着奇怪的油腥味，是从大锅中散发出来的。

矿井里黑不见底，但萨沙发现黑暗深处有一点摇曳的火光。后来他看清了,那是一辆缓慢上行的矿车上的火炬。直到走近,他才发现矿车是被一个人拖着。堆满煤块的小车沿着破旧的木头轨道吱吱呀呀地移出井口,阳光照到矿工身上,萨沙看到他是一个细高的老头儿,干瘦黝黑,像一段从煤层中挖出来的枯树根。

“帮帮我。”老人说。萨沙于是到后面去推车。车到大锅旁的煤堆边停了下来,看来这个小矿井中出的煤全部用于烧这口大锅了。

老人精疲力竭地靠着车轮坐在地上,喘息着。

“我来找你,我来求你。”萨沙说。他不用问这人是谁,肯定是他要找的那个。极东岛上只住着这一个人。

“我有什么好求的。一个烧火的,一辈子吃苦受累的命。”老人摆摆手说。

“人们说你能让得绝症的人活下去。”

“我自己都活不了多久了,老了。”烧火工长叹一声。

“地上的每一个人,在天上都有一颗属于他的星星。如果那颗星星出了毛病,星光照不到那人身上,那人就病了;如果星光长时间暗下去,那人就得了绝症。”

“这谁都知道。”

“你有一本大书,能从里面查出每个人的星星在什么地方,你还能登上天,把出毛病的星星修好。”

“你病了?”

“我爱的女孩病了,绝症。我知道你在这里用不着钱,但如果你修好她的星星,我为你做什么都行——去死都行!如果你不答应我,我就死在这岛上,没有她我活不下去。”

“这就是爱了？”老烧火工抬头看看萨沙，老眼发散的目光费力地聚焦在他脸上，略带嘲讽地笑着，但似乎对他有了些兴趣。

萨沙没再说话，默默地跪在烧火工旁边。

“你不用去死，接我的班吧。”

“好的，我接您的班，在这岛上当一辈子烧火工！”

老烧火工不动声色地看了萨沙一会儿，突然摇着头笑了起来，“呵呵呵，以前来的那些人也都这么说，等我把他们让我修的那些星星修好，他们都走了。”

“我不会走的，我会接您的班，我发誓！”

烧火工吃力地站起身，捶着腰说：“那就试试吧。我只能每次都试试，我还能有什么别的选择？”

老烧火工和萨沙开始为登天修星星做准备。

首先要造火药，用硝、硫黄和炭配制。硝和硫黄都能从矿井中采到，岛上却没有烧木炭的树木。烧火工用鲸骨代替，烧出来的炭虽然味道难闻，但细腻而滑爽。

在环岛的海滩上，堆放着许多大鲸的骨架。那些大骨架在世界边缘的阳光下雪白雪白的，在海风中发出浑厚的声响。走进一具骨架中，萨沙仿佛置身于一座汉白玉宫殿的废墟。烧火工住的小棚屋也是用鲸骨搭起来的，上面蒙着暗蓝色的鲸皮。

造火药的进度很慢，烧火工干得磨磨蹭蹭，漫不经心。萨沙心急如焚，他催烧火工快些，因为在大洋那边遥远的大陆上，在家乡的小镇里，冰儿的病情正在一天天加重。

“快有什么用？”烧火工指指天空不耐烦地说，“离上弦月出来还有好几天呢！没有上弦月，怎么登天？”

萨沙每天夜里睡前都盯着星空看，盼望着上弦月的出现，那是冰儿的生机。

三天后，火药总算配完了，装了满满的一大鲸皮口袋。

下一步就是造火箭了。火箭的箭体是一颗完整的鲸牙，必须是笔直的牙。烧火工和萨沙钻进几个硕大的鲸头骨，找到了五颗这样的大牙，每颗有人的大腿粗，立起来比萨沙还高，顶部尖尖的，烧火工把它们的表面打磨得洁白光滑。然后，他又切割打磨了一些薄薄的鲸骨板，做成了十五片火箭尾翼，每片像刀子般锋利，能切肉。他在鲸牙的尾部开了浅槽，把尾翼涂上胶水插进去。胶水是把一种牡蛎碾碎后提取出来的，那种牡蛎常粘在礁石和船底上，用刀都刮不下来。最后，把火药倒进中空的鲸牙，火箭就做好了。萨沙曾问是不是需要试验一枚，烧火工很有把握地说不用试，肯定能行。

这些天，烧火工的主要精力还是集中在自己的工作上，他的活儿包括采煤、猎鲸和炼鲸油。萨沙帮着干，发现烧火工的工作极其繁重，像他这样身强力壮的年轻人每天都累得筋疲力尽。

所有的工作都是为了烧火。每天的烧火时间是凌晨，这时萨沙都睡得很死，烧火工没带他去过。只有一两次，在后半夜最黑暗的时刻，萨沙在睡意蒙眬中隐约知道烧火工驾着小帆船出海了，他回来时太阳已高高升出海面。

火箭做完后，烧火工带萨沙去猎鲸。萨沙第一次看到了鲸笛，虽然以前听说过，但看到它这么大还是很吃惊。鲸笛用鲸的一根肋骨做成，弯弯的，有萨沙两个身长，像一把拆了弦的大弓。他和烧火工两人抬着才能把鲸笛送到海滩。

这时海边的浪不大，两人抬着鲸笛走到齐腰深的海水中，鲸笛大部分没入水中，只有烧火工抓着的一端在水上，“你要接我的班，就要学会吹鲸笛。”烧火工说着，把嘴凑到鲸笛的一端吹起来。

“我什么也没听到。”萨沙说。

“鲸笛发出的声音只有鲸能听到，人听不到的。”烧火工说完继续吹，手指还在鲸笛的一排小洞上不停地按动，他双目半闭，一副很陶醉的样子，“这是鲸求偶的歌声。”

烧火工吹了一上午鲸笛，没有什么结果，在失望地返回前，他最后试了一次。这时，萨沙看到远方天水连接处出现了一个水包，接着一头鲸的黑色背脊在海面上浮现了一下，然后巨大的鲸尾抬出水面又落下，激起一圈大浪。它穿过平静的海面，向这个方向快速游来。

“快跑！”烧火工对萨沙喊道。当萨沙跑上海滩时，烧火工仍在水中吹笛，直到鲸接近了才拖着鲸笛转身跑上沙滩。

被笛声引诱来的大鲸触到了浅海的海底，水中传来一阵轰隆隆的摩擦声。接着，那庞大的躯体借着惯性冲上海滩，推上来的带沙的浊浪把来不及躲避的烧火工和萨沙冲倒了。大鲸在沙滩上痛苦地滚动着。它是海洋中的动物，在陆地上，内脏因自身重量的压迫受到致命的损伤，鲜血从鲸口中涌出，染红了大片海滩，又染红了冲上来的海浪。大鲸很快停止了滚动，在小山丘般的躯体上掠过最后的死亡抽搐。

当鲸完全死亡后，烧火工用斧头和锯剥开它腹部的厚厚鲸皮，然后用长刀割下里面雪白的脂肪，每块都有一头猪大小。鲸的巨大让萨沙震惊，他觉得他们不是在切割一个动物，而是在一座骨肉之山上开采矿藏。

他们把大块脂肪背到大锅处。石灶里已经燃起熊熊煤火，锅底都烧红了，他们登上支在石灶边的梯子，把脂肪扔进锅里，鲸脂块沿着滚烫的锅面滑下，在喧闹的吱吱啦啦声中像冰块一样融化，琥珀色的鲸油很快在锅底聚集起来。

烧火工和萨沙从棚屋里搬出一大盘绳子，绳子用鲸皮搓成，只有小指粗细，却十分坚韧。萨沙想象不出这一大盘绳子有多长，他们两个人都抬不动，只能拖着移动。烧火工把一桶鲸油泼到绳盘上，说是能起润滑作用。这是登天前的最后准备了。

入夜，上弦月终于出现了，细弯的月牙与上方的两颗星星组成了一个银色的笑脸。烧火工说他们必须尽快登天，等月盈之后就不好用了。

他们把五枚鲸牙火箭和绳盘搬到海滩上，还拿来了小帆船上的两面卷起来的帆，以及两根桅杆。烧火工说到了月牙上，这帆就要当桨使。最后拿到海滩上的是一本厚厚的大书，羊皮书封上镶着古老的徽章和铜角。这些东西都堆在沙滩上的一个大铁锚旁，烧火工把它叫月锚，说是锚定月亮用的。

烧火工让萨沙多穿些衣服，说星空中很冷。

当上弦月在夜空中移动到合适的位置时，他们开始登天。

烧火工把长绳的一头固定在一枚鲸骨火箭的尾部，然后把火箭竖立在鲸骨制成的简易发射架上。他用手指当尺子目测月牙的位置，仔细调整火箭的角度，然后用一支细长的火炬从尾部点燃了火箭。

鲸骨火箭呼啸着升空，它喷出的火焰在海面上洒下一片跳动的金辉。火箭很快在夜空中变成一个小小的亮点，它后面拖着两条线，一条是白色的烟线，另一条黑色细线是它拉上去的长绳。那个小光点飞向月牙，最后从一个牙尖附近掠过，光点熄灭，空中的黑色细线弯曲了，长绳和火药耗尽的火箭一起坠向大海，看上去落得很慢，像一根飘落的长发丝。发射失败了。

第二次发射也失败了，鲸骨火箭撞到月牙上，残存的火药爆炸了，溅出一大片璀璨的火星，像在月亮上放了一发焰火。

第三次成功了，火箭拉着长绳从月牙正上方越过，随后熄灭坠落，把绳子搭在了月牙上，就像挂在星空中的一只大钩子上。烧火工和萨沙继续快速放绳子，鲸牙箭体的重量在月牙的另一面拉着长绳下垂。当绳盘放得只剩下薄薄一层时，吊着鲸牙箭体的长绳的另一端垂到了地面。两人把绳索的两端都系牢在大铁锚上，夜空中的长绳渐渐拉紧，变得笔直。系在铁锚上的绳结在强劲的拉力下吱吱作响，把绳中的鲸油都挤了出来。铁锚被月亮在沙滩上拖了一小段，但锚尖很快钩住了沙层下坚实的土地，月牙在星空中停止了移动，被锚定住了。

烧火工拿出三小段鲸皮绳，用其中的一段把船帆、桅杆和大书捆成一捆，连接在系于铁锚的长绳两端之一上，又用一段短绳在自己腰间缠了几圈，越过双肩并在胸前打了个结，做得很熟练。他把最后一段绳子用同样的方式捆在萨沙身上。烧火工把自己身上的绳头与长绳联结起来，与那捆东西连在同一端。

烧火工拿起一把斧头说:“你年轻力壮，本该先上的，但你是第一次登天，我就先上，再把你拉上去，照我说过的做！”

烧火工挥起斧头砍断了与自己和货物相连的那一端在锚上的绳结，这时长绳只有一端还系在铁锚上，月牙失去了锚定，又在星空中移动起来。烧火工刚把斧头递给萨沙，自己就和货物一起被移动的月亮吊起来，萨沙同时用力下拉长绳的另一端,使烧火工和货物被更快地吊上天空,很快变成了夜空中的一个小黑点。黑点最后升到月牙上,消失在它的银光里。

很快,月牙又停止了飘移,显然是烧火工在上面把绳子固定住了。这时月亮和地面只有一根绳子相连,萨沙感觉它很像一只银色的大风筝。

萨沙把自己身上的绳头与长绳联结起来,又等了一会儿,估计烧火工在月牙上已经准备好了,就用斧子砍断了铁锚上的最后一个绳结。

萨沙立刻被月亮拖着飞跑起来,转眼间就被拖到了海里,在海面上飞快滑行。萨沙死死地抓紧鲸皮绳,感到头晕目眩。海浪似乎变成了很硬的东西,他的脸上和身上被打得很疼。就在这疯狂的拖曳使他崩溃时,他的身体离开了海面向上升去,显然烧火工正在月亮上拉起他。映着细碎月光的海面向下退去,渐渐变得模糊起来。又过了一会儿,萨沙看到了下面极东岛完整的形状。他庆幸这是在夜里,在白天他会恐高的。他担心月亮上的烧火工用尽了力气,一松手让自己掉下去,但他这时明显地感到身上的鲸皮绳勒得不是那么紧了。烧火工对他说过,越接近星空,人的重量就越轻,他自己的重量显然在不断减轻。后来他也可以自己拉动绳子了,这就使上升的速度快了一倍。

月亮在上方越来越大,渐渐占满了整个视野。萨沙估计了一下月牙的大小,大约和他来时所乘的帆船一样大。他沐浴在月亮的银光中,那是冷光,没有一点热度。

终于,萨沙可以伸手触到月面了。他以前以为月亮是坚硬光滑的,像一大块发出银光的玉石,这时却惊奇地发现月面很柔软。他想,月亮不断地盈亏，当然不可能很坚硬。月面摸上去细腻光滑，像冰儿的肌肤，这让萨沙心里一动。他向月亮内部看，感觉里面似乎充满了发光的乳白色液体。

萨沙最后升上了新月的凹曲面，等于登上了这艘银光之船的甲板。银亮的月面在他的两侧向上翘起，最后缩成了两个指向上方的银尖。

他看到烧火工正在那里盘起鲸皮绳。在银亮月面的衬托下，烧火工瘦长的身躯更黑了，像月亮上的一只大蚂蚁。带上来的货物堆在一边。萨沙解开身上的鲸皮绳，试着迈步。他感到身体轻得像羽毛，迈一步能跃出好远。

“你那个女孩的全名叫什么来着？”烧火工问道，同时翻开了那本大书。书的目录与字典一样，可以查找所有的人名，据说活着的和死了的人都在上面。他们先是用笔画查，后用层次四角查，都没查到，最后直接按字母顺序翻，找到了冰儿的名字所在的那一页。大书除目录外的每一页都是星图，上面画着密密麻麻的星座，萨沙完全看不懂，但烧火工只扫了两眼，就确定了他们要去的方位。

接下来，他们把带上来的两面帆展开，固定在桅杆上。萨沙发现月牙凹面中央的两侧有两截小小的桨桩，把带帆的桅杆拴在上面就成了月牙船的桨，他不知道这两个小桩是什么人在什么时代建造的。

烧火工和萨沙开始在月牙的两侧划桨。与萨沙预想的不同，这帆桨划起来并不费力，两面舞动的帆与其说是桨，不如说是月牙的一对翅膀。月亮缓缓地改变了自己的飘移方向，向着属于冰儿的星星飞去。

这时，萨沙才有闲暇细看周围。无数的星星缓缓移过，它们大小不一，最大的有如西瓜，但一般都是苹果大小，发出晶莹的银光，有一部分在不停地闪烁着。近处的星星看上去比较稀疏，但前方的渐渐变密，直到无法分辨出单个星体，呈发光的雾状汇成浩瀚的银河。在星空中能够看到银河的全貌，它实际上是一个由巨量星星构成的大旋涡，月牙正行驶在这银光大旋涡的一条悬臂上。星星不时碰到航行中的月亮上，这时它们都发出悠扬清脆的叮铃声，像夏日微风中的风铃。那些碰到月亮的星星被推出一段距离，但在月牙驶过后，它们又在后面飘回原来的位置。烧火工告诉萨沙，这些都是恒星，永远保持固定的位置。曾经有一次，有颗红色的亮星从他们头顶飞过，烧火工说那是一颗叫火星的行星，行星数量极少，只有八颗。

月牙行驶了两个多小时，烧火工停止了划桨，拿起大书，把那一页的星座模样与周围的对照，然后宣布他们到了。

“冰儿的星星是哪颗？”萨沙急切地问。

烧火工伸手划了一个范围，“这一片都是，重名的人很多啊，但我们只需找到星光暗淡的那颗。”

他们在这群属于冰儿们的星星中寻找，烧火工首先发现了那颗暗星。在周围星星的璀璨银光中，它暗得几乎看不到，但烧火工的话安慰了萨沙：

“我们来得不晚，她还活着，星星上落了灰尘，擦擦就行了。”

他们划动月牙驶近，萨沙伸手拿过了那颗暗星，看到确实像烧火工说的那样，这颗苹果大小的星星上有一层灰尘。

“星空中怎么会有灰尘？”萨沙问。

“一般来说，是附近的一颗星破碎了落上去的。”

“那个人死了吗？”

“是的，一种非正常的死法。”

萨沙没有心思再问正常的死法是什么样子。他看到烧火工拿出一块柔软的海绵，老人很细心，还带来一小瓶清水，洒了一些到海绵上，然后递给萨沙。萨沙仔细地擦拭着冰儿的星星，随着灰尘的拭去，星星迅速亮了起来并开始闪烁，萨沙沐浴在它的银光中。他发现这是一颗很美丽的星星，六角形，结构对称而精致，像一片晶莹剔透的雪花。萨沙仔细地擦拭着已经很干净的星星，星星在他手中发出仙乐般的风铃声，与闪烁的银光一起，如梦似幻。如果不是烧火工催促，他可能永远也不会放手。

“行了行了，已经擦好了，放回去吧。”

萨沙恋恋不舍地松开手，冰儿的星星闪烁着，发着悠扬的叮铃声，轻盈地飘回它在星空中的位置。

“你放心，那女孩的病明天就会好的。”烧火工说着，操起了帆桨，“该回去了，还有活儿要干，误了烧火可是大事。”

回程与月亮自然飘行的方向一致，所以速度很快，划桨只需调整方向就可以了。

“每颗暗了的星星都可以这样修好吗？”看着月牙两侧掠过的群星，萨沙问。

“当然不行，比如这颗。”烧火工指着一颗近处移过的暗星说，那个星体不再晶莹透明，而是呈现出烟熏般的暗黄色，从里面透出的星光暗淡无力，像风中的蜡烛般摇曳不定。

“这人老了。”烧火工说。

“你见过自己的星星吗？”萨沙指指那本大书问。

老烧火工摇摇头,“从来没有。有什么好看的?现在它和这一颗一个样子了。”

他们沉默地看着灿烂的星河,烧火工突然指向一个方向,“看!”萨沙看到了一道弧光划过星空,那是一颗流星,“那就是一般人的死法,他们的星星化成流星,大部分在落地前就烧光了,有些剩下的部分落到地上,也不过是一块平淡无奇的石头。”

月牙回到了极东岛上空。这之前烧火工从来没说过他们怎么下去,其实方法十分简单。他们首先把桅杆和绳盘等带上来的货物向岛上抛下去,只剩下两面帆和两根短鲸皮绳。他们把绳子系在腰间,把长出来的绳的两头分别系牢在帆的两端,然后从月亮上跳下去。帆在下落中展开,成了两只降落伞。他们在夜空中盘旋着下落,烧火工准确地落在极东岛的海滩上,萨沙则落到了海中,好在离岸不远,烧火工用小船把他从海中接了回来。

以后的日子里,萨沙只有等待,等待从大洋那边传来冰儿的消息。他每天都帮烧火工干活,他们一起猎鲸、采煤和炼鲸油,但烧火工仍然一次也没有带萨沙去烧火。

时间一天天过去,萨沙平静下来的心又渐渐焦虑起来,他开始怀疑他们那夜在星空中所做的事是否真的有用,后来他甚至怀疑冰儿是否还活在人世。他没有心思再干活了,每天看着大海发呆,盼望着天边的帆影。

四十天后,终于有一艘帆船经过极东岛,船长给萨沙捎来了一封信,那信像小太阳一样使萨沙的世界由阴转晴。那是冰儿的信,说她的病在一夜间突然就好了,以后虚弱了一段时间就完全恢复健康,现在又像以前那样美丽而充满活力，她盼着他回去。

烧火工疲惫地坐在旁边铁锈色的岛岩上，他已经猜到了信的内容，无力地对萨沙挥挥手，“走吧，回去吧。我知道会这样的，以前都这样。”

“不，我发过誓，我要接你的班。”萨沙说，小心地把信叠好装起来。

大胡子船长把萨沙拉到一边低声说：“你犯什么傻？我见过那个女孩，你要是失去她那就太悲惨了。更悲惨的是，你要在这里劳苦一辈子。你知道烧火工是什么样的苦力活儿，没人愿意干的。你跟我们回去，这老头儿拿你没办法的。”

“不，我发过誓。”萨沙坚定地说，送走了摇头叹息的船长，和烧火工一起看着帆船消失在海天连接处。

“呵呵，我知道你会留下的，所以才费那么大劲儿去登天。”烧火工说，有些狡猾地笑了起来。

“我是个守信的人。”

“不不，这和信用没关系，”老烧火工脸上现出神秘的庄重，“你懂得爱。”

“那今天夜里……”

“孩子，今天后半夜我带你去烧火。”

这天夜里没有月亮，在后半夜微弱的星光下，烧火工和萨沙把两大木桶鲸油搬到小船上，然后扬帆出海。

海面上一片黑暗，只能看到浪沫的白色。烧火工点燃了一支鲸油火炬，黄蓝相间的火焰照亮了周围的一小圈海面，萨沙这才看出船在快速行驶。烧火工拿出一本书和一只铜钟，那书的外表很像他们登天带的那本，但很薄。烧火工翻开厚厚的书皮，借着火光，萨沙看到翻开的书页上有一张表格。

“一年三百六十五天，每天烧火的时间是不同的，我都能记住。你现在需要查这张表，但以后也能记住的。每天一定要准时烧火，不要早也不要晚，否则会乱了时令的。”烧火工指着书和铜钟说。

一个多小时后，烧火工降下了小船的帆。船停了下来，在海浪中不安地上下起伏。

“日出点到了，那里。”烧火工指指前方的海面说。

“太阳就要出来了吗？”萨沙紧张地问。

“马上。其实日出的时间你不用卡得太准，关键是烧火的时间。”

萨沙盯着前方的海面，发现有大量水泡冒出，然后海面鼓起了一个大水包，让他想起大鲸在海面上推起的水包，但这个水包并不移动。海水的小山丘越升越高，最后在一片水声中从中间破裂了。海水退去，那片海面上出现了一座黑色的小岛。这突现的小岛推开的海水也把小船向后推去，烧火工赶紧用力划桨向岛靠近。震惊中的萨沙忘了划船，只是目不转睛地盯着小岛。他完全看不清岛上的细节，因为岛本身太黑了，这可能是萨沙见到过的最黑的东西，像一大块吸光的黑海绵，把照在它上面的火炬的光线全部吸收了。与之相比，已经很黑的海面和天空倒显得有些光亮。借着海空的背景，萨沙看出岛的形状是一个弧形，那弧形十分完美，像一口倒扣的大锅。萨沙当然知道，这只是一个巨球浮出水面的一小部分。

不用问了，他知道这就是太阳。

小船轻轻地靠上了太阳，烧火工先跳下海，然后再爬上太阳。他曾经嘱咐过萨沙，烧火前一定要先把自己在海中浸湿。萨沙把船上的两桶鲸油递给太阳上的烧火工，然后自己也从船边下海，浸湿后游到太阳边。即使在这样近的距离，太阳表面仍看不清任何细节，萨沙感觉自己面对着不见底的黑色深渊，一阵眩晕，但他的手触到了太阳表面，感觉有些粗糙，像潮湿的礁石。两人提着鲸油桶，很快登到太阳的顶端。

“它还会继续向上浮吗？”萨沙摸着脚下漆黑粗糙的太阳表面问。

“不会，如果不点燃，它会一直这样浮在海面，就露出这么一点。是火的热力让它升起来的，至于为什么我也不知道，也许和热气球的道理差不多……好了，洒油！”

他们把两桶油均匀地洒在太阳表面。

两人在洒上鲸油的太阳顶端休息了一会儿。萨沙想坐下，但烧火工不让，说身上不能沾上鲸油，否则烧火时很危险。他们就沉默地站在这熄灭的太阳上，海风中充满了鲸油的味道，远处的海面上，小船上的火炬仍在燃烧，脚下的太阳漆黑一片，像夜的精华。

“烧火的时间到了。”烧火工说，他带着萨沙走下太阳，登上小船。

烧火工从船上取下燃烧的火炬，犹豫了一下，把火炬递给萨沙。萨沙把火炬扔向太阳，火翻滚着，在海风中呜呜作响，落在那漆黑的表面上。点燃了鲸油，黑色球面上腾起一片蓝色的火焰。

“不要傻看，快走！你想被烤焦吗？”烧火工对萨沙大喊，两人操起船桨，拼命划起来。

小船划出一段距离后，太阳被点燃了，海面上出现了一团金光。

萨沙感到了扑面而来的热力，他和烧火工继续用力划船。

太阳开始升起，随后升出海面的部分立刻被点燃。那个光芒四射的弧形渐渐扩大，太阳周围的海水沸腾着，涌出大片蒸汽，使那里如云海一般。

世界上大部分人看不到这番情景，他们只看到一轮红日从东方升起。

天空由漆黑变成瓦蓝，白云变成金色的朝霞，周围的一切在朝阳中清晰起来：大海，还有远处的极东岛。

小船划到了安全的距离，这时萨沙才发现他们的湿衣服早都冒出了蒸汽，回头看，太阳已经完全升出了海面。新的一天开始了。

烧火工指着初升的太阳说：“它升到高空，被那里的强风向西吹，到西边后风小了，太阳就降到海里，被水浸灭，然后被海下的暗流带向东方，凌晨时到达这里并浮起来，我们再点燃它。这就是烧火工的工作，要有责任心，不能出差错。每天凌晨，如果我们不烧火，黑夜就不会结束。”

太阳越升越高，世界从黑夜中复苏，海面上有飞鱼腾起，一群雪白的海鸥向日出的地方飞去……萨沙，年轻的烧火工，伸出双手抚弄着阳光。

让他最感欣慰的是，这阳光也有冰儿一份。

发表于 2012 年 1 月果壳网

圆

荆轲把放在长案上的地图展开，秦王看着帛卷上徐徐展现的敌国山河，感到舒畅无比。地图上的山河让他觉得容易把握，而站在真实的辽阔大地上，即使是他也有一种无力感。

图展到尽头时，寒光一闪，一把精致的匕首显露出来。咸阳宫大殿里的空气似乎瞬间凝固。文武大臣都站在距秦王三丈之外，且手无寸铁；持械卫士离得更远，都在台阶下面。拉开的距离本是为了大王的安全起见，现在却使这突如其来的刺杀变得不可阻止。

秦王仍然镇静，他只是扫了一眼匕首，便把阴沉而犀利的目光集中在荆轲身上。心思缜密的他已经注意到，匕首的柄对着自己，刀尖对着刺客。

荆轲拿起匕首，大殿上响起一两声短促并很快抑制住的惊呼。但秦王暗松了一口气，他看到荆轲握着的是刀身，柄仍然对着自己。

“请陛下杀了我。”荆轲把匕首举过头顶，俯首说道，“太子丹让我来行刺您，君命难违；但对您的敬仰让我不可能下手。”

秦王没有动。

“陛下轻刺罪臣即可。匕首淬火时浸了剧毒，见血封喉。”

秦王仍然端坐，轻轻抬手，制止了从台阶下面冲上来的卫士，不动声色地说：“像你这样的人，如果这次不杀我，以后就更不会了。”

荆轲的右手滑到匕首的柄上，刀尖仍对着自己，似乎准备自尽。

“你是博学之士，去军中为朕做些事，到时再死不迟。”秦王冷冷地说，同时一摆手，示意荆轲退下。

燕国的刺客把匕首轻放在长案上，倒着退出了大殿。

秦王随后起身，走到殿门外。长空万里无云，他看到了蓝天上雪白的月亮，玲珑剔透，像长夜留下的梦幻。

“荆轲，”他叫住了正在走下长阶的刺客，“白天也会有月亮吗？”

长阶上的荆轲一袭白衣，在阳光下像雪亮的火焰。他叩首道：“回陛下，日月同辉是常有的事，每月初四到十二，只要天气好，就能在白天的不同时间看到月亮。”

秦王点点头，沉吟道：“哦，日月同辉是常有的事……”

两年后，秦王再次召见荆轲。

当荆轲来到咸阳宫外时，看到三个官员在几名军士的押解下走出殿门，他们头上的冠饰已经摘掉，其中两人脸色煞白地低头走过，另一人已浑身瘫软，无法行走，只能由两名军士拖下台阶，他嘴里含糊地喊着“大王饶命”之类的，好像还提到了什么药。这些人大概已被秦王下令处死。

秦王见到荆轲时和颜悦色，好像刚才没有发生过什么不愉快的事。

他指指三个即将丢命的官员离去的方向说:“徐福的船队出了东海再也没有回来,总得有人负责。”

徐福是一个术士,声称能到东海的三座仙山上为秦王找到长生不老的药。他得到了一支庞大的船队,载有三千童男童女和大量财宝作为给持有长生药的仙人的礼物。但舰队出航已经三年,却没有任何消息。

秦始皇一摆手,结束了刚才的话题,“朕听说你这两年做了许多事。你发明的弓箭用同样的力气可以有一倍的射程;你设计的战车装有神奇的弹簧,在坑洼的地面上也能奔驰如飞;你监建的桥梁只用了一半的材料,却更加坚固……朕很高兴,你是怎么做到这些的?”

“我照上天的旨意做,就能做成许多事。”

“徐福也曾经这么说。”

“陛下,恕我直言,徐福这样的术士从占卜和冥想中是无法参透上天旨意的,他们根本不懂上天的语言。”

“那上天的语言是什么?”

“数学,也就是数字和形状,这是上天书写世界的语言。”

秦王若有所思地点点头,“好。那你最近在做些什么?”

“我一直在尽自己的努力,为陛下参透上天更多的旨意。”

“有进展吗?”

“有的,陛下,我甚至感觉自己已经站在上天奥秘宝库的大门前。”

“上天是怎样告诉你那些奥秘的?你刚才说上天的语言是数字和形状。”

“圆。”

在迷惑的秦王面前,荆轲得到允许后拿起笔,在长案的一张缣帛上画了一个圆，他没有借助任何工具，却把那个圆画得很正。

“陛下，除了人工制品，您在世间万物中见过正圆吗？”

秦王想了想说：“很少见，朕曾经与一头鹰对视过，它的眸子很圆。”

“是的，陛下。还有一些水中动物的卵、露珠与叶面的相交线等，它们看似正圆，但这些我精确测量过，都不是正圆。就像我画的这个，看上去很圆，但它有肉眼看不出的变形和误差，其实是个椭圆，不是真正的圆。我一直在寻找真正的圆，发现尘世中是没有的，但天上有。”

“哦？”

“斗胆请陛下到殿外一观苍穹。”

秦王和荆轲走出殿门，发现这又是一个日月同辉的白天，晴空中太阳和月亮同时出现。

“太阳和满月都是正圆。”荆轲指着天空说，“上天把尘世间罕见的正圆放到天上，而且放了两个，成了天上最显眼的存在，这已经表示得很明白了：上天的奥秘在圆里面。”

“但圆是最简单的形状，除了直线，就数它最简单了。”秦王说，转身返回大殿。

“但，陛下，这简单中蕴含着深不见底的奥秘。”荆轲跟在秦王后面说，回到长案边时，他又用笔在缣帛上画了个长方形，“您请看这个长方形，它的长边四寸，短边两寸，其实上天在这个图形中也有要说的话。”

“说了什么？”

“上天说，这长方形的长边与短边之比是2。”

“你在耍弄朕吗？”

“微臣不敢。这是上天说的一句简单的话，陛下请再看——”荆轲又画了一个长方形，“这个长方形的长边是九寸，短边是七寸，上天在这个图形中表达的意思就丰富多了。”

“朕看仍然极其简单。”

“不是这样的，陛下。事实上，这个长方形的长边与短边的比值是：1.285714285714285714……这个值中的‘285714’可以无限循环，于是使比值无限精确，但永远达不到绝对精确。您看，虽然也很简单，但这里面的含义就丰富多了。”

秦王点点头，“有意思。”

“下面来看上天给出的最神奇的形状：圆。”荆轲在之前画的那个圆中画了一条直径线，“陛下您看，圆的周长与直径的比值是一串无限长的数字，它的头几位是3.1415926，在后面无限延伸，永不重复！”

“永不重复吗？”

“是的。设想有一大张缣帛，有天下那么大，这串数字可用最小的蝇头篆书从这里一直写到天边，然后另起一行接着写，最后可以写满这覆盖天下的缣帛，但里面没有重复的数字段。陛下，这个无限长的数字中，就藏着上天的奥秘啊！”

秦王仍然不动声色，但荆轲注意到他的眼睛里放出光来。

“即使你得到了这个数字，又要怎样从中解读出上天说的话呢？”

“有多种方法，其中有一种叫‘坐标’的方法，可以把数字变成图形。”

“那图形会是什么？”

“不知道，可能是一幅提示奥秘的大图，或者是一篇文章，甚至可能是一本书。但关键是要把圆周率计算到足够多的位数才能解读出内容来，估计得算到上万位，甚至十万位才行。而我现在，只算到区区不足百位，远远不足以看出什么来。”

“才算了这么点儿？”

“陛下，这可是微臣十年的心血啊！圆周率的计算方法是用内切或外切的多边形逐步逼近圆形，多边形的边越多就越精确，算出的位数也就越多，但计算量也因此急剧增大，非人力所能及。”

秦王盯着那个画有直径的圆问道：“这里面会有长生不老的奥秘吗？”

“陛下，一定会有的！”荆轲兴奋起来，“生与死是上天为世界所定的最基本的规则，所以生与死的奥秘一定在这里面，当然长生的奥秘也在其中。”

“那就把圆周率算出来。给你两年时间，算到一万位；五年之内，再算到十万位。”

“陛下，这真的不可能。”

秦王用长袖拂过案面，绘有图形的缣帛和笔墨都落到地上，“需要多少人力物力你尽管开口，”他盯着荆轲的目光变得阴冷，“但一定要按时算出来。”

五天后，秦王再次召见荆轲，这次不是在咸阳宫，而是在他巡游的途中。秦王很关心地问起圆周率计算的进展。

荆轲俯首说：“陛下，我召集了帝国全部有能力进行这样计算的数学家，不过八人而已。按照所需的计算量估算，即使穷尽我们九人毕生的精力，也只能把圆周率的位数向前推算三千位左右。两年时间，竭尽全力也只能算出三百位。”

秦王点点头,示意荆轲随他散步。他们来到一座花岗岩石碑前,石碑有两丈多高,非同寻常的是,碑顶端有一个孔洞,石碑被穿过孔洞的粗牛皮绳悬吊在一副高大的木架上,像悬在空中的巨大秤砣。平滑的碑底离地有一人多高,碑上没有刻字。

秦王指着悬空的巨碑说:“你看,如果你按时算出了圆周率,这就是朕为你立的丰碑。它将被放到地上,在上面刻上你的丰功伟绩;如果你算不出来,这碑就是你的耻辱柱。它当然也会被放到地上,但在砍断吊碑的绳子之前,你得先坐在碑下面。”

荆轲抬头望望那悬空的巨石,它占据了大半片天空,在移动的白云的背景下显得黑乎乎的,有一种阴森的压迫感。

荆轲转向秦王说:“我的命本是陛下的。即使按时算出了圆周率,也赎不了我的罪,所以我不惧死。请再给我五天时间,如果还想不出可行的方案,我会自己坐到石碑下面。”

四天后,荆轲请求秦王召见,秦王立刻应允。显然圆周率的计算工程是秦王最关心的事情。

“从你脸上能看出来,你想出办法了。”秦王微笑着说。

荆轲没有正面回答秦王的问题,“陛下,您说过在人力上会满足我提出的要求,不知这个承诺现在是否还有效?”

“当然。”

“我需要三百万军队。”

这个数目并没有使秦王吃惊,他只是略略扬了扬眉毛,“三百万什么样的军队?”

“就是帝国现有的军队。”

“你应该知道，军中的士兵大部分是文盲。两年时间，你根本不可能教会他们那样复杂的数学，更别说完成计算了。”

“陛下，他们需要学的计算技能，即使是最笨的士兵，我都能在一个时辰内教会。请给我三个士兵，我将为您演示。”

“三个？只要三个吗？朕可以立刻给你三千个。”

“陛下，我只要三个。”

秦王挥手招来三个士兵。他们都很年轻，与秦国的其他士兵一样，一举一动都像是听从命令的机器。

“我不知道你们的名字，”荆轲拍拍前两个士兵的肩，“你们俩负责数字输入，就叫‘入1’和‘入2’吧。”他又指指最后一名士兵，“你，负责数字输出，就叫‘出’吧。”荆轲伸手拖动三名士兵，“这样，站成一个三角形，出是顶端，入1和入2是底边。”

“你让他们站成楔形攻击队形不就行了？”秦王有些轻蔑地看着荆轲。

荆轲不知从什么地方掏出六面小旗，三白三黑，分给三个士兵，每人一白一黑。“白色代表‘0’，黑色代表‘1’。好，现在听我说。出，你转身看着入1和入2，如果他们都举黑旗，你就举黑旗，其他情况你都举白旗，这种情况有三种：入1白、入2黑；入1黑、入2白；入1入2都是白。”

荆轲又重复了一遍刚才的话，确认三个士兵都记住后，他大声命令：“现在开始运行！入1、入2，你们随意举旗。好，举！好，再举！举！”

入1和入2举了三次旗，第一次是黑黑，第二次是白黑，第三次是黑白。出都给出了正确反应，分别举了一次黑和两次白。

“很好，运行正确。陛下，您的士兵很聪明！”

“这白痴都会！你能告诉朕他们在干什么吗？”秦王一脸困惑地问。

“这三个人组成了一个计算系统的部件，叫‘与门’。向这个部件中输入的两个数字如果都是1，则输出结果为1；否则，如果输入的数字有一个为0，如01、10或00，则输出为0。”荆轲说完后停了一会儿，好让秦王理解。

秦王面无表情地说：“好，继续。”

荆轲转向排成三角阵的三个士兵，“我们来构建下一个门部件。出，只要你看到入1和入2中有一个人举黑旗，你就举黑旗，这种情况有三种组合：黑黑、白黑、黑白。剩下的一种情况是白白，你就举白旗。明白了吗？好孩子，你真聪明。门部件的正确运行你是关键，好好干，会奖赏你的！下面开始运行：举！好，再举！再举！好极了。运行正常，陛下。这个部件叫‘或门’，在输入的两个数字中有一个为1的情况下，输出为1。”

接着，荆轲又用三个士兵构建了与非门、或非门、异或门、同或门和三态门，最后只用两个士兵构建了最简单的非门，出总是举与入颜色相反的旗。

荆轲对秦王俯首说：“现在，陛下，所有的门部件都已演示完毕，三百万士兵需要学的只有这些。”

“用这些小孩子都会的简单把戏如何进行那么复杂的计算？”秦王看荆轲的目光中充满了不信任。

“伟大的陛下，复杂的宇宙万物其实都是由最简单的元素构成的；同样，巨量的简单元素通过适当的结构聚合为一体，则能产生极其复杂的机能。三百万士兵将构成百万个刚才演示的门部件，这些部件再构成一个完整的军阵，能够高速进行任何复杂的计算，我把它叫计算阵。”

“朕还是不明白计算将如何进行。”

“这很复杂，以后如果陛下有兴趣，我会为您详细解释。现在只需说明，计算阵的计算是以一种全新的计数方式为基础的，在这种计数方式中，只有0和1两个数码，就是刚才的白旗和黑旗，但这种计数方式可以用0和1表示任何数字，这使得计算阵用大量简单部件的集成进行高速计算成为可能。”

“三百万，这几乎是大秦的全部兵力了，不过，朕给你。”秦王轻叹一声，意味深长地加了一句，“快去做吧，朕感觉老了。”

一年过去了。

又是一个晴朗的日月同辉的白天，秦王和荆轲站在高耸的石台上，身后是众多的文臣武将。在他们下方，三百万秦国军队宏伟的方阵铺展在大地上，这是一个边长十里的正方形。在初升的太阳下，方阵凝固了似的纹丝不动，仿佛一张由三百万尊兵马俑织成的巨毯，飞翔的鸟群误入这巨毯上空时，立刻感到了下方浓重的肃杀之气，顿时大乱，惊慌地四散而逃。

“陛下，您的军队真是举世无双，这么短的时间，就完成了如此复杂的训练。”荆轲对秦王赞叹道。

“虽然整体上复杂，但每个士兵要做的很简单，比起以前的军事训练，这算不了什么。”秦王按着长剑剑柄说。

“那么，请陛下发出您伟大的号令吧！”荆轲用激动的声音说。

秦王点点头。一名卫士奔跑过来，握住秦王的剑柄向后退了几步，抽出了那柄秦王本人无法抽出的青铜长剑，然后上前跪下，将剑呈给秦王，秦王对着长空扬起长剑，高声喊道：

“成计算阵！”

战鼓激荡，石台四角的四尊青铜大鼎同时轰地燃烧起来，下面的士兵用宏大的合唱将秦王的号令传下去：

“成计算阵——”

大地上，方阵均匀的色彩开始扰动，复杂精细的线路结构浮现出来，并渐渐充满了整个方阵。十分钟后，大地上出现了一块一百平方公里的计算阵列。

荆轲指着下方巨大的阵列介绍道：“陛下，我把这个阵列命名为‘秦一号’。请看，那里——中心部分——是中央处理阵，是计算阵的核心计算部件，由您最精锐的军团构成，对照这张图您可以看到里面的加法阵、寄存阵、堆栈存储阵等；外围整齐的部分是内存阵，构建这部分时我们发现人数不够，好在这部分每个单元的动作最简单，我们就训练每个士兵拿多种颜色的旗帜，组合起来后，一个人就能同时完成最初二十个人的操作，这就使内存阵的容量达到了运行圆周率计算程序的最低要求。您再看那条贯穿整个阵列的通道，还有那些在通道上待命的轻骑兵，那是系统总线阵，负责在各个子阵间传递信息。”

两名士兵从后面搬来一个一人多高的大帛卷，在秦王面前展开来。当帛卷展到尽头时，周围不止一人想起了似曾相识的情景，不由一阵头皮发紧，但匕首并没有出现，面前只有一张写满符号的缣帛。那些符号都是蝇头大小，密密麻麻，看上去与下面的计算阵列一样复杂，令人头晕目眩。

“陛下，这就是我编写的圆周率计算程序。您看——”荆轲指指下面的计算阵，“这阵列是硬件，而这张帛上写的是软件，是计算阵的灵魂。硬件和软件，就如同琴和乐谱的关系，计算阵运行这个软件进行圆周率的计算。”

秦王点点头，“那就开始吧。”

荆轲双手合十，举过头顶，庄严地喊道：“奉大王御旨，计算阵启动！系统自检！”

在石台的中部，一排旗手用旗语发出指令。一时间，大地上三百万人构成的巨型阵列仿佛液化了，泛起粼粼波光，那是几百万面小旗在挥动。

“自检完成！引导程序运行！操作系统加载！”

人列计算机系统总线上的轻骑兵快速运动起来，总线立刻变成一条湍急的河流。这河流沿途又分成无数条细小的支流，渗入各个模块阵列之中。很快，黑白旗的涟漪演化成汹涌的浪潮，激荡在整个阵列上。中央处理阵列区的激荡最为剧烈，像一片燃烧的火药。突然，仿佛火药燃尽，中央处理阵列区的扰动渐渐平静下来，最后竟完全静止了。以它为圆心，这静止向各个方向飞快扩散开来，像快速封冻的湖面。最后，大部分计算阵静止了，只有一些零星的死循环在以不变的节奏没有生气地闪动着。

“系统锁死！”一名信号官高喊。故障原因很快查清，是中央处理阵列中状态存储子阵的一个门部件运行出错。

“系统重新启动！”荆轲胸有成竹地命令道。

“慢。”秦王拄着长剑说，“更换出错部件。组成那个部件的所有兵卒，斩！以后故障照此办理。”

一队利剑出鞘的骑兵冲进中央处理阵，斩杀了三名士兵并更换了新人。从高台上看去，中央处理阵中出现了三摊醒目的血迹。荆轲重新发布了启动命令。这次启动十分顺利，十分钟后，圆周率计算程序进入运行状态。波光粼粼的计算阵开始了漫长的计算。

“真是很有意思。”秦王手指壮观的计算阵说，“每个人如此简单的行为，竟产生了如此复杂的智慧！”

“伟大的秦王，这是机器的机械运行，不是智慧。这些普通卑贱的人都是一个个0，只有在最前面加上您这样一个1，他们的整体才有意义。”荆轲带着奉承的微笑说。

“要多长时间才能算到圆周率的一万位？”秦王问。

“十个月左右，也可能更快些。”

大将王翦上前说：“陛下请三思，即使在常规的军事行动中，帝国大部分军力在如此长的时间里集结于一处开阔地，也是十分危险的行为。阵中的三百万士兵都不带兵器，只拿着小旗，而计算阵不是作战队形，在攻击面前脆弱无比，不堪一击。即使在平时，疏散这样庞大的阵列也需要大半天时间，一旦面临攻击，疏散撤退是根本来不及的！陛下，您看看下面的计算阵，就是砧板上的肉啊！”

秦王没有回答，把目光转向荆轲。荆轲俯首说：“王将军所言极是，是否继续计算，请陛下三思。”

言毕，荆轲做了一个从未有过的失礼举动——他抬头与秦王对视了一秒，那目光中的含义秦王立刻就懂了：您所有的丰功伟绩都是0，只有加上永生这个1才有意义。

“将军过虑了。”秦王一拂长袖说，“韩、魏、赵、楚四国已灭，剩下的燕、齐两国君王昏聩，国力孱弱，已是奄奄一息，不足为惧。按照两国现在的衰落趋势，圆周率计算完成时，它们可能已经自行崩溃，归顺大秦。当然，朕赞赏将军的谨慎，建议在计算阵周围建立远距离警戒线，同时密切注意燕、齐两军的动向，可保万无一失。”他高举长剑，庄重地对着长空宣布，“计算必须完成，朕意已决！”

计算阵顺畅地持续运行了一个月，成果超出预想，已经把圆周率推算到了两千多位。随着操作的熟练和荆轲对计算程序的进一步优化，以后的速度还会加快。照此推算，只需三年左右就可完成圆周率十万位的计算目标。

计算开始后的第四十五天清晨，大雾迷漫，计算阵笼罩在迷雾中，从高台上根本看不到，而阵中的可见度也不超过五人的距离。但大雾并不影响计算，计算阵仍然继续运行着，雾气中回荡着此起彼伏的口令声和总线上轻骑兵的马蹄声。

在计算阵的最北边，士兵们听到了另一种声音，最初隐隐约约，好似幻觉，但很快增强，像浓雾中的滚雷。

那是马蹄声的混响，一个庞大的骑兵阵列正从北方朝计算阵逼近，骑兵阵列的前方高擎着燕国大旗。骑兵的推进速度并不快，压着马蹄保持着严整的队形。他们知道不用急，有的是时间。直到距计算阵北边列仅一里时，燕军才发起冲锋。骑兵阵线的前锋冲入计算阵，阵中的秦军士兵都没来得及看清这浓雾中突然出现的敌军的样子就被杀死了。在这第一次冲击中，仅被奔马的铁蹄踏死的秦兵就有上万人。

接下来的不是战斗，而是大屠杀。燕军统帅战前就已经知道，他们的军队不会遇到任何有组织的抵抗。为了提高杀戮的效率，骑兵放弃了适合马上对战的长戟和长矛，全部装备长刀和钉齿棍。燕国几十万铁骑织成一张死亡的大毯，所到之处，秦军尸陈狼藉。

为了避免提前惊动计算阵深处，燕军骑兵像杀戮机器一般在沉默中砍杀，但被践踏和屠杀的秦军士兵的惨叫还是在浓雾中传了出去。而计算阵中的士兵都经受过严苛的训练，能够排除外界的干扰，专注于计算操作。加上迷雾的遮掩，计算阵的大部分并未觉察到阵北受到的大规模攻击。当北方的死亡地毯有条不紊地在血泥和尸堆中推进时，计算阵其他部分的计算操作竟仍在进行——虽然越来越多的程序错误开始出现。

在骑兵阵列后面，十多万燕军弓箭手用重弩向计算阵深处放箭。短时间内，百万支飞箭如暴雨般落入计算阵，几乎每支箭都能射中目标。

直到这时，计算阵内部才开始出现混乱。与此同时，敌军进攻的消息也在阵中传播，加剧了混乱的蔓延。消息主要是由总线上的轻骑兵传播的。但随着混乱的加剧，总线被堵塞，轻骑兵的战马在人群中践踏，无数秦军死于自己的马蹄之下。

在计算阵未遭攻击的南、东、西三边，秦军开始了纷乱的逃散。但在愈演愈烈的混乱中，疏散的速度很慢。已经陷入崩溃的计算阵像一滴浓得化不开的墨汁，内部拥挤成一团，只在边缘有淡淡的散逸。

向东方逃窜的大批秦军很快遭遇到严阵以待的齐国军队。齐军没有冲锋，而是步骑结合，构成了坚固的防线，原地不动等待秦军拥入伏击圈后围歼。

在东线被阻断逃路的秦军只能向西南方向逃跑。百万溃不成军的散兵在平原上像一片漫流的污水，他们很快遇到了第三支强军。与阵列严整的燕、齐两军不同，这支全部由凶悍的骑兵构成的军队像洪水般铺天盖地涌来——这是从西方进攻的匈奴军。

战役进行到中午，强劲的西风吹散了雾霾，广阔的战场暴露在正午的阳光下。

这时，燕、齐和匈奴三军已在各处会合，构成了对秦军的包围圈。三军骑兵向秦军纵深发起了更加凌厉的攻击，留在后面的残局由跟进的步兵收拾。大批的火牛阵和抛石机也投入攻击，大大提高了屠杀的效率。

傍晚时分，残阳中的战场上回荡着凄厉的号角。尸横遍野，血流成河。残余的秦军已被分割包围成三块。

接下来是一个满月之夜，正圆的月亮冷漠地俯视着大地上的屠杀，把如水的月光洒在尸山血海上。战役彻夜进行，直到第二天清晨才结束，大秦帝国的主力全军覆没。

一个月后，燕、齐联军攻陷咸阳，秦王被俘，秦国灭亡。

处死秦王的这天又是一个日月同辉的日子，月亮在湛蓝的天空中像一片剔透的雪。

那块为荆轲造的大石碑仍然悬吊在半空，秦王此时就坐在碑下面，等着燕国的行刑者砍断吊碑的牛皮绳。

荆轲从围观的人群中走出来，仍是一袭白衣，他来到秦王面前同他打招呼，仍称他为“陛下”。

“你一直是燕国的刺客。”秦王说，并没有抬头看荆轲。

“是的，但我要消灭的不仅是您，还有您的军队，因为即使一年前刺杀成功，陛下死了，但秦国仍然强大，有聪明的谋士和如林的强将统帅的几百万大军，燕国仍难以自保。”

“你们怎么能够如此快地集结这么多军队？”秦王问出了他此生的最后一个问题。

“在计算阵开始训练和运行的这一年多时间里，燕、齐两国挖了三条地道，每条长达百里，宽可跑马，都是我设计的。联军就是通过地道突然出现在计算阵附近。”

秦王点点头，不再说话，闭眼等待死亡的来临。监刑官发出准备行刑的号令，一个带着砍刀的行刑者开始爬上悬吊着石碑的高木架。

这时，秦王听到身边有响动，睁眼一看，是荆轲坐到了自己旁边。

“陛下，我们一起死。这块大石头落下来，将成为我们共同的耻辱柱。我们的血肉将混在一起，这也许能给您些安慰。”

“你这又是何必？”秦王冷冷地说。

“陛下，不是我想死。燕王要杀我。”

一抹微笑如轻风般掠过秦王的脸，“你功高盖主，这下场也不奇怪。”

“这是一个原因，但主要是因为我向燕王建议建立燕国的计算阵，给了他杀我的把柄。”

秦王转头看了荆轲一眼，这次他眼中的惊奇是真诚的。

“不管您信不信，我这么做是为了燕国的强盛。计算阵确实是毁灭大秦的一个计谋，但它本身是一项伟大的发明，通过它进行的数学计算，就能读懂上天的语言，了解世界万物最深的奥秘，这将开启一个新时代。”

这时，行刑者已经爬到木架顶端，站在吊着石碑的牛皮绳前，握刀等待指令。

在远处的一顶华盖下，燕王挥手示意，行刑官高声发出行刑命令。

荆轲突然睁圆了双眼，仿佛刚从梦中惊醒一样，“我想起来了！计算阵可以不用军队，也不用人！与门、非门、与非门、或非门……那些部件都可以用机器代替！这些机器部件可以做得很小，它们集成起来就成了机器的计算阵！不，不应叫计算阵，应该叫计算机！大王！等等！计算机！计算机！”荆轲站起身，向远处的燕王喊道。

行刑者挥刀砍断牛皮绳。

“计算机！！！”荆轲声嘶力竭地喊出最后三个字。

巨石落下，在那从天而降瞬间笼罩一切的巨大阴影中，秦王感到了生命的终结；而在荆轲的眼中，一缕新时代的曙光熄灭了。

发表于 *Carbide Tipped Pens*（Tor 出版社，2014）

不能共存的节日

1961年4月12日，拜克努尔航天基地

谢尔盖·科罗廖夫站在被烧黑的发射架旁，虽然火箭升空已经快一个小时了，导流槽中仍有热浪涌出，给这里的早春带来盛夏的感觉。他抬头看看蓝天，尾迹已经消散，在那看不到的太空中，人类第一名宇航员已经绕地球飞行了大半圈。

“总设计师同志，请接受一个普通人的祝贺！”

科罗廖夫回过头，看到一个身穿工作服的中年男人对他伸出手来，从服装看，他是基地级别最低的工人。科罗廖夫握了他的手。那人从裤子口袋中掏出一个瓶子，又从另一个口袋摸出一个小金属酒杯，“我们得喝一杯，总设计师同志，可我只有一个杯子。”他咬开瓶盖给杯子倒满酒。

科罗廖夫接过那个脏兮兮的杯子。他现在疾病缠身，结肠上有肿瘤，不适合喝酒；再说在这个伟大的时刻，他完全可以无视这个人，但科罗廖夫这时可以怠慢官员和将军，却不会无视这个最底层的人——在西伯利亚的那些年，他的身份比这个人还低，饿着肚子在矿井里搬石头。

那人拿着瓶子与总设计师碰了一下杯，然后猛灌一口。

“在这个伟大的时刻，您能允许我讲个笑话来庆祝吗？”

科罗廖夫也喝干了杯子里的酒，伏特加像火箭燃料似的把热乎乎的感觉传遍全身。

“您再来点儿。”那人给科罗廖夫的酒杯填满。

“谢谢，你的笑话？”总设计师微笑着问。

“我是一个外星人，您就叫我……G吧，我来地球考察，我的兴趣是地球的重要节日。”

“哦，那你的收获一定不小，只要你调查的范围足够广，地球的每一天可能都是节日。”

“我之前进行了大量的考察和研究，发现那些都不是重要节日，事实上，真正的重要节日我一个都没有发现。”

“圣诞节不重要吗？”

“当然不，尤其对布尔什维克而言。”

“那新年呢？”

“也不重要，这颗行星又公转了一圈而已。”

“那你认为的重大节日是什么呢？”科罗廖夫有些心不在焉，他转身向不远处的军用吉普走去，他要回控制中心了，“东方号”飞船即将进行减速，开始再入过程。

“比如说分裂节。”

“什么？”

“地球上生命细胞的第一次分裂，当然那是很久以前的事了，几十亿年前吧……”

正要上车的科罗廖夫停下来，扶着车门回头看着G。

“再比如登陆节，就是生命从海洋爬上陆地的那一天；下树节，长臂猿从树上下来的第一天；还有直立节、工具节、取火节等等。”

“但这些节日，我们是无法知道具体日期的。”科罗廖夫说。

“那可以随便定一个，其实圣诞节就是在公元三百多年时由教会随便定的，《圣经》上根本没有记载耶稣是什么时候生的。”

科罗廖夫准备上车，G拉住了他，“总设计师同志，我想说，今天就是人类一个重大的节日，我把它命名为诞生节。”

“谁诞生？”

“人类。”

“人类早就诞生了。”

“哦，不，如果您此时处于加加林上尉——哦，他好像刚升为少校，是吧——的位置，就会发现地球是一个蓝色的子宫，婴儿只有出了子宫才能称为诞生……哦，总设计师同志，很抱歉，我的笑话不可笑。”

科罗廖夫再次同G握了一下手，“很有意思。谢谢你，同志，我以后会每年都庆祝这一节日的。”

“哦，不不，”G摇摇头，“今天是否能真正成为诞生节，还要等等看，还要等等看才知道呢，总设计师同志。”

总设计师的车开走后，G大脑中的通信单元把一条信息发往月球上的中转通信站，由此发回母星：蓝星纪年1961年4月12日有可能成为诞生节，目前评估可能性为52.69%，持续监测中。

2050年10月5日，北京中国科学院脑科学与人机工程研究中心

大屏幕上显示：

窝西淫累，窝向西桶鼠入自慰鼠具，山.14一壶酒，虫屎。

我是淫类，我向系桶输入思慰数具，3.14一壶9，虫试。

我是人类，我向系统输入思慰数据，3.141壶9，重试。

我是人类，我向系统输入思维数据，3.14159。

最后一行显示后，实验室里爆发出欢呼声。这些数据是从一个人的大脑直接输入到计算机中，实验者戴着大脑感应头盔，第一次实现了人与电脑的直接连接。

兴奋持续了一个多小时，人们开始散去，脑机接口项目首席科学家丁一也从兴奋中平静下来。

“各位老师，请接受一个普通人的祝贺。”

人们回头，看到一个腋下夹着根扫帚的中年男人在对他们微笑，这是实验室的勤杂工，之前他们彼此没说过什么话。这人放下扫帚，从工作服口袋里拿出一瓶酒，又从另一个口袋里拿出一摞显然是从门口饮水机上拿来的纸杯，分给大家后挨个倒酒。

“你知道我们在做什么？”有人问他，像以前创造历史的科学家一样，他们多少意识到这个突破的意义，但也没有十分的把握，因为许多当时看似划时代的成果都淹没于时间之中，他们此时有的只是项目完成后如释重负的轻松感。一个勤杂工居然对这个成果如此兴奋，让他们很好奇。

“当然知道，这是一个伟大的时刻。”勤杂工说。

人们开始喝纸杯里的酒，北京二锅头把热乎乎的感觉传遍全身，像更新系统的数据传遍网络。

“在这个伟大的时刻，能允许我讲个笑话来庆祝吗？”勤杂工说。

“笑话？呵呵，你讲。”

“我是一个外星人，您就叫我G吧，我来地球考察，我的兴趣是地球的重要节日。”

“哦，那你的收获一定不小，只要你调查的范围足够广，地球的每一天可能都是节日。现在节日的数量还在快速增加中，像双棍节[①]什么的。”

“我之前进行了大量的考察和研究，发现那些都不是重要节日。我是想说，今天才是人类的一个重要节日。”

科学家们互相看看，会意地点头，丁一对G说：“有可能。你把这个节日叫什么呢？”

“我还没想好。”G仰脖把瓶里剩下的一点酒喝了，“唉，上次喝酒是和总设计师同志，可敬的总设计师同志。”

“总设计师？还是……同志？是谁？”有人问。

“科罗廖夫，谢尔盖·帕夫洛维奇·科罗廖夫。”

丁一点点头，“人类第一艘宇宙飞船的总设计师，不过，他活着的时候还没有你吧？”

“丁总，人家是外星人。”有人打趣道。

“呵呵，我忘了。不过，G先生，”丁一抿了一口酒，“科罗廖夫、冯·布劳恩这些伟大的前辈确实值得敬仰，但我们今天的突破有可能使他们所有的努力变得全无意义。”

“哦？”G露出很天真的疑问神情。

“这个突破之后，脑机连接技术将走上康庄大道，将飞速发展。很快，互联网上连接的将不是电脑而是大脑。接下来顺理成章的是，人的记忆、

① 这是作者生造的一个节日。

意识和全部人格将能够上载到计算机和网络中，人类有可能生活在虚拟世界中——虚拟世界，你想想，在那里人什么都可以做，想要什么就有什么，像上帝一样。在那里，一个人可以拥有整个星球！”

“甚至整个宇宙，每个人一个宇宙。”G说。

“对呀，所以，飞出地球太空航行算嘛呀！”一个操着京腔的年轻人说。

“其实这个伟大的进程早已开始，”丁一说，“互联网、移动互联、可穿戴设备、VR、物联网……记得吗？几十年前，父母们居然责怪孩子们沉溺于网络，而现在，断开网络沉溺于现实是最让人不齿的懒惰和堕落。今天的突破，让人类迈过了IT伊甸园的最后一道门槛！”

“外星人先生，”有人说，“你能想象一下人类未来的IT天堂吗？”

“未来的虚拟世界确实是天堂，在那里面每个人确实是上帝，其美妙是任何想象都难以企及的。我只想象一下那时的现实世界。开始，现实中的人会越来越少，虚拟天堂那么好，谁还愿意待在苦逼的现实中，都会争相上载自己。地球渐渐变成人烟稀少的地方，最后，现实中一个人都没有了，世界回到人类出现前的样子，森林和植被覆盖着一切，大群的野生动物在自由地漫游和飞翔……只是在某个大陆的某个角落，有一个深深的地下室，其中运行着一台大电脑，电脑中生活着几百亿虚拟人类。”

“哇，好诗意！小李，再弄瓶酒去，哦，不用，外星人先生，和我们一起吃庆功宴去！”丁一搂着G的肩膀说。

G摇摇头，把手中的空酒瓶放进垃圾篓，弯腰拾起扫帚，一边开始打扫经过几天通宵工作无比凌乱的实验室，一边用梦呓般的声音轻声说：

“与总设计师同志分别后，我在太空中漫游，又探访过无数的世界，那些行星，蓝的、红的、黄的……各种颜色的子宫，智慧文明在其中孕育，在现实中成长，飞向太空，却在虚拟世界中熄灭，像荷塘中的萤火虫，一闪一闪，最终消失在暗夜里。你们看看星空，一片寂静，知道为什么了吧……哦，各位，很抱歉，我的笑话不可笑。”

G拿起垃圾篓，慢慢走了出去，他的背景显得苍老了许多。

“原来是个文青耶……”有人悄声说。

“呵呵，这就是所有文青的未来，只有虚拟世界才能救他们。”丁一说，引起几声窃笑。

在实验楼的大门口，G大脑中的通信单元把一条信息发往月球上的中转通信站，由此发回母星：蓝星纪年蓝星纪年1961年4月12日疑似诞生节取消，2050年10月5日确定成为重大节日，暂命名：流产节。

发表于2016年科幻春晚

黄金原野

麦克和爱丽丝等待着第二个太阳的出现。透过“黄金原野号”的后舷窗，他们望着遥远的太阳，从这海王星轨道外的太空看去，太阳只是一个刚显出圆盘形状的星体，它的光虽能够在舱壁上投下影子，但已经感觉不到任何热度。麦克看看身边太空服中的爱丽丝，觉得她也像一个太阳，是她的存在使这距地球四十五公里的冷寂太空有了意义，也使他自己的生命有了意义。爱丽丝于一个小时前刚刚苏醒，这之前她经历了启航之后最长的一次沉睡，睡了有两年的时间。

第二个太阳出现了，开始看去只是一颗普通的星星，但亮度急剧增加，像一只睁开的眼睛，很快变得比真正的太阳还亮。一时间，整个宇宙都苏醒了。这是“猎户座”飞船减速时发动机的核火焰。

麦克欢呼起来，“黄金原野号”的舱室是如此狭小，他甚至不能挥舞双手，他想拥抱爱丽丝，但知道不可能。

“我看到了，真好。”爱丽丝透过太空服的面罩对他灿烂地一笑。

眼前一片蓝色，一行白字出现：网络拥堵，请切换为2D显示，或稍

后再试。

麦克摘下VR头盔，回到自己简陋的单身公寓中。房间不大，但与“黄金原野号”的舱室相比就宽敞多了。他拿起笔记本电脑，把刚才的画面切换到2D，但网速仍然很慢，图像几乎不动，爱丽丝的笑容凝固在屏幕上，麦克继续沉醉在这笑容之中。

同以前一样，他当然知道爱丽丝的微笑不可能是对自己的，因为刚才与她同处“黄金原野号”飞船上的，除了自己，还有其他几亿人。现在，全人类都通过网络挤在那间狭小的舱室里。同时，他看到的是四个多小时前的爱丽丝，这是电波从四十五亿公里远的太空传回地球的时间。

能听到外面街上传来的欢呼声，整个世界都在欢呼。

“十九年了。”麦克看着屏幕上的爱丽丝说，“我从一个十八岁的男孩变成三十七岁的男人，你还是那么年轻。”

在麦克的记忆中，十二年前的那天时而显得很遥远，时而又像近在昨日。在没有任何预兆的情况下，“以太号”火箭突然从加州莫哈韦沙漠的莫哈韦航天发射场点火升空，运载着“黄金原野号”飞船飞向太空，这时，距米勒在车祸中遇难仅不到十个小时。

阿尔弗雷德·米勒早年并没有显示出对太空探索有特别的兴趣，他那庞大的商业帝国主要是在制药和生物工程领域发展起来的。一切改变都是从一种名叫“冬神”的药物的出现开始的，这是米勒的“生命远景”公司研发的药物。“冬神”的研制过程长达半个世纪，耗资更是创造了世界制药工程的纪录。这是一种人体冬眠药物，依剂量不同，可使服用者进入三个月到一年的冬眠，如果连续服用，冬眠期则几乎可以无限延长。

在冬眠期间，人体的新陈代谢降到最低，不需要任何营养补充，衰老几乎停止。

“冬神”研制成功的消息引起了巨大的轰动，但紧接着米勒却宣布要将这项成果封存，专利技术冻结，药物不会投放市场。他解释说：“‘冬神’将是懒惰和消沉者的福音，他们会用这种最方便的方式逃避现实，逃避责任，在未来不同的时间醒来看看，选一个最舒服的时代生活。这不是‘冬神’的目的。”米勒表明他最初研制“冬神”是想把它用于太空航行，使得远航的飞船只需携带很少的食物、水和氧气。

但是，需要“冬神”的载人太空远航似乎将永远停留在科幻小说中，自上世纪中叶的登月以后，载人太空航行所到达的离地球最远的距离，只是米勒的那辆林肯车开三四个小时的路程。

VR游戏中的太空远比真实的有趣，甚至，除了艰辛和危险之外，比真实的更真实。

米勒不想再等待，他决定自己创造一个能使“冬神”派上用场的时代，于是使“生命远景”公司向航天领域转型，并发布了自己的载人登陆火星计划。五年后，“生命远景”完成了计划的第一步，研制并建造了巨大的“以太号”火箭，其起飞重量比有史以来最大的“土星五号”火箭还重一千吨。但计划的进展到此为止了，米勒很快发现，与建造巨型火箭相比，登陆火星和返回的工程技术更为艰巨，而“生命远景”公司此时已耗尽了财力，而日薄西山的NASA也无法继续提供技术支持。米勒先是把火星往返航行改为单程航行，后来又把登陆的目标由火星改为月球，终于发现即使重返月球的目标也无法实现，最后完成的是“黄金原野号”飞船，这是一个只能载一人的小小的太空舱，没有着陆和返回能力，只能绕月飞行。之后，米勒再也无力前进一步。

“以太号”火箭的首次发射一再推迟，它那庞大的躯体像是耸立的沙漠中的一座孤峰，顶部如国会大厦穹顶般宽阔的整流罩蒙上了沙尘，似乎已经历了漫长的岁月。

米勒在长岛的车祸中遇难，对“生命远景”的太空探索事业是一个致命的打击。在他离去后，董事会无疑将使“生命远景”离开这个没有任何商业前景的领域，回到以前的运营轨道上。“以太号”火箭和其上的“黄金原野号”飞船将被废弃，它们最好的命运就是成为某个航天主题公园的陈列品，但最大的可能是被拆解为废金属。

但就在米勒去世的当天，“以太号”火箭突然发射升空。在其运载的“黄金原野号”飞船中有一名宇航员，是米勒的二十岁的女儿爱丽丝。

“‘以太号’火箭和‘黄金原野号’飞船只应属于太空。”爱丽丝在留给媒体的视频中说，那时发射倒计时只剩三分钟，她身穿太空服处于“黄金原野号”狭小的座舱中。她说“黄金原野号”将在“以太号”火箭的推动下飞向月球，飞船将在绕月飞行后返回地球，这是为了实现父亲最后的夙愿。

发射是在没有对外界公开的情况下进行的，准备工作很仓促，基地中只有很少一部分人员参加了发射工作。

人类历史上最大的火箭在巨大的轰鸣声中升空，整个沙漠都在颤抖，由于“以太号”火箭巨大的质量，起飞时的加速度比以往的火箭都小，它的上升很缓慢，十多公里外的目击者仿佛看到了地平线上一次壮丽的日出。

开始阶段十分顺利，两个助推器和第一级脱离后，第二级成功点火，

“黄金原野号”飞船在“以太号”火箭的推动下飞向月球。按照飞行程序，十五分钟后发动机关闭，飞船与火箭联合体将精确地进入了与月球交会的轨道，接着“黄金原野号”将与火箭末级脱离，开始五十小时的滑行，在与月球交会后绕月飞行，然后用自身的动力返回地球。

但火箭发动机没有关闭，继续以最大功率运行。

后来根据对传回的数据的分析发现，就在飞船与火箭即将分离之际，火箭燃料舱内剩余燃料的温度急剧上升，导致燃料舱的压力剧增。这可能是燃料舱的隔热系统损坏所致。此时，燃料舱的紧急减压阀门却失效了，增压中的燃料无法排出，这都是仓促发射造成的恶果。超低温燃料受热产生巨大的压力，将很快导致末级箭体爆炸，在爆炸中推进剂将与氧化剂混合，将压力造成的冷爆炸转化为威力巨大的热爆炸。这时，即使飞船与火箭脱离，但两者分离的速度是很慢的，飞船不可能移出爆炸的威力圈。制止爆炸的唯一途径就是继续全功率开启火箭的发动机，通过消耗燃料降低压力，把压力控制在燃料舱能够承受的范围内。事后工程师们认为，火箭控制系统做出的这个决定是正确的。

“以太号”火箭是为登陆火星而设计的，它设计中运载飞船的质量远大于“黄金原野号”飞船，但在这次发射中，由于结构平衡的需要，必须加满燃料后起飞。所以计划中完成绕月飞行后，已经脱离飞船的末级火箭中将有大量的剩余燃料，现在，这些燃料将全部用来加速。

地面控制中心曾试图使“黄金原野号”与火箭分享燃料，但在加速状态下这个操作不能进行。

疯狂地加速持续了十八分二十七秒，燃料耗尽，发动机停机。“黄金原野号”飞船与“以太号”火箭的末级分离，这时，飞船的速度已经远大于飞行计划的设定,它用自身的发动机减速,但“黄金原野号”上小小的发动机只设计用于进入和脱离月球轨道,只能把飞船目前巨大的速度减低一小部分,它的燃料很快耗尽,“黄金原野号”在太空中静静地滑行着,在一般人看来,这并未显示出什么灾难的迹象,但冷酷的牛顿定律已经给它打上了死亡的魔咒。

“黄金原野号”目前的速度已经大于第三宇宙速度,太阳的引力无法留住它,如果没有救援,已经失去全部动力的飞船将一直向前飞离太阳系,消失在茫茫太空中,没有任何回到地球的希望。

“黄金原野号”比预定时间提前二十一小时越过月球轨道,这时,计划与之交会的月球还在几万公里之外。

最初人们认为,除了为爱丽丝默哀没有别的事可以做了。自国际空间站退役后,俄罗斯和美国已经多年没进行载人航天飞行,中国也仅限于把航天员送上自己在近地轨道运行的空间站,以目前人类航天的技术能力,短时间内不可能对月球轨道之外的、以超过第三宇宙速度的速度飞离的飞行器进行救援。

但随之而来的一则消息带来了一线希望:“黄金原野号”上携带着“冬神”药物,其数量可以使爱丽丝冬眠二十年。

“黄金原野号”一直保持着与地球的联系,飞船的通信系统联入了互联网,每个人都能通过虚拟现实的连接进入飞船里,身临其境地同爱丽丝一起,在寒冷的太空中进行着没有终点的漂流。

麦克在电脑上打开了一个叫“黄金原野”的文件夹,里面有一千多个名为“Alice”的VR视频文件,他戴上头盔,打开了最前面的“Alice0001”，那是十九年前他第一次与“黄金原野号”飞船进行VR连接时的记录，文件建立的日期是2043年12月10日23点，这是“以太号”火箭末级意外加速结束后的十二个小时，飞船正在穿越月球轨道，开始它向外太空的死亡漂移。

麦克第一次进入了“黄金原野号”，第一次来到爱丽丝身边，这也是他唯一的一次见到没有穿航天服的爱丽丝，她身着白色的工作装，胸前有“生命远景”的徽章。也许是因为发射的仓促，她没有来得及把自己的长发剪短，那长发在零重力下缓缓飘散，如诗如梦，他甚至感到了一缕发丝轻拂过自己的面庞。飞船背对着太阳和地球，透过舷窗只能看到银河系灿烂的星海，这星光晶莹地映在爱丽丝的双眸中。然后她第一次看着他微笑，这时飞船与地球的通信几乎没有时滞，同与飞船联网的无数人一样，麦克相信那微笑真的是对自己的。爱丽丝在轻声说话，但声音对他是屏蔽的，从她不断扫视控制面板的目光来看，可能是在与地面控制中心交流飞船的运行状况。她显得平静而睿智，丝毫看不出是身处绝境，这让他看得入迷。她似乎没有忘记他的存在，不时抬头对他微笑，每一次他都慌乱地移开目光。

有什么纤细的东西漂过他的眼前，那是一株绿色的小草，他不由伸手去抓，小草从他的手中穿过，爱丽丝也看到了，她伸手抓住小草，把它很小心地插在控制台上的一个有水的小塑料管中。

麦克突然听到了爱丽丝的声音，“这是发射架前的草坪上的，以后，它是唯一陪伴我的地球生命了。”

“我会一直陪伴你的。”麦克用微微颤抖的声音说。

麦克清楚地记得，那天离开网络后，他来到大学宿舍的阳台上，长久地仰望着星空，星海仿佛因爱丽丝的存在有了生命。

他接着打开了VR文件“Alice0002”，这是在上次连接后的五个小时，是在一个不眠之夜后的凌晨，在长时间的网络拥堵后他终于再次与“黄金原野号”联网，现在飞船距地球八十万公里。这时爱丽丝已经进入冬眠，为了节省飞船的能源，恒温系统关闭了，她在航天服中沉睡着，控制台上的大部分屏幕都暗了下来，只有星光从舷窗照进来，映出面罩里面爱丽丝美丽安详的面庞。

“我会一直陪伴你的。”麦克再次说。

“黄金原野号”受到了全世界的关注，在人类历史上，第一次有一个人从地球大家庭走失了，那个在太空中渐行渐远的天使般的姑娘牵动着每一个人的心，对她的关切渐渐成了人们生活的一部分，“爱丽丝时代”开始了。

麦克毕业后找到一份程序员的工作，像大部分在近年来进入职场的年轻人一样，他不需要去公司上班，事实上他供职的那个公司只存在于网络中，他只需待在单身公寓中就能在网上完成一切工作。每天深夜，他都会通过网络进入“黄金原野号”，来到冬眠中的爱丽丝身边，同她一起静静地沐浴在星光中，这是他一天中最美好的时光。

麦克知道，每时每刻都可能有上亿人同他一样通过网络陪伴着爱丽丝，“黄金原野号”渐渐成为一种文化现象，渗透到社会生活的方方面面，成为在全球政治、经济和文化领域都不得不考虑的一个因素，而随着时间的流逝，这个因素变得越来越重要。

在开始的阶段，爱丽丝的冬眠周期较短，只有十天左右，后来则延长到了一个月。爱丽丝苏醒的日子几乎是一个世界性的节日，每到这一天，所有的人都期待着她从沉睡中睁开美丽的双眼，从太空中给世界一个微笑。为了节省飞船上数量不多的生存资源，每次苏醒的时间都很短暂，爱丽丝同地面控制中心交流飞船的运行状况，对地球打个招呼，服下“冬神”，再次进入漫长的沉睡中。

麦克打开文件“Alice0046”，文件的录制日期是2043年12月31日午夜，这时“黄金原野号”已经漂流了二十一天，距地球三千八百万公里。这也是爱丽丝最长的一次苏醒。这次麦克没能够通过网络进入飞船，只好连接到时代广场，当灿烂的水晶球落下，“2044”的光字出现时，爱丽丝出现在大屏幕上，她微笑着挥手，祝地球新年快乐。

接着播出了美国总统哈里森的新年讲话，宣布启动“阿波罗II”计划，建造高速太空飞船，对“黄金原野号”实施救援。这将是美国有史以来投入最大的太空计划。

世界欢腾起来，这是最难忘的一个新年。

2044年1月中旬，“黄金原野号”穿越火星轨道。

“Alice0070”，2044年10月27日，“黄金原野号”漂流第353天，距地球六亿公里。

这一天，因“爱丽丝的梦”而被历史记载。

这天是爱丽丝的苏醒日，麦克在飞船中等待了三个多小时，看着爱丽丝慢慢从冬眠中醒来，她上次苏醒是四十五天前了。她慢慢睁开双眼，没有说话，也没有像以前那样对他微笑，只是静静地看着舷窗外面，似乎在看星星，又似乎在无目标地看着无限远处。她就这样沉默了好长时间，麦克和几亿人一起静静地陪伴着她，也不指望她说什么，觉得这样就很好。爱丽丝慢慢转过头看着麦克，那透过航天服面罩的纯净目光比以往哪次都像是直接对着自己，麦克的心跳加快了。

“我做了一个梦。”爱丽丝轻声说。

冬眠中，人的大脑活动应该完全停止了，但后来专家说，在冬眠开始和最后苏醒的阶段，也是可能做梦的。

“我梦见自己回到了一个没有人的地球，所有人都消失了，大陆都被森林和草原所覆盖。我走进了一座城市，街道和建筑都空荡荡的，高楼被绿色藤蔓包裹着，一切都那么安静，让人害怕。我走进一个长满杂草的广场，看到了一大片太阳能电池板，虽然上面布满了青苔，但好像还在运行，在给哪儿提供着电能。我顺着电缆寻找，进入了一个深深的地下室，在那里看到了一个长方体，大约有冰箱那么大，我认出了那是一台超级电脑，上面有一个指示灯亮着，表示它可能还在运行，旁边的一个工作台上有一个落满灰尘的显示屏，我用手指触了一下，显示屏亮了起来，显示一行字：小心！内存里生活着一百亿人！！

“然后我听到了一个声音，很怪的声音。我朝声音的方向望去，看到地板上有一只老鼠，好大的老鼠，它正在啃电缆，就是那条连接电脑和地面上太阳能电池板的电缆！我想扑过去赶走它，但挪不动脚步，也发不出声……我就那么挣扎着，慢慢醒来。”

2044年11月上旬，“黄金原野号”穿越小行星带。

"Alice0129"，2045年1月16日，"黄金原野号"漂流第403天，距地球约4.8亿公里。

这本是普通的一天，麦克联网进入"黄金原野号"，一片寂静，爱丽丝在冬眠中。

VR空间中突然出现了Facebook的窗口，里面有一条信息，来自西尔维亚——麦克已经交往一年多的女朋友，"你在这里投入太深了，我在你心里的位置都被她占去了。"

麦克一时陷入慌乱中，他匆忙回答道："这……大家不都这样吗？"

"是的，都这样。"回答跟着一个哀怨的表情符。

从此，西尔维亚离开了他。

2045年5月，"黄金原野号"穿越木星轨道。

"Alice0250"，2045年12月15日，"黄金原野号"漂流第736天，距地球十二亿公里。

麦克进入飞船，在沉睡的爱丽丝身边长久地沉默着。以往，每次来他都对爱丽丝说许多话，谈他卑微生活中的喜怒哀乐，谈他对未来的梦想，当然，说得最多的还是她上次进入冬眠以来世界上发生的事，他当然知道她听不到，即使她苏醒时也听不到，她不太可能从亿万个声音中调出他的，但他还是渴望对她倾诉。但今天，他什么也说不出来，他不忍心把坏消息告诉她。

这是黑暗的一天，在国会众参两院的航天委员会、预算委员会和

NASA举行了一系列听证会后，得出最后结论：经过两年多的高速漂流，“黄金原野号”飞船目前已经到了距地球八个天文单位的遥远距离，并且仍然以超过第三宇宙速度的速度继续离去，依靠人类现有的基于化学火箭发动机的航天技术，已经不可能实施任何有效的救援，继续进行耗资巨大的“阿波罗II”计划是无意义的。

这个结论很快得到了总统和政府的认可，在下午的新闻发布会上，国家航天委员会主席，副总统艾伦宣布无限期推迟“阿波罗II”救援计划。

“我们将继续向‘黄金原野号’送去全人类的祝福，用原本要用于救援计划的资源在地球上建设更美好的生活，将是对爱丽丝最好的安慰。”艾伦最后说。

现在麦克突然意识到，“阿波罗II”计划可能从头到尾都是一个阴谋，虽然政府和国会批准了巨额拨款，但按照预定的分期预算，前两年只划拨总预算的一小部分，巨额的经费要到今年才划拨，而这时他们想用这个结论让计划不了了之，显然认为公众舆论也只能默认这个既成事实。

“他们想错了！”麦克把这句话说出声来。

政治家们确实想错了，社会的反应与他们的预测正相反，艾伦讲话后，因失望引发的激愤像野火一般蔓延开来。

麦克摘下头盔，走出公寓来到街上，这里他半年来第一次走出家门，之前只通过网络VR与世界相连。外面的城市人声鼎沸，麦克本想去时代广场或中央公园，但交通拥堵，城市的中心地带出现了几百万人的游行，他只能来到附近的小公园里，这里也挤满了人，点燃了一片烛光的海洋。

事情持续发酵，动荡蔓延到全世界，公众的愤怒几近失控，最后以哈里森辞职结束，这是继尼克松以来第二位在任期被弹劾下台的美国总统。

马丁继任总统，宣誓就职后仅两天就在国会发表讲话，没有任何多余的铺垫，他直截了当地向全世界宣布："新一届政府将放弃'阿波罗II'救援工程，重启'猎户座'计划。"

这个宣布开始并没有引起什么反响，大部分人都处于茫然之中，只有在航天机构以及少数熟悉上世纪航天史的人们中爆发出欢呼声，随后，人们很快明白了"猎户座"计划的含义，欢呼声扩展到全世界。

"猎户座"工程是美国在上世纪50年代的建造大型核动力飞船的计划，巨大的飞船由数千枚不断爆炸的核弹推动，可以运载四十名宇航员和上百吨物资，可以在百天内往返火星。这个气壮山河的航天计划于1958年发起，一直进行到1965年，因大气层核禁试条约等原因中止。

"猎户座"计划很快全面启动，麦克同地球上的几十亿人一起开始了漫长的等待。

"猎户座"计划同时在多个方向上展开研究，其中两个主要方向分别是：上世纪采用的核爆炸脉冲推进方案，和采用核反应堆发动机的方案。

2047年1月，"黄金原野号"越过土星轨道，距地球十五亿公里。

这些年，麦克每次进入“黄金原野号”陪伴爱丽丝时，越来越频繁地透过后舷窗回望地球，这时地球已经是一颗暗淡的星星，只有遮住同样暗淡的太阳才能看到它。每到这时，麦克都意识到一个残酷的事实：每过一秒钟，“黄金原野号”就要远离地球二十多公里，这让他陷入越来越难以摆脱的恐惧和焦虑中。在爱丽丝间隔越来越长的苏醒日，麦克开始害怕见到她，在越过土星轨道时，她与地球通信的时滞已达一个多小时，这不断延长的时滞，标志着他们之间以令人绝望的速度不断拉开的距离，他看着爱丽丝一天天坠入不见底的太空深渊。

2048年初，核爆炸脉冲推进方案宣布失败并中止研究，大量试验表明，没有材料能够长时间承受频繁的近距离核爆炸的冲击。人们把希望集中在反应堆发动机方案上，至少这个方案是以比较成熟的技术为基础的。

麦克关注着“猎户座”计划的进展，与全世界一起在希望的山峰和绝望的深谷间跌宕起伏。

三年后，反应堆方案也宣布失败。“猎户座”计划在这个方案上进行了巨大的投入，但工程师们面临着与化学航天发动机同样的问题：裂变发动机所产生的能量当然比化学燃料高许多，但对于救援“黄金原野号”的航行来说仍然不够。

这个晴天霹雳把世界推入绝望的深渊，这一夜，没有人再走上街头，城市比往日更加空旷，人们都在家里悲哀地沉默着。毕竟，能做的都做了。

“Alice0412”，2051年1月13日，“黄金原野号”漂流第2681天，距地球二十九亿公里。

这是麦克在“黄金原野号”中待得最长的一次，近十个小时，这漫长的时间里他什么也没说，只是静静地坐在沉睡的爱丽丝身边。当他离开网络时，感到自己生命的一部分已经永远留在了“黄金原野号”上，对自己以后的人生感到一片茫然。

2051年2月，“黄金原野号”越过天王星轨道。

就在“猎户座”计划面临彻底失败之际，一个意外的转机出现了：核聚变发动机的研究有了重大突破。在计划的众多研究方向里，核聚变方案是次要的一个，人们普遍认为这个方案成功的希望最小，毕竟可控核聚变是一个持续了一个世纪的难题。这个方案的研究一直没有受到关注，与其他主要方案相比对它的投入也较小，但这也让研究团队处于压力较小的宽松研究环境中，经过三年的努力，他们发现了实现低温核聚变的途径，其实现聚变的温度介于传统的高温核聚变和神话般的冷核聚变之间，这使得聚变发动机成为可能。

以后的“猎户座”计划是在与时间赛跑。现在，当人们通过网络进入“黄金原野号”飞船时，最关注的就是控制台上的那个透明的塑料盒，那里面放着飞船上所有的“冬神”药物，现在，盒中的“冬神”已减至最初数量的二分之一多一点儿了，如果不能冬眠，飞船上现有的维持生命资源的存量，最多只能让爱丽丝生存六到八天。现在，留给“猎户座”计划的时间只有十二年了。

2054年1月，“黄金原野号”越过海王星轨道。

核聚变飞船的研制和建造虽然面临着巨大的技术挑战，仍在全世界的关注下稳步推进。2055年，聚变发动机成功完成地面试运行；四年后，“猎户座”飞船开始在地球轨道上组装；2061年，飞船完成了多次无人和载人试航。

2062年3月5日，在“黄金原野号”飞船发射后的第十九年，“猎户座”飞船从地球轨道启航，开始了救援远航。在核聚变发动机强劲的加速下，“猎户座”飞船以相当于“黄金原野号”八十倍的速度航行，仅用三个月就走完了爱丽丝十九年的航程。

网络越来越拥挤，麦克仍然无法与“黄金原野号”进行VR连接，看来他已经不可能在爱丽丝的身边经历这人类历史上最激动人心的时刻了。于是他转而登录到“猎户座”飞船上，这也是他最近通过VR网络经常来的地方。在飞船宽敞的驾驶舱中，他置身于救援队的五名宇航员中间，看着前面的大屏幕，上面一部分显示着“黄金原野号”上爱丽丝的影像，另一部分则是飞船正前方的太空，麦克一时忘记了四个多小时的时滞，感觉这一切就在他面前实时发生着。

前方已经可以看到“黄金原野号”了，它像一颗小小的金属种子悬浮在太空中，表面反射着“猎户座”飞船最后减速时发动机的光芒。

“对接准备完毕。”飞船中的一个声音说。

“爱丽丝，等着我们！”飞船的指令长说，对着屏幕上的爱丽丝挥挥手，但接着他的手臂却悬在空中不动了。

屏幕上的爱丽丝没有回应救援者的呼唤，透过航天服的面罩可以看到，她的微笑渐渐消散，接着她的脸上所有的表情都消失了，她的目光似乎失去了目标，漠然地注视着前方，接下来影像消失，屏幕全黑，有一个声音从黑暗传出。

“以下这段音频录制于地球时间2043年12月26日，是‘黄金原野号’飞船发射后的第十六天。”

麦克能确定这是爱丽丝的声音，但同过去十九年中所听到的不一样，这声音虚弱无力，细若游丝，仿佛发出声音的那个生命已如风中的残烛，随时都会熄灭。

“我不知道现在是什么时间，但请注意，在2043年12月15日五点至现在的时段里，‘黄金原野号’发出的所有信息均为智能模拟。从现在开始，飞船将发送真实的状态信息。”

所有人的目光都转向了一名宇航员，他负责救援行动中的医护，他看着另外几个屏幕上显示的信息说：“目标飞船上的生命维持系统早在2043年12月28日就完全关闭，飞船上……”他停顿了一下，用更低的声音说出了剩下的几个字，“没有生命迹象。”

麦克盯着越来越近的“黄金原野号”，飞船背景的星空在他眼中骤然变色，群星仿佛变成了一只寒冷的巨手攥紧了他的心脏。

沉默延续了一段时间，那个孱弱的声音又出现了。

“没有‘冬神’。”十九年前的爱丽丝说，“从来就没有过。‘生命远景’虽然对冬眠药物进行了多年的研发，但从来没有成功。后来的‘以太号’火箭却是成功的，它在发射后从来没有发生过故障，那失控的加速，以及由此造成的‘黄金原野号’向外太空的漂移，都是按计划进行的，虽然这计划只有我和父亲两人知道。他本来没打算告诉我，我是在一次偶然的机会得知的。本来他打算自己乘‘黄金原野号’飞向外太空，我对他说应该我去，与他这个老男人相比，我更有可能实现他预想的目标。爸爸断然拒绝了我，但他心里知道我是对的，在痛苦的心理纠结中他出了车祸……我愿意相信那真是车祸。

“‘黄金原野号’上的生命维持资源只能够让一个乘员存活十五天左右，我现在只剩下很少的时间了，再次失去知觉应该就醒不过来了，所以录下了这段声音。当飞船检测到有其他的太空飞行器靠近时，这段音频文件会被播放，我想现在来的很可能是救援飞船，不管现在是哪个年代，也不管你们是谁，谢谢你们，谢谢所有的人。

“有一个传说：在一个大饥荒的年代，一位老人在弥留之际把他的几个孩子叫到病榻前，告诉了他们一个自己保守终生的秘密：在村子后面的一片荒地里埋着大量的黄金。老人死后，他的孩子们就在那片荒地上疯狂地挖掘，最后发现黄金并不存在，但他们的挖掘把那片荒地开垦为良田，正是这片田地使孩子们在饥荒中生存下来。

“现在，你们知道了这艘飞船名称的含义。”

这时，屏幕上又出现了图像，这是现在“黄金原野号”飞船内部的真实图像，只能看到舷窗，与之前AI生成的图像中那洁净的舷窗不同，它上面盖满了灰尘，已经几乎不透明了，但仍有一片星光透射进来。

爱丽丝最后说：“请让我和‘黄金原野号’一直航行下去吧，这是一个好的归宿，飞船飞向我和爸爸都想去的地方。”

麦克走出公寓，来到暗淡但真实的星空下，他没有抬头看，以后，星空将常驻在他心里。外面的人越来越多，但城市却出奇地安静，好像怕惊扰什么。

他听到近旁一个孩子低声问：“她会飞到那些星星中间吗？”

“亲爱的，她已经在星星中间了。”孩子的母亲说。

“那里很远吧？”

“会越来越近的。”

麦克和周围的人们安静地等待着黎明，等待着重新开始的，更加广阔的生活。

发表于《十二个明天》（北京联合出版公司，2018）